역주 광운집(譯註 狂雲集)

역주 광운집(譯註 狂雲集)

原著 일휴종순 一休宗純

譯註 원경 圓鏡 이상원 李商元

국학자료원

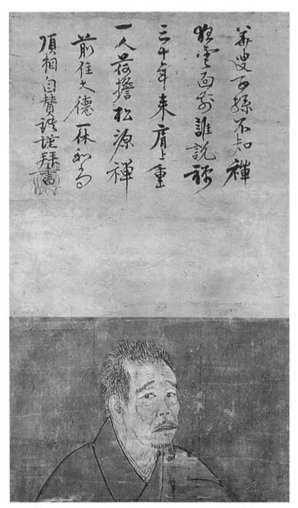

일휴종순 영정

영정을 그린 15세기의 승려이자 선불교 미술가인 묵재소등墨齋紹等(Bokusai;
Motsurin Jōtō, 1412~1492)은 일휴종순의 제자로 면도도 하지 않고 머리털이 수
북한 스승의 모습을 사실적으로 묘사하였다. 전 대덕사 주지인 일휴화상이 스스
로 찬한 글을 덧붙였다.

자찬自贊: 華叟子孫不知禪, 狂雲面前誰說禪. 三十年來肩上重, 一人荷擔松源禪.
화수화상의 자손은 선을 모르는데, 광운의 얼굴 앞에서 누가 선을 설하였나.
삼십년 이래 어깨 위가 무거웠는데, 한 사람이 송원화상의 선을 짊어졌구나.

일휴선사―休禪師 목상木像
(수은암酬恩庵 수장收藏)

일휴종순―休宗純 화상畫像
(수은암酬恩庵 수장收藏)

수은암酬恩庵, 일휴사一休寺 (京都府京田辺市薪里内102)

당시의 이름은 묘승사妙勝寺로 가마쿠라鎌倉 시대 임제종의 고승 대응국사大應國師 남포소명南浦紹明이 중국의 허당虛堂 화상에게 선禪을 배우고 귀국한 후에 선종의 도량을 이곳에 세운 것이 시초이다. 그러나 그 후 원홍元弘의 전화戰火에 부흥復興하지 못하였는데, 6대 법손인 일휴선사가 강정康正 년간(1455~6) 종조宗祖의 유풍을 기려 당우堂宇를 재흥再興하고 사은師恩에 보답하는 의미로 '수은암酬恩庵'이라 명명命名하였다. 선사는 이곳에서 후반의 생애를 보내고 81세의 나이에 대덕사大德寺 주지 스님이 되었을 때에도 이 절에 안거하였으며, 문명文明 13년(1481년) 11월 21일 88세의 나이로 시적示寂하자 유골이 이곳에 묻혔다. 이처럼 선사께서 이곳에서 말년을 보냈기에 일휴사一休寺라 통칭하였다.

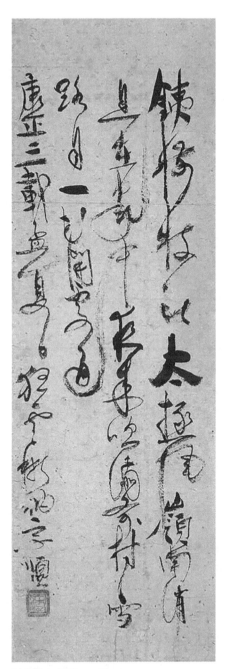

일휴종순 묵적墨蹟 게偈

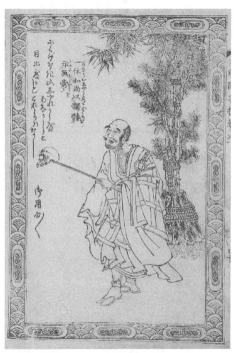

1692년에 출판된 일휴종순(1394~1481)의
해골骸骨 그림

일휴화상은 해마다 새해가 되어 해가 떠오
르면 해골을 장대 끝에 매달고 다니면서 세
상 사람들에게 무상을 직시하도록 깨우치
는 기행을 하였다.

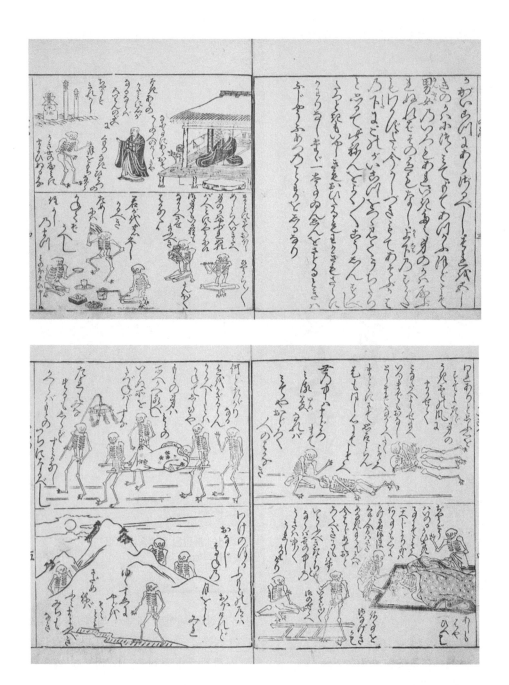

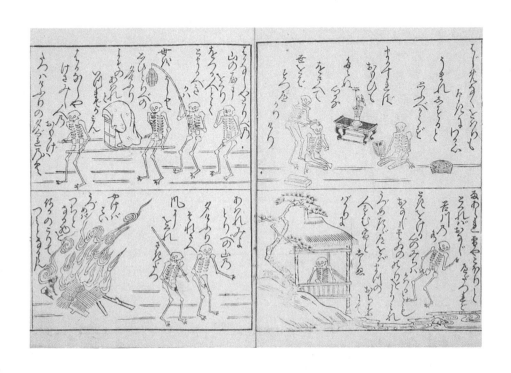

"나는 해골에 가까이 다가가서 그것에 익숙해지려고 한다. 나는 흔히 일어나는 일처럼 해골이 우리로부터 멀어지는 것을 그만두었다. 나는 해골이 매우 이상하다고 생각했지만, 그것이 나에게 다가와 말했다." 이처럼 해골은 중생을 각성시키는 깨달음의 방편으로 일휴종순은 많은 해골 그림을 다채롭게 남겼다. (해골骸骨; "일본 불교의 해부", Turin, Einaudi, 2009 p.367).

Crazy Cloud Poetry ————————————————

Zen Master
Ikkyu Sojun(1394-1481)

Translation
by Won-Gyong
Lee, Sangwon
(zenlotus3@gmail.com)

Seoul, Korea
2022

On the brief Kyōunshū, "Crazy Cloud Anthology"

Among the most famous and best-loved figures in Japanese Buddhism is Ikkyū Sōjun(1394~1481). A devout but eccentric monk of the Rinzai school of Zen, he attracted a large number of followers in his day, but his wider popularity dates to the Edo period(1603~1868), when anecdotes illustrating his unique wit and ingenuity spread through all levels of society. He was a monk poet and Zen master who denounced many of his fellow monks and ridiculed orthodox Zen practices. He decided to be true to himself and that meant frequent brothels. He decided to challenge the established rotten practices of Zen by doing the opposite. His lifetime was a politically turbulent and violent era in Japan. In spite of shocking behaviour and crude statements, Ikkyū's refinement and aesthetic sensitivity were beyond question. In his final years, he wrote erotic poems about a blind singer named Mori. His poems capture a time of change and a complicated, eccentric figure in Japanese zen literature history.

머리말

　졸역한 문집은 일본 임제종 승려인 일휴종순一休宗純(1394~1481)이 남긴 시집, 관영寬永 19년(1642)에 편찬한 관영각본寬永刻本 광운집狂雲集 상하 2권을 저본으로 삼아 주석을 달고 번역한 것이다. 그의 시집 서명 書名은 일휴의 호가 '광운자狂雲子'라고 한데서 유래된다. 그 생애의 언행 은 한마디로 불기분방不羈奔放, 쇄탈자재洒脫自在로 압축할 수 있지만, 이 시집은 난세에 선승의 삶을 온몸으로 부대끼며 살다간 일휴의 역행삼 매逆行三昧와 반골反骨의 선풍禪風이 여실히 드러나 있다. 그는 천성天性 으로 시문의 재주가 두드러졌으나 일찍이 널리 고전을 배운 까닭에 진 속眞俗을 초탈하여 자유롭고 걸림이 없는 독보적인 시풍詩風이 뛰어난 승려시인이라고 말할 수 있다.

　『일휴연보』에 따르면, 수은암酬恩庵에 안거하던 몰년 88세에 이미 문 집의 내용은 거의 그 원형이 성립되었다고 볼 수 있다. 시집의 내용을 통시적으로 개관하면, 젊었을 때는 참선參禪 궁리가 전일專一하여 청정 한 범행梵行으로 수렴한 시가 있고, 또한 장년에는 '광운자狂雲子'라 자호 自號하며 주사방酒肆坊을 왕래하여 유녀遊女와 노닐며 침륜沈淪한 일을 태연하게 서술한 시가 있다. 게다가 노년에는 엄격한 산중山中의 법시法 詩에서부터 맹인 유녀인 삼森 시자와 사랑한 염시艶詩에 이르기까지 기행奇行과 일탈逸脫로 점철된 그의 삶이 투영된 작품들이 다채롭게 구성되어 있다.

시집은 여러 종류의 고사본古寫本이 전해지고 있는데, 대개 수은암, 진주암眞珠庵의 장본藏本, 이외에 후지타미술관藤田美術館, 봉좌문고蓬左文庫, 차노미즈도서관茶水圖書館, 오쿠무라가奧村家 장본 등이 있으며, 각각 수록된 시의 내용에 있어 글자의 들락거림이 있을 뿐만 아니라 또한 편수를 달리하지만 그 중에서 오쿠무라가 장본이 그 수를 가장 많이 거두고 있다.

당시 이미 막부의 어용철학御用哲學으로 도구화되었던 오산파五山派의 선문禪門 밖에서 일휴는 홀로 일본선의 정통을 자임하며 독자적인 한문漢文을 구사하며 선의 본질을 예술로 승화시켜 노래하였다. 또한 대덕사를 개산開山한 대등국사大燈國師 종봉묘초宗峰妙超의 법류法流를 거슬러 올라감으로써 중국 남송선림南宋禪林에 고고한 종풍을 떨친 허당지우虛堂智愚를 사숙私淑하여 스스로 그 법손法孫이라고 칭하였다.

그는 순수하고 고고孤高하며, 결코 계율에 얽매이지 않고 표표히 선승으로서 천의무봉天衣無縫의 생애를 보냈다. 그의 선풍과 언행은 세간의 상식으로는 도저히 가늠할 수 없었다. 세상은 그를 '풍광風狂'이라고 평가하고, 그는 스스로 '광운狂雲'이라고 자호하였다. '광운'의 뜻은 어지럽게 흩어지는 구름을 말하며, 풍광의 뜻과 같다. 글자 그대로 '미친 구름'은 당대의 선풍이 얼마나 위선과 부패에 추락하였는지 상상할 수 없을 정도로 일휴가 스스로 광승狂僧의 행세를 자처自處하며 먼저 그 더러움에 물든 자리를 초탈한데 있다. 그래서 만약 그의 이러한 기행奇行

이 없었다면 당시 허욕虛慾에 찌든 영현승榮衒僧들의 작태에 대하여 그 실체가 무엇인지 잘 알 수 없었을 것이다. '미친 바람'은 어디에 있는가. "아침에는 산중에 있고, 저녁에는 시내에 있다"라고, 일휴는 스스로 읊었다. 은둔하여 고고한 산중의 암자에서 빈궁하게 살며 질풍노도처럼 포효하다가도, 때로는 광운이나 광풍이 되어 마음껏 격정에 내맡기고, 경락京洛의 저자거리에서 유녀遊女나 술에 탐닉하기도 하고, 당시의 부패한 승려들에 대하여 조롱하거나 비판의 칼끝을 겨누기도 하였다. 범인凡人을 넘어 선禪으로 돌아가기도 하고, 선을 초탈하여 범인으로 돌아가기도 하였다. 일휴는 이것을 "어제는 속인, 오늘은 스님"이라고 자신의 정체성을 공공연히 선언하며 시대의 중심에서 비켜서지 않고 전란에 고통 받는 민중들과 아픔을 같이하며 역행삼매逆行三昧의 길을 오롯이 걸으며 독특한 풍류로 아름다운 선시를 남겼다. 만년에는 눈이 먼 가련한 미녀, 모리森 시자侍者와 같이 초암에서 살며 적지 않은 파격적인 애정시도 산정刪定하지 않고 그대로 남겼다. 일휴의 선禪을 온전히 알기 위해서는 이 모두를 다각도로 살펴보아야 할 것이다.

끝으로 졸역拙譯한 광운집은 천학淺學의 부끄러움으로 길이 남을 것이다. 제방諸方의 경책과 형안炯眼을 기다리며 졸고가 국내에서 초역初譯되어 세상에 빛을 볼 수 있도록 은덕을 베풀어주신 출판사에 깊은 감사를 드린다.

2022년 8월
방장산 초명암에서 원경 합장.

일러두기 ———————————————————————————————

1. 졸저는 일본 임제종 선승인 일휴종순의 광운집(상, 하권)을 우리말로 번역하고 주석을 붙인 것이다.
2. 저본은 일본 관영寬永 19년(1642)에 편찬한 관영각본寬永刻本이다.
3. 저본과 다른 간본에 상이한 글자는 시 원문의 행간 끝 ( ) 속에 표기해두었다.
4. 목차에서 제목이 긴 경우는 줄여서 달았으나, 본문에서는 원문 그대로 두었다.
5. 주석은 난해한 다양한 선종어록이나, 선어의 독해를 편하게 하기 위하여 번역문의 바로 끝에 달았다.
6. 주석은 되도록이면 이해하기 쉽도록 원전의 한문을 달아두었다.
7. 혼동하기 쉬운 용어나 고유명사는 한글과 한자를 병기하였다.
8. 번역은 축자적逐字的인 직역을 원칙으로 하였으나, 부득이한 경우에는 의역을 하였다.
9. 부록에 일휴화상 연보, 대덕사 세보, 법계도를 붙여두었다.
10. 졸저에 사용한 부호나 기호는 다음과 같다.

◎ 시의 제목 앞에 붙였다.

■ 원래의 시에 딸린 작은 제목 앞에 붙였다.

* 시의 끝에 주석을 붙일 때 앞에 붙였다.

( ) 본문에서 저본과 다른 글자나 인물의 생몰년도를 표시하였다.

해제

생애

　일휴종순一休宗純(1394.2.1.~1481.12.12), 잇큐소준은 일본 중세 무로마치室町 시대의 임제종 선승이다. 어릴 때 출가한 기승奇僧으로 시인, 서법가, 화가이다. 유명乳名은 천국환千菊丸, 나중에 훈명訓名은 주건周建이라 불렀다. 임제종 대덕사의 선승으로 법명法名은 종순宗純, 법호法號는 일휴一休, 별호別號는 광운자狂雲子, 할려암주인瞎驢庵主人, 재명齋名은 할려암瞎驢庵, 몽규夢閨, 국경國景, 소청국小淸國 등이고, 대개 간칭簡稱하여 일휴一休라고 부른다. 경도京都에서 출생하였는데 당시 오십여 년 동안 싸우던 남조와 북조를 통일한 북조의 후소송後小松 천황天皇의 서출庶出이라고 하는 설이 유력하다. 일휴화상연보一休和尙年譜에 따르면, 어머니는 남조의 유신遺臣 화산원花山院의 고관高官이었던 등원藤原 씨의 딸인데, 궁인으로 입궁하여 후소송 천황의 총애를 받았지만 궁중의 여관女官들이 그녀를 질투하여, 소매 속에 칼을 숨겨놓고 천황을 노리고 있다고 모함하였다. 마침내 천황의 목숨을 노렸다는 무고를 받고 궁중에서 쫓겨난 뒤에 자살을 결심하나 임신을 하고 있었기에 자신은 죽어도 괜찮지만 뱃속의 아이는 살리려는 생각으로 절에 들어가 살다가

1394년 정월 초하루에 잇큐를 낳았다. 이러한 황제의 혈통血統이라는 황윤설皇胤說에는 여전히 의문을 가지는 사람도 있지만, 당시 공가公家의 일기에 보이는 바대로, 오늘날에는 거의 정설로 받아들여진다. 아직 강보에 싸인 어린 나이지만 이미 용봉龍鳳의 자질이 드러났다.

응영應永 6년(1399), 여섯 살 때 중병에 걸린 어머니가 족리의만足利義滿 장군의 뜻을 좇아, 임제종臨濟宗 오산파五山派의 하나인 경도의 안국사安國寺에 주석하고 있던 상외집감像外集鑑 선사를 찾아가 아들을 맡겼다. 구월에 부디 아들을 훌륭한 성인聖人으로 키워달라고 부탁하고 유언장遺言狀을 남겼다.

"나는 네가 속히 출가승이 되어 네가 지니고 있는 불성佛性을 깨닫기 바란다. 그렇게 되면 너는 그 밝은 지혜의 눈으로써 내가 지옥에 떨어졌는지, 아니면 늘 너와 함께 있는지 알게 될 것이다. 만일 네가 성인이 되어 석가세존이나 달마 스님도 부리는 노예라는 것을 깨닫게 된다면, 공부를 마치고 이웃 중생들을 위해 헌신할 수 있을 것이다. 석가세존께서 사십여 년 설법을 하셨지만 마침내 한 글자, 한 말씀도 설하지 않았다는 걸 깨달았다. 너는 석가세존께서 왜 그렇게 생각하셨는지 알아야 할 것이다."

이 유언에는 무문관無門關 제45칙 '그는 누구인가?'라는 화두가 인용되어 있다. "동산의 오조법연 선사께서 말하길, '석가세존이나 미륵불이 오히려 그 분의 노예이니라. 자! 일러 보아라. 그분은 누구신가?'"[1] 석가나 미륵조차도 마음대로 부릴 수 있다는 불경不敬의 역설적 극치를 통하여 세상살이에 노예가 되기를 단연코 거부하고 일체의 분별이나 망상을 끊어버릴 것을 말한 것이다. 이같이 도인道人이 되기 전에는 어

---

[1] "東山演師祖曰, 釋迦彌勒猶是他奴. 且道! 他是阿誰?" 무문관無門關.

미를 찾지 말라며 갓 여섯 살이 된 아들에게 간절한 유언장을 남긴 채 어머니가 세상을 떠나자, 어린 일휴는 상외집감의 시동侍童으로 입문하여 수계受戒를 받고, '주건'이란 이름을 받았다.

어느 날, 족리의만 장군이 병풍에 그려진 호랑이를 잡아보라고 명하자, 어린 주건은 이 말을 되받아 장군에게, "자! 몰아내주세요" 라고 말하며 기지를 발휘하였다. 한편 정확한 시기는 알 수 없지만, 평소 아끼며 사랑하던 참새가 갑자기 죽자, 아주 슬퍼하며 '존림尊林'이라는 도호道號를 주고 그 주검을 매장할 때 쓴 묵적墨跡이 오늘도 남아있다. 거친 필체로 대나무 붓으로 쓴 비백飛白이 많은 작품인데, 한갓 미물인 참새를 자비롭게 여기며 정성껏 매장한 일휴의 인간적 면모를 엿볼 수 있다.

응영 12년(1405), 열두 살. 차아嵯峨의 보당사寶幢寺에서 청수인淸叟仁에게 유마경維摩經 강의를 수강하였고, 이듬해 열세 살이 되자 동산東山의 건인사建仁寺에 머물던 모철용반慕喆龍攀 선사에게 시 짓는 법을 배웠다. 매일 한 수 씩을 지었는데 일찍부터 시를 짓는 재주가 뛰어나 열세 살(1406) 때 지은 한시, '장문궁의 봄풀 長門春草'를 지었고, 그 이듬해에는 한시, '봄옷 입고 꽃 아래 잠들어 春衣宿花'로 당시 장안에 평판이 높았다. "시 읊는 나그네 소매 속에 그 정취는 어떤지, 흐드러지게 핀 온갖 꽃에 천지가 산뜻하네. 베갯머리에 향기로운 바람은 잠 없이 깨었는데, 한바탕 봄 꿈결은 흐릿하구나.2)"

응영 17년(1410), 열일곱 살 때 서금사西金寺에 주석하던 겸옹종위謙翁宗爲의 제자가 되어 계를 받고 법명을 종순宗純으로 바꾸었다. 겸옹은 무인종인無因宗因(1326~1410) 화상의 문하에서 수행하여 견성하였으나 인가 받기를 사양하여 '겸옹'이라는 법호를 받은 인물이다. 그런데

---

2) "吟行客袖幾詩情, 開花百花天地淸. 枕上香風寐耶寤, 一場春夢不分明."

스승인 겸옹 화상이 열반하자, 장례를 치르고 일주일을 굶었다. 이 무렵 강주江州의 석산관음石山觀音을 참례한 뒤에 깊은 슬픔이 치유되지 않은 채 비파호琵琶湖의 한 지류支流인 뇌전천瀨田川에 몸을 던져 자살을 기도하였지만 다행스럽게 구조되어 목숨을 구하였다.

응영 22년(1415), 스물두 살 때 무로마치 막부가 제정한 사격寺格인 오산 십찰十刹의 제산諸山 제도에 통합되어 그 보호와 통제를 받던 선종 사찰인 오산파五山派에 실망하여 안국사를 떠났다. 당시 권세에 아첨하는 오산파와 달리 비록 같은 임제종이지만, 재야 산림의 임하林下에서 법맥을 이은 허당지우虛堂智愚—남포소명南浦紹明—종봉묘초宗峰妙超 계열의 법을 잇고 크게 선풍을 날리며 교토 대덕사大德寺에 주석하던 고승인 화수종담華叟宗曇에게 입실하여 제자가 되어 '동산삼돈방洞山三頓棒' 공안을 참구하였다.

어느 날 눈먼 비파법사琵琶法師가 읊는 '평가물어平家物語' 가운데 한 대목을 듣고 홀연히 깨쳤다. "기원정사에 울리는 종소리, 제행무상을 알리고 사라쌍수의 꽃빛이 성해도 반드시 시드는 도리를 보이네. 교만한 자는 오래가지 않으니, 다만 봄날 밤의 꿈과 같구나. 용맹한 자도 마침내 사라지고, 한줄기 바람 앞에 티끌과 같구나." 이같이 평가물어는 가마쿠라 시대의 불교 사상을 담은 군담 서사시이다. 헤이케 일가의 흥망을 통하여 당시 비정한 전투의 참상, 우아한 귀족문화의 풍류, 인간의 강인함과 나약함, 은애와 원한, 허망한 집념 등, 다양한 삶의 모습이 잘 그려져 있다. 이 대목에 이르러 미혹과 번뇌에 쌓인 유루로有漏路보다 바른 깨달음으로 들어가는 무루로無漏路를 홀연히 꿰뚫어 득도하였다.

응영 25년(1418), 스물다섯 살 때 화수종담 선사로부터 '크게 한 번 쉬다'는 뜻의 일휴一休라는 도호道號를 받았다. "욕계로부터 공계로 돌아가는데, 우선 잠시 쉬어가노라. 폭우가 소반을 뒤집어엎으니, 광풍이 땅에 몰아쳐도 그냥 내버려두겠노라. 欲從色界返空界, 姑且短暫作一休. 暴雨傾盤由它下, 狂風捲地任它吹."고 하였다.

이 무렵 청년기에 들어서는 자하현滋賀縣 대진大津의 북쪽에 있는 견전堅田에서 보냈는데, 화수화상은 겸옹화상보다 명리에 담백하고 선禪의 수증修證 이외에 일체 세속적인 일에는 아무 것도 생각하지 않았다. 외곬의 선승이므로 명목상 대덕사 주지住持이지만, 거기에 주석하지 않고 오로지 지방의 작은 암자를 전전하다 결국 선홍암禪興庵에 은거하여 수행에 매진하였다. 심지어 그곳 암자의 생활은 매우 청빈하여 하루 한 두 끼의 공양도 빠듯하였고 혹한에 추위를 견디는 침구와 의류를 갖추는데도 많은 어려움을 겪는 형편이었다. 따라서 늘 의식衣食이 부족하여 일휴는 스승을 모시면서 때로는 향대香袋를 만들기도 하고 혹은 인형에 그림을 그려 식량을 구하며 근근이 수행에 전념할 수 있었다.

응영 27년(1420) 스물일곱 살 되던 해, 5월 20일 비파호琵琶湖 기슭 물가에 배를 띄우고 좌선을 하고 있을 때, 칠흑같이 캄캄한 밤에 까마귀 울음소리를 듣고 홀연히 대오大悟하였다. 이때 오도송悟道頌 '까마귀 소리를 듣고 깨달아 聞鴉有省'에서, "호기롭게 성내다가 문득 미혹한 마음, 이십년 전이 바로 지금 여기에 있구나. 까마귀가 웃으며 나한과로 속세를 벗으니, 어찌 해 그림자는 고운 얼굴을 읊나.3)"라고 득도의 경지를 읊었다. 화수화상이 나한의 경지라고 나무라자, 물러나지 않고 "저는 선승의 경지를 원하지 않습니다."라고 대답하자, 화상이 참으로 선승의 경지라고 칭찬하고 대오大悟를 증명하기 위하여 인가印可의 증서를 주겠다고 말하였지만, "이것은 말을 매는 말뚝과 마찬가지로 방해물일 뿐

3) "豪機嗔恚識情心, 二十年前在卽今. 鴉笑出塵羅漢果, 奈何日影玉顔吟."

입니다"하고 단번에 그 앞에서 받기를 사절하자, 선사는 '바보'라고 웃으며 절에서 내보내고 말았다. 이때 인가증을 받지 않고 나오며 이를 종귤부인宗橘夫人에게 맡겼다. 그 후에 일휴는 시를 읊으며 광가狂歌, 서화書畫, 풍광風狂으로 거침없는 파격적인 선승의 모습을 드러냈다.

일휴의 생애는 이 시기를 전후하여 크게 변하게 된다. 이전 의 삶은 뼈를 깎는 수행과 구도의 시기로 진실하고 염세적인 태도를 지녔지만, 그 뒤로는 자유로이 떠돌며 민중을 교화하는 시기로 낙천적이고 계율을 거스르는 역행삼매의 태도를 보였다. 그의 삶의 전반은 오직 바른 선을 좇아 구도의 행각을 하지만, 후반은 떠돌이 선승으로 혼란한 시대에 대하여 고민하고 사선邪禪을 맹렬히 비판하였다. 당시 시류에 영합하며 세속에 찌들어 영달이나 이욕利欲에 매몰된 영현승榮衒僧 무리에게 등을 돌리고 매우 대중적이며 귀천이나 빈부, 직업과 신분에 차별이 없는 중생평등衆生平等의 '서민선庶民禪'을 펼쳤다. 일체의 차별 없이 온갖 계층의 사람에게 불교 교리를 쉽게 전파하고자 한곳에 머물지 않고 한 도롱이 한 삿갓으로 무애행無碍行을 실천하며 안빈낙도安貧樂道하는 수행자의 모습으로 미친 구름처럼 떠돌았다.

응영 29년(1422) 스물아홉 살. 대덕사大德寺 7세인 언외종충言外宗忠 화상의 33주기에 하루 종일 먹물을 먹인 너덜너덜한 누더기 법의를 입고 태연히 자리를 지켰다. 이때 화려하게 금빛 가사를 걸친 여러 승려들은 이런 그의 차림에 얼굴을 찌푸렸고, 이즈음 세간에서는 그가 미친 사람이라는 소문이 돌기 시작하였다. 당대의 세상 사람들이 이르길, 풍광風狂, 풍광瘋狂, 풍운風雲, 풍운風韻, 풍객風客 등으로 불렀는데, 이는 그의 광기狂氣와 풍류를 단적으로 드러낸 말이기도 하다. 그는 이 법회에서 말하길, "저는 사사로운 한 사람으로 이러한 차림새를 하고, 감히 가짜 중들의 들러리나 서는 역할을 하고 있습니다."라고 대꾸하였다. 이에 감탄한 화수화상은 분명히 일휴는 풍광이지만 그가 바로 나의 후계자라고 측근들에게 말했다고 전한다. 일휴는 당시에 풍미한 귀족적, 출가적, 금욕적 선에 대하여 비판하고 오히려 재가적, 민중적 선을 설파하였다. 이러한 일화는 그가 지향하는 당대 선의 풍격을 솔직하게 말해주는 것이다. 비록 출가승이지만 속세와 인연을 끊지 않고 가장 낮은 곳으로 내려가 눈썹을 치켜세우거나 듬성듬성한 수염을 비틀며 세상에 대거리하였다. 심지어 삿된 법을 팔아 영달을 추구하던 사악한 선지식을 향하여 야유하거나 고집을 부리기도하며 욕을 퍼붓기도 하고 사람들을 놀라게 하는 기행奇行을 일삼았다. 또 한편으로는 종풍宗風이 쇠락하는 걸 안타깝게 여기고 대덕사 임제 가문의 부흥을 위하여 선사先師들께 깊은 존모尊慕의 정을 드러내며 법석法席을 열거나 불사를 일으키기도 하였다. 하지만 종종 보란 듯이 음방淫房에서 사랑을 속삭이거나 술을 취하도록 마시는 파계破戒의 광태狂態를 부리기도 하였다. 광운집에는 이러한 광기어린 선승의 모습이 적나라하게 드러난 염시艷詩나 일탈逸脫의 시편들이 다수 실려 있다.

응영 33년(1426) 서른세 살. 가풍이 미미한 채 점점 퇴락하는 임제 가문의 선禪을 흥기시키고자, 덕선사德禪寺에서 대등국사행장大燈國師行狀을 지었다. 대등국사는 일본 최초로 무사정권의 시대가 시작된 가마쿠라 시대 말기 임제종의 승려인 종봉묘초(1282~1338)를 말한다. 이름은 묘초妙超, 법명은 종봉宗峰, 병고현兵庫縣 파마播磨 출신인데 포상장浦上莊의 호족豪族으로 경도의 대덕사를 개산開山하였다. 입적한 뒤에 조정에서 흥선대등興禪大燈, 고조대등高照正燈이란 국사 칭호를 내렸다.

생장生長 원년(1428) 서른다섯 살. 스승인 화수종담 화상이 견전의 선홍암에서 병들어 입적入寂하자, 이곳을 떠나서 단파丹波의 산중 암자에서 머물기도 하고 때로는 경도에 가서 풍광風狂의 생활을 보내다가 근기近畿 지역을 떠돌며 수행하였다. 이 무렵 실정室町 막부가 쇠약해져 지방 제후의 이름이 날로 위세를 떨치고 있었는데 전국을 운수납자로 떠돌았다. 이듬해 묘승사妙勝寺 불전佛殿의 재흥再興을 결의하였다.

영향永享 4년(1432) 서른아홉 살. 후소송 천황이 승하하기 전인데, 생부生父인 천황을 알현하고 보물 등을 받는다. 사카이 지방인 계堺 지역의 남종사南宗寺에 초막을 짓고 친아들이자 제자인 소정紹偵과 함께 살았다. 이 무렵 늘 청빈하게 살며 참된 선을 실천하며 사카이 거리에서 대중에게 설법하였다. 당시 귀족에게 아첨하며 일신의 호사를 추구하며 법상에 앉아 공안을 팔아 장사나 하는 속된 승가의 모습에 절망하였다. 오산선五山禪은 물론 같은 대덕사파 선승들에 대해서 권세와 영달을 좇아 명리를 구하며 안일하게 호사를 누리는 수행자의 잘못된 삶의 방식을 공격하였다. 종종 낡은 옷을 걸치고, 허리에 큰 목검을 찬 채, 피리를 불면서 떠돌았는데 얼핏 겉으로 보기에는 목검도 붉은 칼집을 하고 있어 진검과 다름이 없었다. "칼집이 붉어 굉장하게 보이지만, 막상 뽑아보면 목검 밖에 없지."라고 말하였는데, 이는 외면을 꾸미는 것밖에 흥미가 없는 당시의 세태를 풍자한 것이다. 어디를 둘러보아도 참된 선가禪家는 찾을 수 없고 목검과 같이 가짜가 세상을 속이고 있다는 세속화된 승가에 대한 나름의 경종이기도 하였다.

일휴는 늘 시대와 불화하며 아예 저속한 시류를 벗어버리고자, 오히려 불편하고도 적빈한 삶을 꾸려가지만, 안이한 시선을 초탈한 선승으로 자부가 깃든 천의무봉天衣無縫의 경지를 마음껏 노닐었다. 더구나 속진俗塵의 더께를 걷어버리고 오직 순수하고 청렴하며, 허식과 위선을 싫어하여 파격破格과 반골反骨로 시종일관된 수행자의 살림을 견지하였다. 또한 "지계持戒하면 당나귀가 되고 파계破戒하면 사람이 된다."고 일갈하며, 당대의 부박浮薄한 세태를 역설적으로 꼬집었는데, '완고하게 엄한 계율을 지키려고 하면 마침내 사역되는 당나귀와 같이 되고, 계율을 어기게 되면 비로소 사람이 되는 것이다'라는 뜻을 비판적으로 내비친 것이다. 당시 그의 말대로, "겉만 번듯한 고승이나 선지식들이야말로 마치 이와 같지 않은가. 화려한 금빛 가사를 걸친 겉모습은 그럴싸하나, 그 속은 썩어 문드러져서 아무런 도움이 되지 않는다. 기껏해야 벽에 걸어 장식해두는 것 말고는 쓸 방도가 없다."라고 신랄하게 비꼬았다.

영향 5년(1433) 마흔 살 되던 해, 10월 21일에 후소송 천황이 승하하였다. 천황은 일본의 제100대 천황이자 북조의 제6대 천황이다. 황실의 궁인宮人이 된 후지와라(등원)씨가 낳은 첫째 황자皇子가 바로 일휴이다.

영향 8년(1436) 마흔세 살. 대덕사에서 대등국사 백년기百年忌에 참석하였다. 게게偈를 짓고 스스로 광운자狂雲子라고 칭하였다. "어제는 속인, 오늘은 승려. 내일은 산중에 있고, 어젯밤에는 거리에 있었네."라고 스스로 고백하듯이, 자유롭고 거침없는 기행奇行으로 일관한 삶에 대하여 흔히 세상에서 '풍광風狂' 이라고 평하였는데, 그에 따라 자신도 호를 스스로 광운狂雲이라고 하였다.

영향 9년(1437) 마흔네 살. 원원 재상의 집에 피신하게 되었는데 예전에 종귤부인宗橘夫人이 맡아둔 화수화상의 인가서印可書를 재상이 다시 건네지만, 대덕사 개산조 대등국사 백주기가 되는 기일에 인가증을 불속에 던져버렸다.

영향 10년(1438) 마흔다섯 살. 경도의 서쪽에 있는 동타방銅駝坊 부근에 있는 암자에 몸을 기탁하였다.

영향 12년(1440) 마흔일곱 살 되던 해, 6월 20일, 대덕사大德寺 여의암如意庵에 들어가 살았다. 27일, 화수화상의 13주기를 보내고 나서 29일, 암자를 떠나 경도의 남쪽, 염소로塩小路의 초옥에 거처를 정하고 머물렀다.

가길嘉吉 2년(1442) 마흔아홉 살. 단파丹波의 양우산讓羽山에 들어가 작은 암자를 짓고 시타사尸陀寺라 칭하고 이곳에 잠시 머물렀다.

가길 3년(1443) 쉰 살. 원재상源宰相의 첩댁妾宅이 있는 대취어문실정大炊御門室町으로 옮겨가 살았다.

문안文安 원년(1444) 쉰한 살. 묘심사妙心寺의 일봉종순日峰宗舜(1368~1448) 화상이 사형師兄인 양수養叟와 더불어 대덕사大德寺에 입산入山하기 위하여 일을 도모하는 걸 거부하고 스승인 화수華叟 화상의 설을 펼치고, 나아가 대등大燈 철옹徹翁 문하의 일류상승一流相承을 굳건히 지키려고 노력하였다. 당시 임제종 승려인 일봉종순은 속성이 등원藤原씨인데 경도 출신이다. 양원원養源院을 지어 당시 황폐해진 묘심사妙心寺의 부흥에 진력하고, 1447년 칙명에 의하여 대덕사의 주지가 되었지만, 다음해 양원원에서 입적하였다. 시호는 선원대제선사禪源大濟禪師이다.

문안 4년(1447) 쉰네 살. 대덕사의 여러 승려가 투옥되고 심지어 한 승려가 자살하는 사건이 일어났다. 이를 매우 애석하게 여기며 다시 양우산으로 물러나 몸을 숨기고 죽음을 각오하고 단식하지만 황실의 칙명勅命에 따라 중단하였다.

문안 5년(1448) 쉰다섯 살. 옛날 도산공陶山公이 숨어 살았던 매선암賣扇庵이란 오두막에 머물렀다. 이무렵 부채에 그림을 그리거나 글씨를 써서 팔아 어려운 이웃을 돕기도 하고 산중의 빈곤한 살림을 보살폈다.

예전에 불 속에 던진 스승의 인가印可가 아직도 보존되어 있는 것을 알고 다시 이를 소각燒却하였다.

보덕寶德 3년(1451) 쉰여덟 살. 춘작선흥春作禪興이 지은 대등국사행장大燈國師行狀에 대하여 비판하자, 이 문제를 두고 사형師兄인 양수화상과 갈등이 표면화하였다.

향덕享德 원년(1452) 쉰아홉 살. 영창방永昌坊에 있는 매선암 남쪽의 작은 암자로 옮기고 그곳을 할려암瞎驢庵이라 이름 짓고 은거하였다. '할려암'이란 암자 이름은 '외눈을 한 당나귀'란 뜻인데, 스스로 도리에 어두울 뿐만 아니라 남의 부림이나 받아 평생 종노릇이나 하며 결코 주인공이 되지 못한 자신을 경책하려는 뜻이 담겨있다.

향덕 2년(1453) 예순 살. 대덕사가 불에 탔다.

향덕 3년(1454) 예순한 살. 사형인 양수화상과 논쟁에 휘말려 불화하게 되었다.

강정康正 원년(1455) 예순두 살. 자계집自戒集을 엮었다. 이는 사형 양수종이 등의 영현승이 명리를 탐하여 일반 사녀士女의 입실을 허용하고 공안을 매매한 것을 비판한 시집이다.

강정 2년(1456) 예순세 살. 신촌薪村의 묘승사妙勝寺를 수리 복원하여 대응국사大應國師의 목상木像을 안치하고 수은암酬恩庵을 건립하였다. 이는 나중에 일휴암一休庵으로 개칭되었다.

강정 3년(1457) 4월, 게송을 묵적墨蹟으로 남기다.

장록長祿 원년(1457) 예순네 살. 법화法畵인 '해골骸骨'을 간행하였다. 다양한 해골 군상을 그린 삽화 열두 잎에 법어法語를 간략하게 붙인 화첩이다. 이는 생멸生滅의 무상無常한 도리를 구체적인 그림으로 표현한 작품으로, 매우 독창적인 불교 회화의 의미를 갖는다. 또한 일휴는 설날이 되면 두개골을 막대기에 걸고 조심! 조심! 하라고 외치며 거리를 돌아다니며, 새로운 해를 맞이하는 것이야말로 죽음에 한 걸음 더 가까이 다가가는 것을 천하에 거량하여 대중을 일깨우고자 하였다. 이는 일휴의 무상관無常觀을 단적으로 드러낸 깊은 깨달음의 실천과 포교방편이라 볼 수 있다.

장록 3년(1459) 예순여섯 살. 덕선사德禪寺의 주지가 되었다. 허당화상盧堂和尚의 당본唐本 화상畵像을 수은암에 안치하였다. 중국 경산徑山의 천택암天澤庵에 주석하였던 허당지우盧堂智愚(1185~1269) 화상은 송宋나라 때 임제종 양기파의 선승으로 절강성浙江省 상산象山 사람인데, 속성俗姓은 진陳, 호는 허당, 혹은 식경수息耕叟이다. 설두雪竇와 정자淨慈에게 참학하고 운암보암運菴普巖의 법을 이었는데 허당지우의 법맥은 다시 일본으로 전파되어, 55世 남포소명南浦紹明(대응국사大應國師, 1235~1309) → 56世 종봉묘초宗峰妙超(대등국사大燈國師, 1282~1337)→ 57世 철옹의형徹翁義亨(영산정전국사靈山正傳國師, 대조정안선사大祖正眼禪師, 천응대현국사天應大現國師, 1295~1369) → 58世 언외종충言外宗忠(1305~1390) →59世화수종담華叟宗曇(대기홍종선사大機弘宗禪師, 1352~1428) → 60世 일휴종순一休宗純(1394~1481)의 법맥으로 이어졌다.

관정寬正 원년(1460) 예순일곱 살. 대덕사의 화수화상 33주기에 참석하였다.

관정 2년(1461) 예순여덟 살. 차아嵯峨에 노닐다가 대응국사의 묘소墓所인 용상사龍翔寺의 탑을 수리하였다. 정토진종淨土眞宗의 승려인 19살 연하의 연여蓮如와 종파를 넘어 깊은 친분을 맺었다. 어느 날 석산본원사石山本願寺의 제8대 문주門主인 연여가 절에 없을 때 거실에 드러누워 스님이 염불하며 수행하는 아미타불상을 베개 삼아 낮잠을 잤다. 그

때 막 돌아온 연여가 말하길, "내 장사 도구로 무엇을 하는가?"라고 말하자, 둘은 크게 웃었다. 연여가 주관하는 고승 친란親鸞(1173~1262)의 이백주기에 참석하였다. 친란은 가마쿠라 시대의 고승으로 새로이 정토진종을 열었다. 한 곳에 머무르지 않고 자유자재하며 사는 것을 '여여如如한 본성'이라 강조하고, 근본 교리를 설하는 '교행신증敎行信證'을 저술하였다. 아미타불에 의지하여 오로지 염불 수행을 하면 극락왕생한다고 설파하였다. 또한 악인이야말로 구원받는다고 하는 악인정기설惡人正機說을 주장하여 주로 하층농민을 비롯한 민중을 대상으로 포교하였다. 일휴가 친란의 이백주기에 참례한 것은 무엇보다 당대의 불교가 사이비 선승들에 의하여 귀족이나 부호들에게 공안公案을 팔아 부처님의 바른 가르침을 왜곡하여 삿된 이욕을 챙기는 도구로 전락한 걸 보고 큰 환멸을 느낀 때문이었다. 이는 비록 다른 종파에 속한 고승 친란의 추모 의식이지만 기꺼이 참여함으로써 당시 천대받던 낮은 민중의 자리로 내려가서 중생을 교화하려는 자신의 실천적 수행 의지와 부합되었기 때문이다.

관정 3년(1462) 예순아홉 살. 이질痢疾에 걸려 병이 들었다. 계림니사桂林尼寺에 기탁하여 살다가 이때 자호自號하기를 '몽규夢閨'라고 지었다. 이는 비몽사몽非夢似夢의 흐릿한 정신으로 규방閨房에 노닐며 즐기는 것을 의미하는데 여색女色에 대한 자연스러운 성정을 솔직하게 드러낸 것이다.

관정 4년(1463) 일흔 살 되던 해 7월, 대덕사에 들어갔지만 연말에는 다시 할려암으로 옮겨가 머물렀다.

응인應仁 원년(1467) 일흔네 살 되던 해, 6월 경도에서 응인의 난이 일어나자, 8월에 할려암에서 동산東山 호구암虎丘庵으로 가서 어려움을 피하고 9월에는 신촌薪村의 수은암으로 옮겨갔다. 응인의 난으로 전화戰火, 살륙殺戮, 기근飢饉, 아사餓死로 세상은 지옥이 되고 혼돈의 시대는 말법이 횡행하게 되자, 수행자로서 역경의 삶을 달갑게 선택하여 부처님의 가르침에 따라 진실한 모습으로 살아가기 위하여 일체의 가식과 위선을 벗어버렸다.

응인 2년(1468) 일흔다섯 살. 영산철옹靈山徹翁 화상의 백주기를 수은암에서 치렀다.

문명文明 원년(1469) 일흔여섯 살. 응인의 난으로 전화戰火가 신촌의 수은암에 미치므로 어려움을 피하여 목진木津, 나라奈良, 대화大和, 화천和泉의 여러 곳을 떠돌다가 주길住吉의 송서암松栖庵에 잠시 몸을 기탁하여 머물렀다.

문명 2년(1470) 일흔일곱 살 되던 해. 섭진국攝津國 22신사神社 중의 하나인 주길대사住吉大社가 있는 판정坂井의 운문암雲門庵으로 옮겨갔다가 신궁사神宮寺의 신라사본당新羅寺本堂 약사당藥師堂에서 노닐다가 무려 나이 차이가 오십년이나 되는 떠돌이 광대이자 맹인이었던 젊은 여인 삼森 시자侍者를 만났다. 일휴의 행적에서 파계破戒는 어쩌면 진정한 인간의 모습을 보여주려는 의도인 듯 보인다. 남색男色은 물론 불교의 계율戒律로 금지된 음주나 육식을 하고, 또 기방妓房의 창기娼妓와 음행을 범하기도 하고, 눈먼 여인 삼森 시자侍者와 동거하며 친아들인 기옹소정岐翁紹禎을 제자로 두기도 하였다.

이 무렵 공공연히 술을 마시고 유락遊樂을 즐기며 풍류에 빠져 한동안 풍월風月을 읊으며 살았다. 계율이 엄격하던 당시의 선종 사찰에서는 찾아볼 수 없는 일대 파천황破天荒의 역행삼매逆行三昧를 숨김없이 보여주는 기행奇行이었다. 껍데기만 선지식인 체 얄팍한 명리를 좇아 법을 팔아 중생을 현혹하는 영현승榮衒僧들에게 보란 듯이 오히려 자신의 잘못된 모습과 행동을 공공연히 보여주어 나쁜 짓을 하면 얻게 되는 과보를 깨우쳐주려는 듯 스스로 역행보살逆行菩薩이 기꺼이 되고자 하였다. 그의 시문이 실린 광운집에는 삼 시자를 향한 연시戀詩가 다수 수록되어 있다.

문명 3년(1471) 일흔여덟 살 되던 봄, 주길에서 삼녀와 다시 만난 뒤에 같이 살며 돌보아주었다.

문명 5년(1473) 여든 살. 막부가 진중에 대덕사를 세우고 이에 청하자, 이듬해 자야紫野의 대덕사 주지의 윤지綸旨를 받들어 입사법어入寺法語를 지어 이에 응하였다

문명 6년(1474) 여든한 살 되던 해 2월, 오랫동안 권력과 거리를 두고 야승野僧으로 청빈한 삶을 지내다가 계堺 지방의 거상巨商인 미화종림尾和宗臨 등의 시주를 받아 응인의 난으로 불타버린 대덕사를 다시 중건하기 시작하였다. 마침내 칙명勅命을 받들어 오히토緖仁 난으로 황폐해진 절을 대리하여 보수하여 제47세 대덕사 주지가 되었다.

문명 7년(1475) 여든두 살. 수은암 경내에 호구수탑虎丘壽塔을 만들고 자양탑慈楊塔이라 이름하여 그 현판을 처마에 내걸었다.

문명 8년(1476) 여든세 살. 주길의 소야小野에 상채암床菜庵을 지었다.

문명 9년(1477) 여든네 살 되던 해 9월, 군사를 피하여 화천和泉의 작은 섬에 은거하였다.

문명 10년(1478) 여든다섯 살. 여러 곳을 순례하다가 뒤에 주길에서 신촌으로 돌아갈 때, 노인이나 아이들이 가득 길을 막고 수레에 매달려 옷자락을 끌며 눈물을 흘리고 이별을 아쉬워했다.4) 하안거가 끝나자

---

4) "老幼遮道以慕臻, 攀轅曳衣, 揮淚而別." 一休和尚年譜 文明十年.

허당盧堂화상이 전한 가사袈裟에 게偈를 지어 대중들에게 설하였다.

문명 11년(1479) 여든여섯 살. 천황의 칙명으로 대덕사 제47대 주지가 되어 당시 무역과 상업이 성행하던 사카이 지방의 호상豪商인 미화사랑좌위문尾和四郎左衛門 일가뿐만 아니라 무사, 차인, 서민까지 동참하여 막대한 시주금이 모이자, 마침내 다섯 해 만에 대덕사 법당을 준공하고 경내에 대용암大用庵, 여의암如意庵을 재건하였다.

문명 12년(1480) 여든일곱 살. 제자에게 먹을 만들어 생계를 도모하도록 명하였는데, 이는 당시 사찰을 꾸리기 위하여 구차하게 시류에 영합하지 말고 가난한 수행자의 길을 꿋꿋하게 걸어가기 위하여 자력으로 노력할 것을 타이른 것이다. 당시 부호나 귀족들에게 빌붙어 저자에서 선을 팔아 이욕을 챙기는 걸 경계하라는 뜻이기도 하였다. 또한 제자더러 자신의 등신대 좌상을 나무로 조각하도록 명하였다. 그리고 스스로 머리털과 수염을 뽑아서 이를 목상木像에 심었는데, 이는 머리와 수염이 있는 목상을 남김으로써, '선승은 머리를 깎아야 한다'는 규율 따위의 겉치레나 하찮은 형식에 얽매이지 말고 오직 불법을 실천하는 올곧은 신행信行을 소중히 여기라는 마지막 당부이기도 하였다.

문명 13년(1481) 여든여덟 살. 대덕사 법당의 산문을 수리 복원하였다. 11월 초에 병이 나서 고열이 내리지 않아, 21일 묘시卯時에 "수미산 남쪽 땅에 누가 나의 선을 알리오. 허당 화상께서 오셨는데 반 푼어치도 펴지 못했네."5)라는 유게遺偈를 남기고 입적하였다. 수은암에서 선의 법맥을 전승한 일휴 휘하에는 빼어난 풍격과 파격적 선풍에 이끌려 당대의 예술인들이 운집하였다. 카마쿠라 말기에 들어 선종은 실제적인 일상생활에서 예술성을 추구하는 자연관으로 무가武家 사회의 성격

---

5) "須彌南畔, 誰會我禪. 盧堂來也, 不直半錢."

과 맞물려 발전하였다. 족리의정足利義政을 중심으로 연가사連歌師인 종장宗長이나 종감宗鑑, 수묵화의 증아사족曾我蛇足, 원락猿樂의 금춘선죽金春禪竹이나 음아미音阿彌, 차다侘茶의 촌전주광村田珠光 등이 두루 참선하였는데 일휴의 독특한 선은 중세 일본의 독특한 히가시야마 문화, 즉 동산문화東山文化 형성에 큰 영향을 미쳤다.

연덕延德 3년(1491) 일휴선사가 입적한 지 10주기에 대덕사 진주암眞珠庵을 개창하였다. 제자 몰륜소등没倫紹等(묵재墨齋) 등이 대덕사에 진주암을 열어 이곳에도 분탑分塔하였다. 이즈음 평생 지었던 염송을 엮어 '광운집', 그 외에도 앞서 기술한 '자계집' 및 '일휴화상가명법어'를 수습하였다. 제자로 기옹소정岐翁紹禎, 몰륜소등没倫紹等, 조심소월祖心紹越, 제옹소파済翁紹派, 북해소초北海紹超 등이 있으며, 특히 기옹岐翁은 진제眞弟(혈연의 아들이자 법연의 제자)였다고 전하며, 이 외 사카이堺의 호상尾和宗臨 미와종림尾和宗臨, 상국사승相国寺僧 남강종림南江宗臨 등이 문하에 이어졌다. 이 일문을 일휴파라고 하여 대덕사 본사에 주지자격인 서세瑞世를 주지 않고 평생 흑의黑衣로 지내는 것을 종헌으로 삼고 있다. 혹은 눈먼 삼森 시자라든가 즈이코瑞子라든가 하는 여성과의 관계 때문에, 여범女犯의 전설도 있어, 일상 파계破戒와 무참無慙한 행위를 굳이 많은 사람들 앞에 드러냈는데, 그것은 다이토쿠지大德寺일파一派의 기성 교단의 부조리와 난숙爛熟에 대한 경종이 되었고, 또 그러한 생활 속에서 일휴 스스로 독특한 진정眞情을 추구하는 주옥같은 시게詩偈가 창작되었다. 이처럼 진정성과 광기성이라는 상반된 양극단의 행위가 교차하거나 공존하였던 일휴선사의 생애는 당시 잠시뿐만 아니라 무로마치 중기 변혁기 사회의 풍조였다고도 볼 수 있는데, 일휴는 그 전형적인 인물이었다고 할 수 있다.

선사가 남긴 저술에는 광운집狂雲集, 속광운집續狂雲集, 자계집自戒集, 일휴법어一休法語, 불귀군佛鬼軍, 화첩으로 해골骸骨이 있다. 그리고 입적한 후에 일휴화상연보一休和尙年譜, 일휴하거록一休下炬錄, 일휴가一休歌, 일휴가명법어一休佳名法語 등이 수습되어 전한다.

일휴 선시의 미학

―독특한 풍류를 중심으로

개관

불교문학에서 독특한 위치를 차지하는 선시禪詩는 우주의 실체를 투과透過하는 초월의 사고와 비논리의 시공時空을 너머 진정한 자유를 성취하는 깨달음을 위한 운문의 한 갈래이다. 곧 선시는 오도悟道를 목적으로 하는 불교문학의 정수精髓라 말할 수 있다. 특히 선가의 문자는 고도로 압축되고 상징되는 비약과 역설이 함축되어 있는 반상反常의 언어이다. 일초직입一超直入하여 본지풍광本地風光을 노래하는 선기禪機를 주요한 모티브로 삼는다. "대나무 그림자가 섬돌을 쓸어도 티끌은 일지 않고, 달빛이 연못 바닥을 뚫어도 물에는 흔적이 없네."[1] 이처럼 선시의 정취는 지극히 평범한 언어로 초탈한 경지를 노래한다.

그런데 선과 시가 같은 위치에서 접맥할 수 있는 가능성을 이론적으로 구축하기 시작한 문헌은 중국 남송南宋시대 엄우嚴羽가 편찬한 창랑시화滄浪詩話에서 엿볼 수 있다. "대체로 선도禪道는 오직 오묘한 깨달음

---

1) "竹影掃皆塵不動, 月穿潭底水無痕." 야보도천冶父道川, 밀암함걸어록密庵咸傑語録.

에 있고 시도詩道 또한 오묘한 깨달음에 있다."2)라고 하여 선과 시의 동질성을 지적하였다. 또 금나라의 시인 원호문元好問이 말한 바와 같이, "시는 선객禪客이 비단에 꽃을 더한 것이며, 선은 시가詩家의 옥을 자르는 칼이 되었다."3)고 하여, 시와 선이 서로 교합하는 걸 말하였다. 한편 명나라의 사공도司空圖는 특히 선시는 운외지치韻外之致, 미외지미味外之味를 강조하여 시와 선이 하나라는 시선일치詩禪一致를 말하기도 하였다. 그 후에 청나라의 왕사정王士禎은 "사다리를 버리고 언덕에 오르는 것을 선가에서는 깨달음의 경지라 하고, 시인은 조화의 경지라 하니 시와 선은 일치되어 차별이 없다."4)라고 하였다. 이같이 다양한 선과 시의 맥락을 통찰하여 보면 선시의 영역은 깨달음의 꽃을 활짝 피운 화원花園이라 말할 수 있다.

광운집에 수록된 559편의 시를 형식으로 살펴보면 시체詩體가 매우 단순하여 칠언시가 대부분이다. 그리고 오언시가 약간 있고 비정형의 법어나 염송이 드물게 보인다. 내용으로 분류하면 우선 다양한 선종어록의 공안을 참구하여 고승들의 오도悟道와 임제종 대덕사 문중의 법맥을 계승한 선사先師들에 대한 숭모의 정, 존왕尊王과 고적古跡에 관한 회고나 감회를 드러낸 작품들이 비교적 많이 수록되어있다. 그럼에도 불구하고 일휴 선시의 독특한 풍류는 중세 일본 선불교에서 성행한 오산문학에 새로운 지평을 열었다고 볼 수 있다.

오산문학五山文學, 즉 '고잔분가쿠'는 일본 가마쿠라鎌倉와 무로마치室町 시대를 중심으로 약 백오십여 년에 걸쳐 발달한 '선림禪林' 한문학의 총칭이다. 가마쿠라와 교토에 각각 다섯 곳에 있던 큰 선종 사원을 중

---

2) "大抵禪道惟在妙悟, 詩道亦在妙悟."
3) "詩爲禪客添花錦, 禪是詩家切玉刀."
4) "舍筏登岸, 禪家以爲悟境, 詩家以爲化境, 詩禪一致, 等無差別."

심으로 한 선승들에 의해 창작된 선문학禪文學을 '고잔문학'이라 한다. 이 시기에 선종사원은 고잔파의 관사官寺로 공인받아 학문과 예술의 중심적인 역할을 하였다. 이때 '기도슈신義堂周信', '젯카이주신絶海中津' 등이 활약하면서 전성기를 구가했다. 그리고 '시선일미론詩禪一味論', 즉 선적 사유에 그치지 않고 이를 시론에 접목한 선적 문학관이 호응을 받으면서 선문학이 성립되었다. 그러나 당대의 선승들이 권력에 야합하는 등 타락하고, 중세의 전란 속에 점차 막부가 무력해짐에 따라 고잔 문학은 쇠퇴의 길을 걷게 되었다.

일휴는 태어난 황실을 제외하고는 평생에 걸쳐 대부분 농민, 떠돌이, 연가사連歌師, 하층민 등 일반 민중들 속에 머물렀고, 비록 부자더라도 신분이 낮은 상인들과 교류하였다. 그의 서민기질은 대개 청년시절에 머물렀던 선흥암禪興庵의 수행시기에 길러진 것이다. 그는 처음부터 끝까지 천의무봉天衣無縫의 경지에서 조반정신造反精神으로 평생을 일관하는 삶을 살았다. 일휴의 풍류정신은 통시적으로 삶의 궤적을 따라 변모해 가는데, 특징적인 시풍을 중심으로 크게 다섯 가지로 나누어 살펴볼 수 있다.

첫째, 광운자狂雲子의 뛰어난 선취禪趣를 엿볼 수 있는 일미一味의 선禪. 둘째, 당대의 사이비 승려를 신랄하게 비판한 영현승榮衒僧에 대한 풍자. 셋째, 젊은 삼森 시자侍者를 두고 읊은 염시艷詩를 통한 격외格外의 여백. 넷째, 한가로운 빈승貧僧으로 살아가며 자연을 노래한 체로금풍體露金風의 풍류. 다섯째, 승과 속을 넘나들며 민중의 삶과 일치시킨 진속무애眞俗無碍의 초탈超脫이 그것이다. 졸고에서는 이상의 다섯 범주로 나누어 다양한 작품을 개략적으로 살펴보기로 한다.

1) 일미一味의 선禪

선시禪詩는 깨달음에 이르는 뗏목이다. 저 건너 언덕에 닿고 나면 뗏목을 버리고 강 언덕에 오른다. 선시는 형식이나 격식을 벗어나 궁극의 깨달음을 추구하는 불교의 선적禪的 사유思惟를 담고 있다. 언어를 여의고 생각조차 끊어버린 '이언절려離言絶慮'의 경지는 문자를 통하되 문자를 벗어난 자리이다. 이걸 두고 선가禪家에서는 깨달음의 경지라 한다. 그래서 시와 선이 하나라는 뜻으로 '시선일여詩禪一如'라고 말한다. 중국 동진東晉 시대의 간보干寶는 '춘산春山'이란 시에서, "두 손으로 물을 뜨면 달 그림자가 손바닥 안에 머물고, 꽃을 희롱하니 향기가 옷에 깊이 배어드네."5)라고 읊었다. 이는 주관과 객관, 나와 사물이 일체가 된 물아일여物我一如의 상태이다.

예로부터 불법의 대의를 드러내기 위하여 선승은 직지인심直指人心, 교외별전敎外別傳, 이심전심以心傳心, 염화미소拈華微笑 등 다양한 표현으로 지극한 선지禪旨를 짧은 시어로써 드러냈다. 그 외에도 많은 선종어록에 등장하는 선시는 학인을 깨우치는 방편으로 오랫동안 회자되어 왔다. 선을 통하여 고요한 적정寂靜에 들면 나와 외물이 하나가 되는 심경일여心境一如의 경지에 이른다. 이처럼 마음을 집중하여 잡념을 없애는 수행을 이르길, 하나를 지켜 평등하여 차별이 없기에 '수일무적守一無適'이라 한다. 비로소 이러한 경지에 이르면 번득이는 선의 일미를 획득하게 된다. 선의 사유방식은 종종 돈오頓悟를 통하여 선지를 깨닫지만, 시의 창작방식은 직관의 통찰을 통하여 영감을 얻게 된다. 그러므로 선은 오직 일상에서 체득한 구체적 체험으로 얻어진 무한한 정신의

---

5) "掬手月在水, 弄花香滿衣." 선림구집禪林句集.

혁명이다. 이를 위하여 할 수 없이 정제된 언어를 빌려 노래한 선미禪味
는 묘오妙悟, 여백, 함축, 그리고 반상합도反常合道의 의경意境을 표현한다.

까마귀 소리를 듣고 깨달아[6]

호기롭게 성내다가 문득 미혹한 마음
이십년 전이 바로 지금 여기에 있구나.
까마귀 웃으며 나한과[7]로 속세를 벗으니
어찌 해 그림자는 고운 얼굴을 읊나.

깨달음은 이심전심以心傳心을 통하여 든 한 송이 연꽃에 비유할 수
있다. 마치 가섭의 미소처럼 그 자리에 오도悟道의 실상이 그대로 드러
난다.

일휴화상연보에 따르면, 일본 응영應永 27년(1420) 스물일곱 살 되던
해, 5월 20일 밤에 대오大悟하여 지은 작품이다. 칠흑같이 깜깜한 밤, 문
득 까마귀 소리에 한 소식을 듣게 된다. 시간과 공간이 사라진 자리에
정식情識마저 녹아 사라지니 출세간出世間이 바로 지금, 이 자리에 있다.

진포혜선사[8]

짚신 팔며 사람들 희롱하고 속이다니

---

6) 聞鴉有省; 豪機嗔恚識情心 二十年前在卽今 鴉笑出塵羅漢果 奈何日影玉顏吟.
7) 나한과羅漢果; 아라한阿羅漢이 될 수 있는 과보果報.
8) 陳蒲鞋; 賣弄諸人瞞諸方 德山臨濟沒商量 拈槌竪拂非吾事 只要聲名屬北.堂. 진포혜
   陳蒲鞋; 중국 당나라 때 승려인 목주도명睦州道明(780~877)화상. 용흥사龍興寺에
   머물면서 자취를 숨기고 포혜蒲鞋를 짜서 길에서 내다 팔아 어머니를 봉양하여 사
   람들이 '진포혜陳蒲鞋' 혹은 '진존숙陳尊宿'이라 불렸다. 황벽희운黃檗希運의 법을
   이었다.

덕산과 임제 화상은 생각조차 못했구나.
추 잡고 불자 드는 게9) 나의 일이 아니라
다만 어머니10)께 효도한 이름 드러낼 뿐.

　일휴는 여섯 살에 어머니를 여의었다. 평생 그 유언장을 골수에 새기고 수행자로 살아가며 석가도 미륵도 맘대로 부리는 주인공이 되고자 홀로 실천궁행實踐躬行하는 길을 미친 구름처럼 떠돌았다. 아마도 짚신을 삼아 저자거리에 내다 팔아 속가의 어머니를 봉양한 진포혜 선사가 자신의 처지에 겹쳐졌으리라. 세상을 속여도 이만하면 얼마나 거룩하고 아름다운 일인가. 높은 법상에 올라 불자 드는 것만이 선승의 할 일이 아니라 한다. 더 무슨 말을 덧붙이랴.

　　복사꽃 지는 물결11)

　　물결 따라 흐르니12) 속세 티끌 어떤지
　　춘삼월 되니 복사꽃 다시 볼 만하구나.
　　삼생에 한은 흘러 육십 겁인데
　　용문에는 해마다 금빛 물고기를 말리네.

---

9) 염추수불拈槌竪拂; "묻기를, '옛 사람이 추를 잡고 불자를 든 뜻이 무엇입니까?' 화상이 이르길, '대낮에 한가하지 않은 사람이다.' 스님이 말하길, '어떻게 받들어야 하겠습니까?' 화상이 이르길, '마치 바람이 귀를 스치는 것과 같다.' 問, 古人拈槌舉拂, 意旨如何? 師云, 白日無閑人. 僧曰, 如何承當? 師云, 如風過耳." 오등회원五燈會元 권12,
10) 북당北堂; 어머니가 거처하시는 곳. 곧 어머니를 의미함.
11) 桃花浪; 隨波逐浪幾紅塵 又值桃花三月春 流恨三生六十劫 龍門歲歲曝金鱗. 도화랑桃花浪; 벽암록 제60칙 주장탄건곤拄杖呑乾坤, 송頌에 보인다. "주장자가 건곤을 삼키니, 복사꽃 지는 물결 말해서 무엇하리. 拄杖子呑乾坤, 徒說桃花浪奔."
12) 수파축랑隨波逐浪; 물결을 따라 흘러가듯 학인의 근기에 따라 자유롭게 가르침의 수준을 정하는 것을 뜻한다.

너무 평범하므로 비범한 것일까? 물결 따라 복사꽃이 떨어져 흘러가니 속세의 티끌을 벗어났다. 자유자재하는 선승의 법석에 금빛 물고기가 팔딱이며 놀고 있다. 이만하면 일휴 선사의 집안이 풍성하여 주장자가 건곤乾坤을 삼키고도 남는다. 게다가 용문에서 벌어지는 일장一場의 장관을 보라고 한다. 임제종 대덕사 선승으로 그 자부가 충만하게 느껴진다. 참으로 춘경春景이 볼만하다.

제목에서 보이는 '도화랑'의 진면목은 옛 조사께서 은유를 통하여 지극한 뜻을 설파하셨다. 복사꽃이 물결을 따라 흘러가듯, 제자의 근기에 따라 자유롭게 가르침의 수준을 정하는 걸 운문雲門 선사는 삼구三句로써 드러냈다. "내가 그대들에게 보여줄 세 구절이 있다. 한 마디는 모두 담아 천지를 덮고, 한 마디는 모든 흐름을 끊어버리고, 한 마디는 물결 따라 좇아가는 것이다.[13]" 즉, 선승이 입실한 학승을 맞아 문답을 통해 가르치고 지도하는데 있어 요긴하게 세 마디로 말한 셈이다. 제접提接할 때는 불법의 보편성, 번뇌 망상의 제거, 자유자재의 지도가 체體와 용用이라는 점을 역설한 것이다.

매실이 익어[14]

해마다 익은 곳을 여태 잊지 못하니
말하는 가운데 맛있어도 누가 능히 맛볼까
사람의 허물[15]을 처음 본 대매의 늙은이[16]

---

13) "我有三句語示汝諸人, 一句涵蓋乾坤, 一句截斷衆流, 一句隨波逐浪."
14) 梅子熟; 熟處年年猶未忘 言中有味孰能嘗 人斑初見大梅老 疎雨淡煙靑已黃. 매자숙梅子熟; 매실이 익다, 즉 불법의 대의를 간파하였다고 인가한다는 뜻이다.
15) 인반人斑; 사람의 얼룩이나 허물. 사람의 얼룩은 보지 않고 범의 얼룩은 보니, 생각해보면 사람의 얼룩은 보길 원하지 않고, 범의 얼룩은 본 뒤에야 피하니 오직 사람

이슬비에 풋 매실이 누렇게 익었구나.

깨달음에 이르는 지극한 한 마디는 통발과 같아 물고기를 다 잡고나면 통발은 버린다. 풋 매실이 누렇게 익었으니 대매산에 온통 가을이 깊어 매실 향이 자욱하다. 선의 일미가 지극하다.

대매산 법상 선사가 처음 조사를 뵙고 묻기를, '무엇이 부처입니까?' 조사께서 이르길, '마음이 곧 부처다.' 법상스님은 곧 크게 깨닫고 그 뒤로 대매산에 머물렀다......한 스님이 말하길, '요즘 마조스님께서 불법이 또 달라졌습니다. 요즈음에는 '마음도 아니고 부처도 아니다'고 하십니다.' 하니, 법상이 말하기를 '저 늙은이는 사람을 헷갈리게 하는데 그칠 날이 없구나. 너는 '마음도 아니고 부처도 아니다'고 해라, 나는 오직 '마음이 곧 부처'라고 하겠네.' 그 스님이 돌아가 조사께 말하니 조사께서 말하기를 '매실이 잘 익었구나.'하였다.[17]

자신이 증득한 것을 독실하게 믿어 대매산에 머물던 법상스님은 마조화상을 따라 고치지 않았다. 그러므로 마조는 특별히 그를 다음과 같이 칭찬하였다. '매실이 다 익었다' 즉 대매의 깨달음과 수행이 이미 원만하고 성숙해졌다는 뜻을 보인 것이다. 그 뒤로 매실이 익었다는 말은 선승들이 선의 견해를 표현하는 한 언구言句가 되었다.

연꽃으로 옷 지어 입고 솔잎을 먹으며 구름 깊은 곳에 머무니, 아마

의 얼룩을 피하기가 가장 어렵다.

16) 대매노大梅老; 중국 당나라 때 승려인 법상法常(752~839). 호북湖北 양양襄陽 사람, 속성은 정鄭이다. 마조도일馬祖道一에게 참학參學하였고 절강성浙江省 은현鄞縣의 대매산大梅山에서 수행하였다.

17) "大梅山法常禪師, 初參祖問, 如何是佛? 祖云, 卽心是佛. 常卽大悟, 後居大梅山...... 僧云, 馬師近日佛法又別. 常云, 作麼生別? 僧云, 近日又道 非心非佛. 常云. 這老漢惑 亂人, 未有了日. 任汝非心非佛, 我只管卽心卽佛. 其僧回擧似祖, 祖云, 梅子熟也." 마 조록馬祖錄, 즉심시불卽心是佛 감변감변勘辨.

도 그 당시 사람을 잘못 보았구나. 평생 마음이 곧 부처라는 말에 묻혀 있으니, 천만년이 되어도 티끌이 되지 않는구나.[18]

꼭두각시[19]

한 무대 위에서 온 몸을 드러내니
더러는 왕으로 더러는 서민이로구나.
눈앞에서 진짜 나무말뚝을 잊었으니
바보가 본래의 사람이라 부르네.

괴뢰는 남의 조종을 받는 꼭두각시를 말한다. 주인공으로 살 것인가, 아니면 노예로 살 것인가? 석가세존은 주인공을 일러, '본래인本來人'이라 하셨다. 달마조사 이래 학인을 제접提接하는 점검방식인 임제삼구臨濟三句 가운데 마지막에 나오는 구절은 자성自性을 바로 보아 본래면목을 찾으라는 공안이다. "스님이 묻기를, '어떤 것이 제삼구입니까?' 임제스님이 말씀하시길, '무대 위에 꼭두각시를 조종하는 것을 잘 보아라. 밀었다 당겼다 하는 것이 숨은 사람이 하는 짓이니라.'[20]" 불교의 수행은 일상에서 깨달음을 추구하여 본래인이 되고 또 무사인無事人이 되고자 하는 끊임없는 실천일 뿐이다. 그러므로 수선修禪은 원시적인 본래의 마음을 찾아가는 끊임없는 수행이라 말할 수 있다.

"또한 어리석은 사람을 '본래인'이라 고쳐 부르니, 도를 배우는 사람은 진리를 알지 못한다. 예전부터 영혼이 있다는 걸 알았을 뿐, 시초가

---

18) "荷衣松食住深雲, 蓋是當年錯見人. 埋沒一生心卽佛, 萬年千載不成塵." 종감법림宗鑑法林 권12.
19) 傀儡; 一棚頭上現全身 或化王侯或庶民 忘卻目前眞木橛 癡人喚作本來人.
20) "問, 如何是第三句? 師云, 看取棚頭弄傀儡. 抽牽都來裏有人."

없는 겁에서 온 생사의 근본이다.21)"

운암화상이 막 열반에 들려고 하자, 동산스님이 물었다. "스님께서 열반에 드신 후 백년 뒤에 누군가 '화상의 초상을 그릴 수 있겠는가?' 하고 묻는다면, 그에게 무엇이라 대답하면 되겠습니까?" 그러자 운암이 대답했다. "다만 그에게 '이러한 사람'22)이라고 답해라." 동산은 이 말을 간파하지 못하였다. 운암이 입적한 뒤에 재를 지내기 위해 위산潙山으로 가다가, 담주潭州에 이르러 큰 개울을 건널 때 동산은 물속에 비친자기 모습을 보고 크게 깨달아 비로소 운암의 말을 간파하게 되었다. 그래서 게를 읊었다. "절대로 남에게서 찾으려고 하지 말라, 멀고 아득해서 나와는 서먹하다. 나는 이제 홀로 가지만, 곳곳에서 그를 만난다."23)

본래인은 중생이 본래부터 갖추고 있는 청정한 자성이다. 끝없이 많이 간직한 창고를 부수고 열어, 값을 매길 수 없는 보배를 꺼내어 옮기면서도 일체 의지하지 않으면, '본래인'을 드러내 보이는 것이다.24) 이자리가 바로 '본지풍광本地風光'이다.

　　　풍경25)

　　　고요한 때 잠잠하다가 흔들리면 울리니
　　　방울이 소리 내는지 바람이 소리 내는지.

---

21) "癡人喚作本來人, 學道之人不識眞. 祇爲從來認識神, 無始劫來生死本." 경덕전등록 권10, 장사경잠長沙景岑 선사 게송.
22) '지저한只這漢'은 운암화상의 본래면목을 말하는데, 동산스님은 '거渠', 즉 '그'로서 체득하였다.
23) "切忌隨他覓, 迢迢與我疎. 我今獨自往, 處處得逢渠."
24) 원오불과선사어록圓悟佛果禪師語錄에 보인다.
25) 風鈴; 靜時無響動時鳴 鈴有聲耶風有聲 驚起老僧白晝睡 何須日午打三更. 풍령風鈴; 풍경風磬. 절의 처마 끝에 다는 경쇠.

대낮에 늙은 스님이 자다 놀라 일어나니
하필이면 정오에 한밤중 종을 치는가.

무문관의 ‘비풍비번非風非幡’ 공안에서 탁의託意한 선시이다. 어느 날 절의 깃발이 바람에 날리는데, 한 선승은 ‘깃발이 날린다.’ 하고 다른 선승은 ‘바람이 움직인다.’고 하며, 서로 옳다고 주장하였다. 혜능慧能 화상이 “바람이 움직이는 것도 아니고, 깃발이 움직이는 것도 아니고, 그대들의 마음이 움직이는 것이다.”라고 하였다.[26)]

처마 끝에 달린 풍경 소리에 낮잠을 자다가 깨고 보니 방울소리인지 바람소리인지. 게다가 정오에 한밤중 삼경에 치는 종소리를 듣다니, 놀라운 선기禪機가 번득인다. 분별을 벗어난 자리가 시퍼렇다. 이 찰나 굳이 마음은 끌어다가 어디에 쓰려는지.

사립암[27)]

기봉 있는 선객과 어부가 온전히 수용하니
어찌해 꼭 나무 법상에 올라야 선을 펼치는가.
짚신과 대지팡이로 삼천세계 떠돌아다니며
한데 잠자고 굶주리며 이십년이나 보냈구나.

‘사립’은 암자 이름이다. 도롱이와 삿갓 쓰고 강호에서 보낸 이십년. 빈한한 선승의 모습이 그대로 한 폭의 절경이다. 짚신과 대지팡이로 삼

---

26) “六祖因風刹幡, 有二僧對論, 一云幡動, 一云風動, 往復曾未契理. 祖云, 不是風動, 不是幡動, 仁者心動.” 무문관無門關. 제29칙.

27) 簑笠 庵號; 機客漁人受用全 何須曲椂木床禪 芒鞋竹杖三千界 水宿風飧二十年.

천세계를 떠돌았으니, 물을 베고 한데 잠자고, 바람을 먹고 주림도 달게 삼켰다. 아찔하도록 청빈한 삶이 여기에 있다. 선승이 반드시 높다란 법상에 올라야 혀끝에 선을 들먹일 것인가? 한 마디도 내뱉지 않고 이미 일휴는 법상을 내려와 저만치 가버렸다. 천지에 흐르는 풍광이 그냥 장광설長廣舌을 펼치고 있다.

열반당28)

죽음으로 떨어지는 곳29)이 열반당인데
스스로 참회하여 게가 끓는 물30)에 드는 듯
일곱 손과 여덟 다리가 만겁의 괴로움인데
목숨 뺏는 귀신은 불수레 타고 바쁘네.

열반당은 죽음을 직면한 자리다. 개안開眼한 곳이 바로 '안광낙지眼光落地'이다. 도솔 열화상은 세 가지 관문을 만들어 학인에게 물었다. '번뇌를 떨치고 불법을 찾는 일은 단지 견성하기 위한 것인데, 지금 그대의 성품은 어느 곳에 있는가? 스스로의 성품을 알게 되면 바야흐로 생사에서 벗어나는데, 죽음이 다가왔을 때 어떻게 해탈할 것인가? 생사를 벗어날 수 있다면 곧 갈 곳을 아는데, 몸뚱이가 흩어지면 어느 곳으로 가는가?'

---

28) 涅槃堂; 眼光落地涅槃堂 自悔自慚螃蟹湯 七手八腳萬劫苦 無常殺鬼火車忙. 열반당 涅槃堂; 승려가 죽을 때 거처하는 곳.

29) 안광낙지眼光落地; 죽음이 가까이 다가오는 곳. "兜率悅和尚, 設三關問學者. 撥草參玄只圖見性, 即今上人性在甚處? 識得自性, 方脫生死, 眼光落時, 作麼生脫? 脫得生死, 便知去處, 四大分離, 向甚處去?" 무문관無門關 제47칙, 도솔삼관兜率三關.

30) 방해螃蟹; 게의 일종. "眼光落地時, 未免手脚忙亂, 依舊如落湯螃蟹也." 선림보훈합주禪林寶訓合註, 권4.

죽음이 다가왔을 때 손발을 허우적거림을 면하지 못하니 예전에 게가 끓는 물에 떨어지는 것과 같다. 생멸이 둘이 아니고 열반이 따로 있는 것도 아니다. 오직 괴로울 뿐. 여기에 불법의 대의가 비로소 싹을 내민다. 제행무상諸行無常의 도리는 천지간에 가득하다. "비가 오지 않아도 꽃은 지고, 바람이 불지 않아도 버드나무 가지는 저절로 흔들린다."31) 어느 봄날, 마치 새싹이 돋아나듯, 새 생명의 약동을 보는 순간, 이미 시든 풀이 그 속에 있다. 생生과 멸滅이 한 종자 안에 있다.

　　일용32)

　　날마다 바른 공부하니
　　활을 당겨 동쪽에서 오랑캐33)를 쏘네.
　　부처를 죽이고 조사를 죽이라 하니
　　마왕34)은 길을 잃었도다.

　서쪽에서 오신 달마대사를 동쪽에서 활을 쏘아 죽인다고 떵떵거리니, 불경不敬도 이만하면 최상의 공경과 다름이 없지 않은가? 바른 공부란 남에게 부림을 받아 노예가 되는 것이 아니라, 자성을 깨달아 스스로 주인이 되는 것이다. '어디에 가든지 주인이 되라'는 주체적인 삶을 강조한 수처작주隨處作主의 정신은 지금 여기 서있는 곳 모두가 바로 진여라는 뜻이다.

---

31) "不雨花猶落, 無風絮自飛." 백은白隱, 괴안국어槐安國語.
32) 日用; 日用正工夫 挽弓東射胡 殺佛殺祖令 波旬失却途.
33) 호胡; 서천西天의 호자胡子. 달마대사. "혹암화상이 말하길, '호자는 왜 수염이 없는가?' 하였다. 或庵曰, '西天胡子, 因甚無鬚?" 무문관無門關 제4칙, 호자무수胡子無鬚.
34) 파순波旬; 석가釋迦의 수행을 방해하려고 한 마왕의 이름.

임제록에서 불법은 인위적인 조작이 필요한 게 아니라 평상시 있는 그대로 살아가는 일이라는 걸 말한다. "임제 화상이 대중들에게 말씀하길, '도를 배우는 벗들이여, 불법은 애써 공을 들여서 하는 것이 아니다. 그저 평상대로 아무 일도 없는 것이다. 똥 싸고 오줌 누며, 옷 입고 밥 먹으며, 피곤하면 눕는 것이다. 어리석은 사람들은 나를 비웃겠지만 지혜로운 이는 알 것이다. 옛사람이 말하기를, '자신 밖을 향해서 공부하는 사람은 모두 어리석고 고집스런 녀석들이다.' 라고 하였다' 그대들이 어디를 가나 주인이 된다면 서 있는 곳마다 그대로 모두 참된 것이 된다."35)

한편 일용에서 더 나아가 살불살조殺佛殺祖는 선가의 가풍이다. 임제 화상은 "부처를 만나면 부처를 죽이고 조사를 만나면 조사를 죽여라"고 말하였으니, 이미 지옥에 떨어졌다. 마음을 부리지 않는 경계야말로 무심의 경지가 아니고 무엇인가? 지옥도 한갓 망상이고, 부처도 조사도 한갓 꼭두각시일 뿐.

　　비유로 병든 스님을 깨치며36)

　　술에는 활 그림자37)에 놀란 고질병 있어
　　활이 손님 잔에 독사 그림자로 비쳤다네.38)

---

35) "師示衆云, 道流, 佛法無用功處, 祇是平常無事, 屙屎送尿, 著衣喫飯, 困來卽臥. 愚人笑我, 智乃知焉. 古人云, 向外作工夫, 總是癡頑漢. 儞且隨處作主, 立處皆眞." 임제록 臨濟錄, 시중示衆 13－1.

36) 破譬喩示病僧; 弓影膏肓在酒中 毒蛇影落客盃弓 楓林黃葉蜀江錦 染得心頭滿目紅.

37) 고황膏肓; 고질병. 심장心臟과 횡격막橫膈膜의
　　사이로 병이 그 속에 생기면 낫기 어렵다.

38) 사영蛇影...배궁弓; 배궁사영杯弓蛇影. 중국 한漢나라 응소應劭의 풍속통의風俗通義 세간다유견괴世間多有見怪와 진서晉書 권43. 악광전樂廣傳에 보인다.

노란 단풍 숲에 촉 강은 비단인데[39]
　　마음이 물들고 나니 눈 가득 붉도다.

　병든 스님을 문병하며 비유를 들어 경책하고 있다. 분별하거나 차별
하는 그곳에 안심법문을 내려 고질병을 고치고 있다. 달마대사에게 혜
가가 "마음이 불안합니다."라고 말하자, 달마가 "그 마음을 가져오라."
고 하였다. 이에 혜가가 "마음을 못 찾겠습니다"고 하자, 달마는 "이미
그대의 마음을 편안히 해주었노라"고 대답하였다. 이것이 바로 선종의
유명한 화두 '안심법문'이다. 불교의 팔만사천법문이 모두 마음을 편안
하게 하는 안심법문이다.

　운문 화상이 대중에게 말하길, '약과 병은 서로를 다스린다. 온 대지
가 모두 약이다. 어떤 것이 자신인가?'[40] 병이 있다면 응당 거기에 약이
있다. 굳이 약을 멀리서 찾으려고 하니 병이 더 깊어지는 것이다. 중국
진晉나라 때 악광樂廣이 친구와 함께 술을 마시다가 그 친구가 술잔에
비친 활의 그림자를 뱀으로 오인하여, 온갖 의심에 병이 들어 두려워한
일을 비유한 선시다. 마음이 물들고 나면 눈앞에 펼쳐지는 온갖 것도
물들고 만다. "아주 조그마한 망상이라도 일으키면, 문득 마군의 함정
에 떨어지며, 곧 부름을 받아 저들이 다 주인이 되고 만다."[41]

　　매화가 지고 나서[42]

---

39) 촉강금蜀江錦; 중국 촉蜀나라는 지금의 사천성四川省 지역인데 '성도촉금成都蜀
　　錦'이라 하여 예로부터 비단이 유명하였다.
40) 비유시병譬喩示病; 벽암록 제87칙, 약병상치藥病相治에 보인다. "擧. 雲門示衆云,
　　'藥病相治. 盡大地是藥. 那箇是自己?'"
41) "擬生纖塵妄想念, 則便墮他圈橫, 則便被他作主." 선요禪要, 시중示衆.
42) 盡梅; 目前春樹屬孤山 上苑一枝無客攀 七寶靑黃礱紅白 淡煙疎雨祖師關.

봄이 눈 앞인데 외로운 산에 나무여
왕실 정원에는 한 줄기 꺾는 나그네 없네.
푸르고 노란 칠보에 붉고 하얀 꽃부리
피어오르는 가랑비는 조사의 관문[43]이로다.

참선을 하는 수행자는 조사선의 관문을 통과하여야 도를 깨칠 수 있
다. 매화가 다 지고 난 어느 날, 언어나 문자를 초월한 조사의 관문이 안
개처럼 피어오르는 가랑비에 촉촉하게 젖고 있다. 수행도 이처럼 가랑
비에 젖어 스며들듯, 들끓는 마음을 고요하게 다스릴 줄 알아야 비로소
관문을 투과透過할 수 있다.

무문화상이 말하길, '선을 참구하는데 반드시 옛 조사들이 세워놓은
장벽을 뚫어야 한다. 절묘한 깨달음을 얻기 위해서는 들끓는 마음을 끊
어야한다. 그 장벽을 뚫지 않고 들끓는 마음을 버리지 못하는 사람은
모두 초목에 붙어사는 귀신이다. 자, 말해보아라. 무엇이 선의 장벽인
지, 바로 이 '무無' 자 공안이 선의 장벽이다. 그래서 이것을 선종무문관
이라 부른다.'[44] 아직도 녹지 않은 눈은 차가운 북쪽 봉우리에 있는데,
매화는 남쪽 가지에 향기롭게 피어난다. 마음에 눈 뜬 자는 이미 관문
너머 매향에 취하여 저만치 홀로 우뚝하다.

세상을 떠나며[45]

오늘밤은 열반당에서 눈물 닦으니

---

43) 조사관祖師關; 무문관 제1칙, 조주구자趙州狗子에 보인다.
44) "無門曰, 參禪須透祖師關, 妙悟要窮心路絶. 祖關不透, 心路不絶, 盡是依草附木精靈.
且道, 如何是祖師關. 只者一箇無字, 乃宗門一關也. 逐目之曰, 禪宗無門關."
45) 辭世; 今宵拭淚涅槃堂 伎倆盡時前後忘 誰奏還鄉眞一曲 綠珠吹恨笛聲長.

솜씨를 다 써버린 때 전후를 잊었노라.
누가 고향으로 돌아갈 참한 한 곡조 연주할까
녹주46)가 부는 긴 피리소리 한스러워라.

'사세辭世'는 죽음을 앞두고 지은 게송이다. 고즈넉한 밤, 마지막 죽음의 자리인 열반당에서 참회하는 한 선승의 고백이 사무치도록 한스럽다. 후반부에서 끌어온 녹주라는 여인 때문에 뼈아픈 회한이 적나라하다. 중국 서진西晉시대의 석숭이 자신의 애첩인 녹주를 달라는 권신 손수孫秀의 요구를 거절하자, 그의 모함에 빠져 억울하게 처형되었다. 이에 녹주는 석숭과 함께 놀던 누대에서 떨어져 자살하였다.47)

녹주는 피리를 잘 불었는데 마지막 고향으로 가는 길에 긴 피리소리가 여운을 끌며 귓가에 아스라하다. 죽음은 고향으로 돌아가는 길이다. 삶은 기껏해야 죽음이란 고향으로 돌아가는 고독한 행인이 걸어가는 길일 뿐. 열자는 죽음에 대하여 탁월한 안목으로 오늘 우리에게 말한다.

"안자가 말하였다. '훌륭하구나, 옛날에 있던 죽음이여. 어진 사람은 휴식하고, 어질지 못한 사람은 굴복한다. 죽음이라는 것은 덕이 돌아갈 곳이다. 옛날에는 죽은 사람을 일러 '돌아간 사람'이라 하였다. 무릇 죽은 사람을 돌아간 사람이라고 말한다면, 곧 산 사람은 '행인'이라 한다. 길을 가면서 돌아갈 줄 모른다면 그는 집을 잃은 사람이라 할 것이다. 한 사람이 집을 잃으면 온 세상이 그를 비방하지만, 천하가 집을 잃으면 비난할 줄 모른다.'"48)

---

46) 녹주綠珠; 중국 진晉나라 무제武帝 때 부자로 이름난 석숭石崇의 첩.
47) 진서晉書 권33 석숭열전石崇列傳.
48) "晏子曰, 善哉, 古之有死也. 仁者息焉, 不仁者伏焉. 死也者, 德之徽也. 古者謂死人爲歸人. 夫言死人爲歸人, 則生人爲行人矣. 行而不知歸, 失家者也. 一人失家, 一世非之, 天下失家, 莫知非焉." 열자列子, 천서편天瑞篇.

산에 살며[49]

외로운 봉우리 위에 몸 드러내니
열 집 길목은 사거리에 돌아앉았구나.
밤마다 하늘가 기러기 소리 부질없이 들리니
고향 소식 부친 서신에 한 글자도 없네.

산중에 살며 호연지기浩然之氣가 넘실대니, 번화한 저자거리는 아예 기웃거리지 않고 돌아앉아 세상일에는 상관하지 않는다. 전반부에서는 도인의 한가로운 풍모가 그대로 드러난다. 그런데 후반부에서 하늘가 기러기를 불러다 격외格外의 소식을 전하고 있다. 계절과 자연이 합일되어 기다리던 한소식이 문자를 떠나 선취禪趣를 획득하고 있다. 기러기는 종종 옛날 한시에서 '안서雁書'라 하여 서신을 상징한다. 한 글자도 없는 소식이야말로 달마대사가 서쪽에서 오신 까닭이다. "달마가 서쪽에서 올 때 한 글자도 없었으니, 온전히 공부에다 마음을 기대었구나. 만약 종이 위에서 불법을 찾는다면, 동정호를 붓끝에 찍어 말린들 어이하리."[50] 달마의 선법은 문자를 여읜 무자진경無字眞經인데, 괜히 애써서 평생 문자에 매달리니 교외별전敎外別傳이 무색하게 되고 말았다.

외로운 산봉우리에 펼쳐진 글자 없는 경전을 보라. 한 글자조차 없어도 때가 되면 초목은 진면목을 드러내니, 세속적인 일이야 돌아볼 게 있는가. 건곤에는 부처님께서 설하신 가르침이 지천이다. 게다가 고향의 소식은 텅 빈 안서 속에 무진장한 보배를 간직하고 있으니, 선승에게 더 무엇이 소용되겠는가? 지금 여기를 보라. 풀 한 포기도 대천세계

---

49) 山居; 孤峯頂上出身途 十字街頭向背衝 空聞夜夜天涯雁 鄉信封書一字無.
50) "達摩西來一字無, 全憑心意用功夫. 若從紙上尋佛法, 筆尖醮乾洞庭湖." 달마보전達摩寶傳.

를 향하여 기봉機鋒이 우뚝하게 솟아나 독존獨尊의 경지를 누리고 있지 않은가? 선승은 홀로 산에 은거하며 자연과 합일하여 살아갈 뿐.

2) 영현승榮衒僧에 대한 풍자

시는 시대의 반영이다. 당대를 직면하지 않고 시는 어떠한 삶의 모습도 제대로 그릴 수 없다. 이런 점에서 논의를 시작한다면 시인이 온몸으로 부대낀 시대상을 먼저 살펴보아야 할 것이다. 일휴는 생애를 거의 경도를 중심으로 그 외곽에서 떠돌며 백성들과 함께 전란의 시대를 살았다. 응인의 난에는 무자비한 전쟁과 천재지변의 재해에 시달리는 민중의 참상을 뼈저리게 체험하고, 동시에 무사정권의 부정과 부패를 목격하였다. 당대의 선종 사찰은 사이비 선승이 귀족, 부호, 무사 계급과 결탁하여 민중의 삶은 도외시한 채 오직 영달과 명리를 위한 삿된 처세의 도구로 전락하였다. 당시 막부는 재정을 보충하기 위하여 제멋대로 오산 관할의 사원을 통제하기 위하여 주지의 임기를 줄이거나 득오得悟의 인가를 남발하기도 하고, 관전官錢을 거두어 막대한 재물을 축적하였다.

일휴는 평생 청빈한 선승의 삶을 살았다. 연꽃처럼 속세에 뒹굴며 속진俗塵을 벗어나고자 하였으나, 그저 침묵으로 일관하지는 않았다. 당시 선종 사찰의 부패와 모순에 절망하고, 게다가 삿된 영현승에 실망하여 신랄하게 이를 비판하였다. 이러한 반골 기질 때문에 당시 권력에 추종하던 오산파의 제산諸山에서는 그를 결코 받아들이지 않았다. 광승狂僧으로 몰려 어디에서도 천덕꾸러기처럼 도외시되었다. 한편 일휴의 사상과 인격 형성에 가장 큰 영향을 준 사람은 스승인 겸옹謙翁, 화수華

叟, 그리고 어머니이다. 탁월한 선승인 두 스승이 남긴 최대의 유산은 다름 아닌 청빈의 삶 그 자체이다. 그래서 그는 평생 실천하는 가난한 수행자로 세상의 평가에는 아랑곳하지 않고 홀로 구름처럼 떠돌며 작은 암자나 저자거리에서 역행보살이 되었다.

오산을 중심으로 일본 임제종의 선종 사찰은 15세기에 들어 속세의 명리를 탐하여 점차 수행이 변질되어 타락하고 말았다. 심지어 공안을 매매하여 치부의 수단으로 삼았을 정도였다. 그런데 무엇보다 선종을 처세의 도구로 여긴 사형師兄인 양수종이養叟宗頤에 대한 일휴의 비판은 유명하다. 양수는 실정시대 전기, 임제종 승려로 경도 출신인데 속성은 등원藤原씨로 대덕사 주지를 지내다가 철옹화상 문하의 주류를 형성하였다. 그는 재야의 임하林下에서 홀로 선법을 펼쳤는데, 나중에 일휴와 불화하게 되었다. 마침내 오산에 깊이 개입하여 교단을 지배하였을 뿐만 아니라 당시 막부의 권력자인 족리足利 가문과 오산의 관계를 돈독하게 하는데 힘썼다. 또 선승으로 한때 대덕사를 부흥시켰지만, 화수화상의 고절孤絶하고도 준엄한 유풍遺風을 거역하고 선을 사이비 도세渡世의 방편으로 전락시켜 오직 명리를 추구하는 노예가 되어버렸다. 그러므로 일휴는 불법佛法을 훼손한 영현승이자 악지식인 그를 매섭게 비난하였다. 더구나 열여덟 살이 많은 양수를 빗대어 심지어 문둥이라고까지 비하卑下했는데, 사람을 속이는 죄가 너무 크기 때문에 천벌로 나병에 걸렸다는 파격적인 시를 남겼다.

　　　영달을 좇는 중에게 보이다[51]

---

51) 示榮衒徒; 人家男女魔魅禪 室內招徒使悟玄 近代癩人頤養叟 彌天罪過獨天然.

마을에 남녀가 마귀의 선을 하느라
방안에 신도 불러 모아 깨닫게 하는구나.
요즘 문둥병자인 종이양수 화상이여
하늘 가득한 죄악은 유독 어쩔 수 없네.

마귀의 선을 펴는 이곳은 참혹하다. 사형 종이양수를 향하여 맹렬하게 비난하는 시다. 남녀 무리에게 삿된 선을 베풀고 있는 영현승에게 그 죄업이 하늘에 가득하다고 하며 천형天刑의 문둥병자라고 매도한다. '불법의 죄를 범한 양수는 문둥병자이다.'52)라는 것이 일휴의 지론이었다. 이는 일찍이 대덕사 57대조 철옹화상이 영현승을 향하여 간언한 훈계에 따른 것이다. 즉 이런 사이비 승려는 인간으로 태어나서 부처님의 법을 듣지 않아 나병의 고통을 받는다고 하였다.

나병은 참으로 무서운 질병이다. 그러나 고집스럽고 도리에 밝은 일휴가 보기에 양수는 사람을 속이는 죄가 매우 크기 때문에 천벌로 나병에 걸렸다고 여긴 것도 어쩌면 수긍이 간다. 한편 양수가 입적한 뒤에 일휴의 법을 이은 춘포종희春浦宗熙도 마찬가지로 그를 조롱하고 욕하였다. 그를 청방주青坊主, 즉 요괴라고 부르며 축생과 같다고 폄하貶下하였다.

영달을 바라는 삿된 중에게 보이며, 두 수53)

참선하는 노파는 버들 휘장 안에 있고
입실한 미인은 향기로운 자리에 앉았네.

---

52) "法罰養叟成癩人." 일휴종순, 자계집自戒集.
53) 示榮衒惡知識 二首; 參禪婆子楊花帳 入室美人蘭蕙茵 近代箇邪師過謬 馬牛漢非是人倫. 捧心自稱法王身 世上弄嘲徒怒嗔 一箇猢猻沒巴尾 出頭大用現前人.

요즘 일개 삿된 중의 허물이 지나치니
짐승 같은 놈은 사람의 도리조차 모르지.

흉내나 내며 제 몸소 법왕이라 떠드니
세상 조롱하며 쓸데없이 화를 내는구나.
대롱 속에 원숭이가 꼬리를 숨기노니
바로 여기 크게 쓰이게 머리나 내놓아라.

이 시는 사사邪師인 승려를 비판하는 작품이다. 삿된 사이비 스승인
당시의 영현승은 경도를 중심으로 마치 돌림병처럼 나돌았다. 시류에
영합한 선지식은 부유한 노파나 여인을 앉혀놓고 선의 도리조차 까마
득히 잊고 불법과 인륜을 농락하였다. 또 선승의 흉내나 내며 화려한
법석에 올라 제가 법왕이라 떠들며 세상을 조롱하거나 꾸짖으며 가짜
중노릇 하느라 남을 속였다. 그래서 일휴는 그런 무리들은 마치 대롱에
든 원숭이마냥 꼬리를 숨기고 있다고 야유한다. 마침내 결구에서 따끔
한 한 방을 날린다. 바로 여기 크게 쓸 테니 머리나 내놓아보라고.

"만일 중생들이 아무리 착한 벗을 구하여도 사견을 만나면 바른 깨달
음을 얻지 못하리니, 이는 외도의 성품이라 하는데 삿된 스승의 허물일
지언정 중생의 허물은 아니니라. 이것을 일러 중생의 오성 차별이라 하
니라."54) 가짜 선 이른바, 상사선相似禪은 중생을 미혹하여 진실한 깨달
음이 아닌 거짓으로 포장한 관념적인 깨달음이다. 일찍이 중국 남송시
대의 대혜종고大慧宗杲 선사는 이를 혹독하게 비판하였다. "요즘 불법佛
法을 아주 헐값으로 파는 무리들이 있다. 그들은 곳곳에서 한 무더기나

---

54) "若諸衆生, 雖求善友, 遇邪見者, 未得正悟, 是則名爲外道種性, 邪師過謬. 非衆生咎,
是名衆生, 五性差別." 원각경圓覺經 미륵보살장彌勒菩薩章.

한 짐씩 상사선을 배워가지고 팔고 있는데, 잠시라도 종사宗師들이 내버려두면 마침내 주거니 받거니 헛소리나 이어받아 서로 인가하며 후학들을 호도하고 속여서 점점 바른 종지를 사라지게 하고 있다. 직지인심의 선풍을 쓸어버리고 있으니 자세히 살피지 않을 수 없다."55)

음방을 칭송하여 법을 얻은 중을 욕하며56)

입으로 법을 지껄이며 줄곧 속이다가
날마다 권력자 앞에서 괜히 굽실거리네.
번화한 어지러운 세상에 진짜 스승은
금란가사를 걸친 음방의 미인들이구나.

　세상 곳곳에 실천하지 않고 말로만 거창하게 떠들어대는 구두선口頭禪이 질펀하다. 일휴의 속내는 솔직하다. 위선을 떨쳐버리고 차라리 그 자리에 위악으로 한바탕 욕이나 하는 게 낫다고 생각했을 것이다. '혀 끝에 오른 사법邪法이 높은 관리 앞에서 허리를 굽혀 조아리느니 차라리 저자거리로 나가 기생집에서 선지식을 찾는 게 낫겠다고.' 당대의 영현승은 거짓과 위선으로 포장하여 법석을 베풀어 속인을 속여 영달을 추구하는데 혈안이 되어 있었다. 따라서 법석은 기껏해야 측간廁間이 되고 말았다. 오물 냄새가 진동하는 그곳은 지분脂粉 냄새가 풍기는 음방보다 나은 게 무엇인가?

---

55) "盖近年以來, 有一種神販之輩. 到處學得一堆一擔相似禪, 往往宗師造次放過, 遂至承虛接響, 遞相印授, 誤賺後人, 致使正宗淡薄. 單傳直指之風, 幾掃地矣, 不可不子細." 서장書狀, 답고산체장로答鼓山逮長老.

56) 婬坊頌以辱得法知識; 舌頭古則長欺謾 日用折腰空對官 榮衒世上善知識 婬坊兒女着金襴.

수행자는 모름지기 한 걸음, 한 걸음, 옮겨놓는 걸음마다 모든 곳이 도량이다. 따로 도량을 구할 필요가 있는가? 더러운 선지식들을 향하여 한껏 욕이나 해줄 요량인지 지금 당장 일휴가 베푼 법석은 음방이다. 결구에 보이는 욕은 너무 통쾌하여 차라리 미소를 머금게 한다. 금란가사를 걸친 기방의 기녀들이 사이비 선승의 가사를 일거에 발가벗기고 있다. 아마도 일휴가 체득한 바, 기생이 베푸는 선이 훨씬 진솔해서 더 나을 지도 모른다는 당대의 현실에 짐작이 간다.

산에 사는 중57)

인적 없을 때 기쁘고 손님 오면 성내고
낙엽 따라 꽃 날리니 홀로 깨친 몸이라네.
견해 바른 선승으로 행세나 부린 듯하니
삼동 마른 나무에 온갖 꽃 핀 봄이로다.

아무래도 두 겹으로 겹친다. 중의적重義的으로 읽는 까닭은 승구의 '독각신獨覺身'과 전구의 '약행령若行令'이란 어구가 서로 상응하기 때문이다. 산중에 사는 스님이 홀로 깨쳐 견해가 반듯한 스승이라고 행세 꽤나 하니, 이를 은근히 높이면서도 여지없이 조롱하는 속뜻이 내포된 풍자시다. 옛날 중국 진晉나라 때 완적阮籍이 친한 사람은 반갑게 청안靑眼으로, 싫은 사람은 흘겨보는 백안白眼으로 대했다는 고사가 있다. 이처럼 몸을 숨기고 산중에 살면서 홀로 깨쳤다고 떠드는 산승을 향하여 죽비를 내리친다.

---

57) 山居僧; 無人時喜客來嗔 落葉飛花獨覺身 正見禪師
　　若行令 三冬枯木百花春.

당시 사이비 선승이 선지식인 듯 행세하며 불법을 농락한 것을 비판하고 있다. 결구는 풍자의 극치를 드러낸다. '삼동 마른 나무에 온갖 꽃 핀 봄'이라고, 아마도 일휴는 펄쩍 뛰면서 욕을 퍼붓고 바짝 마른 고목선枯木禪이 똥막대기를 빨고 있다고 한 방 먹였으리라. 삿된 선승의 황금불사가 누렇다. 입가에 똥 찌꺼기가 잔뜩 묻어있다.

황벽예불로 영달을 좇는 중에게 보이며[58]

부처께 절하는 게 참된 선승의 가풍인데
선승인 너는 영달 좇아 공안이나 파는구나.[59]
밥을 뺏고 소나 몰며 솜씨는 괜찮다만
남을 속여 쌀값과 명리를 너무 비싸게 파네.

늙은 염왕 앞에 서면 고통이 심할 터
오늘에야 밥값이 급하게 되돌아왔구나.
화두와 옛 법칙이 몇 푼 되나 헤아려보고
삿된 중이 방과 할로 재물을 제도하네.

제목에서 보이는, '황벽예불黃蘗禮佛'은 벽암록 제11칙 평창評唱에 보인다. "황벽스님이 예불하려는데 대중화상이 보고 물었다. '부처님도 구하지 않고, 법도 구하지 않고, 중생도 구하지 않는데, 예배는 해서 무엇을 구하려는가?' 황벽이 말하길, '부처님도 구하지 않으며, 법도 구하지 않으며, 중생도 구하지 않는 이곳에 늘 이같이 예배한다.' 대중이 말하길, '무얼 위해서 예배하는가?' 황벽은 그만 뺨을 한 대 쳤다. 대중이

---

58) 題黃蘗禮佛示榮衒徒; 禮佛家風眞作家 作家汝榮衒誵訛 奪食驅牛成伎倆 米錢名利賺
過他. 閻老面前尤苦哉 飯錢今日急還來 話頭古則商量價 棒喝邪師度世財.
59) 효와誵訛; 공안을 타파하기 위해 반드시 뚫어야 할 관문.

말하길, '꽤 거칠구나.' 황벽이 말하길, '이 안에 무얼 가지고 거칠다, 가늘다 말하느냐.'하고 또 한 대 쳤다.[60]"

당시의 시대상은 피비린내 나는 전란의 소용돌이 속에 민중의 삶은 피폐하고, 부호나 귀족은 향락과 사치를 일삼으며 사이비 선승이 던져주는 옛 조사의 마른 똥막대기를 핥느라 미망에 빠져있었다. 일휴가 목도한 세상은 생지옥이었을 것이다. 어찌 그냥 두 눈 뜨고 침묵하랴! 삿된 법을 팔아 영달과 명리를 쫓던 영현승에게 일갈하고 있다. 저자거리의 장사치처럼 공안이나 팔아 불법을 훼손하는 무리들을 위한 신랄한 경책이 매섭다. 가짜 선승이 흉내나 내며 방과 할로 중생을 제도하는 꼴을 보니, 오늘 염라대왕 앞에 가면 그 밥값은 어떻게 치를까?

거듭 영산화상이 영달을 쫓는 중에게 법어를 내린 뒤에[61]

옛부터 복숭아나무 아래 갓끈 매지 않았는데
어찌 벼슬아치에게 아첨하느라 세상은 바쁜지.
강산 풍월은 내가 늘 즐기는 다반사[62]인데
평생 스스로 웃으며 한미한 맛을 읊고 있네.

이 시는 일찍이 대덕사 57세조世祖인 영산정전국사靈山正傳國師 철옹의형徹翁義亨 화상이 삿된 승려를 경책하여 법어를 내린 걸 거듭 제목으

---

60) "黃檗禮佛次, 大中見而問曰, 不着佛求, 不着法求, 不着衆求, 禮拜何所求? 檗云, 不着佛求, 不着法求, 不着衆求, 常禮如是. 大中云, 作禮何爲? 檗便掌. 大中云, 太麁生. 檗云, 這裡什麽所在, 說麁說細. 又掌." 여기서 대중大中은 당唐나라 황제인 선종宣宗(810~859)이다.

61) 重題靈山和尚示榮衒徒法語後; 李下從來不整冠 奔馳世上豈諛官 江山風月我茶飯 自笑一生吟味寒.

62) 다반茶飯; 마치 차를 마시듯 늘 행하는 일이라 이상하거나 대단할 것이 없음.

로 삼아 지은 작품이다. '오얏나무 밑에서 갓을 고쳐 쓰지 말라'는 말은
명리와 영달을 탐하여 가짜 선을 펼치는 건 도둑의 짓이므로 남의 오해
를 부르기에 아예 조심하라는 뜻이 담겨있다. 게다가 세상 바쁘게 돌아
다니며 높은 관리에게 아첨하는 비루한 짓을 야유한다.

그런데 저희들 삿된 마군들과 달리 일휴는 스스로 거리를 두고 있
다. 자연에 파묻혀 풍월주인 노릇하는 광운자의 일상을 보라고 한다.
일 없는 도인이 되어 한미한 맛을 즐기노라 은근히 자부하고 있다. 당
시 오산 중심의 선종 사찰은 바른 법이 쇠락하여 시류에 영합하는 사이
비 선승들이 넘쳐났다. 게다가 부호와 귀인, 고관들은 삿된 선에 매몰
되어 사치스러운 법석에 운집하였다. 일휴는 비루한 당대의 세태를 조
롱하면서 한편으로 산중도인으로 살아가는 자신의 삶에 안분자족安分
自足하며 스스로 위로하고 있다.

3) 염시艶詩를 통한 격외의 여백

중세 일본의 불교문학은 오산문학五山文學이 주류를 이루어왔다. 오
산문학이란 겸창鎌倉시대 말기에서 실정室町시대까지 약 이백오십 년
동안 임제종 승려들이 창작한 선불교 문학을 아우른다. 여기서 오산이
란 명칭은 선종의 관사官寺 제도에서 정해진 사격寺格으로 전국에 분포
하는 임제종 사찰을 총괄하는 다섯 사찰에서 유래한다.[63] 그런데 오산

---

63) 겸창시대에는 경도의 다섯 사찰인 천룡사天龍寺, 상국사相國寺, 건인사建仁寺, 동
복사東福寺, 만수사万壽寺, 이밖에 남선사南禪寺는 별격別格이다. 실정시대에는
제1위에 경도의 남선사, 겸창의 건장사建長寺, 제2위에 경도의 천룡사, 겸창의 원
각사圓覺寺, 제3위에 수복사壽福寺, 제4위에 경도의 건인사, 제5위에 경도의 동복
사이다.

문학은 몇 가지 특징이 있지만 동시에 한계가 있었다고 보인다. 그 주요한 원인을 살펴보면, 오산의 정취는 깨달음이나 선지禪旨의 표현을 지향하기보다 오히려 소염小艶의 정조情調를 드러내는데 주력하였기 때문이다.

한편 광운집에 실린 작품은 외면상 보기에 일탈逸脫이나 파계破戒의 언구가 종종 등장하지만, 그 심층의 면목을 자세히 살펴보면 여전히 격외의 여백이 있음을 유의해야할 것이다. 원래 사전에서 '격외格外'는 일정한 규격이나 표준에 맞지 않은 것, 혹은 뛰어난 것을 의미한다. 그런데 선가에서는 선승이 선지를 드러낼 때 언어의 불완전성을 초월하기 위하여 역설적으로 표현하는 수단이다. '격格'은 일정한 틀이나 격식을 의미하며 이러한 틀을 벗어나 있는 것을 격외라 하며 혹은 '겁외劫外'라고도 한다.

이른바 '소염시小艶詩'는 오산문학의 시풍으로 특이한 지형을 차지하고 있었는데, 그 시초는 중국 당나라 때 양귀비의 연정을 통해 선을 이해시키기 위해서 옛 선사들이 차용하였다. 오조법연五祖法演선사가 진제형陳提刑 거사에게 선을 설파했는데, 이를 전해들은 원오극근圓悟克勤선사가 깨달음을 얻었다. 선지를 깨치는 방편으로 처음 인용한 후에 선가에서 격외언어格外言語로 널리 수용되었다. "한 폭 아리따운 모습 그리지 못하는데, 깊고 깊은 규방에서 마음 알리노라. 소옥아! 자주 부르는 건 원래 일이 있어서 아니고, 단지 낭군에게 목소리를 알리려고 할 뿐.64)" 당시 당나라 현종玄宗의 후궁 양귀비楊貴妃와 안록산安祿山이 남몰래 은밀한 관계를 통하여 서로 통하고 있었다. 그런데 선가에서는 언어 밖에 다른 뜻이 있는 격외의 의미로 선지禪旨를 전하는데 매우 빈번

---

64) "一段風光畫不成, 洞房深處陳愁情. 頻呼小玉元無事, 只要檀郎認得聲."

하게 차용하였다.

'소염小艶'의 원래 의미는 막 피려고 할 때의 아름다운 꽃송이를 가리킨다. 선승이 종종 염시를 창작한 사실은 오산문학이 흥기할 무렵에는 별로 이상한 일이 아니었다. 늙은 선승이 젊은 승려나 시좌에 대해서 은밀한 정을 전하기 위해서 창작한 시를 '염시'라고 한다. 염시는 당시 선림禪林에서 거리낌 없이 자행된 남색男色이나 남녀 간의 운우雲雨의 정과 깊은 관계가 있다. 일휴의 광운집에서 보이는 염시는 당시의 시대 상황과 무관하지 않다. 그 대척점에는 영달을 꾀하는 사이비 선승들에 대한 비판과 더불어 늘 시대와 불화하여 승속을 오가며 역행한 번뇌의 표현이라 생각한다.

일휴의 작품은 대단히 에로틱하다. 근래 주목을 받는 삼 시좌에 관련된 작품은 사실 그 일부에 지나지 않는다. 색色은 광운집을 두드러지게 만든다. 불조佛祖을 찬양한 선의 공안과 게송이나 선시의 심층에는 곳곳에 굴절된 성적 매력이 은폐된다. 또한 늘 비판자의 시각으로 시사時事를 비판하고 경물을 읊은 작품에도 같은 경향이 엿보인다.

광운집에서 '미인'은 과연 어떤 의미의 층위에 있는가? 운우의 정은 남녀의 그리움인가? 아니면 막 피어오른 한 송이 연꽃을 향한 그리움인가? 광운자의 시어에 자주 등장하는 미인은 불조佛祖나 여래, 혹은 조사이며, 대덕사의 법을 승계한 허당虛堂이며 대등大燈이기도 하다. 그래서 염시에 자주 등장하는 미인은 깨달음을 지향하는 궁극의 상징이지만, 만약 상투적으로 읽는다면 오역의 함정에 빠지게 되고 말 것이다.

광운집에 빈번한 미인은 두 층위로 나누어 살필 수 있다. 하나는 불조나 조사, 선사를 지향하여 궁극의 깨달음을 상징하는 격외格外의 것이고, 다른 하나는 삼 시좌를 향한 현세의 은애로운 여인을 지칭하는 격내格內의 것이다. 실제로 일휴는 늙어서 삼 시좌를 만나 세간의 미인을 사랑하였다. 그러므로 광운집의 표면구조에 드러난 색정色情의 정한을 피상적으로 파악한다면, 심층구조에 숨겨진 깨달음의 경지를 은유하고 상징하는 출세간의 미인과 혼동할 여지가 많다. 그는 노경에 이르러 눈먼 미녀와 동거한 것은 널리 알려진 사실이다. 일흔일곱 살부터 여든여덟 살까지 거의 십년 동안 삼 시좌를 사랑하였고 또한 그녀도 일휴를 정성껏 섬기며 은애의 정을 다하였다. 졸고에서는 일휴 염시의 특징을 잘 보여주는 삼 시좌와의 파격적인 사랑을 그린 작품을 중심으로 살펴보기로 한다.

> 구월 초하루에 삼 시자가 시골 스님에게 종이옷을 빌려 추위를
> 막았는데, 맑고 깨끗함이 사랑할 만하여 게송을 지어 말하다.65)

> 바람과 달 좋은 밤, 마음 어지러운데
> 가을에 그리는 정을 이 몸은 어찌할까.
> 가을 안개 아침 구름 홀로 맑고 깨끗하니
> 거친 중의 종이옷 소매가 풍류로구나.

삼 시좌가 종이로 만든 승복을 빌려온 걸 두고 그 애틋한 마음을 읊은 담박한 맛이 풍기는 선시이다. 지의紙衣는 옛날에 종이로 지어 입은 옷이다. 백지에 감물이나 먹물을 먹여 말렸다가 이슬을 맞힌 뒤 비벼서 부드럽게 지은 보온용 옷으로 종종 승복僧服으로 입었다. 적빈한 산중 암자의 살림이 홀로 맑고 깨끗하다.

---

65) 九月朔森侍者, 借紙衣於村僧禦寒, 瀟洒可愛作偈言之; 良宵風月亂心頭 何奈相思身
上秋 秋霧朝雲獨瀟洒 野僧紙袖也風流.

가을밤 흐르는 달빛처럼 사랑하는 어린 시좌를 향하여 마음도 흘러
간다. 청빈한 살림을 꾸리는 시좌가 아주 애틋하다. 게다가 마음은 어
지럽고 그리움은 끝이 없다. 가을 찬바람을 막기 위하여 종이옷을 빌린
그 정의情誼가 안타까울 뿐. 어여쁜 한 사람은 거친 중의 소매자락에 너
울거리며 마지막까지 함께 하였다. 풍류는 꾸미지 않는 풍류라야 풍류
라 할만하다. 그러므로 풍류가 없는 곳이 풍류다.66) 이것이 곧 파격破格
의 묘경妙境이다.

삼 미인이 낮잠 자는 걸 보고67)

한 세상 풍류의 아름다운 여인이여
조촐한 잔치에 고운 노랫가락 더 새롭네.
꽃다운 얼굴 보조개에 애가 끊겨 읊으니
양귀비68)의 해당화와 삼의 봄 나무라네.

아마도 아리따운 삼 시좌가 낮잠 자는 걸 훔쳐보고 지었을까? 맑은
잔치에 노래 부르고 잠든 얼굴, 살짝 파인 보조개에 애 끊어 시를 읊는
늙은 선승이 눈에 환하다. 중국 당나라 현종이 사랑한 양귀비에다 삼
여인을 데려와 미색美色을 말하길, 각각 해당화와 봄 나무라 견주고 있
다. 이미 첫마디에서 '일세의 미인'에다, 게다가 풍류의 미인이라 하였
다. 아마 속내는 양귀비보다 더 사랑스러웠으리라.
　이 작품은 시각과 청각이 어우러진 공감각이 자별나다. 아무래도 봄

66) "不風流處也風流." 벽암록碧巖錄, 제67칙.
67) 看森美人午睡; 一代風流之美人 艶歌淸宴曲尤新 新吟腸斷花顔醫 天寶海棠森樹春.
68) 천보天寶; 중국 당唐나라 현종玄宗의 연호. 재위 15년간 (742~756)이다. 당시 양
　귀비를 총애하던 걸 두고 말한다.

은 시각이 뛰어난 계절이다. 눈에 홀린 미망迷妄을 있는 그대로 드러낸 경지는 무어라고 할까? 당시 가짜 선지식들이 화두를 팔아 호사를 누리던 위선을 향하여 솔직하고도 담박한 고백을 털어놓고 있다. 하지만 늙은 선승은 여전히 젊은 미색에 홀려 남은 마음 한 자락까지 상하고 말았다. 진솔한 봄의 풍광이 난잡하지 않아 좋다. 그냥 있는 그대로 일대 장관을 연출하고 있다.

문명69) 2년(1470) 음력 동짓달 열나흗날, 약사당에서 눈먼 여인의 예쁜 노래를 들으며 노닐다가 게송을 지어서 적다.70)

약사당에서 한가로이 즐겁게 지내니
내 마음속에 독한 기운71)이 불룩하구나.
부끄럼도 아랑곳 않고 귀밑털 허옇게 세어
혹독한 추위 읊고 나니 긴 물시계 소리72).

이 작품은 일휴가 일흔일곱 살에 약사유리광여래藥師瑠璃光如來를 안치한 불당에서 제법 오랜 시간 노닐다가 지은 시로 보인다. 결구에서 물시계 소리를 통하여 시간이 많이 경과한 걸 알 수 있다. 뱃속에 독한 기운이 불룩하니, 유흥이 제법 흥청망청한 듯하다. 노년에 이른 선승이 부끄러움도 잊은 채 젊은 여인과 즐거움에 빠져 한때나마 여색과 미혹

---

69) 문명文明; 일본의 연호로 1469년~1486년에 해당한다. 이 시에서 문명 2년은 1470년.

70) 文明二年仲冬十四日, 遊藥師堂聽盲女艶歌, 因作偈記; 優遊且喜藥師堂 毒氣便便是我腸 愧慚不管雪霜鬢 吟盡嚴寒秋點長.

71) 독기毒氣; 묘법연화경, 여래수량품如來壽量品에 보인다. "주는 그 약을 먹으려 하지 않는데, 그 이유는 무엇인가? 독기가 깊이 스며서 본래의 마음을 잃었기 때문에, 그 좋은 색깔과 향기를 갖춘 약이 좋은 줄 몰랐기 때문이니라. 與其藥而不肯服, 所以者何? 毒氣深入, 失本心故, 於此好色香藥, 而謂不美."

72) 추점秋點; 가을철 시각을 알리는 물시계 소리.

에 빠졌으나, 허물조차 있는 그대로 자신을 드러내고 있다.

일휴는 생애의 마지막 십년 동안 삼 시좌와 더불어 살며 노년을 보냈다. 문명 2년 추운 겨울날, 무려 나이 차이가 오십년이나 되는 떠돌이 광대이자 맹인이었던 젊은 여인 삼 시자를 약사당藥師堂에서 만나 노닐었다. 광운집에는 삼 시좌에 관한 이러한 여러 편의 소염시小艶詩를 굳이 산정刪定하지 않고 그대로 묶어냈다. 아마도 생전에 미친 구름처럼 떠돌며 살았던 일휴의 삶처럼 시집마저 숨김없이 천진한 무애의 경지를 그대로 드러내고 있다. 그래서 광운집은 보기 드물게 파격적인 선시의 지평을 활짝 열었다고 생각한다.

> 내가 신원 오두막에 몇 년 살았는데 삼 시자가 내 풍모를 듣고서 이미 사모하는 뜻이 있었는데 나도 그걸 알고 있었다. 신묘년 봄, 흑강에서 뜻밖에 다시 만나 평소 품었던 생각을 묻고 응낙하여, 짧은 시로 지난날을 얘기하니 얼마나 뜸하던 감회인지, 이에 오늘 가눌 수 없는 기쁨을 기록한다.[73]

> 예전 신원에 가서 주지하던 때 기억하니
> 왕손의 아름답던 칭송 듣고 그리워하였구나.
> 옛 언약은 여러 해 지나 잊어버린 뒤라
> 오히려 섬돌에 뜬 초승달 자태를 사랑하노라.

이 시는 일휴선사가 신원의 작은 절에 주지로 머물던 때를 회상하며 신묘년(1471) 어느 봄날, 흑강에서 삼 시좌를 만나 지은 작품이다. 옛날

---

73) 余寓薪園小舍有年, 森侍者聞余風彩, 旣有觸慕之志, 余亦 知焉, 然因循至今, 辛卯之春邂逅于墨江, 問以素志諾而應, 因作小詩述往日間何闊之懷, 且記今日來不束之喜云; 憶昔薪園去住時 王孫美譽聽相思 多年舊約卽忘後 猶愛玉墀新月姿.

언약한 뒤로 잊고 살았는데 반갑게 다시 만나고 보니 그때 일이 새록새록 생각나서 기쁘기 그지없다. 결구는 은유의 풍류가 뛰어나다. '옥계'는 고운 섬돌인데 초승달이 비추고 있어 그 자태가 영롱하다. 마치 아리따운 삼 여인의 모습처럼, 지난 시간을 훌쩍 뛰어넘어 아직도 사랑할 만하다고 속내를 내비친다.

일휴는 일흔일곱 살에 약사당에서 노닐다가 떠돌이 광대인 눈먼 여인 삼시좌와 해후하여, 이듬해 봄 주길住吉에서 다시 만나 함께 살다가 여든여덟 살에 입적할 때까지 은애恩愛를 나누었다. 삼 시좌의 배경은 대개 두 가지 설이 있다. 하나는 장님 떠돌이 예인藝人의 처지를 동정하였다는 것이고, 또 다른 하나는 일휴와 같이 남조계 혈통의 여성이며, 주길 신궁神宮의 무녀巫女로 대덕사 주직住職을 승낙하는데 목적이 있었다는 것이다. 일휴의 제자들이 수습한 '일휴화상연보'에는 삼 시좌에 관한 기록을 찾을 수 없다. 대덕사 60세世 주지인 선종의 승려가 여자와 동거한 사실을 숨겼지만, 일휴는 광운집에서 삼 시좌와의 사랑을 적나라하게 노래하고 있다.

세상에 내려온 미륵과 언약하고[74]

눈먼 삼과 짝하여 밤마다 신음하는 몸
한 이불 덮은 남녀[75]가 소곤대니[76] 새롭구나.
새벽에 미륵[77]과 세 번이나 새로 언약하니

---

74) 約彌勒下生; 盲森夜夜伴吟身 被底鴛鴦私語新 新約慈尊三會曉 本居古佛萬般春.
75) 피저원앙被底鴛鴦; 이불 속의 원앙새, 혹은 남녀나 부부夫婦를 비유한 말이다.
76) 사어私語; 드러나지 않도록 소곤거리는 말. 속삭임.
77) 자존慈尊; 내세에 성불하여 사바세계에 나타나서 중생을 제도하리라는 미륵보살을 높여 이르는 말.

옛 부처 본래 살던 곳에 온통 봄이라네.

미륵하생彌勒下生은 미륵이 도솔천에서 인간 세상에 내려와 성도한 뒤에 세 번의 설법으로 중생을 구제한다고 한다. 삼 시좌와 동거하며 운우의 정을 나눈 밤이 숨김없이 드러난다. 새벽이 되도록 잠자리에서 둘이 소곤대며 언약하니 옛 부처가 계신 삼천세계에 봄바람이 가득하다고 한다.

결구의 '본거本居'는 본래부터 살던 곳이다. "세 가지가 있는데, 하나는 욕계, 하나는 색계, 하나는 무색계로 그 모습은 이미 넓어 말할 수가 없다. 한 곳을 예를 들면, 도리천은 비록 쾌락은 무궁하나 죽을 무렵에 다섯 가지 모습이 쇠하게 된다. 하나는 머리에 좋은 머리털이 갑자기 마르고, 둘은 천인의 옷에 더러운 때가 드러나며, 셋은 겨드랑이 아래 땀이 나오고, 넷은 두 눈이 수없이 깜짝거리며, 다섯은 본래 살던 곳을 즐거워하지 않는다."[78]

눈먼 여인 삼 시자가 애정이 너무 두터워 장차 먹지도 않고 죽으려고 하기에 시름겨워 괴로운 나머지 게송을 지어 말하다.[79]

백장은 호미로 법을 폈으나 쇠했고
염라왕[80] 밥값은 일찍이 넉넉하지 못했네.

---

78) "有三, 一者欲界, 二者色界, 三者無色界, 其相既廣難可具述. 且擧一處以例其餘, 如彼忉利天, 雖快樂無極, 臨命終時, 五衰相現. 一頭上華鬘忽萎, 二天衣塵垢所著, 三腋下汗出, 四兩目數眴, 五不樂本居." 원신대사源信大師(942~1017) 왕생요집往生要集 제6장 명천도明天道.
79) 盲女森侍者, 情愛甚厚, 將絶食殞命, 愁苦之餘, 作偈言之; 百丈鋤頭信施消 飯錢閻老不曾饒 盲女艶歌笑樓子 黃泉淚雨滴蕭蕭. 看看涅槃堂裡禪 昔年百丈鑊頭邊 夜遊爛醉畵屏底 閻老面前奈飯錢.

눈먼 여인의 사랑가에 내가 청루에서 웃으니
눈물같은 비는 쓸쓸히 황천을 적시는구나.

열반당 안에서 선을 참구하였더니
예전에 백장의 가마솥 뚜껑 근처였구나.
밤에는 그림병풍 아래 거나하게 취하니
염라왕 앞에 가서 밥값은 어찌할까.

아마 눈먼 여인 삼 시좌가 일휴를 존모하여 식음을 전폐하고 죽으려
고 작정하니 이를 은근한 마음으로 달래기 위하여 백장과 염왕을 불러
온 듯하다. 일찍이 중국 당나라의 선승인 백장회해百丈懷海는 '하루 일하
지 않으면 하루 먹지 않는다.'[81]는 선종 사찰의 수행을 위한 청규淸規를
제정하여 노동을 수행의 덕목으로 삼아 실천하였다. "대중운력으로 김
을 매는데 한 스님이 북소리를 듣더니 호미를 들고 일어나서 깔깔 웃고
돌아가니 백장화상께서 말씀하셨다. '정말 좋구나. 이것이 관음보살이
진리에 들어가신 방편이다.' 뒤에 그 스님을 불러서 물었다. '그대는 오
늘 무슨 도리를 보았느냐?' '저는 이른 아침에 죽을 먹지 못했습니다. 그
래서 북소리를 듣고 돌아가 밥을 먹었습니다.' 이에 화상께서 깔깔거리
며 크게 웃었다.[82] "

'반전飯錢'은 밥값을 말한다. '밥값'은 시에서 중심이 되는 단어이다.
이 단어를 매개로 두 편의 시가 서로 조응하여 쌍관雙關을 이룬다. 시의

---

80) 염로閻老; 염마왕閻魔王을 높여 일컫는 말.
81) "一日不作, 一日不食."
82) "因普請鋤地次, 有僧, 聞鼓聲, 舉起鋤頭, 大笑歸去. 師云, 俊哉. 此是觀音入理之門.
後喚其僧問, 你今日見甚道理? 云某甲早晨未喫粥. 聞鼓聲歸喫飯. 師乃呵呵大笑." 만
속장卍續藏 제69책 No.1322, 홍주백장산대지선사어록洪州百丈山大智禪師語錄,
백장서두百丈鋤頭.

입구는 삼 시좌의 단식이지만 출구는 자신의 반성을 향하고 있다. 나태한 수행에 대하여 성찰하고 고백하는데, 여전히 밥값을 따지고 있다. 장차 죽어 염왕 앞에 가면 밥값조차 넉넉히 치르지 못할 정도로 스스로 법도가 형편없다는 사실을 고백한다. 그 심층에는 삼 시좌가 나 같은 파계승인 밥도둑에게 은애를 베풀지 말고 부디 씩씩하게 밥이나 잘 챙기라는 골계滑稽의 미가 번득인다.

승려가 밥값을 제대로 하려면 수행이 여일하여 도를 이루어야 한다. 그런데 미혹에 빠지면 밥값을 물어내야 한다. 임제록 시중示衆에 보인다. "대덕이여, 평상심을 지니기 바란다면 모양을 짓지 말아야 한다. 좋고 나쁜 것을 알지 못하는 머리 깎은 중들이 있다. 문득 그들은 신령을 본다느니, 귀신을 본다느니 말하며 동쪽을 가리키고 서쪽을 가리키며 맑은 게 좋다느니, 비 오는 게 좋다느니 말한다. 이와 같은 무리들은 모두 빚을 지고 염라대왕 앞에 가서 뜨거운 쇳덩이를 삼킬 날이 있을 것이다. 좋은 집안의 남녀들이 들여우와 도깨비 같은 귀신들에게 홀리면 문득 기이하게도 헛것이 보이게 된다. 눈먼 자들이여, 밥값을 물어내야 할 날이 반드시 있을 것이다.[83]

삼 귀인이 수레를 타기에[84]

수레 탄 눈먼 여인이 자주 봄놀이 하니

---

83) "大德, 且要平常, 莫作模樣. 有一般不識好惡禿奴, 便卽見神見鬼, 指東劃西, 好晴好雨. 如是之流, 盡須抵債, 向閻老前, 呑熱鐵丸有日. 好人家男女, 被這一般野狐精魅所著, 便卽捏怪. 瞎厲生, 索飯錢有日在." 이 글에서 '독노禿奴'는 계율을 깨뜨리고 법을 지키지 않는 머리 깎은 비구를 말한다. 날괴捏怪는 기이한 것을 좋아하고, 괴상한 것을 희롱하는 것이다.

84) 森公乘輿; 鶯輿盲女屢春遊 鬱鬱胸襟好慰愁 遮莫衆生之輕賤 愛見森也美風流.

답답한 마음이사 시름 달래기에 좋았으리.
중생의 가볍고 천함이야 말할 게 있나
삼 시자 고운 풍류를 사랑스레 보네.

공公은 여군女君, 귀인貴人이란 뜻으로 삼 시좌를 은근히 높여 풍자하고 있다. 천자天子가 타는 호사스러운 수레를 타고 봄놀이를 즐기는 삼 귀인을 말하는데, 눈먼 시좌가 답답한 마음을 달래기 위해 봄 풍류를 즐기니, 인지상정이라며 은근히 옹호하고 있다. 늙은 선승이 새파란 시좌를 사랑스럽게 바라보는 눈길이 따뜻하다. 맹인이 보는 봄 풍경이라니 얼마나 눈 가득한 절경인지, 저절로 입가에 미소가 번진다. 이런 법석이라면, 중생의 가볍고 천함 따위야 따져서 뭘 하랴.

눈 시린 날, 두 눈 빤히 뜨고도 봄조차 깨닫지 못하는 중생의 근기야말로 문제라면 문제다. 맹녀 삼 시좌는 마음에 봄을 가득 안고 수레를 타고 노닌다. '맹봉할갈盲棒瞎喝'이란 말은 이런 때 꼭 들어맞는 일척一擲의 한 마디가 되기에 충분하다. 깨닫지 못한 얼치기 스승이 깨달음을 구하는 문하에게 우격다짐으로 몽둥이질과 고함만 질러댄다. 당시 오산五山의 산중은 선풍禪風이 쇠퇴하여 캄캄한 산에 귀신이 날뛰는 흑산 귀굴이 되고 말았다. 아무런 성찰이나 깨침도 없이 눈먼 덕산의 몽둥이와 임제의 할을 퍼붓는 당대의 사이비 선승들이 더 안타까울 뿐.

음수85)

---

85) 淫水; 夢迷上苑美人森 枕上梅花花信心 滿口淸香淸淺水 黃昏月色奈新吟. 음수淫水; 흘러넘치는 물이나 애액愛液. 회남자淮南子 남명람冥에 보인다. "이에 여와가 다섯 색깔의 돌로, 천지가 파괴되어 하늘이 떨어져 나간 곳을 보완하여 깁고……갈대의 재를 쌓아서, 이로써 넘치는 홍수를 막았다. 於是女媧鍊五色石以補蒼天…積蘆灰以止淫水."

삼 미인이 꽃밭[86]에서 꿈속을 헤매니
베개 머리에 매화는 꽃 소식을 전하네.
입 가득 맑은 향에 말갛게 어린 물기
황혼에 달빛은 어찌 새로 읊는지.[87]

황실에 딸린 정원에 삼 여인이 꿈속에 나타났는지. 한창 운우의 정을
나누었을 것이다. 제목은 얼마나 파격인가. 선가에 몸담은 선승의 시라
고는 도저히 믿기지 않는다. 후각과 시각, 촉각과 미각이 공감각을 이
루어 오온이 색色에 물들어 질펀하다. 입가에 가득한 여인의 체액에서
맑은 향이 흘러넘치고 에로틱한 정경은 결구에 와서 절정을 이룬다. 어
스름 달빛 아래 새로 시를 읊고 있다니, 가히 시를 읊는 한 늙은 선승의
시벽詩癖은 절륜絶倫하다할 밖에 달리 무슨 말을 덧보태랴.

꿈은 과연 누구의 꿈일까? "주인이 길손에게 꿈 이야기하고, 길손도
주인에게 꿈 이야기하네. 지금 꿈 이야기하고 있는 이 두 나그네, 이 또
한 꿈속의 사람들이네.[88]" 장자莊子의 호접몽胡蝶夢이 방불하다. 장자가
나비가 되어 날아다닌 꿈에서 현실과 꿈이 구별이 되지 않듯, 인생의
덧없음을 비유한 것일까? 표면구조만 읽어보면 남녀의 정사를 연상하
게 하는 한 편의 염정시艶情詩이지만, 심층구조를 들여다보면 무상한 인
간의 쾌락을 경계하는 선리시禪理詩이기도 하다. 매화의 꽃소식을 전하
는 저 늙은이는 누군가?

미인[89]이 그윽이 수선화 향이 나서[90]

---

86) 상원上苑; 천자天子의 황실에 딸린 정원庭園.
87) 신음新吟은 끙끙 앓는 소리를 내는 '신음呻吟'과 겹쳐 묘한 정경을 상상하게 한다.
88) "主人夢說客, 客夢說主人. 今說二夢客, 亦是夢中人." 삼몽사三夢詞, 청허휴정清虛
休靜.

초대에 응당 다시 오르길 바라니
한밤중 옥침상에 시름하는 꿈결이라.
매화나무 아래 꽃봉오리 한 줄기
수선화91) 허리를 감싸 안았구나.

초대楚臺는 중국 무산巫山에 있는 양대陽臺를 말하는데, 전국시대 초楚
나라 회왕懷王이 고당高唐에서 낮잠을 자는데, 꿈에 한 여인이 나타나 말
하기를 "첩은 무산의 여자로 고당의 나그네가 되었습니다. 임금께서 고
당에 노닌다는 소문을 듣고 왔으니, 잠자리를 받들게 해주소서.92)"라
는 고사에서 유래하여 남녀 간의 정사情事를 뜻한다. 선시에서는 종종
무상無常과 상주常主를 초월하여 삶의 진실을 깨닫게 하기 위해 꿈을 차
용한다. 능파선자凌波仙子는 수선화水仙花를 말한다. 전구와 결구는 성적
인 이미지를 드러내고 있다. 꽃봉오리 한 줄기가 수선화 허리를 껴안고
있는 모습은 성애性愛를 함축하여 은유한 것이다.

음방을 제하여93)

미인과 동침하여94) 애액95)이 넘쳐나니
청루에서 늙은 선승이 신음하는구나.

---

89) 음陰; 불교용어로 음부蘟覆, 혹은 적취積聚. 음부는 음개陰蓋라고 하는데, 색, 수,
   상, 행, 식의 유위법이 선법善法을 가리고 덮는 것이고 적취積聚는 생사윤회가 거
   듭되는 것이다.
90) 美人陰有水仙花香; 楚臺應望更應攀 半夜玉床愁夢間 花錠一莖梅樹下 凌波仙子遠腰間.
91) 황정견黃庭堅의 '수선화' 시에 보인다. "능파선자가 버선에 먼지 날리며, 물 위로
   사뿐사뿐 초승달 따라가네. 凌波仙子生塵襪, 水上盈盈步微月."
92) "妾巫山之女也, 爲高唐之客. 聞君遊高唐, 願薦枕席." 문선文選 권19, 고당부高唐賦.
93) 題娉坊; 美人雲雨愛河深 樓子老禪樓上吟 我有抱持睫吻興 竟無火聚捨身心.
94) 운우雲雨: 구름과 비. 남녀 간의 정교情交.
95) 애하愛河; 애액愛液.

끌어안아 빨고 핥는 나의 흥취여
화탕지옥96)에 몸과 마음 버린들 어떠랴.

　누자노선樓子老禪은 기생집인 '청루靑樓에 노니는 늙은 선승'이란 뜻으
로 일휴가 스스로 고백하며 칭하는 말이다. 어여쁜 여인과 운우의 정을
나누며 신음하는 일휴의 모습이 너무 당당하다. 기생을 끼고 뒹구는 선
승이라니, 당송 이후에 이처럼 파격의 선시는 찾아볼 수 없다. 얼마나
질펀하고 적나라한 화탕지옥인가? 몸과 마음을 버린들 아예 상관하지
않으니, 시공을 초월하여 일체의 집착마저 벗어버렸다. 오직 지금 여기
에 집중하라.

　선이 무엇인가? 누가 혀끝으로 선을 묻는다면 일휴는 단박에 대답했
으리라. 그대가 선을 묻기 전에는 내가 선을 알았으나, 막상 그대가 선
을 묻자, 나는 선을 모른다고. 어느 스님이 물었다. "연蓮이 아직 피지
않았을 때는 어떠합니까?" 하니, 선사가 대답하였다. "연꽃이지." "그
럼, 피고난 뒤에는 어떻습니까?" "연잎이지."라고 하였다. 선방이나 음
방이나 집중하는 데는 이만한 곳이 또 어디 있을까? 극락이 곧 지옥이
고, 지옥이 곧 극락이다. 일휴의 미인은 언어 너머 빙긋 미소를 던질 뿐.

4) 체로금풍體露金風의 풍류風流

　일휴 선시의 특징 가운데 한 가지는 '드러냄'에 대한 회귀를 통하여
'바라봄'의 경계가 우뚝하다. 일체의 가식이나 위선을 벗어던진 채 있
는 그대로 바라보는 경지야 말로 선승의 풍류라 할 만하다. '체로금풍'

---

96) 화취火聚; 불과 열이 이글거리는 지옥地獄.

은 늦가을 잎이 다 떨어진 나무에 불어오는 바람을 뜻한다. 텅 비운 적막한 산중에 금풍이 불면 삼라만상은 거추장스럽지 않고 있는 그대로 진여의 실상을 드러낸다. 벽암록에 나오는 공안은 운문 스님과 어떤 스님이 문답에서 선리禪理가 드러난다. "나무가 메마르고 잎이 질 때면 어떠합니까? 가을바람에 완전히 드러났느니라."97) 가을 금풍에 일체를 벗어버린 나목은 무심도인의 경지를 일컫는 말이다. 이때 체로體露는 '본래면목' 또는 '일심청정'을 상징한다.

다음에 보이는 시는 적빈赤貧한 도인의 삶이 그대로 드러나 있다. 군더더기 없는 달관의 경지가 삼월 봄바람에도 아랑곳하지 않는다. 문을 닫아걸어도 경계는 더욱 파리하여 오는 봄은 과연 어디서 찾을까? 경계에 부딪치는 산중의 하루가 모두 화두 아닌 것이 없다

누추하게 살며98)

눈 앞에 경계는 나처럼 파리하여
땅은 늙고 하늘은 거칠어 온갖 풀 말랐네.
삼월 봄바람은 봄 뜻조차 없는데
찬 구름 속 오두막에 문 닫고 있지.

세간을 살펴보니 마치 꿈속의 일과 같다. 땅과 하늘이 거칠어 온갖 초목이 말라버렸다. 게다가 눈앞에 보이는 처지는 나처럼 옹색하다고 말한다. 꿈은 망상에 불과하지만 중생이 미혹되어 일상 눈앞의 경계를 가지고 진실인 것처럼 여기며 노예가 되어 살아간다. 마치 꿈속에서 꿈

---

97) "擧, 僧問雲門, 樹凋葉落時如何. 雲門云, 體露金風." 벽암록 제27칙.
98) 陋居; 目前境界似吾癯 地老天荒百草枯 三月春風沒春意 寒雲深鎖一茅廬.

을 이야기하는 꼴이다. 춘삼월 계절은 뜻도 없이 제 걸음으로 어김없이
오는데, 찬 구름에 파묻힌 산중 오두막에서 문 닫고 누추하게 숨어사는
한 선승이 서성거린다.

여의암 비품 장부의 끝에[99]

장차 상주물[100]은 암자에 두어야 하니
나무국자와 조리는 동쪽 벽에 걸어두네.
내게는 이같이 부질없는 가구[101]도 없어
여러 해 도롱이와 삿갓 쓰고 떠돌았구나.

여의암에 머물 때는 '일휴연보'에 따르면 영향 12년(1440), 마흔일곱
살 되던 해 6월 20일이다. 작은 암자 살림에도 나무국자와 조리는 요긴
하다. 가진 것 없는 스님이 장부에 하찮은 기물을 일일이 적어야 하니,
부질없는 짓 같지만 소임이 바뀌면 응당 그래야 하는 건 당연한 일이
아닌가. 떠돌던 지난 몇 년이 생각나서 있는 그대로 내뱉은 자리가 소
슬하다. 청빈한 풍류가 텅 비어 아름답다.

전구轉句에서 말한 '한가구閑家具'는 작자가 스스로 빗대어 '쓸모없는
사람'이란 뜻을 부친 은유이다. 평생 누추한 떠돌이 선승으로 승속을 넘
나들며 역행逆行 삼매三昧에 빠진 자신을 고백한 것이다. "이고李翱 자사가
약산유엄藥山惟儼 화상에게 묻기를, 어떤 것이 계정혜戒定慧입니까? 약산
화상이 말길, 내게는 그렇게 부질없는 살림이 없다.[102]"라고 하였다.

---

99) 題如意庵校割末; 將當住物置庵中 木杓笊籬掛壁東 我無如此閑家具 江海多年簑笠
　　風. 교할校割; 교할交割. 일본의 선종 사찰에서 주지가 교체될 때 가구나 비품의
　　목록을 적는 일. 그 장부를 교할장交割帳이라 한다.
100) 주물住物; 상주물常住物. 사찰 소유인 토지와 기물을 모두 일컫는 말.
101) 한가구閑家具; 선가에서 쓸데없는 물건이나 살림살이.

깨달음에 이르려는 자가 반드시 닦아야 할 세 가지 수행은 삼학三學으로 요약된다. 즉 계율을 지켜 실천하는 계戒, 마음을 집중하여 산란하지 않는 정定, 미혹을 끊고 진리를 주시하는 혜慧가 그것이다. 그런데 일휴는 불법의 대의를 밝힐 삼학조차 쓸모없는 것으로 일거에 쓸어버린다. 이미 육촉입처六觸入處를 멸진滅盡한 선승의 경지가 당당한 자부로 반전되는 묘경妙境을 펼치고 있다.

산에 살며103)

기생집 십년 다녀도 흥은 끝없지만
억지로 빈 산 그윽한 골짜기에 사네.
좋은 곳은 구름이 막아 삼만 리인데
처마에 부는 큰 솔바람 귀에 거슬리네.

산승이 산에 사는 건 당연한 일인데 자주 저자거리가 마음에 걸린다. 굳이 걸리는 것조차 숨기지 않고 그대로 드러낸다. 기루妓樓에서 흥겹게 노닐더니 억지로 산에 몸을 붙이자니 어째 좀이 쑤신다. 몸이 근질근질하고 더러 솔바람은 귀에 거슬린다. 게다가 볼만한 경치는 구름이 막아 삼만 리나 된다고 엄살을 부린다.

그래도 바람은 늘 불기 마련이다. 어디서나 맑은 바람이 돌고 돌아서 끝없이 불어온다.104) 이렇듯 불법이란 진리는 누구에게나 평등하게 어디든지 베푼다. 승속僧俗이 하나로 원융圓融하게 회통하여 금풍이 부는

---

102) "守又問, 如何是戒定慧? 山曰, 貧道這裏無此閑家具." 오등회원五燈會元, 정주이고 자사鼎州李翶刺史.
103) 山居; 姪坊十載興難窮 强住空山幽谷中 好境雲遮三萬里 長松逆耳屋頭風.
104) "淸風匝地有何極." 벽암록, 제1칙.

곳은 산중이나 기생집이나 일체 차별이 없다. 다만 처마에 걸려 장송長松에 부는 바람이 귀에 거슬릴 뿐. 장송長松은 영가현각永嘉玄覺의 증도가證道歌에도 보인다. "깊은 산에 들어가 고요한 곳에 머무니, 높은 산 그윽하여 낙락장송 아래로다."[105] 일체의 위선을 벗어버린 선승의 선기禪機가 번득인다.

산에 사는 중이 잎으로 가리고[106]

외딴 산정에 티끌 같은 세상 사양해
삼십년 이래로 산에서 나오지 않았구나.
불현듯 남쪽 볕에서 잎으로 가린 뜻
더러 몸 따스하고 더러 춥기도 했지.

일체의 경계를 벗어버린 고절孤絶한 경지가 우뚝하다. 그야말로 외딴 봉우리 꼭대기 위에서 자유자재하는 선승의 모습이 환하게 보인다. 모든 상대적 차별을 단절한 '고봉정상孤峰頂上'의 경지, 즉 깨달음의 경지에 이르기 위해서 서른 해 동안이나 산문 밖으로 나오지 않고 티끌 자욱한 세상을 멀리하였다. 출격대장부出格大丈夫의 풍류가 지금 바로 여기에 있다.

생사를 여윈 백척간두百尺竿頭는 일체의 상대적 차별을 쓸어버린 청정한 절대의 경지이다. 불현듯 기억의 끝에서 한 발짝 더 나아간다. 비록 남녘의 햇볕이 따스했지만, 잎으로 몸을 가리니 더러는 따뜻했는데 더러는 추웠다고 한다. 일휴가 살아온 여정도 아마 그러하였을 것이다.

---

105) "入深山住蘭若, 岑幽邃長松下."
106) 山居僧擁葉; 孤峰頂上謝塵寰 三十年來不出山 因憶南陽擁葉意 半身暖氣半身寒.

승속에 구애되지 않은 무애無碍의 선禪을 온 산에 베풀어 유정, 무정 가릴 것 없이 일거에 제도하고 있다.

어부107)

도를 배우고 참선해 본래마음 잊으니
어부가 한 곡조는 천금의 가치가 있구나.
상강에 저물어 비 내리고 초운108)에 달 뜨자
밤마다 가없는 풍류를 읊고 있네.

　어부는 자연의 경물을 드러내기 위해 종종 차용되는 선시의 주요한 제재이지만, 그 심층에는 불법의 진리를 낚는 행위를 표상한다. 마치 물고기가 용으로 변하듯 수행자가 '어변성룡魚變成龍'하는 경지는 정각正覺을 이룬 걸 상징하며 동시에 해탈을 의미한다. 따라서 도를 배우고 참선해도 본심을 잊으니 어부가 한 곡조가 아주 값있다고 말한다.
　후반부는 고사를 빌려와 구도를 향한 그리움을 남녀의 정에 빗대어 노래한다. 전구에 보이는, 초나라 구름과 상강의 물은 원래 남녀의 그윽한 정을 상징하여 '초운상우楚雲湘雨'라 하는데, 중국 당나라 시인 허혼許渾의 '추사秋思' 시에서, "상강에 초나라 구름 보니 같이 노닐던 기억 나네. 목청껏 한 곡조에 맑은 강물 가리니, 어제 소년은 지금 백발노인이 되었구나."109)라 하였다. 밤마다 잠 못 이룬 채 서성이는 한 선승의 풍류가 강물에 출렁이고 있다.

---

107) 漁父; 學道參禪失本心 漁歌一曲價千金 湘江暮雨楚雲月 無限風流夜夜吟.
108) 상강湘江...초운楚雲; 초나라 구름과 상강의 물로 남녀의 그윽한 정을 상징하며 '초운상우楚雲湘雨'라고 한다.
109) "琪樹西風枕簟秋, 楚雲湘水憶同遊. 高歌一曲掩明鏡, 昨日少年今白頭."

산중에 약초밭을 가꾸며110)

돈 궁해 약 팔아도 거문고는 고치지 않고
중생을 구제하는111) 공부에는 탐욕이 심하구나.
평상에 앉아 산당에서 듣는 밤비 소리
솔바람 절로 그치자 은하수112)를 노래하네.

약초 심은 밭을 가꾸는 가난한 선승의 감회가 청아하다. 돈이 궁하니
약초를 파는데, 거문고는 고치지 못했다. 더구나 중생을 널리 구제하는
공부에 탐욕이 너무 심하여 탈이다. 수행은 거문고 줄을 고르듯 해야
하는데, 거문고는 제대로 손보지도 못하여 자책하고 있다. 아함경에서
는, 부처님께서 소나존자에게 거문고의 비유를 들어 중도中道의 수행법
을 일러주셨다. 수행은 모름지기 거문고 줄처럼 너무 팽팽해서도 안 되
고 너무 느슨해서도 안 되는 걸 일깨운다.113)

산중 암자에서 밤비소리를 듣다가 이윽고 솔바람마저 저절로 그치
니 하늘가에 은하수가 걸쳐있다. 눈 가득한 솔바람소리에 처마 끝에 아
롱지는 낙숫물 소리. 소리는 눈으로 마시고 풍광은 손으로 더듬으니,
체득한 곳이 곧 체로금풍이다. 마침내 한 가지로 꿰뚫어 달관의 경지에
든다. 모든 오온이 그치자, 고즈넉한 밤중이다. 아마도 시간이 꽤 흘렀
으리라. 선정에 들었다가 막 풀고 나니, 거문고 줄 튕기는 풍류가 허공
에 맴돈다.

---

110) 山中開藥圃; 要錢賣藥不修琴 度世工夫貪欲深 山堂夜雨風流榻 自絶松風閣道吟.
111) 도세度世; 삶과 죽음을 극복하고 열반涅槃함. 중생을 제도濟度함.
112) 각도閣道; 여섯 개의 별로 이루어진 은하수 큰길 별자리.
113) 아함경, 소나경.

5) 진속무애眞俗無碍의 초탈超脫

불교는 진속과 선악, 시비의 양극단을 배제한 중도中道사상을 핵심으로 한다. 이러한 차별 없는 불이不二의 정신은 자타自他와 유무有無가 둘이 아니라 회통하여 원융圓融 무애無碍하다. 당시 전란으로 어지러운 세태를 보고 깊은 성찰을 통하여 체득한 삶은 일휴의 평생에 깊은 영향을 미친 것으로 보인다. 그의 선시에서 자주 엿볼 수 있는 초탈의 정신은 도인으로 은거한 산중에서 보다 오히려 낮은 민중의 빈천한 자리에서 더욱 빛나고 있다.

도道는 고상한데 있는 것이 아니라 가장 비근卑近한 일상 속에 있다. 수행을 하기 위하여 고요한 곳을 찾거나, 굳이 높은 법상에 올라야 선을 펼칠 수 있는 것은 아니다. 승속이 하나인데, 분별과 망상에 빠져 세간을 버리고 출세간을 찾을 필요는 없다. 진속眞俗이 둘이 아니다. 자유자재한 초탈의 경지는 산중과 저자거리를 오가며 조사와 부처를 희롱한다. 이런 점에서 보면 일휴가 남긴 종적은 묘연하여 마치 위산의 소처럼 분별할 곳조차 없는 듯 보인다.

'위산수고우潙山水牯牛'라는 공안이 있다. 어느 날 위산 선사가 대중에게 말했다. "내가 죽은 뒤에 산 밑에 있는 마을에 가서 한 마리 검은 암소가 되어 왼쪽 옆구리에 '위산의 스님 아무개'라 쓰겠다. 그때 만약 위산이라 하면 암소라 한 것은 어찌되며, 암소라 하면 나 위산은 어찌 되는가?"114)이에 앙산 선사는 절을 하고 물러났다. "산 위에서는 스님이고 산 아래에서는 소이네. 털 나고 뿔 달린 무리에 섞여버렸다. 온 세상이 부처가 되고 조사가 되려고 하는데 홀로 위산만 검은 암소가 되었네."115)

---

114) 전등록傳燈錄.
115) "山上山僧山下牛, 被毛戴角混同流. 普天成佛與作祖, 獨有山作水牛." 선문염송禪門

일휴는 일찍이 젊은 시절에는 청정한 범행梵行을 엄수하지만, 나중에는 당대의 선풍이 겉으로는 금욕적 청규를 앞세우지만 실상은 극도의 허위와 위선으로 변질되자, 육식, 음주, 청루靑樓 출입을 공공연히 하며 이를 보란 듯이 엎어버린 광승狂僧으로 행세하게 된다. 열여섯 살 때부터 천하를 돌아다니기 시작했는데, 이제부터 이를 전복하고는 한시漢詩와 광호狂號가 '쌍절雙絶'이라 하며, 자칭 '음주음색역음시淫酒淫色亦淫詩'라고 떠들며 불가의 계율 따위는 아무 것도 아니라고 보았다.

산중에서 저자거리로 돌아와서116)

나 광운자를 누가 미친바람인 줄 아나
아침에는 산중에 저녁에는 저자에 있네.
내가 만약 기틀에 방과 할을 쓴다면
덕산과 임제화상 얼굴이 새빨개지겠지.

승속을 자유롭게 넘나드는 일휴의 풍도가 넉넉하다. 비록 사람들이 미친 바람이라 떠들어도 임제의 할과 덕산의 방을 마음대로 베푼다. 두 분의 조사들을 마치 종 부리 듯하니 모든 경계가 허물어지고 말았다. 진속眞俗은 때로 이사理事를 따져 다르게 말할 수 있으나, 둘 사이에 과연 무슨 차별이 있을 수 있는가? 광운자는 산중이든 저자거리든 조석도 잊은 채 기봉機鋒을 엿보느라 참 바쁘기도 하다.

우연히 짓다117)

拈頌
116) 自山中歸市中; 狂雲誰識屬狂風 朝在山中暮市中 我若當機行棒喝 德山臨濟面通紅.
117) 偶作; 昨日俗人今日僧 生涯胡亂是吾能 黃衣之下多名利 我要兒孫滅大燈.

어제의 속인이 오늘은 중이 되니
생애는 엉망이라 이게 내 능함이구나.
누런 가사 아래 명리는 많다만
나는 자손에게 대등화상118)을 죽이라 하지.

　우연히 지은 이 시는 선사의 삶을 압축하여 보여주기에 충분하다. 전
반부에서는 속과 승을 넘나들며 스스로 고백하길, 엉망이라고 단언한
다. 후반부에는 그 실체가 역설적으로 드러나 있다. 가사를 걸치고 명
리를 탐해도 학인들에게는 주인이 되라고 당부한다. 얼핏 보기에 오역
五逆이 수미산에 넘친다. 임제종 대덕사 문중의 60세손世孫인 일휴는 56
세조世祖인 대등화상의 법을 계승하였다. 그럼에도 불구하고 자손들에
게 살조殺祖하라는 불경죄不敬罪를 범하고 있다. 고함소리로 학인을 깨
우친 임제는 임제록에서, "부처를 만나면 부처를 죽이고 조사를 만나면
조사를 죽이라"고 말하였다. 또한 몽둥이질로 선풍을 크게 일으켰던 덕
산은 부처를 꾸짖고 조사를 매도하였다. 이와 같이 임제할臨濟喝과 덕산
방德山棒은 활구活句이자 격외구格外句이다.
　바른 깨달음은 우상의 감옥에 갇힌 자성을 발견하고 스스로 자유를
획득하려는 실천적인 삶의 양식이다. 선禪이란 무엇인가? 우상을 깨부수
고 나오는 '존재의 혁명'이다. 삶과 일치하지 않는 선은 가짜다. 두꺼운
외피를 뒤집어쓰고 고요하게 앉아 있다고 깨달음에 이르지 못할 것이다.
그런 선은 마른 똥막대기를 핥고 있는 노예의 사선邪禪일 뿐. 대등을 죽
이라고 말한 격외의 소식은 엉망으로 살아온 한 선승이 스스로 위로하
는 진심어린 자부이자, 동시에 후손들을 위한 따끔한 경책이기도 하다.

---

118) 대등大燈; 종봉초묘宗峰妙超(1282~1338)는 일본 가마쿠라 시대 말기 임제종의
　　국사國師로 법손인 일휴에게 4대조이다.

종소 장주119)가 먹 만드는 일을 하기에 게를 보내다120)

서리꽃 만 번 찧어 하늘에 빛나니
많은 돈이 되지 않는 줄 생각하리라.
어찌 모름지기 장서와 경전121)을 알겠나
예쁜 시나 지어 소년에게 팔아먹지.

게偈는 부처 또는 불교의 덕을 찬양하는 운문 형식의 글인데 대개 4
구의 시구詩句로 게송偈頌이라 한다. 범어梵語로 가타gāthā라고 하며, 가
타伽陀라고 한다.

이 시에 등장하는 종소宗訴는 언외종충言外宗忠의 제자인 소계종소笑
溪宗訴 스님인데 당시에 먹을 만드는 일에 종사하고 있었다. 종소 장주
는 장경이나 불서 등을 보관한 서고書庫를 관리하는 소임을 맡은 승려
인데, 자못 형편이 빈한한 듯 보인다. 그가 먹을 만들어 절의 생계를 꾸
리고 있기에 일휴가 이에 게송을 지어 보내주었다. 서리꽃을 만 번이나
찧을 정도로 노역을 해서 별로 큰 돈을 만들지 못하는 걸 안타깝게 여
긴다. 그런데 정작 하고 싶은 말은 뒷말로 대신한다. 겉으로는 충고처
럼 들리나 속내는 칭찬하는 말이다. 비난하는 듯하지만 역설을 통하여
위로하고 있다. 원래 맡은 장주 노릇이나 잘하면 경전이나 실컷 볼 수
있을 텐데, 이제 먹 만드는 힘든 일은 그만 두고, 알량한 염시나 지어 소
년에게 파는 게 낫지 않느냐고 어른다. 은근한 풍자 속에 따스한 마음
이 스며들어 서리꽃이 하늘가에 빛나고 있다.

---

119) 장주藏主; 대장경大藏經을 봉안奉安한 서고를 관리하는 승려.
120) 宗訴藏主製墨以爲業, 偈以送之; 萬杵霜花華頂天 商量來不直多錢 何須知藏書經卷
    小艷題詩衒少年.
121) 경권經卷; 불교의 경문經文을 적은 두루마리.

종춘거사를 화장하며, 나이는 서른일곱이다

미륵보살과 석가여래는 말이나 소인데
봄바람에 심란하니 언제나 그칠까.
육육은 원래 삼십칠이로다
염불하는 한 소리, 종루에서 들리네.

宗春居士下火[122] 行年三十七

彌勒釋迦也馬牛[123] 春風惱亂卒何休
六六元來三十七 一聲念讚起鐘樓

　종춘거사는 진주암에서 소장하고 있는 개조하화록開祖下火錄에 보면,
매신종춘梅信宗春을 다비하며 읊었던 게구偈句와 일치한다. 석가와 미륵
조차도 마소처럼 부리는 축생이라니, 불경不敬한 언사가 하늘을 찌르고
도 남는다. 봄바람에 번뇌가 어지러이 일어나니 하마 언제쯤 되어야 그
칠까. 육육은 원래 삼십칠이라 한다. 이른바 겁외소식劫外消息이다.
　사량분별을 뛰어넘은 격외선格外禪은 영겁 밖의 봄소식이다. "건乾선
사가 파고波古스님에게 묻기를, '무엇이 그대의 본래면목인가?' '육육은
삼십육입니다.' '아니다. 다시 말해보아라.' '구구는 팔십일입니다.' 건
이 한 차례 손바닥을 치며 말하길, '이것은 구구는 팔십일입니다'하고,
도로 '육육은 삼십육입니다'라고 하자, 이에 파고스님은 악! 하고는 곧
장 나가버렸다. 스스로 옳다고 여기며 물러서지 않았는데, 다시 삼년이
지나서야 인가를 얻었다.[124]" 이같이 격외구格外句는 일상의 논리와 지

---

122) 하화下火; 송장을 태워 화장火葬하는 일. 다비茶毘.
123) 우마馬牛; 말이나 소처럼 모든 중생은 윤회한다는 뜻을 죽은 이에게 부친 것이다.
124) "乾問, 如何是你本來面目? 師曰, 六六三十六. 乾曰, 不是更道. 師曰, 九九八十一. 乾

식, 견해 등을 초월한 선의 경지를 말한다. 생멸문이 바로 지금 여기인데 무얼 더 수용할까? 사량분별은 털끝조차 용납하지 않는다. 현전現前에 오직 내뱉을 수 있는 건 따로 없다. 할!

행각125)

함양 땅 금옥126)은 몇 누대를 거쳐
한 치 되는 좁은 땅에 돌아왔는지.
머리 한번 드러내 하늘가 바라보니
수미산127) 백억도 짚신의 티끌이로다.

행각行脚은 불가佛家에서 수행자가 안거安居를 그치면 흐르는 구름이나 물처럼 선지식을 찾아 떠나는 걸 말한다. 그야말로 운수행각은 머무름이나 집착을 벗어나기 위하여 점검하고 확인하는 여정이 된다. 그래서 걸림 없는 수행승을 일러 운수납자라고도 한다.

아무리 높은 지위를 누리고 호사스럽게 살더라도 마침내 한 치도 되지 않는 좁은 땅으로 돌아간다. 이것은 무상한 도리를 말한 것이다. 하늘가에 머리를 드러내는 '출두천외出頭天外'는 불법의 대의를 깨쳐 도를 이룬 경지를 뜻한다. 결구에서, '파초혜破草鞋'는 오래 신어서 망가진 짚신으로 아무짝에도 소용이 없게 된 걸 비유하는 선어이다.

打一掌曰, 這是九九八十一, 還是六六三十六. 師一喝便出. 自是當機不讓, 復侍三載, 得蒙印可."
125) 行脚; 咸陽金玉幾樓臺 方寸封疆歸去來 一箇出頭天外看 須彌百億草鞋埃.
126) 금옥金玉; 금관자金貫子와 옥관자를 아울러 이르는 말. 혹은 이를 두른 높은 벼슬아치.
127) 수미須彌; 수미산須彌山. 불교의 우주관宇宙觀에서 대천세계의 중앙에 솟아 있다는 산.

벽암록碧巖錄에 보면 "헤진 짚신인데 어디에 쓰겠는가?"128) 라는 구절이 있다. 즉, 구지俱胝 선사께서 참문參問하는 학인이 와서 불법의 대의가 무엇인지 물을 때마다 손가락 하나를 들어 올려서 응대하였는데, 그동안 너무 많이 우려먹어서 마치 닳아버린 짚신짝 같다는 뜻이다.

단풍잎에 게송을 지어 욕심 많은 중에게 주다129)

뜰에 낙엽 가득해도 쓰는 중이 없어
남녘에 포근히 별들자 초야에 떨어졌구나.130)
스스로 욕계의 중생이 된 걸 후회하니
군자가 재물을 사랑하니 이 무슨 도인지.

가을이 깊어 뜨락에 단풍잎이 수북한데 빗자루로 쓰는 스님이 없다. 오히려 산중에서 속세로 나가서 도적이 되었으니 욕계에 허우적거리며 처참한 꼴로 사는 모양이다. 스님이 어진 사람이 되지 못하고 재물을 좇다니 어찌 도인이라 하랴. 지천으로 날리는 단풍잎에 게송을 적어 탐욕에 빠진 한 스님을 경책하고 있다.

원래 홍엽제시紅葉題詩는 단풍잎에 시를 써서 인연을 맺은 고사에서 유래하여 '홍엽양매紅葉良媒'라고도 한다. 중국 당나라 희종僖宗 때 궁녀 한韓씨가 단풍잎에 시를 써서 물에 띄워 보냈다. 그 시에서 "흐르는 물은 어찌 이리 급한가, 깊은 궁궐은 종일토록 한가롭네. 은근히 붉은 잎을 부치노니, 잘 가서 세상에 이르러라."131) 우우于祐가 물가에서 이 시

---

128) "破草鞋有什麼用處?" 벽암록 제19칙, '구지지수일지俱胝只豎一指, 송頌.
129) 紅葉題偈以呈多欲之僧; 滿庭落葉無僧掃 南陽擁來猶落草 自悔成欲界衆生 君子愛財是何道.
130) 낙초落草; 죽이 시들어 죽는 것. 몰락하여 초야에 떨어져서 도적이 되는 걸 뜻한다.

를 쓴 단풍잎을 주워보고, 다른 단풍잎에 화답하는 시를 써서 냇물에 띄웠는데 마침내 한씨와 만나 인연을 맺었다고 한다. 또 낙초落草는 풀이 시들어 죽는 것인데, 여기서는 몰락하여 초야에 떨어져서 도적이 되는 걸 뜻한다.

소벽재132)

양기화상은 천하에 늙은 선승인데
이로부터 임제종이 크게 흥하였구나.
속세의 번화한 거리에 내 잠깐 살았는데
산사에는 시든 잎이 소슬바람에 날리네.

소벽재는 조심소월祖心紹越 스님의 당호이자 별호로 일휴의 상좌이다. 경도의 동북부 연안, 일승성산一乘城山 기슭 복정현福井縣 족우군足羽郡에 있는 심악사深岳寺를 개산하여 주지를 지냈다. 소월은 일휴와 연고가 있는 경도의 수은암酬恩庵과 대덕사 안에 있는 진주암眞珠庵에 살고자 했지만, 여의치 않자 돌아가 심악사를 열었다.133) 아마 시를 지은 이 시기에는 소벽재에 머물고 있었던 것으로 보인다. 전반부에서 소벽재 주인인 상좌를 위하여 법의 계승을 언급하고 나서, 후반부에서 자신의 행로에 대하여 소회를 피력한 작품이다. 같은 임제종 승려로 법통을 계승한 자손에게 내리는 은사의 자애로운 마음이 담겨있다.

양기방회楊岐方會 선사는 임제종 양기파의 문호를 처음 열었다. 그의 '세 발 당나귀' 공안은 유명하다. 세 발 당나귀를 타고 천하의 사람들을

131) "流水何太急, 深宮盡日閒. 殷勤謝紅葉, 好去到人間." 태평광기太平廣記.
132) 疎壁齋; 楊岐天下老禪翁 從此大興臨濟宗 紅塵紫陌我乍住 山舍半吹黃葉風.
133) 진주암문서眞珠庵文書 52호..

밟아 죽였다고 극찬을 받았다. "선사에게 어떤 스님이 물었다. '어떤 것
이 부처입니까?' '세 발 당나귀가 발굽을 놀리며 간다.' '문득 이렇게 갈
때 어떠합니까?' '호남 땅의 큰스님이로다.'"[134] 이 공안에서 번개같이
본지풍광이 드러난다. 세 발 당나귀는 세상에 존재하지 않는다. 따라서
세 발 당나귀는 격외의 언구이다. 그러나 '무'와 '유'가 회통하여 비로소
득의得意한 곳에 세 발 당나귀는 비로소 걸을 수 있게 된다. 부처를 세
발 당나귀에 비유한 출격出格의 법거량法擧量이다. 지금 바로 여기 현전
現前한 세 발 당나귀는 불성, 진여, 자성을 상징하고 있다.

> 주지를 물러나며[135]
> 평생 얼치기로 소염시나 읊었으니
> 술도 아름답고 색도 아름답고 시 또한 아름다웠네.
> 주장자를 던지고 말하노니,
> 일곱 자 주장자가 도리어 상주하네.
> 퉁소를 불며 이르길,
> 퉁소 한 자루 음을 아는 벗이 드물구나.

　주지를 그만두고 지난 소임을 회고하니 알아주는 사람조차 없다. 즐
겁게 시나 읊고 주색에 빠져 지냈으니 살림살이는 별로 볼 게 없는 듯
하다. 마음의 자취 없이 자유자재하는 선승이 주장자를 던지니 도로 상
주한다고 한다. 역설의 아름다움이 선풍을 자아낸다. 주지 소임 맡는
게 격내格內인가, 격외格外인가? 이도저도 아니라면 이판사판은 괜히 따
져서 무엇 하랴. 여기서 이판理判과 사판事判을 분별하다니 말짱 쓸데없

---

134) "問, 如何是佛? 師曰, 三脚驢子弄蹄行. 曰, 莫祇這便是麼? 師曰, 湖南長老."
135) 退院; 平生藉苴小艶吟 酒媱色媱詩亦媱 擲拄杖云 七尺拄杖還常住 吹尺八云 一枝
　　尺八少知音.

는 짓이리라.

비유하자면 주지 소임이란 게 물 위에 기러기와 다르지 않다. 그냥 소임이 다하면 빈 걸망 메고 구름처럼 훌쩍 떠나면 그만이다. 기러기가 하늘을 날면 그림자가 물에 잠긴다. 그러나 기러기는 자취를 남기겠다는 생각도 없고 물은 그림자를 잡아두자는 마음도 없다.136) 때가 되면 기러기는 떠나면 그만, 지음知音은 굳이 찾아서 무얼 할까?

소금과 장을 준 사람에게 사례하며137)

그럭저럭 엉터리로 서른 해나 살며
나는 얼렁뚱땅 선을 잘도 써먹었구나.
온갖 맛있는 음식을 차린 한 상인데
담박한 밥과 거친 차 바로 전하였네.

가난한 절 살림에도 소금과 장은 일상에 요긴하다. 서른 해나 얼치기 선승으로 선을 잘도 써먹었노라고 고백한다. 호란胡亂은 일에 철저하지 못한 '엉터리'를 뜻하는 당唐나라 때의 속어이다. 마조馬祖 화상이 상당 법어에서 말하길, "그럭저럭 지낸 세월이 어언 삼십년, 이제 소금과 장 걱정은 겨우 덜었구나.138)"라고 하였다.

결구는 소금과 장을 보내준 사람에게 사례하며 한껏 자부를 드러낸다. 담박한 밥과 거친 차로 바른 법을 전할 수 있어 그나마 다행이라고 스스로 말하고 있다. 그 속내를 살펴보면, 당시 귀족이나 부호, 무사들에게 아부하며 공안이나 팔아 일신의 안락과 호사를 누리던 사이비 선

---

136) "雁過長空, 影沉寒水. 雁無遺蹤之意, 水無留影之心." 임간록林間錄.
137) 謝人贈鹽醬; 胡亂天然三十年 狂雲作略這般禪 百味飮食一樏裏 淡飯粗茶屬正傳.
138) "自從胡亂後三十年, 不少鹽醬." 사가어록四家語錄.

지식들을 향한 힐난이 은근히 묻어있다. 선승의 청빈은 그 자체로 엄격한 수행이다.

식적139)

식적으로 밥 먹고 차나 끓이길 즐기며
대 엮어 국화 울타리 치고 매화로 담장 고치네.
인간 속세140)의 불법은 다 굶어 죽었으니
지옥에서 벗어나141) 오래도록 안락을 누리네.

당시 전란에 휩쓸린 민중의 삶은 혼돈 속의 지옥과 방불하였을 것이다. 먹고사는 문제가 시급하여 불법은 이미 쇠퇴하여 밖에서 달리 구할 것도 없었으리라. 식적食籍은 전설에서 한 사람이 평생 먹는 식록食祿을 적어놓은 장부인데, 중국 송宋나라 황정견黃庭堅의 '희증언심戲贈彦深' 시에서, "세상에 전하길 선비에게 식적이 있는데, 평생 밥 먹는데 백 동이의 김치만 있으면 되네.142)"라고 하였다.

빈승에게 소박한 밥과 차는 그나마 식적에 올라 근근이 연명하면 되었으리라. 허물어진 담장은 시대의 도리가 무너진 것을 은유한다. 그저 있으나마나 한 대울타리에 국화나 매화나무를 심어 얼기설기 엮어놓고 청빈하게 살아간다고 한다. 바깥세상은 생지옥인데 산중에서 마음 편히 살고 있다. 전구와 결구에는 가난한 선승의 고민이 엿보인다. 안타깝지만, 마음은 얼마나 부처님 법을 갈망하는지, 홀로 좌절하는 시간

---

139) 食籍; 飯緣食籍聊茶湯 竹縛菊籬梅補墻 人間世諦盡餓死 地獄遠離安樂長.
140) 세제世諦; 속제俗諦. 속세俗世의 실상實相에 따라 알기 쉽게 설명한 불법의 진리.
141) 원리遠離; 염리厭離. 더러운 속세를 떠나는 것.
142) "世傳寒士有食籍, 一生當飯百甕菹."

이 눈에 뛰어든다.

병든 승려에게 오신채를 주며143)

병든 승려가 감기가 들어 아주 고생하니
사맥144)이 자주 뛰어 목숨이 오락가락하도다.
여래께서는 병이 나자 우유를 썼는데
무릇 몸에 약이 되는 파를 금하지 말게.

　이 시는 병든 한 스님에게 세존의 사례를 들어 승가에서 금기로 여기
는 오신채를 먹고 부디 쾌차하라는 뜻이 담겨 있다. 세존은 거룩하신
부처이자 인천의 스승이며, 중생의 병을 고치는 '의왕醫王'이다. 아픈 몸
을 고치기 위하여 계율을 잠시 어기더라도 금계禁戒마저 허여하는 일휴
의 능대能大한 풍도가 엿보인다. 개차법開遮法은 '지범개차持犯開遮'라고
도 한다. 승가에서 '지持'는 계율을 지킨다는 뜻이고 '범犯'은 어긴다는
뜻인데, 계율을 지킬 수 없는 부득이한 상황에서 이를 허용하는 것이
다. '오신五辛'은 오훈五葷이라고도 하는데 불가에서는 금식하도록 되어
있다. "너희 불자들이여, 다섯 가지 매운 채소를 먹지 말지니, 마늘, 부
추, 파, 달래, 홍거, 이 다섯 가지 신채를 일체 음식에 넣어 먹지 말지니
라. 만일 짐짓 먹는 자는 경구죄를 범하느니라.145)" 그럼에도 일휴는
병든 승려가 위중한 걸 알고 오신채라도 먹고, 부디 기력을 회복하길

---

143) 病僧與五辛; 病僧大苦發傷風 死脈頻頻命欲終 如來新病用牛乳 莫忌凡身藥草葱. 오
　　신五辛; 오훈五葷. 범망경노사나불설보살심지계품梵網經盧舍邪佛說菩薩心地戒
　　品, 식오신계食五辛戒에 보인다.
144) 사맥死脈; 죽음에 가까운 위중한 상태에 있는 약한 맥박脈搏.
145) "若佛子, 不得食五辛. 大蒜, 茖葱, 慈葱, 蘭葱, 興渠, 是五辛, 一切食中不得食. 若故
　　食者, 犯輕垢罪."

바라는 마음이 간절하다.

　"세존께서 어느 날 코사라에 머물었는데 등창으로 몸이 편찮으셨다. 시자인 우파바나에게, '가사와 발우를 가지고 천작 브라만의 집으로 가라.' 분부하였다. 이 말을 들은 천작은 잠시 생각에 잠겼다. 그리고 사람을 시켜, 우유와 기름, 꿀을 마련하고, 자신은 따뜻한 물을 가지고 우파바나를 따라 세존이 계신 곳으로 갔다. 천작은 이를 세존의 몸에 바르고 따뜻한 물로 씻고, 꿀을 마시게 하니 세존께서 곧 편하게 되었다."146) 전구와 결구에서 보듯이, 아함경에 우유를 써서 여래께서 회복하신 예를 들어 정성껏 설득하는 모습이 인상적이다.

---

146) 등창을 앓고 계신 석존께 연유, 기름, 석밀을 보시한 천작 바라문이 이튿날 아침 석존을 찾아와 보시와 복밭에 대해 여쭈었다. 잡아함 (3−1181), 천작경.

판본과 번역

　광운집狂雲集은 일본 중세 무로마치 시대 임제종 본산이 있는 경도京都 자야紫野의 대덕사 선승인 일휴종순의 풍광風狂과 파격破格의 정신세계를 보여주는 문집이다. 주요한 내용을 살펴보면, 부처님을 공경하고 조사나 선사를 존숭하는 법어나 게송이 많지만, 한편으로는 파계와 자기 성찰, 혐오와 비방 등 다양한 번민을 엿볼 수 있는 선시로 가득하다. 불문에 귀의한 선승으로서 구도의 여정을 읊는가 하면 여색에 탐닉하는 한 인간의 모습을 통하여 격외의 선지禪旨를 전하는 독창적인 선시의 다채로운 향연을 보여주고 있다.

　광운집에는 칠언시가 대부분인데, 게송과 법어가 뒤섞여 있다. 이제까지 이본異本이 시기별로 다양하게 편찬되었으나 그 중에서 일휴가 몰년沒年한 지 160년이 지난 관영寬永 19년(1642)에 편찬된 광운집이 최고最古의 판본이다. 종래 세상에 유통되는 여러 간본 가운데 가장 오래된 저본底本인데, 이를 일반적으로 '관영각본'이라 칭한다. 그리고 현존하는 사본寫本 중에서 가장 오래된 것은 서궁시西宮市의 오촌중병위奧村重兵衛가 소장한 것이다. 이 오쿠무라 본은 일휴의 말년 제자인 조심소월

祖心紹越(1444~1519)이 사실상 편자編者로 보인다. 관영각본은 그 뒤에 각보기일塙保己一이 편찬한 속군서류종續群書類從에 다시 수습되었다. 일본의 국문학, 국사에 관한 원전자료를 중심으로 수집한 일대총서로서 안영安永 8년(1779)에 관원도진菅原道眞을 모시는 북야北野의 천만궁天滿宮에서 수년에 걸쳐 간행할 것을 목표로 시작되었다. 이 총서는 강호막부와 무사, 사찰, 귀족 등의 협력을 얻어 고대부터 에도시대 초기까지 이루어진 사서史書와 문학작품 총 1273종을 거두고 있는데, 관정寬政 5년(1793)에서 문정文政 2년(1819) 년간에 목판으로 간행되었다.

그리고 속광운시집이 있는데, 중본환中本環의 연구에 따르면, 광운집과 속광운집은 단순히 정집正集과 속집續集이라는 관계가 아니라, 전자는 게송을 수록한 문집, 후자는 시를 수록한 문집이다. 따라서 양자는 그 성격이 현저하게 차이가 난다고 보인다. 또한 동경 민우사民友社가 출간한 일휴화상광운집이 세상에 유통되었다. 그런데 최초의 국역본은 소화昭和 5년(1930)에 광운집 상, 하권이 일본어로 국역되었는데, 간략한 각주를 각각의 지면 하단에 달아 해제와 덧붙여 나왔다. 이는 관영간본을 저본으로 한 활자본이다.

그 뒤에 이는 다시 국역선학대성國譯禪學大成 제19권에 영인되어 양장본으로 출간되었다. 그리고 민우사본과 내각본을 저본으로 한 사본이 참고나 증보, 정정을 거친 뒤에 다양한 유사본이 편찬되었다. 1960년대에 들어 여러 이본을 교합校合하여 이등민자伊藤敏子가 편저한 고이광운집考異狂雲集이 있다. 이는 대화문화大和文華 제11호, 일휴특집으로 엮은 것이다. 이에 수록된 작품은 160 수이다. 1966년에는 최고의 사본인 오쿠무라 본이 서궁출판사西宮出版社에서 복제되었다. 또한 2001년에는 중국선종사의 연구자, 유전성산柳田聖山이 중앙공륜신사中央公論新社에서 일역 광운집을 정밀한 주석을 붙여 펴냈다.

참고로 광운집의 원문 중에 글자의 들락거림이 약간 보이는데, 이는 졸고에서, 시 원문 행간 말미의 ( )속에 저본과 상이한 글자를 표기해두었다.

졸저의 저본은 일본 구택대학駒澤大學이 소장한 고서로서 귀중도서목록에 등재된 관영각본 광운집 2권이다. 참고로 아래에 관영각본 고서뿐만 아니라, 이와 대조하고 교감하기 위하여 일본국립국회도서관이 소장한 국역선학대성國譯禪學大成 제19권의 서지사항을 아울러 붙여둔다.

저본 상세서지

1. 저본

1) 고서

서명; 광운집

저본; 관영각본寬永刻本

서명 권수; 광운집狂雲集 (상, 하권)

저자명; 일휴종순一休宗純

출판자; 서촌우좌위문西村又左衛門

간년; 관영寬永 19년(1642) 임오壬午 맹춘孟春 길단吉旦

2) E−BOOK

서명; 광운집

특징; 고서를 영인한 귀중도서

소장처; 구택대학駒澤大學 전자중요도서

청구기호; H152.2W/11

Record ID; YA00020261

Category; 중요도서

2. 일역광운집

서명; 국역선학대성國譯禪學大成 제19권
특징; 활자본 양장
소장처; 일본국립국회도서관
간행; 소화昭和 5년(1930) 8월
출판자; 이송당서점二松堂書店
청구기호; 188.8－Ko548－K

* 국역선학대성 제19권 광운집(136~226쪽)

●상, 하권 쪽 수

(국역)
해제; 1-4쪽
상권; 1-56쪽 (시 1~239)
하권; 57-112쪽 (시 240~559)
(원문)
상권 1~31쪽
하권 32~65쪽

광운집 上권

◎ 贊虛堂和尙 허당화상을 찬하며

育王住院世皆乖 아쇼카의 절은 세대가 다 끊기고
放下法衣如破鞋 가사는 헤진 신짝처럼 내버렸도다.
臨濟正傳無一點 임제의 바른 불법은 전혀 전하지 않아
一天風月滿吟懷 한 하늘 가득한 풍월을 읊조리네.
(放下一本作抛下)

* 허당虛堂; 중국 宋송나라 때 임제종臨濟宗 양기파의 선승인 허당지우
虛堂智愚(1185~1269). 절강성浙江省 상산象山 사람, 속성俗姓은 진陳, 호는
허당虛堂, 혹은 식경수息耕叟이다. 설두雪竇와 정자淨慈에게 참학하고 운
암보암運菴普巖의 법사法嗣가 되었다.

* 육왕育王; 범어 Aśoka. 아육왕阿育王. 중인도 마갈다국摩揭陀國의 왕
으로 기원전 3세기에 인도를 통일하였다. 대대적으로 불사佛事를 일으
켜 사탑寺塔을 세우고 불사리佛舍利를 봉안하고 승중僧衆을 공양하여 불
교를 수호하였다.

* 임제臨濟(?~867); 중국 당나라의 선승禪僧으로 속성은 형邢, 산동성山東省 조현曺縣 사람, 법호는 의현義玄, 시호諡號는 혜조선사慧照禪師이다. 선종의 일파인 임제종臨濟宗의 시조始祖로 하북성河北省 진주鑛州 임제원臨濟院에서 선풍禪風을 크게 일으켰다. 입적한 뒤에 제자인 삼성혜연三聖慧然이 편집한 임제록은 임제종臨濟宗의 기본이며 선禪의 진수를 설파하였다. 황벽희운黃檗希運을 이어 중국 선종 11대 조사이다.

◎ 題大燈國師行狀末 대등국사 행장 끝에 쓰다

挑起大燈輝一天 대등국사께서 빛나는 한 천하 일으키니

鷲輿競譽法堂前 법당 앞에 법의 수레 다투어 칭송하였네.

風餐水宿無人記 굶주리고 한데 잠잔 걸 기억하는 이 없는데

第五橋邊二十年 제오교 부근에서 스무 해나 보내셨구나.

* 대등국사大燈國師; 일본 가마쿠라(겸창鎌倉)시대 말기 임제종의 승려인 종봉묘초宗峰妙超(1282~1338). 이름은 묘초妙超, 법명은 종봉宗峰, 병고현兵庫縣 파마播磨 출신인데 포상장浦上莊의 호족豪族이다. 조정에서 흥선대등興禪大燈, 고조대등高照正燈이란 국사 칭호를 내렸고 경도京都의 대덕사大德寺를 개산開山하였다.

* 제오교第五橋; 강호江戶시대 선태仙台 마을 남동부에 남북으로 뻗은 청수소로清水小路의 다섯 군데 수로에 돌다리가 놓여 있었는데, 다섯 잎을 가진 매화에 비유하여 '매화 다리'라고도 불렀다.

◎ 如何是臨濟下事, 五祖演曰, 五逆聞雷   어떤 것이 임제 문하의 일입니까? 오조법연화상이 대답하길, 오역 죄인이 우레소리를 듣는구나.

機先一喝鐵圍崩   한 찰나에 할 하니 쇠울타리 무너지고
五逆元來在衲僧   오역을 범한 죄는 원래 중들에게 있노라.
桃李春風淸宴夕   봄바람에 복사꽃 자두꽃, 맑은 저녁 잔치
半醒半醉酒如繩   술 취하여 몽롱한데 문장은 별로라네.
(繩一本作澠)

* 오등회원 권19, 기주오조법연선사蘄州五祖法演禪師에 보인다. 다음에 실린 시 세 수도 같다. 如何是臨濟下事? 師曰, 五逆聞雷. 曰, 如何是雲門下事? 師曰, 紅旗閃爍. 曰, 如何是曹洞下事? 師曰, 馳書不到家. 曰, 如何是溈仰下事? 師曰, 斷碑橫古路. 僧禮拜. 師曰, 何不問法眼下事? 曰, 留與和尙. 師曰, 巡人犯夜.

* 오조법연五祖法演(?~1104); 중국 송宋나라 임제종臨濟宗 양기파楊岐派의 선승, 호남성湖南省 면주綿州 사람, 성은 등鄧씨. 백운수단白雲守端에게 인가 받고 깨달음을 얻어 법을 잇다. 제자는 원오극근圓悟克勤, 태평혜근太平慧懃, 불안청원佛眼淸遠, 개복도녕開福道寧, 대수원정大隨元靜이다. 오조법연선사어록 4권이 전한다.

* 오역五逆; '오역 죄인'의 줄임말. 불교에서 가장 큰 다섯 가지 죄. 아버지를 죽임, 어머니를 죽임, 아라한을 죽임, 화합승단을 깨트림, 부처님의 몸에 피를 냄.

* 기선機先; 어떤 일의 기미가 생기기 전.

* 여승如繩; 별로 볼 게 없는 문장을 비유한 말이다. 중국 양梁나라 태조太祖가 낙양洛陽에 오봉루五鳳樓를 세웠는데, 송나라 때 한보韓溥와 한

기韓曁 형제가 문장을 잘 지었는데, 아우인 기가 늘 형을 업신여겨 말하길, "우리 형의 문장은 마치 지도리에 새끼줄 맨 초가집 같아 겨우 비바람이나 가릴 뿐이지만, 나의 문장은 마치 오봉루를 지은 솜씨와 같다. 吾兄爲文, 譬如繩樞草舍, 聊庇風雨而已, 予之爲文 如造五鳳樓手"고 하였다.

◎ 如何是雲門宗, 演曰, 紅旗閃爍   어떤 것이 운문종입니까? 법연화상이 말하길, 붉은 깃발이 번쩍이노라.

華旗風暖動春臺   따스한 바람에 춘대의 깃발 휘날리니
八十餘員師席開   여든 남짓 대중과 스승이 법석을 열었네.
一字關兮三句體   한 글자 관문이여, 세 마디 법어로써
幾人眼裏着紅埃   몇 사람 눈 속에 속세의 티끌을 붙였는지.

* 운문종雲門宗; 중국 당나라 말기에 선승인 운문문언雲門文偃(?~949)의 종지宗旨를 근본으로 일어난 종파宗派로 오가칠종五家七宗의 하나. 한 글자로 관문을 통과하는 일자관一字關으로 수행자를 깨우치고 본래 성품을 꿰뚫어볼 것을 강조하였다. 주로 북방에서 활약하였는데 3대 제자인 설두중현雪竇重顯(980~1052)이 종풍宗風을 중흥시켰으나 남송시대에 이르러 쇠퇴하였다.

* 화기華旗; 취화기翠華旗. 황제가 거둥할 때 쓰는 의장기의 한 가지.

* 춘대春臺; 봄의 누대. 태평성대太平聖代를 비유한 말. 노자老子 제21장에 보인다. "세속의 중인들은 즐거워하며 마치 푸짐한 잔칫상을 받은 듯, 봄날 누대에 오른 듯 하다. 衆人熙熙, 如享太牢, 如登春臺."

* 일자관一字關; 한 글자로써 관문을 통과한다는 뜻이다. 운문문언雲門文偃 화상이 수행자의 질문에 한 글자로 간결하게 대답한 것으로 예를 들면 다음과 같다. "무엇이 부처의 뜻입니까?" "보普." "운문의 하나의 길은 무엇입니까?" "친親." "도道란 어떤 것입니까?" "거去."

◎ **如何是潙仰宗, 演曰, 斷碑橫古路**   어떤 것이 위앙종입니까? 법연화 상이 말하길, 동강난 비석이 옛길에 가로 누워있도다.

慧寂釋迦靈祐牛   세존과 혜적, 영우는 수행자인데
披毛作佛也風流   풀 옷 입고 부처를 이루니 풍류로구나.
古碑路斷長溪客   옛 비석에 길 끊어진 장계의 나그네
萬世姓名黃葉秋   만세의 이름은 가을에 시든 잎이네.

* 위앙종潙仰宗; 오가칠종五家七宗의 하나로 호남성湖南省의 담주 위산潙山에 있던 위산영우潙山靈祐(771~853)와 원주袁州 앙산仰山에 있던 제자 앙산혜적仰山慧寂(807~883)에 의해 비롯된 종파로 영우는 백장百丈을, 백장은 마조馬祖의 법을 이었기 때문에, 위앙종은 마조馬祖에서 비롯되었다. 오가五家 가운데 가장 먼저 쇠퇴하여 송나라 초기에 이미 소식이 끊어졌다.

* 우牛; 깨달음을 향하여 부지런히 수행하는 승려를 비유한 말이다. 서진西晉시대 법거法炬가 한역한 군우비경群牛譬經에 소의 비유가 잘 드러나 있다. 부처님께서 사위국의 기수급고독원에 계실 때였다. 소떼 한 무리가 부드러운 풀과 시원한 물을 먹고 있을 때, 당나귀 한 마리가 그 속에 끼어 함께 먹으려 하였다. 당나귀는 자신을 위장하기 위해 소 울

음을 내었는데 그 소리는 전혀 소의 울음과 같지 않아 결국 쇠뿔에 찔려 목숨을 잃고 말았다. 이처럼 부지런히 수행하는 비구는 소의 무리와 같고 수행에 정진하지 않는 비구는 당나귀와 같아서 아무리 비구의 무리 속에 섞여서 비구를 자처할지라도 결국에는 승가에서 쫓겨나고 만다고 경계하면서, 소처럼 부지런히 수행하고 계율을 지킬 것을 당부하셨다.

* 피모작불披毛作佛; 풀 옷 입고 부처를 이루다. 범입본范立本이 지은 명심보감明心寶鑑 존심편存心篇에 보인다. 마음 심心 자를 그리기를, "세 점은 별의 모양과 같고, 가로 그은 획은 초승달인 듯하구나. 풀로 옷 지어 입고, 부처 되는 길도 저기서 비롯되네. 三點如星象, 橫鉤似月斜. 披毛從此得, 作佛也由他."라 하였다.

* 혜적慧寂; 중국 당唐나라 말기의 승려인 앙산혜적仰山慧寂(807~883). 원주袁州 앙산仰山에서 위앙종潙仰宗을 처음 열었다. 광동성廣東省 소주韶州 회화懷化 사람, 속성은 섭葉, 호는 징허대사澄虛大師, 시호는 지통선사智通禪師. 위산영우潙山靈祐의 법을 이어받았다.

* 영우靈祐; 중국 당唐나라 말기의 승려인 위산영우潙山靈祐(771~853). 복건성福建省 복주福州 장계현長溪縣 사람, 속성은 조趙, 법명은 영우靈祐이다. 백장회해百丈懷海의 법을 이어받고, 호남성湖南省 담주潭州 대위산大潙山에서 선풍禪風을 크게 일으켰다.

* 장계객長溪客; 출신지가 장계현인 위산영우를 지칭함.

* 섭葉; 앙산혜적의 속성俗姓. 여기서는 중의적으로 가을 잎인 엽葉과 성인 섭葉을 겹쳐놓았다.

◎ 如何是法眼宗, 演曰, 巡人犯夜　어떤 것이 법안종입니까? 법연화상이 말하길, 야경꾼이 밤도둑이 되었도다.

一滴曹源一滴深　한 방울 조계의 근원에 한 방울 깊으니
巡人鬧鬧夜沈沈　야경꾼은 시끌벅적한데 밤은 침침하여라.
青山滿目是何法　청산이 눈 가득하니 이 무슨 법인가
家醜猶如學捧心　집안이 추하여 흉내내는 걸 배우는구나.

* 법안종法眼宗; 중국 송宋나라 초기에 강소성江蘇省 승주昇州의 청량원淸凉院에 머물며 선풍을 일으킨 법안문익法眼文益(885~958)에 의해 형성된 오가칠종五家七宗의 한 종파로 선禪과 화엄華嚴을 융합하였다. 법안의 선법을 이어받은 천태덕소天台德韶(891~972)는 천태산에 머물면서 선과 천태학天台學의 융합을 시도하였으며, 제자인 영명연수永明延壽(904~975)는 종경록宗鏡錄을 저술하여 선교일치禪敎一致의 체계를 세웠고, 또 선과 염불을 함께 닦을 것을 권장한 만선동귀집萬善同歸集은 송대 이후 염불선念佛禪의 터전을 확립하는데 기틀이 되었다. 도원道源의 경덕전등록景德傳燈錄은 중국 선사들의 계보와 전기, 깨달음에 대한 문답을 집대성한 선어록禪語錄인데, 조사들의 언행이나 문답을 좌선의 화두로 삼는 간화선看話禪의 발전을 가져왔다.

* 순인범야巡人犯夜; 선림용어禪林用語로 밤에 도적이나 화재를 방지하기 위해 순찰을 도는 야경꾼인 순인巡人이 통금通禁을 어긴다는 뜻이다. 夜巡者本應警戒火災盜難, 然自己卻成爲盜賊: 後引申爲接引學人時, 絲絲緊扣, 咄咄逼近, 而絲毫不放鬆. 在禪林中, 此語用以評法眼宗之宗風. 五燈會元 권19, 白雲端禪師法嗣章. "師曰, '何不問法眼下事?' 曰, '留與和尙.' 師曰, '巡人犯夜.'"

* 일적조원—滴曹源; 벽암록 제7칙에 보인다. "법안에게 한 스님이 물었다. '무엇이 조계 근원의 한 방울 물입니까?' 화상이 이르길, '이것이 조계 근원의 한 방울 물이다.' 法眼因僧問, 如何是曹源一滴水? 師曰, 是曹源一滴水."

* 봉심捧心; 장자莊子 천운편天運篇에 보인다. 중국 월越나라의 미인 서시西施가 가슴앓이로 눈살을 찡그렸는데 어떤 추녀가 그 모습을 보고 따라하면 아름다운 줄 알고 자기도 눈살을 찡그리니 사람들이 도망쳐 버렸다는 고사에서 나온 말인데, 함부로 남의 흉내를 내어 비웃음을 사는 것을 서시효빈西施效嚬, 서시봉심西施捧心이라 한다.

◎ 臨濟四料簡 임제화상의 사료간

■ 奪人不奪境 주관을 버리고 객관을 버리지 않음
百丈潙山名未休 백장과 위산의 이름 그치지 않아
野狐身與水牯牛 들여우의 몸과 한 마리 물소라 하지.
前朝古寺無僧住 전 왕조의 옛 절에는 주석하는 스님 없어
黃葉秋風共一樓 한 누각 가을바람에 누런 낙엽이 지네.

■ 奪境不奪人 객관을 버리고 주관을 버리지 않음
臨濟兒孫誰的傳 임제의 자손은 누가 바른 법을 전했나
宗風滅卻瞎驢邊 종풍은 내 주변에서 사라지고 없구나.
芒鞋竹杖風流友 대지팡이 짚신으로 떠도는 풍류의 벗인데
曲椽木床名利禪 굽은 나무 법상에는 이름뿐인 선인 걸.

■ 人境俱奪   주관과 객관을 모두 버림

雉翳龜焦身迍邅   일산 쓰고 거북이 타니 머뭇거리는 몸

幷汾絕信話頭圓   병주와 분주의 소식 끊어 화두는 원만하다.

夜來滅卻詩人興   밤 되어 시인의 흥취가 사라져버리니

桂折秋風白露前   백로 전 가을바람에 계수나무가 부러졌네.

■ 人境俱不奪   주관과 객관을 모두 버리지 않음

莫道再來錢半文   엽전 반 푼이 또 온다 말하지 말라

姪坊酒肆有功勳   기생집과 술집이 공로가 있구나.

祇緣人話相如渴   다만 사람들이 상여가 목마르다 얘기하니

腸斷錦臺日暮雲   해 저문 어둑한 금대에서 애가 끊는다.

(緣一作因)

* 사료간四料簡; 임제臨濟 화상이 제자를 지도할 때 근기에 맞도록 가르침을 펴는 네 가지 방법. 임제종의 교상敎相인 탈인불탈경奪人不奪境, 탈경불탈인奪境不奪人, 인경구불탈人境俱不奪, 인경양구탈人境兩俱奪을 말하는데, 여기서 '인人'이란 주관主觀, 정량情量, 분별分別, 지견知見, 해회解會 등 수행자의 내적 가치인데 반하여, '경境'이란 객관客觀, 만법萬法, 언구言句 등 수행자의 외적 환경을 말한다. 또한 '탈奪'은 부정否定, 망각忘卻의 뜻을 가지고 있다.

* 수고우水牯牛; "위산이 대중에게 말하였다. '내가 죽은 백년 뒤에 산 아래 마을에 가서 한 마리의 물소가 되어 왼쪽 겨드랑이 밑에 '위산의 중 아무개'라고 쓰겠다. 그때 만일 위산이라 하면 암소는 어찌하며, 암소라고 하면 내 이름은 어찌하겠는가?' 師曰, 老僧百年後, 向山下作一

頭水牯牛. 左脅下書五字, 曰潙山僧某甲. 當恁麼時, 喚作潙山僧又是水牯牛, 喚作水牯牛又是潙山僧. 畢竟喚作甚麼即得?”

* 할려瞎驢; 일휴가 스스로를 지칭한 별호인데, 향덕享德 원년(1452) 할려암瞎驢庵으로 거처를 옮겨 여기서 부채를 팔았다고 전한다.

* 치예구초雉翳龜焦; 중국 송나라 진조陳造의 ‘능신장사호혜시차운凌晨張司戶惠詩次韻’ 시에 보인다. “雉翳龜燋緣有用, 未聞金彈中沙鷗.” 여기서, ‘구초龜焦’는 길흉을 점치다가 거북이 등이 그을리는 것을 말한다.

* 병분절신幷汾絶信; 임제어록 시중示衆에 보인다. “스님이 또 묻기를, ‘어떤 것이 사람과 경계를 함께 빼앗는 것입니까?’ 임제스님이 말하길, ‘병주와 분주는 소식을 끊고 각각 한 지방을 차지하였다.’ 僧云, 如何是人境兩俱奪? 師云, 幷汾絶信, 獨處一方.” 여기서, ‘병분幷汾’은 중국 산서성山西省 태원太源 지역의 병주幷州와 분주汾州를 아울러 말한 것이다.

* 상여갈相如渴; 사마상여司馬相如의 목마름. 중국 한漢나라 무제武帝 때의 문인 사마상여는 소갈병消渴病인 당뇨병이 있어 물을 자주 마셨다.

◎ 陳蒲鞋　진포혜선사

賣弄諸人瞞諸方　짚신 팔며 사람들 희롱하고 속이다니
德山臨濟沒商量　덕산과 임제 화상은 생각조차 못했구나.
拈槌竪拂非吾事　추 잡고 불자 드는 게 내 일이 아니라
只要聲名屬北堂　다만 어머니께 효도한 이름을 드러낼 뿐.

* 진포혜陳蒲鞋; 중국 당唐나라 때 승려인 목주도명睦州道明(780~877). 강남江南 사람, 속성은 진陳, 휘는 도종道蹤이다. 절강성浙江省 목주睦州

용흥사龍興寺에 머물면서 자취를 숨기고 포혜蒲鞋를 짜서 길에서 내다 팔아 어머니를 봉양하여 사람들이 '진포혜陳蒲鞋' 혹은 '진존숙陳尊宿'이라 불렀다. 황벽희운黃檗希運의 법을 이었다.

* 염추수불拈槌竪拂; 설법을 베푸는 일. 오등회원五燈會元 권12에 보인다. "묻기를, '옛 사람이 추를 잡고 불자를 든 뜻이 무엇입니까?' 화상이 이르길, '대낮에 한가하지 않은 사람이다.' 스님이 말하길, '어떻게 받들어야 하겠습니까?' 화상이 이르길, '마치 바람이 귀를 스치는 것과 같다.' 問, 古人拈槌擧拂, 意旨如何? 師云, 白日無閑人. 僧曰, 如何承當? 師云, 如風過耳."

* 북당北堂; 어머니가 거처하시는 곳. 곧 어머니를 의미함.

◎ 岩頭船居圖 二首   암두화상이 배에 사는 그림, 두 수

會昌以後毀僧形   당의 무종 뒤 중의 꼴 엉망이니
一段風流何似生   한 자락 풍류는 그 어떤 것이더냐.
舞棹未懷爲人手   노 들고 춤추니 남을 위한 건 아닌데
杜鵑叫月夜三更   달 밝은 밤 삼경에 두견새가 우네.

蒲葉半凋江漢秋   가을 한수에 부들 잎 반쯤 시드니
生涯受用在扁舟   생애를 누리며 작은 배에 실었도다.
乾坤一箇閑家具   천지는 한갓 한가한 집안 살림인데
年代撈波情未休   세월은 물결처럼 정 둘 데 없구나.

* 암두岩頭(828~887); 중국 당唐나라 때의 선승禪僧인데, 복건성福建省

남안南安 사람, 속성은 가柯, 다른 이름은 전활全豁, 시호는 청엄대사清儼大師이다. 영천사靈泉寺에서 출가하여 장안長安 서명사西明寺에서 구족계具足戒를 받았다. 설봉의존雪峰義存, 흠산문수欽山文邃와 더불어 수행하고 앙산혜적仰山慧寂에게 가르침을 받았다. 그리고 덕산선감德山宣鑒선사의 법을 이었다. 뒤에 동정호洞庭湖 와룡산臥龍山 암두岩頭에서 불법을 펼쳐 암두전활岩頭全豁로 일컬어진다.

* 회창會昌; 중국 당唐나라 무종武宗 이담李炎의 연호年號로 서기 841년 정월부터 846년 십이월까지의 6년간이다.

* 무도舞棹; 노를 들고 춤을 추다. 선림유취禪林類聚에 보인다. "암두선사가 악주에 살며 호숫가에서 뱃사공을 하는데 양쪽 강가에 판자를 걸어두고 강을 건너는 자가 판을 두드리면 암두가 말했다. '누구요?' 혹자가 말하기를, '저쪽으로 건너가고자 합니다.'라고 하면 암두가 곧 노를 들고 춤을 추며 맞이하였다. 하루는 아이를 안은 한 노파가 목판을 두드렸다. 초막에 있던 암두선사가 춤을 추며 나타나자, 노파가 물었다. '노를 들고 춤을 추는 일은 그만 두고 한 말씀 해보시오. 이 아이가 어디서 왔소?' 암두선사가 노로 때리자 노파가 말하기를, '이 노파가 일곱 아이를 낳아 여섯이 지음을 만나지 못하더니 끝내 나머지 하나마저 얻지 못하는구나!' 하며 강물에 던져버렸다. 師住鄂州巖頭, 値沙汰, 於湖邊作渡子. 兩岸各挂一板. 有人過渡, 打板一下. 師曰, 阿誰? 或曰, 要過那邊去, 師乃舞棹迎之. 一日, 因一婆抱一孩兒來. 乃曰, 呈橈舞棹卽不問, 且道婆手中兒甚處得來? 師便打. 婆曰, 婆生七子, 六箇不遇知音, 秖這一箇, 也不消得, 便抛向水中."

* 하사생何似生; "무엇과 같으냐?"의 뜻. 생은 어조사. "어떠한 것이냐" "무엇이냐" 하는 의문을 나타내는 데 쓰는 말.

◎ 贊二祖　이조 혜가를 찬하며

大唐今古沒禪師　당나라에 예나 지금이나 선사가 끊기니
斷臂虛傳人不知　팔을 잘라 드물게 전한 법을 사람들은 모르지.
只許南山道宣筆　다만 남산도선의 붓만 허락하였으니
恰如痛所下針錐　마치 아픈 데 바늘과 송곳을 찌르는 듯.

* 이조二祖; 중국 선종禪宗의 제2조 혜가慧可(487~593). 중국 남북조 南北朝 시대의 선승. 속성은 희姬, 초명은 신광神光. 하남성河南省 낙양洛陽 무뢰武牢 출생.

* 단비斷臂; 혜가는 소림굴에 아홉 해 동안 벽을 보며 관觀한 달마 대사를 찾아갔는데 쳐다보지도 않았다. 불법의 대의를 알기 위하여, 하룻밤을 합장한 채 눈이 허리까지 쌓이도록 머물다가 옆구리에 차고 있던 칼을 빼서 한쪽 팔을 끊어 신명身命을 내던지고 간절한 마음으로 부처의 법을 구한다는 발심發心을 드러내었다.

* 남산도선南山道宣(596~667); 중국 당唐나라 율종律宗의 승려로 남산 南山 율종의 개조開祖이다. 속성俗姓은 전錢, 본관本貫은 절강성浙江省 오흥吳興이다. 양梁나라 혜교慧皎의 고승전高僧傳을 계승하여 속고승전을 편찬하였다. 또 종남산終南山 정업사淨業寺에 주석하고, 서명사西明寺를 창건하여 이곳에서 사분율四分律의 주석서를 편찬하였다.

◎ 贊栽松道者　소나무 심는 도인을 찬하며

周家當處出生來　주나라에서 마땅히 태어날 걸
爲法喪身徒苦哉　법을 위해 몸을 잃으니 괴로울 뿐.

宿昔植何時德本　예전 어느 숙세에 복덕을 심었는지
栽松老漢也黃梅　소나무 심던 황매의 늙은이로다.

* 재송도자栽松者; 선종 제5조인 홍인弘忍의 다른 칭호. 선종의 제4조인 도신道信 선사는 나이가 많도록 제자가 없었는데 이웃의 산에 소나무를 심는 사람이 와서 제자가 되길 청하였다. 마침내 홍인이 재송도자의 후신後身이 되어 그 법을 이었다고 한다.

* 위법상신爲法喪身; 임제록臨濟錄에서, "대중들아! 대저 법을 위해서 사는 사람들은 몸과 목숨 잃는 것을 피하지 말아야 한다. 師乃云, 大衆! 夫爲法者, 不避喪身失命."이라고 하였다.

* 숙석宿昔...덕본德本; 묘법연화경 제25품 관세음보살보문품觀世音菩薩普門品에서, "숙세에 복덕을 심다. 宿植德本"이라 하였다.

* 황매黃梅; 중국 호북성湖北省 황매黃梅는 선종禪宗의 발원지로 제5조 홍인선사의 수행처이자, 제6조 혜능선사가 의발을 물려받은 곳인데 오조사五祖寺가 있다.

◎ 松源和尙三轉語　송원화상 삼전어

■ 大力量人, 因甚擡脚不起　큰 능력을 가진 사람이 왜 다리를 들어
　　　　　　　　　　　　　올리지 못하는가
商量鬼窟黑山禪　귀굴을 헤아려보니 깜깜한 흑산선인데
神力金剛現目前　신통한 힘의 금강이 바로 눈앞에 드러났네.
普天之下是王土　하늘 아래 온 세상이 곧 임금의 땅이니
擡脚句中公案圓　'다리 들어올린' 구절에 공안은 원만하도다.

■ 開口因甚不在舌頭上 말을 하는 것이 왜 혀끝에 있지 않은가

三寸舌頭開禍門 세 치 혀끝은 재앙을 여는 문인데

河沙諸佛轉多言 수많은 부처께서 많은 말씀을 하셨네.

夜來百勞五更月 밤 되니 오경 달빛에 아주 고달픈데

不奈聲聲崇夢魂 꿈에 혼령이 어찌 탄식하지 않을까.

(月一作目又崇作祟)

■ 明眼衲僧, 因甚腳跟下紅絲線不斷 눈 밝은 사람이 왜 발아래 붉
　　　　　　　　　　　　　　　　　은 실을 끊지 못하는가

二三四七諸禪師 이조혜가 삼조승찬 사조도신 칠조신회 선사

領衆匡徒心亂絲 대중을 바로 끌었으나 심법은 어지러웠네.

因錢有癖是和嶠 돈을 좋아하는 버릇이 있는 사람이 곧 화교인데

娘生腳下血淋漓 어미의 다리 아래 피가 흘러넘치네.

　* 송원화상松源和尙; 중국 남송 때 임제종 호구파虎丘派의 송원숭악松源崇嶽(1132~1202). 양기파楊岐派 밀암함걸密庵鹹傑의 법을 계승하였으며 항주杭州 영은사靈隱寺에서 불법을 펼치고 중생을 교화하였다. 무문관 제20칙, 대역량인大力量人에 등장한다. 절강성浙江省 처주處州 용천龍泉 사람, 속성은 오吳, 호는 송원松源이다. 대혜종고大慧宗杲, 응암담화應庵曇華를 참알參謁했다. 영은사靈隱寺 주지가 되어 현친보자사顯親報慈寺를 개창했다.

　* 삼전어三轉語; 불법의 대의를 체득하도록 설하는 세 가지 요긴한 법어.

　* 대역량인大力量人; 무문관 제20칙에 보인다. "송원숭악 화상이 말하

길, '큰 능력을 가진 사람이 어째서 다리를 들어 올리지 못하는가?' 또 말하길, '입을 열어 말하는 것은 혀에 있지 않다.' 松源和尚云, 大力量人, 因甚抬脚不起. 又云, 開口不在舌頭上."

* 하사河沙; 항하사恒河沙. 항하의 모래란 뜻으로 한없이 큰 수를 나타내는 말.

* 이二; 중국 선종의 제2조 혜가慧可(487~593). 성은 희씨姬氏, 남북조南北朝 시대 북위인北魏人. 낙양洛陽 사람. 달마達磨에게서 의발衣鉢을 받고 최상승最上乘의 법을 받음. 시호諡號는 대조선사大祖禪師.

* 삼三; 중국 선종의 제3조 승찬僧璨(?~606). 하북성河北省 출신, 선禪의 요체를 사언절구四言絶句의 시문詩文으로 풀이한 신심명信心銘을 남겼다. 시호 감지승찬鑑知僧璨.

* 사四; 중국 선종의 제4조 도신道信(580~651). 수당隋唐 시기 하간河間 사람, 성은 사마司馬씨. 제5조 홍인弘忍에게 법을 전했다. 시호 대의선사大醫禪師.

* 칠七; 중국 선종의 제7조 신회神會(684~758). 당唐나라 때 호북성湖北省 양양襄陽 출신. 조계산曹溪山의 제6조 혜능慧能(638~713)의 문하에 들어 신수神秀 문하의 북종北宗을 비판함. 신회화상유집神會和尙遺集이 전한다.

* 화교和嶠; 중국 진晉나라 사람인데 가산家産이 넉넉하였지만 돈을 계속 모으기만 할 뿐, 지극히 인색하여 두예杜預가 그를 전벽錢癖이 있다고 비평하였다. 진서晉書 권45, 화교열전和嶠列傳.

◎ 虛堂和尙三轉語　허당화상 삼전어

■ 己眼未明底, 因甚將虛空作布袴着　제 눈이 밝지 못한데 왜 허공이
　　　　　　　　　　　　　　　　　무명바지를 지어 입는가

畫餠冷腸飢未盈　그림의 떡은 속이 찬데다 배고프고

娘生己眼見如盲　어미는 자기 눈을 청맹과니로 여기네.

寒堂一夜思衣意　하룻밤 추운 집에 옷 생각 간절한데

羅綺千重暗現成　천 겹 비단 깁 그윽이 이루어졌구나.

■ 劃地爲牢底, 因甚透者箇不過　땅에 금을 그어 감옥을 만들고 왜
　　　　　　　　　　　　　　　이걸 꿰뚫지 못하는가

何事春遊興未窮　무슨 일로 봄놀이 흥은 끝이 없는지

人心尤是客盂弓　인심은 옳지 않아 괜한 근심에 괴롭다.

天堂成就地獄滅　천당은 이루어지나 지옥은 사라지고

日永落花飛絮中　해는 영원히 지니 솜처럼 꽃이 날리네.

■ 入海算沙底, 因甚針鋒頭上翹足　바다에서 모래를 세는데 왜 바늘
　　　　　　　　　　　　　　　끝에 발꿈치를 드는가

撒土算沙深立功　흙 뿌리고 모래를 세니 세운 공 높고

針鋒翹足現神通　바늘 끝에 발꿈치 드니 신통함 드러났네.

山僧者裡無能漢　산승인 자는 무능한 사람인데

東海兒孫天澤風　동해의 자손은 천택의 가풍이로다.

(足一作腳)

* 현성現成; 선종禪宗에서, 사실이 현재 이루어져 있는 것. 지금 있는

그대로를 말한다.

　＊배궁盃弓; 배궁사영杯弓蛇影. '술잔 속의 뱀 그림자'라는 뜻으로, 아무
것도 아닌 일을 가지고 쓸데없이 걱정하며 괴로워할 때 쓰는 말이다. 중
국 진晉나라 악광樂廣이 친구와 술을 마실 때 그 친구가 술잔 속에 비친
활 그림자를 뱀으로 오인하고 속으로 의심한 나머지 병이 들었다가 나중
에 그 사실을 알고 병이 절로 나았다. 진서晉書 권43, 악광열전樂廣列傳.

　＊천택天澤; 경산천택徑山天澤 화상. 중국 경산徑山의 천택암天澤庵에 주
석하였던 허당지우虛堂智愚(1185~1269)로 송宋나라 때 임제종 양기파
의 선승으로 절강성浙江省 상산象山 사람, 속성俗姓은 진陳, 호는 허당虛堂,
혹은 식경수息耕叟이다. 설두雪竇와 정자淨慈에게 참학하고 운암보암運菴
普巖의 법을 이었다.

◎ 大燈國師三轉語　대등국사 삼전어

■ 朝結眉夕交肩我何似生　아침에 눈 비비고, 저녁 때 서로 어깨를
　　　　　　　　　　　　　　나란히 하는, 나는 누구인가
透關更有一重關　관문을 꿰뚫고 나니 또 한 겹 관문 있어
隨例依條不可攀　법식 따라 조목에 기대도 오를 수 없네.
奇菓荔子天上昧　기이한 과일인 여자는 하늘이 내린 맛인데
名從天寶落人間　이름은 천보 이래 속세에 떨어졌구나.
(子一作支)

■ 露柱盡日往來, 我因甚不動　노주는 종일 오가지만, 나는 조금도
　　　　　　　　　　　　　　　움직이지 않네

草鞋脚瘦沒知音　짚신 신은 깡마른 다리는 친구도 몰라
露柱同行伴我吟　노주와 짝 지어 같이 가며 나는 시를 읊네.
錢有靈神十萬貫　돈은 신령한 신이 있어 십만 관인데
杜鵑啼血託春心　두견새 울고 울어 봄의 정에 기댔구나.

■ 若透得箇兩轉語, 一生參學事畢　만약 꿰뚫어 두 번 말을 바꾸면,
　　　　　　　　　　　　　　　　　일생 참구하는 일을 마치리라

二十餘年曾苦辛　일찍이 괴롭고 고달팠던 이십여 년
乾坤誰是我般人　천지에 나 같은 사람 그 누가 있으랴.
參來直徹幽玄底　참학하여 곧장 현묘한 도리에 환하니
歇去獨登要路津　쉬어가며 홀로 중요한 나루터에 올랐네.

* 투득透得; 꿰뚫다. 관통하다.

* 참학參學; 선에 입문하여 가르침을 받다. 혹은 불교의 대의大義나 선지禪旨를 참구參究하는 일.

* 천보天寶; 중국 당唐나라 현종玄宗의 연호. 재위 15년간(742~756)이다.

* 여자荔子; 열대 과일의 한 종류. 한유韓愈의 유주나지묘비柳州羅池墓碑 시에 보인다. "빨간 여자와 노란 바나나, 여러 안주와 채소를 섞어 자사의 사당에 올리네. 荔子丹兮蕉黃, 雜肴蔬兮進侯堂."

* 노주露柱; 사찰에서 깃발을 다는 정표旌表로 세운 기둥. 기와조각, 담장벽, 등롱 등과 함께 생명이 없는 무정물無情物로 선종에서는 무정, 비정의 뜻을 표현하는 말로 곧잘 쓰인다. 임제혜조선사어록臨濟慧照禪師語錄 감변勘辨에 보인다. "선사가 노주를 가리키며 물었다. "범부인가?

성인인가?" 관리가 대답이 없자, 선사가 노주를 때리며 말했다. "설령 말하더라도 그저 나무말뚝일 뿐이다. 師指露柱問, 是凡是聖? 員僚無語, 師打露柱云, 直饒道得, 也祇是箇木橛."

◎ 擧靈山徹翁和尙末後之垂示以示徒, 其垂示云, 正法眼藏無付人, 自荷 擔至彌勒下生, 噫   영산철옹 화상의 마지막 구절에 문도들에게 수시하여 말하길, "정법안장을 부촉할 사람이 없어 스스로 짊어지고 미륵보살이 세 상에 나타나길 기다리니, 슬프구나."

古佛靈山名不虛   영산의 옛 부처 이름 헛되지 않아
當來彌勒是同居   미륵보살이 오시거든 함께 살겠노라.
兒孫一箇狂雲子   자손 가운데 한갓 광운자여!
邪法大興殃有餘   삿된 법 크게 일어나니 남은 재앙이로다.
(虛一作空)

牢關一句費工夫   한 마디 공안이 공부를 허비하니
百鍊精金再入爐   백번 불린 좋은 쇠를 다시 화로에 넣지.
話到當來來劫曉   화두가 미륵에 이르러 겁 이래 밝으니
只愁枕上夢魂無   베갯머리 꿈결에 넋 잃고 시름할 뿐.

* 거擧; 옛 공안公案을 거론하려고 할 때 그때의 첫마디를 말한다.
* 영산철옹靈山徹翁(1295~1369); 일본 임제종臨濟宗 승려. 경도京都의 덕선사德禪寺를 개산開山하여 은거하였고 부도탑이 영산에 있다.
* 말후末後; 끝 구절. 선지禪旨의 요체가 담긴 마지막 구절. 제목에 보

이는 구절은 '철옹유게徹翁遺誡'에 보인다. 대덕사선어록집성大德寺禪語錄集成 권1, 철옹록徹翁錄 행장行狀에서, 응안應安 2년(1369) 기유己酉 여름, 갑자기 병을 얻어서 한 첩자帖子를 봉封해서 그 위에 쓰기를, '나의 멸후滅後를 기다려 이것을 열어보라.'라는 유게遺誡를 남겼다.

* 수시垂示; 선어록에서 본칙本則에 대한 서문.

* 정법안장正法眼藏; 청정법안淸淨法眼, 부처님의 바른 교법으로 모든 것을 꿰뚫어 보고 스스로 체득한 깨달음이다. 선종에서 교외별전敎外別傳의 심인心印으로 삼는다.

* 미륵하생彌勒下生; 미륵보살이 석가 입멸 후 56억 7천만 년 뒤에 도솔천으로부터 하생하여 용화수 아래서 성도한 후 세 번의 설법으로 아직 제도 받지 못한 중생을 제도하는 것을 말한다.

* 뇌관牢關; 수행과정에 대한 점검을 확실히 하기 위한 공안.

* 당래當來; 당래하생當來下生의 준말인데, 앞으로 이 세상에 출현하게 될 미륵불彌勒佛을 가리킨다.

◎ 凡參禪學道之輩, 須日用淸淨, 不可日用不淨, 所謂日用淸淨者. 究明一則因緣, 到無理會田地, 晝夜工夫不怠, 時時截斷根源, 佛魔難窺處. 分明坐斷, 往往埋名藏迹, 山林樹下, 擧揚一則因緣, 時無雜純一矣, 謂之日用淸淨人也. 然而吾稱善知識, 擎杖拂集衆說法, 魔魅人家男女, 心好名利, 招學者於室中, 道悟玄旨, 使參者, 相似模樣, 閑言語, 使敎者, 片箇情也, 這輩輩非人也, 寔曰用不淨者也. 以佛法爲度世之謀, 是世上榮衒之徒也, 凡有身無不着, 有口無不食, 若知此理, 豈衒於世哉, 豈諛於官家哉. 如是之徒, 三生六十劫, 入餓鬼入畜生, 可無出期, 或生人間, 受癩病苦. 不聞佛法名字, 可懼可

懼.(時時一本作時今) 右靈山徹翁和尙, 示榮衒徒法語, 題其後云.　무릇 참선을 배우는 자들은 모름지기 매일 청정하여 하루도 깨끗하지 않을 수 없으니, 이른바 날마다 청정한 자이다. 한 법칙인 인연을 밝히면 이해의 밭에 이르지 못해 밤낮으로 공부를 게을리 하지 않아, 때때로 근원을 잘라버리니 마군이 엿보기 어려운 곳이다. 분명하게 앉아 끊고 종종 이름을 묻고 자취를 숨기고서 산림의 나무 아래 한 고칙을 들고 이로써 섞이지 않은 순일한 것을 일컬어 매일 청청한 사람이라 한다. 그러나 나는 선지식이라 부르지만 주장자와 불자를 높이 들고 대중에게 설법하니 마귀와 도깨비나 인가의 남녀가 명리를 좋아하는 마음에 방 가운데 학인을 불러 현묘한 뜻을 깨친 걸 이야기하고 참학하는 자는 서로 모양이 비슷하게 하여 언어를 막게 하고 가르치는 자는 그 뜻을 조각내게 하니, 이 무리들은 사람이 아니라 참으로 나날이 깨끗하지 못한 자이다. 불법으로 세상을 제도하는 꾀는 곧 세상에서 영달을 바라는 무리이니 무릇 몸은 있되 옷 입지 않고, 입은 있되 먹지 않으니, 만약 이 이치를 알면 어찌 세상에 뽐내며, 어찌 관아에 아첨하겠는가. 이 같은 무리는 삼생 육십 겁에 아귀지옥에 들어 축생이 되리니 빠져나올 기약조차 없어, 혹시라도 인간 세상에 태어나더라도 문둥병의 고통을 받게 되리라. 불법의 이름을 듣지 못하니 두렵고 두렵구나. 이는 영산철옹 화상이 영달을 바라는 무리에게 보이는 법어로 그 뒤에 붙인다.

工夫不是涅槃堂　공부가 바로 열반당이 아닐진대
名利輝前心念忙　명리가 앞에 빛나니 마음은 바쁘구나.
信道人間食籍定　사람의 식적이 정해져있다 믿고 말하니
羊糜一椀橘皮湯　양죽 한 사발에 귤껍질 탕이로다.

* 영산철옹靈山徹翁(1295~1369); 일본 임제종臨濟宗의 승려.

* 마매魔魅; 사람을 현혹시키는 마귀 혹은 도깨비.

* 열반당涅槃堂; 승려가 죽을 때 거처하는 곳.

* 식적食籍; 전설에서 한 사람이 평생 먹는 식록食祿을 적어놓은 장부. 중국 송宋나라 황정견黃庭堅의 '희증언심戲贈彦深' 시에서, "세상에 전하길 선비에게 식적이 있는데, 평생 밥 먹는데 백 동이의 김치만 있으면 되네. 世傳寒士有食籍, 一生當飯百甕葅."라 하였다.

◎ 元正　정월 초하루

現成公案任天眞　지금 성취한 공안을 천진에 맡기니
鳳曆開元世界春　개원 재위 동안 세상은 봄날이었구나.
今日山僧換却眼　오늘 산승이 눈을 다시 뜨고 보니
堂中古佛面門新　불당에 모신 옛 부처 면전이 새롭다.

* 현성공안現成公案; 참선하는 수행자에게 제시된 과제로 실상이 드러난 그대로가 곧 진리이므로 조작造作하거나 안배安排하지 않고 현재에 성취한 공안.

* 봉력鳳曆; 책력冊曆을 달리 일컫는 말. 봉황鳳凰은 천시天時를 잘 안다하여 나온 말이다.

* 개원開元; 중국 당唐나라 현종玄宗의 연호로 재위 29년 동안(713~741) 사용되었다.

◎ 桃花浪 복사꽃 지는 물결

隨波逐浪幾紅塵　물결 따라 흐르니 속세 티끌 어떤지

又値桃花三月春　춘삼월 되니 복사꽃 다시 볼 만하구나.

流恨三生六十劫　삼생에 한은 흘러 육십 겁인데

龍門歲歲曝金鱗　용문에는 해마다 금빛 물고기를 말리네.

(一本金鱗作腮鱗)

* 도화랑桃花浪; 벽암록 제60칙 주장탄건곤拄杖吞乾坤, 송頌에 보인다. "주장자가 건곤을 삼키니, 복사꽃 지는 물결 말해서 무엇하리. 拄杖子吞乾坤, 徒說桃花浪奔."

* 수파축랑隨波逐浪; 물결을 따라 흘러가듯 근기에 따라 자유롭게 가르침의 수준을 정하는 것을 뜻한다. 운문문언雲門文偃의 제자인 덕산연밀德山緣密이 운문종에서 수행자를 지도하는 방법을 세 구절로 정리한 운문삼구雲門三句로서 오등회원五燈會元에 보인다. "내가 그대들에게 보여줄 세 구절이 있다. 한 마디는 모두 담아 천지를 덮고, 한 마디는 모든 흐름을 끊어버리고, 한 마디는 물결 따라 좇아가는 것이다. 我有三句語 示汝諸人, 一句涵蓋乾坤, 一句截斷衆流, 一句隨波逐浪." 요약하면 불법의 보편성, 번뇌 망상의 제거, 자유자재의 지도를 말한 것이다.

◎ 端午 단오

千古屈平情豈休　천고에 굴원의 정을 어찌 그치랴

衆人此日醉悠悠　오늘 뭇사람들 취하니 아득하구나.

忠言逆耳誰能會　충직한 말은 귀에 거슬리니 누가 알까

只有湘江解順流   단지 상강의 물결만 알아 흘러갈 뿐.

* 굴평屈平(전343~289); 굴원屈原. 굴자屈子. 중국 춘추시대 초나라의
정치가이자 시인. 이름은 평平, 자는 원原. 호는 영균靈均이다. 회왕懷王
의 신임을 받아 중책을 맡았으나 회왕이 죽은 뒤 참소를 받아 양자강
이남에 추방되었을 때 이소離騷를 지어 결백을 나타냈는데, 또 추방을
당하여 어부사漁父辭를 썼다. 유배지에서 통한을 품은 채 돌을 안고 멱
라수汨羅水에 몸을 던져 죽었다.

* 상강湘江; 중국 호남성湖南省에 있는 강으로 남산藍山에서 발원하여
북으로 흘러 동정호洞庭湖에 이른다.

◎ 冬至示衆   동지에 대중에게 보이다

獨閉門關不省方   홀로 문빗장 걸고 사방 살피지 않으니
這中誰是法中王   이 가운데 누가 곧 법왕인 부처인가.
諸人若問冬來句   여러분이 동지가 오는 한 마디를 묻는다면
日自今朝一線長   오늘 아침부터 해는 한 줄기 길어진다네.

* 불성방不省方; 주역周易 복괘復卦 상象에 보인다. "우레가 땅속에 있
는 것이 복이니, 선왕이 동짓날에 관문을 닫아 상인들이 다니지 못하게
하고, 임금이 사방을 순시하지 않게 하였다. 雷在地中復, 先王以至日閉
關, 商旅不行, 后不省方." 즉, 복 괘의 양陽은 처음 생긴 미양微陽이므로
안정安靜하여 기르기 위한 뜻이다.

* 법중왕法中王; 부처를 가리키는 말.

◎ 佛誕生　부처님 탄생

三世一身異號多　삼세에 한 몸이신데 다른 호칭 많으니
何人今日定譊訛　오늘 누가 뚫기 어려운 공안을 정하였나.
娑婆來往八千度　사바세계에 왕래하길 팔천 번이나 하시니
馬腹驢胎亦釋迦　말의 뱃속과 나귀의 태아 역시 부처로다.

＊ 삼불기三佛忌; 선종에서 행하는 법회의 종류로서 열반회, 탄생회,
성도회를 말하는데, 탄생회와 성도회는 기일은 아니지만 편의상 기일
이라 한다.

＊ 효와譊訛; 공안을 타파하기 위해 반드시 뚫어야 할 관문으로 여러
복잡하고 어려운 공안을 '효와공안譊訛公案'이라 한다.

＊ 사바娑婆; 석존釋尊이 교화하는 속세俗世.

＊ 팔천도八千度; 묘법연화경妙法蓮華經 제16, 여래수량품如來壽量品에 보
인다. 석가모니 부처님께서는 '사바세계에 왕래하시기를 팔천 번을 하
셨다. 娑婆往來八千度.'라 하였다.

＊ 마복여태馬腹驢胎; 비유하여, 선 수행자가 심지心地가 맑지 못하고,
범부와 성인의 정념을 깨끗하게 하지 못하여 자아를 상실한 것을 의미
한다. 현사사비선사어록玄沙師備禪師語錄 권3에 보인다. 師作一圓相示之,
鼓山曰, 人人出這個不得. 師曰, 情知汝向驢胎馬腹裏作活計. 또 불설아
미타경佛說阿彌陀經 소초疏鈔 권4에도 보인다. 應墮畜生者, 馬腹驢胎, 認
爲堂宇, 就令作善, 合生人天, 未免憎愛父母, 乃至小聖初心, 猶不能正知
出入, 皆所謂顚倒也.

◎ 佛成道　부처님 성도

天上人間稱獨尊　천상에 사람 홀로 존귀하다 말씀하시고
今朝成道受誰恩　오늘 아침 정각하시니 누가 은혜를 입었나.
分明衲子流星眼　분명히 스님의 안목이 유성과 같으니
便是瞿曇的的孫　문득 이 분이 세존의 자손이로다.

* 성도成道; 석가여래께서 정각正覺을 이루는 것.
* 유성안流星眼; 무문관 제11칙 주감암주州勘庵主에 보인다. "송에 이르길, '안목은 유성과 같고, 기지는 번개와 같아, 사람을 죽이는 칼이자, 사람을 살리는 검이로다.' 頌曰, 眼流星, 機擊電, 殺人刀, 活人劍."

◎ 佛涅盤　부처님 열반

滅度西天老釋迦　서인도에서 열반하신 늙은 세존이여
他生出世到誰家　다음 생애는 세상 누구 집에 나서 오실까.
二千三百年前淚　이천삼백 년 전의 일에 눈물 흘리니
猶洒扶桑二月花　오히려 일본 땅 이월 꽃에 물을 대주네.

* 멸도滅度; 열반涅槃을 번역한 용어로 나고 죽는 큰 환난을 없애어 번뇌의 바다를 건넜다는 뜻이다.
* 타생他生; 삼생三生 가운데 금생今生에서 과거나 미래의 생애를 말하는 것.
* 부상扶桑; 중국의 전설에서 동해의 해가 돋는 곳에 있다는 신성한 나무. 여기서는 그 장소인 일본을 지칭함.

* 이월화二月花; 중국 당唐나라 시인 두목杜牧의 '산행山行' 시에 보인다. "멀리 차가운 산 구불구불 돌길 따라 오르니, 흰 구름 깊은 곳에 인가가 있네. 수레 멈추고 앉아 늦가을 단풍 즐기노니, 서리 친 잎은 이월꽃보다 더 붉어라. 遠上寒山石逕斜, 白雲深處有人家. 停車坐愛楓林晚, 霜葉紅於二月花."

◎ 達磨忌 달마대사 기일에

毒藥數加賊後弓 여러 번 독약 타고 도적 좇아 활 겨누고
大千逼塞佛心宗 대천세계에 불심종을 꽉 막아버렸구나.
西來無意我有意 서역에서 뜻 없이 왔으나 나에게 뜻 있어
熊耳山中落木風 웅이산 기슭에 바람 부니 낙엽이 지네.

* 달마기達磨忌; 선종의 초조初祖인 보리달마菩提達磨가 528년 10월 5일 입적하였는데, 후세에 10월 5일을 달마기라 한다. 선종禪宗에서는 이날 법회를 행한다.

* 독약毒藥; 전등록 권3, 광통율사光統律師에 보인다. "光統律師流支三藏者, 乃僧中之鸞鳳也. 睹師演道斥相指心, 每與師論議, 是非鋒起. 師遐振玄風, 普施法雨, 而偏局之量, 自不堪任. 競起害心, 數加毒藥."

* 적賊; 벽암록 제30칙 진주나복鎭州蘿蔔 송頌에 보인다. "진주에는 큰 무가 생산된다 하니 천하의 납승들이 공안을 삼네. 예나 지금이나 다 알고 있지만, 백조는 희고 까마귀는 검은 걸 어떻게 가릴 것인가. 도적놈! 도적놈! 납승의 콧구멍을 잡아쥐었구나. 鎭州出大蘿蔔, 天下衲僧取則. 只知自古自今, 爭辨鵠白烏黑. 賊賊, 衲僧鼻孔曾拈得."

* 불심종佛心宗; 선종의 다른 이름. 불심을 깨닫는 것은 선의 체體이다. 불심은 곧 마음의 자성自性이다. 그러므로 '直指人心見性成佛'이라한다. 종경록宗鏡錄 3에 이르길, "달마대사가 이르길, '불심종을 밝히는것은 조금도 잘못이 없으니 이름하여 조라 한다.' 達磨大師云, 明佛心宗了無差誤, 名之曰祖."라 하였다.

* 서래西來; 조사서래의祖師西來意. 선종의 초조 달마가 전한 불법의 대의란 뜻으로 곧 선의 진면목眞面目을 말한다. 조의祖意, 조사의祖師意, 서래의西來意라고도 한다.

* 웅이산熊耳山; 선종의 초조初祖인 달마대사가 열반 후에 묻힌 곳이다. 중국 하남성河南省 삼문협시三門峽市 동쪽 산기슭에 공상사空相寺가있는데 옛날에는 정림사定林寺, 웅이산사熊耳山寺라고 하였다. 후한後漢영평永平(서기65)에 건립되었는데 남북조 시대에 무덤을 발굴하니 신발 한 짝밖에 없어 절 이름을 공상사라 불렀다.

◎ 大燈國師百年忌 二首   대등국사 백 주기를 맞아, 두 수

囊覓靑銅無半文   주머니 속에는 하찮은 엽전 몇 푼뿐
酧恩一句豈驚群   수은암 한 마디가 어찌 무리 놀라게 하랴.
祖師遷化已百載   조사께서 돌아가신지 벌써 백년이니
空拜婆年婆子裙   괜히 노파 해에 노파 옷에게 절하는구나.

兒孫多踏上頭關   우리 자손 많이 정수리에 관문을 밟았고
一箇狂雲江海間   한갓 광운도 선사의 큰 물줄기에 머물렀네.
大會齋還在何處   큰 재를 여는 법회가 다시 어디에 있으리

白雲蒸飯五臺山　오대산 흰 구름이 밥을 찌고 있구나.

＊ 백년기百年忌; 일본의 실정室町시대 영향永享 8년(1436)인데, 이 해
는 작자인 일휴가 마흔세 살이 되는 때이다.

＊ 낭囊; 두보杜甫 '중증정련重贈鄭鍊' 시에 보인다. "정련 선생께서 장차
떠나 사신 일 마치면, 주머니에 부모님께 드릴 한 물건도 없겠네. 강산
에 길 먼데 타향에서 떠도는 날, 갖옷 입고 말 탄 누가 감격하는지. 鄭子
將行罷使臣, 囊無一物獻尊親. 江山路遠羈離日, 裘馬誰爲感激人."

＊ 청동일반문靑銅一半文; 몇 푼 되지 않는 하찮은 돈.

＊ 파년파자군婆年婆子裙; 금강경사가해金剛經四家解에 나온다. 야부冶父
가 말하길, "할머니의 옷을 빌려 입고 할머니에게 절을 하도다. 借婆衫
子拜婆年." 즉 부처님께서 무상한 도리를 밝히고자 했는데, 능히 상相으
로 답하니 상비相非이다. 만약 부처님께서 상相을 묻는다면 또한 능히
상으로써 답하였을 것이다. 佛欲明無相, 果能答相非, 若使佛問相, 亦能
答以相. 그러므로 이 시에서 일휴는 무상한 도리를 말하며 역설적으로
선사에 대한 흠모의 정을 파격적으로 드러냈다.

＊ 상두관上頭關; 석문의범釋門儀範, 다비문茶毘文 쇄골편碎骨篇에
나온다. "만약 사람이 정수리 관문 뚫어 깨달음을 얻으면, 산하대지의
너그러움 비로소 깨닫게 되리라. 사람이 분별하는 경계에 떨어지지 않
으면, 어찌 녹수와 청산에 구애되겠는가. 若人透得上頭關, 始覺山河大
地寬. 不落人間分別界, 何拘綠水與靑山."

◎ 僧問岩頭云, 古帆未掛時如何, 頭云, 小魚吞大魚, 僧云, 掛後如何, 頭云, 後園驢喫草　한 스님이 암두스님에게 묻기를, "오래된 배에 돛대를 올리지 않았을 때는 어떻습니까?" 암두가 말하길, "작은 고기가 큰 고기를 삼킨다." 스님이 이르길, "돛대를 올린 뒤에는 어떻습니까?" 암두가 말하길, "뒷동산의 당나귀가 풀을 뜯는구나."

寒溫苦樂愧懃時　차고 따뜻함, 괴롭고 즐거움은 부끄러운 때라

耳朵元來兩片皮　귀는 원래 양쪽 가죽에서 늘어진 것이네.

一二三兮三二一　일 이 삼은 삼 이 일이라

南泉信手斬猫兒　남전은 손가는 대로 고양이를 베어버렸지.

* 암두巖頭; 중국 당나라 선사. 법명은 전활全豁, 전할全豁. 덕산선감德山宣鑑의 법제자로 복건성福建省 천주泉州 사람이며 속성俗姓은 가柯. 앙산혜적仰山慧寂 선사를 참방하고 뒤에 덕산선감德山宣鑑을 스승으로 삼았다.

* 남전南泉(748~834); 중국 당나라 선사. 법명은 보원普願. 마조도일馬祖道一의 법제자. 속성은 왕王. 정주鄭州 신정新鄭 사람. 지양池陽의 남전에 선원을 짓고, 서른 해 동안 산에서 내려가지 않고 여든일곱 살에 입적하였다.

* 남전참묘南泉斬猫; 공안으로 남전이 하루는 동서 승당僧堂에서 고양이를 가지고 시비하는 것을 보고, 곧장 고양이를 쳐들고 "일러 맞추면 베지 아니하리라!" 대중에서 대답이 없자 남전은 고양이를 베어 두 동강을 내었다. 뒤에 남전이 이 사실을 말하며 조주趙州에게 물었다. 조주는 짚신을 벗어서 머리에 이고 나가버렸다. 이에 남전이 말하였다. "그대가 그때 있었던들 고양이를 살렸을 걸!"

◎ 雲門示衆云, 古佛與露柱相交, 是第幾機, 自代云, 南山起雲, 北山下雨

운문스님이 대중에게 묻기를, "옛부처와 돌기둥이 서로 교섭한다는데 이 무슨 작용인가?" 스스로 대답하길, "남산에 구름이 일어나면 북산에 비가 오네."

小姑緣底嫁彭郎	어쩐 일로 소고가 팽랑에게 시집가니
雲雨今宵夢一場	운우의 정은 오늘밤 한 바탕 꿈이로구나.
朝在天台暮南岳	아침에는 천태산, 저녁에는 남악산
不知何處見韶陽	어디인지도 모르고 봄 빛을 바라보네.

* 중국 선종의 운문문언雲門文偃(864~949) 선사가 자문자답한 선문답이다. 검은 구름에 비가 응하듯이 '남산의 구름'과 '북산의 비'는 부처와 범부처럼 서로 다른 둘이 아니라 하나이다. 즉 나와 네가 다르지 않다는 '자타불이自他不二의 법문이다.

* 노주露柱; 사찰에서 깃발을 다는 정표旌表로 세운 기둥.

* 소고小姑; 중국 송宋나라의 문인 소식蘇軾이 지은 '이사훈화장강절도도李思訓畫長江絶島圖' 시에 보인다. "배에 탄 장사꾼은 미치지 말라. 지난해 소고 여인이 팽랑에게 시집갔네. 舟中賈客莫漫狂, 小姑前年嫁彭郎."

* 천태天台, 남악南岳; 금강경오가해金剛經五家解, 제29장 위의적정분威儀寂靜分에 보인다. "야부; 납자가 가을 구름을 거두어 가서 다시 오니, 몇 번이나 남악산과 천태산을 돌았던가? 한산과 습득이 서로 만나 웃으니, 자 말해보라 그 웃음은 무엇인가? 웃고 말하며 같이 가는데 걸음은 옮기지 않았도다. 冶父; 衲捲秋雲去復來, 幾廻南岳與天台? 寒山拾得相逢笑, 且道笑箇甚麼? 笑道同行步不擡."

◎ 苦中樂　괴로움 속의 즐거움

酒喫三盃未濕唇　석 잔 술 마셨지만 입술은 적시지 않아
曹山老漢慰孤貧　조계산 늙은이가 쓸쓸한 가난을 위로하네.
直橫身火宅中看　불구덩이에 곧장 들어가서 몸 살펴보니
一刹那間萬劫辛　한 찰나 간에 만겁이나 고달프구나.

* 고중락苦中樂; 벽암록 제83칙, 고불노주古佛露柱 송頌에 보인다. "남
산의 구름이며 북산의 비로다. 이십팔 대 조사와 여섯 분의 조사가 서
로 마주 보네. 신라에서는 상당을 하였는데, 당나라에서는 아직 북도
치지 않았구나. 괴로움 속의 즐거움이며, 즐거움 속의 괴로움이로다.
어느 누가 황금이 똥 같다고 말하는가. 南山雲北山雨. 四七二三面相睹.
新羅國裏曾上堂, 大唐國裏未打鼓. 苦中樂, 樂中苦. 誰道黃金如糞土."

* 조산曹山; 중국 당唐나라의 승려로 조동종曹洞宗의 개조開祖인 조산
본적曹山本寂(840~901). 복건성福建省 포전蒲田 출신, 속성은 황黃, 시호
는 원증대사元證大師, 동산양개洞山良价의 법을 이어받고, 강서성江西省 무
주撫州 조산에서 선풍禪風을 크게 일으켰다.

* 화택火宅; 묘법연화경妙法蓮華經, 제3품 비유품譬喩品에 나온다. 성문
승聲聞乘, 연각승緣覺乘, 보살승菩薩乘의 삼승의 단계는 깨달음으로 가는
방편이다. '화택의 비유'는 아버지가 아이들에게 커다란 흰 소가 끄는
수레를 선물한다. 흰 소는 '대백우大白牛'라 하는데 일불승一佛乘의 표현
으로 삼승을 회통하여 들어가는 깨달음의 자리이다.

◎ 樂中苦 즐거움 속의 괴로움

此是瞿曇曾所經 여기 세존께서는 벌써 겪으신 일인데
麻衣草座六年情 삼베옷 입고 풀 자리 앉은 여섯 해 정일레라.
一朝點檢將來看 하루 아침에 점검하여 앞날을 살펴보니
寂莫靈山身後名 죽은 뒤 적막한 영산에 이름이나 남기리.

* 구담瞿曇; 석가족의 조상. 특히 세존을 가리키는 말.

* 마의초좌麻衣草座; 삼베옷 짚방석. 중국 당나라 영철선사靈澈禪師 (746~816)의 '동림사에서 위단자사에게 수창하며 東林寺酬韋丹刺史' 시에 보인다. "나이 들어 한가로이 세상 일에 무관하니, 삼베옷에 짚방석이라도 몸이 편안하네. 만나면 모두 벼슬 그만 두고 싶다는데, 수풀 아래 언제쯤 한 사람을 보려나. 年老心閑無外事, 麻衣草坐亦容身. 相逢盡道休官去, 林下何曾見一人." 만속장卍續藏, 1261책, 조정사원祖庭事苑 권4.

* 신후身後; 도연명陶淵明의 '음주飮酒' 시에 보인다. "비록 죽은 뒤에 이름을 남기지만, 평생 굶주리며 가난하게 살았구나. 죽고 나면 무엇을 알겠는가, 참으로 마음 편하게 살면 되는 걸. 雖留身後名, 一生亦枯槁. 死去何所知, 稱心固爲好."

◎ 百丈野狐 백장화상의 들여우

千山萬水野僧居 깊은 산수 간에 질박한 중 살았으니
甲子今年五十餘 올해 나이 예순인데 쉰 해 남짓이로다.
枕上終無老來意 베갯머리에 노승이 오려는 뜻 끝내 없는데

夢中猶讀小時書　꿈결에 도로 새파란 시절의 책을 읽네.

* 백장야호百丈野狐; 무문관 제2칙에 보인다. "백장화상이 설법할 때면 늘 한 노인이 와서 대중을 따라 법을 듣고 대중이 물러가면 함께 물러가곤 하였는데, 한번은 대중은 물러가도 노인은 물러가지 않았다. 그래서 화상이 물었다. '앞에 서 있는 자는 어떤 사람이냐?' 노인이 대답했다. '네 저는 사람이 아닙니다. 과거 가섭부처님 때 일찍이 이 산에 살던 수행인인데 그때 한 학인이 와서 묻기를, '대수행인도 인과에 떨어집니까?'하고 물었습니다. 그때 제가 대답하기를 '인과에 떨어지지 않는다'라고 하였습니다. 이 때문에 오백생 동안 들여우의 몸을 받고 지금 화상께 청하오니 저를 대신하여 귀한 한 말씀을 해주십시오.' 百丈和尙, 凡參次有一老人, 常隨衆聽法, 衆人退老人亦退. 忽一日不退, 師遂問, 面前立者復是何人? 老人云, 諾某甲非人也. 於過去迦葉佛時, 曾住此山, 因學人問, 大修行底人還落因果? 也無. 某甲對云, 不落因果. 五百生墮野狐身, 今請和尙, 代一轉語貴."

◎ 聞聲悟道　소리를 듣고 도를 깨치다

擊竹一朝忘所知　하루아침 대나무 치는 소리에 모두 잊고
聞鐘五夜絶多疑　오경에 종소리 듣자 의심덩어리 끊었구나.
古人立地皆成佛　옛 선사의 입지는 다 부처를 이루었나니
淵明端的獨顰眉　도연명은 단박에 홀로 눈썹 찌푸렸다지.

* 향엄香嚴 화상 개오시開悟詩에 보인다, "일격에 아는 것 다 잊었으

니, 다시는 애써서 닦을 일 없구나. 거동하는데 옛 길을 드러내니, 시름하는 일에 떨어지지 않노라. 一擊忘所知, 更不假修持. 動容揚古道, 不墮悄然機."

* 빈미顰眉; 서시빈목西施顰目. 서시西施가 눈썹을 찡그리다. 장자莊子 천운편天運篇에 보인다. 중국 춘추시대 월越나라 미인인 서시西施의 이야기에 나온다. 서시가 가슴을 앓아 눈을 찡그리고 있으니, 그 마을의 다른 추녀가 이를 보고 아름답다고 여기고, 집으로 돌아와서 역시 가슴에 손을 얹고 눈을 찡그렸다. 그 결과 어떤 이는 문을 닫고 밖으로 나오지 않았고, 가난뱅이는 처자식을 거느리고 마을을 떠나버렸다. 西施病心而顰其里, 其里之醜人見而美之, 歸亦捧心而顰其里. 其里之富人見之, 堅閉門而不出, 貧人見之, 挈妻子而去之走." 또한 중국 당唐나라 두보杜甫 강정江亭 시에도 보인다. "江東猶苦戰, 回首一顰眉."

◎ 見色明心 색을 보고 마음을 밝히다

憶得寒山見月題 한산을 기억하여 달 보며 제목 얻으니
眼睛落地衆生迷 죽음에 떨어지는 데도 중생은 미혹하구나.
洛陽三月貴遊客 경도의 삼월에 귀하신 나그네 노니는데
閃爍紅旗殘照西 빛나는 붉은 깃발이 노을 속에 비치네.

* 견색명심見色明心; 벽암록 제78칙에 보인다. "견색명심 문성오도見色明心, 聞聲悟道"라는 선어禪語가 있는데, 곧 사물의 모습인 색色을 보고 거기에 응하여 마음을 밝히고, 자연의 소리를 듣고 진리를 깨우친다는 뜻이다. 이는 일체만물이 불성佛性을 갖춘 진리라는 뜻이다.

* 한산寒山; 생몰년 미상. 중국 당唐나라 현종玄宗과 대종代宗 년간의 선승禪僧이다. 장안長安사람, 호는 한산자寒山子. 전설에 따르면, 천태산天台山 한암寒巖에 은거하며 국청사國淸寺에 있던 습득拾得, 풍간豊干과 교유하였다. '한산'이란 이름은 한암의 깊은 굴속에 살았기 때문에 붙여졌다.

* 안정眼睛; 무문관 제47칙, 도솔삼관兜率三關 참조.

* 낙양洛陽; 경도京都의 딴 이름. 당시 일본의 교토.

◎ 聞聲悟道, 見色明心, 雲門拈云, 觀世音菩薩將錢來買胡餅, 放下手云, 元來是饅頭   소리를 듣고 도를 깨닫고, 색을 보고 마음을 밝게 한다. 운문 화상이 말했다. "관세음보살이 돈을 가지고 와 호떡을 사는구나. 손을 아래로 내리며 말씀하셨다. 원래 이건 만두였구나."

卽現觀音奴婢身   관세음이 여종의 몸 되어 나타나니
饅頭胡餅谷精神   만두와 호떡은 정신을 막아버렸구나.
舊時難忘見聞境   옛날 보고 듣던 경계를 잊기 어려워
滿目山陽笛裏人   눈 가득 산양에 피리 불던 사람이라네.

* 운문광진선사광록雲門匡眞禪師廣錄, 실중요어室中語要에 보인다. "옛 사람이 이르길, '소리를 듣고 도를 깨닫고, 색을 보고 마음을 밝게 한다.'고 하였다. 선사가 이르길, '무엇이 소리를 듣고 깨치는 것이며, 색을 보고 마음을 밝히는 것이겠느냐?' 이어 말하길, '관세음보살이 돈을 가지고 와서 호떡을 사는구나.' 손을 아래로 내리며 이르길, '원래 이건 만두였구나.' 擧. 古云, 聞聲悟道, 見色明心. 師云, 作麼生是聞聲悟道?

見色明心, 乃云, 觀世音菩薩將錢來買餬餅. 放下手云, 元來祇是饅頭."

* 호병餬餅; 호떡, 오랑캐의 떡. 벽암록碧巖錄 제77칙에 보인다. "한 스님이 운문에게 물었다. '무엇이 부처를 초월하고 조사를 초월하는 말입니까?' '호병이다.' 雲門因僧問, 如何是超佛越祖之談? 師曰, 餬餅."

* 운문雲門(864~949); 중국 당唐나라 말기 운문종雲門宗의 개조開祖, 절강성浙江省 가흥嘉興 사람, 속성은 장張, 법호는 문언文偃. 雲門胡餅, 體露金風, 須彌山, 雲門十五日, 日日是好日 등의 많은 공안公案을 남겼다.

* 산양적山陽笛; 중국 진晉나라 산양山陽 땅에서 상수向秀가 혜강嵇康과 절친하게 지냈는데, 혜강이 죽은 뒤에 그곳을 지나다가 이웃집에서 들려오는 피리소리를 듣고 옛 추억을 생각하며 사구부思舊賦를 지었다. 진서晉書 권49, 상수열전向秀列傳.

◎ 大隨庵邊有一龜, 僧問, 一切衆生皮裹骨, 這箇衆生爲甚骨裹皮, 大隨以草鞋蓋於背上 대수화상의 암자 부근에 거북이 한 마리가 있었다. 한 스님이 묻기를, "일체중생은 살 속에 뼈가 있는데 어째서 이 거북이는 뼈 속에 살이 있습니까?" 대수화상이 짚신을 벗어 거북이 등에 올려놓았다.

衆生顚倒幾時休　중생이 엎어지니 어느 때에 쉴 텐가
打着前頭又後頭　앞머리를 맞고 또 뒷머리를 맞았구나.
信手救猫趙州老　솜씨 좋게 고양이를 구한 늙은 조주여,
草鞋戴去也風流　짚신을 이고 가버리니 풍류로구나.
(戴一作載)

* 대수大隨(834~919); 중국 사천성四川省 염정현鹽亭縣 출신으로 속성

은 왕王, 법호는 법진法眞. 혜의사慧義寺에 출가하고 위산에서 깨닫고 장경대안長慶大安의 법을 이었다.

◎ 黃蘗禮佛 황벽스님의 예불

麤行沙門鬼眼開 거친 황벽스님은 귀신의 안목을 열고
身長七尺甚奇哉 키는 일곱 척인데다 매우 기이하였구나.
不知何處見黃蘗 황벽을 어디서 볼 지 알 수 없으니
立法商君破法來 법을 세운 상군이 법을 깨버리고 왔네.

* 황벽예불黃蘗禮佛; 전심법요傳心法要 완릉록宛凌錄에 보인다. "하루는 예불하는 황벽화상을 뵙고 사미가 이르길, '부처에게 집착하지도 말고, 법에도 집착하지 말고, 대중에게도 집착하지 말아야 하는 법인데 예배를 무엇을 하려고 하십니까?' 화상이 이르길, '부처에게 집착하지 않고, 법에도 집착하지 않고, 대중에게도 집착하지 않고서 늘 이처럼 예배를 하느니라.' 사미가 이르길, '예배는 해서 뭘 하지요?' 화상이 갑자기 따귀를 후려치자, 사미가 이르길, '몹시 거친 분이군'이라고 하자, 화상이 이르길, '여기에 무엇이 있다고 거치느니 가늘다니 지껄이느냐?'며 또 따귀를 치자, 사미가 문득 가버렸다. 師於佛殿上禮佛, 沙彌云, 不著佛求, 不著法求, 不著衆求, 長老禮拜, 當何所求? 師云, 不著佛求, 不著法求, 不著衆求, 常禮如是事. 沙彌云, 用禮何爲? 師便掌. 沙彌云, 太麤生. 師云, 這裏是什麼所在, 說麤說細, 隨後又掌, 沙彌便走."
  * 추행사문麤行沙門; 거칠게 행동하는 스님. 앞의 인용문 참조.
  * 상군商君; 중국 전국시대의 정치가로 법가法家의 인물인 상앙商鞅

(전390~338)의 호.

◎ 臨濟燒机案禪板　임제화상이 궤안과 선판을 태우다

此漢宗門第一禪　이 사람은 종문의 으뜸가는 선승인데
奪人奪境體中玄　사람과 경계를 빼앗아 도체 가운데 현묘하다.
安身立命在那處　안심입명하는 일은 어느 곳에 있는지
劫火洞然燒大千　큰불이 환하게 터져 대천세계를 불태웠네.

* 임제록臨濟錄 행록行錄, '임제파하臨濟破夏'에 보인다. "임제 스님이 어느 해 여름 황벽산에 올랐다. 황벽 화상이 경전을 읽는 것을 보고 말했다. '나는 지금까지 저 사람을 훌륭한 선승이라고 생각했는데 그저 검은 콩이나 주워 먹는 노스님일 뿐이구나.' 임제 스님이 며칠 묵다가 떠나려는데 황벽 화상이 말했다. '자네는 여름 안거 규칙도 지키지 않고, 안거가 끝나지도 않았는데 가느냐?' 임제 스님이 되받아 '저는 잠깐 스님에게 문안드리고자 왔을 뿐입니다.'했다. 황벽 화상은 이런 임제를 바로 후려쳐 돌아가게 했다. 임제 스님은 몇 리 가다가 이 일을 의심하고 되돌아와 여름 안거를 마쳤다. 어느 날 임제 스님은 황벽 화상을 떠나고자 했다. 황벽 화상이 묻기를 '어디로 갈 것인가?' 임제 스님이 '하남이 아니면 하북으로 돌아갈까 합니다.'고 대답했다. 황벽 화상이 바로 후려쳤다. 임제는 황벽 화상을 붙잡고 손바닥으로 한번 때렸다. 이에 황벽 화상은 크게 웃고 시자를 불러, '여기 백장스님의 선판과 궤안을 가져오도록 해라.'하였다. 이에 임제는 '시자야, 불도 가지고 오너라.'하였다. 황벽 화상은 '그것도 옳기는 하지만 어쨌든 가지고 가게. 그

래야 다음에 세상 사람들 떠드는 입을 막을 것이네.' 師因牛夏上黃蘗,
見和尚看經. 師云, 我將謂是箇人, 元來是暗黑豆老和尚. 住數日, 乃辭
去. 黃蘗云, 汝破夏來, 不終夏去. 師云, 某甲暫來禮拜和尚. 黃蘗遂打趁
令去. 師行數里, 疑此事, 卻回, 終夏. 師一日辭黃蘗, 蘗問, 什麼處去? 師
云, 不是河南, 便歸河北. 黃蘗便打, 師約住與一掌, 黃蘗大笑, 乃喚侍者,
將百丈先師禪板机案來. 師云, 侍者, 將火來! 黃蘗云, 雖然如是, 汝但將
去, 已後坐卻天下人舌頭去在."

* 겁화劫火; 세상이 파멸할 때 인간세계를 태워 재로 만들어 버리는
큰 불.

◎ 翠岩夏末示衆云, 一夏以來爲兄弟說話, 看翠岩眉毛在麼, 保福云, 作
賊人心虛, 長慶云, 生也, 雲門云, 關. 취암 화상이 하안거 마지막에 대중
에게 이르길, "하안거 동안에 형제 여러분들을 위해서 설법했는데, 잘 보
게! 취암의 눈썹이 붙어있는가?" 보복스님이 이르길, "도둑놈은 마음이 편
치 못하지." 장경화상은 말하길, "눈썹이 생겼구나!" 운문 화상이 말하길,
"관문이로다."

眉毛公案爛泥荆　눈썹 공안이 진흙과 가시에 문드러지니
保福雲門同道行　보복과 운문화상은 같은 도를 행하였구나.
長慶藏身還露影　장경화상이 몸 감추니 도로 그림자 드러나고
小樓南畔月三更　작은 누각 남쪽 밭두렁에 달은 삼경이로다.

* 벽암록碧巖錄 제8칙에 나옴.
* 취암翠岩; 생몰년미상. 오대五代의 승려. 법호 영삼令參, 절강성 오흥

호주湖州 사람. 설봉의존雪峰義存의 법을 이었다. 취암산翠岩山에서 법석法席을 크게 펼쳤는데, '翠岩夏末示衆'이란 선종의 유명한 공안公案을 남겼다.

◎ 翠山示眉毛圖   취산이 눈썹 그림을 보이다

賓中有主主中賓   손님 중에 주인 있고 주인 중에 손님인데
關字失錢生也親   공문에 돈까지 잃는 일 생기니 친근하구나.
賊賊賊賊拿不得   도적, 도적, 도적, 도적을 붙잡지 못하니
當頭姦黨是何人   당두에 간사한 무리는 바로 어떤 사람인가.

  * 사빈주四賓主; 임제의현臨濟義玄(?~867)이 스승과 학인의 기량을 네 가지로 나눈 것. 학인이 뛰어나 스승의 기량을 간파하는 객관주客看主, 스승이 학인의 기량을 간파하는 주간객主看客, 스승과 학인의 기량이 모두 뛰어난 주간주主看主, 스승과 학인의 기량이 모두 열등한 객간객客看客을 말함. 임제종의 풍혈연소風穴延沼(896~973)는 이를 빈중주賓中主, 주중빈主中賓, 주중주主中主, 빈중빈賓中賓으로 달리하여 그 뜻을 풀이함.
  * 당두當頭; 절의 큰방에서 청산靑山, 백운白雲 따위를 써서 붙인 것.

◎ 梅子熟   매실이 익어

熟處年年猶未忘   해마다 익은 곳을 여태 잊지 못하니
言中有味孰能嘗   말하는 가운데 맛있어도 누가 능히 맛볼까
人斑初見大梅老   사람의 허물을 처음 본 대매의 늙은이

疎雨淡煙青已黃　이슬비에 풋 매실이 누렇게 익었구나.

(年年一作年來)

　　* 매자숙梅子熟; 매실이 익다, 즉 불법의 대의를 간파하였다고 인가한
다는 뜻이다. 마조록馬祖錄, 즉심시불卽心是佛 감변勘辨에 보인다. "대매
산 법상선사가 처음 조사를 뵙고 묻기를, '무엇이 부처입니까?' 조사께
서 이르길, '마음이 곧 부처다.' 법상스님은 곧 크게 깨닫고 그 뒤로 대
매산에 머물렀다. 조사께서 법상선사가 산에 머문다는 소식을 듣고 한
스님을 시켜 찾아가 묻기를, '스님께서는 마조선사를 뵙고 무엇을 얻었
기에 갑자기 이 산에 머뭅니까?' 법상이 말하되, 마조선사께서 내게 말
하기를, '바로 마음이 곧 부처다'라고 하여, 내가 지금 여기에 머무느니
라.' 스님이 말하길, '요즘 마조스님께서 불법이 또 달라졌습니다.' 법상
이 물었다. '어떻게 달라졌는가?' '요즈음에는 '마음도 아니고 부처도 아
니다'고 하십니다.' 하니, 법상이 말하기를 '저 늙은이는 사람을 헷갈리
게 하는데 그칠 날이 없구나. 너는 '마음도 아니고 부처도 아니다'고 해
라, 나는 오직 '마음이 곧 부처'라고 하겠네.' 그 스님이 돌아가 조사께
말하니 조사께서 말하기를 '매실이 잘 익었구나.'하였다. 大梅山法常禪
師, 初參祖問, 如何是佛? 祖云, 卽心是佛. 常卽大悟, 後居大梅山. 祖聞師
住山, 乃令一僧到問云, 和尙見馬師, 得箇什麽, 便住此山? 常云, 馬師向
我道, 卽心是佛, 我便向這裡住. 僧云, 馬師近日佛法又別. 常云, 作麽生
別? 僧云, 近日又道 非心非佛. 常云. 這老漢惑亂人, 未有了日. 任汝非心
非佛, 我只管卽心卽佛. 其僧回舉似祖, 祖云, 梅子熟也."
　　* 인반人斑; 사람의 얼룩이나 허물. 종감법림宗鑑法林 권72에서, 사람
의 얼룩은 보지 않고 범의 얼룩은 보니, 생각해보면 사람의 얼룩은 보

길 원하지 않고 범의 얼룩은 본 뒤에야 피하니 오직 사람의 얼룩 피하기가 가장 어렵네. 不見人斑見虎斑, 算來莫願見人斑, 虎斑見後通回避, 惟有人斑避最難.

　* 대매노大梅老; 중국 당나라 때 승려인 법상法常(752~839). 호북湖北 양양襄陽 사람, 속성은 정鄭이다. 마조도일馬祖道一에게 참학參學하였고 절강성浙江省 은현鄞縣의 대매산大梅山에서 수행하였다. 오등엄통五燈嚴統 명주대매산법상선사明主大梅山法常禪師에 그의 입적하는 모습이 그려져 있다. "오는 것을 막지 말고, 가는 것을 잡지 말라. 그때 갑자기 쥐 울음소리가 들리니 이어 말하길, 이 물건은 다른 물건이 아니니 너희들이 잘 지켜라. 나는 떠난다. 來莫可拒, 往莫可追. 從容間聞鼯鼠聲, 乃曰, 卽此物非他物, 汝等諸人善自護持, 吾今逝矣."

◎ 盲　청맹과니

瞎驢不受靈山記　나는 영산의 수기 받지 않았으니
四七二三須愧慙　사칠 이삼은 모름지기 부끄럽구나.
豈墮在光影邊事　어찌 빛의 그림자가 주변 일에 떨어지랴
銅睛鐵眼是同參　구리 눈동자와 쇠 눈이 한가지로다.

　* 할려瞎驢; 일휴화상이 자신을 낮추어, '애꾸눈 당나귀'란 뜻으로 도리에 어두운 걸 말한 겸사.
　* 사칠四七; 1420년(응영 27) 28살 되던 해에 비파호琵琶湖 기슭의 배 위에서 좌선을 하고 있을 때, 캄캄한 밤에 까마귀의 울음소리를 듣고 대오大悟하였는데, 화수선사가 인가印可를 내리지만 이를 파기破棄한일

을 말한다.

◎ 聾 귀머거리

掛拂遭呵百鍊金　만나서 불자를 들고 수행승을 꾸짖었지

天生懷海耳根深　하늘이 내신 회해스님은 귀머거리였구나.

眞聞眞箇在何處　법을 듣고 보니 그 법이란 대체 어디 있느냐

爲鼓無絃一曲琴　줄도 없이 튕기는 거문고의 한 곡조로다.

* 괘불掛拂; 갈등집葛藤集 182, 백장재참百丈再參에 보인다. "백장스님이 다시 마조선사를 찾아뵙고 모시려 들어서자, 마조선사께서 법상 모서리에 있는 불자를 보고 계시다가 백장이 오는 것을 보며 불자를 들어 보이셨다. 이에 백장스님이, '이를 바로 씁니까. 이를 여의고 씁니까?'하고 물으니, 마조선사께서 불자를 다시 법상에 걸어두었다. 그리고 백장스님에게 묻기를, '네가 장차 두 입술을 열어 어떻게 만 중생을 위하려는가?'하시니, 이번에는 백장스님이 법상에 걸어둔 불자를 들어보였다. 이에 마조선사께서 또 묻기를, '이를 바로 쓰겠는가, 이를 여의고 쓰겠는가?' 하니, 백장스님이 마조선사처럼 불자를 법상에 걸어두려는 찰나, 마조선사께서 버럭 할을 하였다. '악!' 백장스님이 크게 깨친 뒤 뒤에 황벽선사가 이르길, '당시 마조선사의 할에 백장스님은 사흘 동안 귀가 먹었다.'고 하였다. 百丈再參馬祖. 侍立次, 祖以目視禪床角頭拂子. 祖見來拈拂子堅起. 丈云, 即此用離此用? 祖掛拂子於旧處. 侍立片時. 祖曰, 你已后, 鼓兩片皮, 如何爲人? 丈取拂子堅起. 祖云, 即此用離此用? 丈掛拂子於旧處. 祖便振威一喝. 丈大悟. 後來, 謂黃檗云, 我当時被馬祖

一喝, 直得三日耳聾."

* 불拂; 불자拂子. 먼지떨이. 원래 인도에서 승려가 모기나 파리를 쫓는 데 쓰던 것인데 지금은 선승이 번뇌나 장애를 물리치는 표지로 사용한다.

* 백련금百鍊金; 덕이 있고 수행이 원만하게 이루어진 사람.

* 이근耳根; 소리를 듣고 이식耳識을 이끌어내는 기관인 귀를 말한다.

* 회해懷海(720~814); 중국 당나라 중기의 선승인 백장선사의 이름. 속성은 왕王, 복주福州 장락長樂 사람인데 마조馬祖 문하 삼대사三大士의 한 인물로 시호는 대지선사大智禪師이다. 백장청규를 제정하였고 백장산百丈山에 오래 머물러 백장선사라는 호칭을 얻었다.

◎ 啞 벙어리

一句欲披吾鬱襟　한 마디로 내 막힌 속 틔우고자 하나
舌頭拄齶笑吟吟　혀끝이 입천장에 붙어 웃으며 더듬는구나.
靈雲不答長生問　영운스님은 장경화상이 묻자 답하지 못하니
誰識金言猶生心　누가 부처님 말씀이 마음에 있는 줄 알까.
(長生一作長慶)

* 설두舌頭; 무문관 제24칙, '이각어언離却語言' 무문선사 평창에 보인다. "풍혈선사의 기지는 번갯불과 같아 길에 나서 형편 따라 자유자재로 행하셨으니 어찌 앞에 앉은 이의 혀끝쯤 끊지 못하랴. 만약 이에 대하여 바로 보아 친하면 스스로 출신의 길이 있으리라. 언어 삼매를 떠나서 한 마디를 일러보라. 無門曰, 風穴機如電, 得路便行, 爭奈坐前人舌頭

不斷. 若向者裏, 見得親切, 自有出身之路. 且離却語言三昧, 道將一句來."

* 영운靈雲; 중국 당나라 때 승려인 지근선사志勤禪師. 복건성福建省 장계長溪 사람이다. 복주福州 영운산靈雲山에서 수행하였고 장경대안長慶大安에게서 법을 이었다. 처음 대위산大潙山에 있으면서 도화桃花를 보고 오도悟道하여 영운견도명심靈雲見桃明心 또는 영운도화오도靈雲桃華悟道라 부른다.

* 금언金言; 부처님의 말씀.

◎ 船子釣臺圖 二首　선자가 낚시하는 조대 그림, 두 수

金鱗難得急流前　급한 여울에 금빛물고기 잡기 어려워
坐斷釣臺三十年　낚시터에 앉아 서른 해나 보냈구나.
絲線一通名利路　한 가닥 실이 명리의 길에 통하니
子陵可唉夾山禪　자릉은 협산 스님 선풍을 웃을 만하지.

千尺絲綸豈得收　천 길 낚싯줄을 어떻게 거두어들일까
一天風月一江舟　달 밝은 강에 배 한 척 바람에 일렁이네.
舟翻人去名猶在　배 뒤집고 사람은 떠나니 이름만 남아
洙水何因不逆流　수수는 어쩐 일로 거꾸로 흐르지 않는지.

* 小唉; '小笑'의 고자古字.
* 자릉子陵; 중국 동한東漢의 은사隱士인 엄광嚴光의 자. 엄자릉嚴子陵은 하남성 회계會稽 여요餘姚 출신으로 다른 이름은 준遵, 본래 성은 장莊이다. 광무제 유수劉秀의 친한 친구로, 유수가 군사를 일으켰을 때 그를 도

왔다. 그가 황제에 즉위하자 이름을 바꾸고 부춘산富春山에 은거했다. 훗날 광무제가 그를 찾았는데, 제나라 사람이 말하길, "어떤 남자가 갖옷을 입고 연못에서 낚시하고 있습니다."하자, 광무제는 곧 엄광을 떠올리고 사신을 보내 궁정으로 불렀다. 유적인 엄자릉조대嚴子陵釣臺가 저장성 동려桐廬의 부춘산 기슭에 있는데 '엄릉뢰嚴陵瀨'로도 일컬어진다.

* 협산夾山(805~881); 중국 당唐나라의 선승으로 한광漢廣의 현정峴亭 사람인데, 속성은 요廖, 법명은 선회善會이다. 선자덕성船子德誠에게 법을 전하였다. 함통咸通 11년에 협산에 거처하며 절을 짓고 많은 대중을 교화하였다. 시호는 전명대사傳明大師. 전등록傳燈錄 권15에 보인다.

* 수수洙水; 유학儒學의 발원지. 공자孔子가 산동성山東省에 있는 수수洙水와 사수泗水 사이에서 제자들을 모아 가르친 데서 유래한다.

◎ 賊 도적

荷亂春風何所成 봄바람에 번뇌가 이니 무엇을 이루었나
遊絲百尺惹多情 아지랑이 백 자나 되니 다정도 하구나.
不知問取桃花去 도화는 땄는지 묻지도 않은 채 가버리니
換却靈雲雙眼睛 영운 스님 두 눈동자와 바꾸고 말았지.

◎ 贊淸素首座 청소수좌를 찬하며

荔支食罷記吾僧 여지 먹고 난 뒤 내 수좌를 기억하니
三十年來一箇僧 서른 해 전부터 한갓 중이었구나.
杜牧平生丈夫志 두목은 평생 장부의 뜻을 품었는데

老無氣力望昭陵　늙어서 기력 없어 소릉을 바라보았지.

(子一作支)

* 청소수좌淸素首座; 자명초원慈明楚圓의 문하에서 선사를 오래 시봉하
였다.

* 여지荔支; 중국 남부에서 나는 아열대성 과일 이름.

* 두목杜牧...망소릉望昭陵; '오흥의 임소로 가며 낙유원에 오르다 將赴
吳興登樂遊原' 시에 보인다. "태평한 시절 맛은 무능한 이가 느끼니, 한
가로운 구름과 고요한 스님을 사랑하네. 대장기 잡고 강과 바다로 나가
려다가, 낙유원에 올라 소릉을 바라보네. 淸時有味是無能, 閑愛孤雲靜
愛僧. 欲把一麾江海去, 樂游原上望昭陵." 송宋나라 섭몽득葉夢得은 석림
시화石林詩話에서 이 시를 두고, '대개 당시에 대한 불만이 담겨 있다. 그
러므로 끝에 망소릉이라는 구가 있다. 此盖不滿於當時, 故末有望昭陵
之句.'고 하였다.

◎ 贊兜率悅禪師　도솔종열 선사를 찬하며

素老天生蒲福徒　소박한 노인은 하늘이 낳은 수행자
佛魔公案的傳無　마군의 공안은 전혀 전한 게 없구나.
鬱襟忽發烈史筆　울적한 마음은 곧은 역사의 붓에 신나니
永辱楊雄莽大夫　오래도록 욕을 당한 양운은 망대부로다.

(二三四句, 一本作的傳門弟一人無, 恩深難報佛魔語, 可惜楊雄莽大夫)

* 도솔열선사兜率悅禪師; 중국 송宋나라 때 임제종 황룡파의 선승. 강

서성 건주虔州 사람, 성은 웅熊, 시호는 진적선사眞寂禪師이다. 석상초원石霜楚圓에게서 득법得法한 청소淸素의 인가를 받은 뒤에 진정眞淨을 찾아가 법을 잇고, 융흥부隆興府의 도솔사兜率寺에 머물며 법을 널리 펼쳤다. 황룡혜남黃龍惠南(1002~1069)-진정극문眞淨克文(1025~1102)-도솔종열兜率從悅(1044~1091)의 계보를 잇는다.

* 포복도蒲福徒; 빈한貧寒하게 정진하는 수행자.

* 불마佛魔; 불법을 훼손하는 마군魔軍.

* 양웅楊雄(전53~후18); 중국 전한前漢 말기의 학자. 자는 자운子雲, 촉蜀의 성도成都 사람. 신新을 세운 왕망王莽의 대부가 되어 '망대부莽大夫'로도 불렸다. 양웅이 은거하며 태현경을 저술할 때 적막寂寞으로 덕을 지킨다고 자칭하다가, 뒤에 역적 왕망에게 벼슬하여 유흠劉歆의 죄에 연루되어 체포되자, 높은 누각에서 몸을 던져 죽었다. 사람들이 뒤에 말하길, '적막은 투각投閣이다'라고 하였다.

◎ 圓悟大師投機　원오대사의 계합

沈吟小艶一章詩　소염시 한 수를 신음하며 읊고 나니
發動乾坤投大機　천지가 움직이기 시작해 크게 계합하네.
擊竹見桃若相問　대나무 치며 도화 보았던 일 누가 묻거든
須彌脚下赤烏龜　수미산 다리 아래 붉은 눈먼 거북이로다.
(問一作比又作間, 赤烏作石烏)

* 투기投機; 상대의 경지와 하나가 되어 계합契合하는 것.
* 격죽擊竹; 향엄격죽香嚴擊竹. 중국 당나라 때 향엄화상이 대나무에

돌이 부딪치며 나는 소리를 듣고 갑자기 깨달았다.

　* 견도見桃; 경덕전등록景德傳燈錄 권11에 보인다. "복주 영운지근 선사는 장계 사람인데 처음에 위산에 있었는데, 도화를 보고 도를 깨쳐 게송에 이르길, '삼십 년 이래 검객을 찾아 그 몇 번이나 잎 지고 가지 뽑았나. 복사꽃 한 번 본 뒤로 지금까지 믿어 의심하지 않네.' 福州靈雲志勤禪師, 長溪人也. 初在潙山, 因桃花悟道, 有偈曰, "三十年來尋劍客, 幾回落葉又抽枝. 自從一見桃花後, 直至如今更不疑.""

　* 오귀烏龜; 눈먼 거북이. 오귀향화烏龜向火. 눈먼 거북이가 불빛을 식별하듯, 분별 사량의 망상이 없는 선승의 자유자재하는 행동을 상징하는 말이다.

◎ **覽松源和尙塔銘** 송원화상 탑명을 보고

冶父住持功不空　야부화상이 주지로 살던 공 헛되지 않아
祓貧作富甚家風　가난 물리쳐 넉넉히 일구니 가풍이 성하구나.
看來省數錢猶在　와서 셈해 보니 돈은 아직도 있는데
不識脚跟絲線紅　발꿈치에 붉은 실은 알지 못하는구나.

(紅一作功)

　* 야부冶父; 중국 남송의 임제종 선승인 야부도천冶父道川(1127~1130). 생몰연대 불명. 강소성江蘇省 소주蘇州 출신, 속성은 적狄, 이름은 삼三이다. 야부산에서 재동齊東의 도겸道謙선사에게 도천道川이라는 호를 받고 정인사淨因寺에서 정인계성淨因繼成의 인가를 얻어 임제臨濟의 6세손이 되었다. 원래 활 쏘는 사람이었다가 불교에 귀의하였다.

◎ 賛魚籃觀音　어람관음을 찬하여

丹瞼靑鬢慈愛深　붉은 눈꺼풀 푸른 쪽머리 꽤 자애로운데
自疑雲雨夢中心　꿈속에 스스로 운우의 정을 의심하였구나.
千眼大悲看不見　천 개의 눈은 자비로워 보아도 보지 못하고
漁妻江海一生吟　어부 아내로 강과 호수에서 평생 신음하네.

* 어람관음魚籃觀音; 삼십삼 관음觀音의 하나로 손에 생선을 넣은 바구
니를 들고 있는데, 대어大魚를 타고 있다. 나찰羅刹과 독룡毒龍, 악귀惡鬼
의 해害를 없애는 교묘한 덕이 있다고 하여 일본에서 중세 이후에 활발
하게 신앙되었다. 삼성당三省堂 대사림大辞林.
* 운우雲雨: 구름과 비. 남녀 간의 정교情交.

◎ 經卷拭不淨 三首　경전이 더러워서 닦으며, 세 수

經卷元除不淨牋　경전에는 본래 부정한 종이가 없으니
龍宮海藏弄言詮　바다 속 용궁에 간직하고 불설을 희롱하네.
看看百則碧巖集　벽암록 백 칙을 보고 또 보는데
狼藉乳峰風月前　풍월 앞에 젖 봉우리 어지럽구나.

弓影客盃多斷腸　손님 잔에 활 그림자는 자주 애 끊어

夜來新病入膏肓　밤이 되자 새로운 병이 고황에 들었네.
愧慚我不及禽獸　나는 부끄러워 금수만도 못하나니
狗尿栴檀古佛堂　단향목 옛 불당에 개가 오줌을 지리네.

信手拈來除不淨　제대로 쥐고 와서 더러움을 없애니
作家面目露堂堂　선승의 면목이 당당하게 드러났도다.
南山雲起北山雨　남산에 구름 이니 북산에 비 오는데
一夜落花流水香　하루 밤에 지는 꽃 흘러 향기롭구나.

* 언전言詮; 설명하는 말. 불설佛說.

* 고황膏肓; 심장心臟과 횡격막橫膈膜의 사이. 병病이 그 속에 생기면 낫기 어렵다는 신체의 부분.

* 작가作家; 선가에서 도道에 능란한 사장師匠이나 선지식善知識. 중국 당송 때 선승이 시나 글로서 선을 선양하여, 선문禪門에서 활기 있고 기략機略 있는 학인이나 스승을 부르는 이름이 되었다.

◎ **大慧禪師焚碧巖集**　대혜선사가 벽암집을 태우다

妙喜老人千歲名　묘희 늙은이는 천년동안 이름났는데
宗門潤色太高生　종문을 적시고 나니 아주 높이 드러났네.
子胥曾受吳王戮　오자서는 일찍이 오왕에게 죽고 말았으니
可惜髑髏無眼睛　슬프게도 해골에는 눈알이 없구나.

* 벽암록碧巖錄, 삼교노인三教老人의 서序에 보인다. "대혜스님은 불에

탈까 물에 빠질까 걱정하는 마음이 지극하여 벽암집을 그대로 불 속에
집어넣었다. 부처님께서 일대장교를 모두 말씀하시고 나서 맨 나중에
"나는 전혀 한 마디도 말하지 않았다"고 하셨다. 이것이 어찌 우리를 속
이느라고 하신 말씀이겠는가? 원오스님의 심정은 부처님께서 경전을
설하시던 마음과 같고, 대혜스님의 심정은 부처님께서 "한 마디도 말씀
하지 않았다"고 한 것과 똑같다."

* 묘희妙喜(1088~1163); 중국 송宋나라의 선승인 대혜종고大慧宗杲의
법호이다. 자는 대혜大慧, 속성은 해奚, 선주宣州 영국현寧國縣 사람이다.
심외무법心外無法을 주장하였다.

* 자서子胥; 중국 춘추시대 초楚나라의 오자서伍子胥. 이름은 원員인데
부친인 사奢와 형인 상尙이 초나라 평왕平王에게 피살되자 오나라로 도
망쳐 그 군대를 이끌고 초나라를 쳐서 원수를 갚았다. 오왕 부차夫差가
오자서에게 촉루검屬鏤劍을 내리며 자결을 명하자, 그가 죽기 전에 "나
의 눈알을 뽑아 오나라 동문에 걸어두어, 월나라가 오나라를 멸망시키
는 것을 보게 하라. 抉吾眼, 置之吳東門, 以觀越之滅吳也."라고 유언하
였다. 사기史記 권31 오태백세가吳太伯世家.

* 촉루髑髏; 해골. 이 시에서 촉루는 해골인 촉루髑髏와 촉루검의 촉
루屬鏤가 겹쳐 뜻을 보인 것이다.

◎ 牛 소

異類行中是我曹　이류 가운데 가는 자는 우리 무리인데
能依境也境依能　능함은 경계에, 경계는 능함에 의지하네.
出生忘卻來時路　태어나자 지나왔던 때의 길 잊어버렸으니

不識當年誰氏僧　그 해 어느 스님인지 알지 못하겠네.

(我曹一作我曾)

* 이류행중異類行中; 이류인 귀축鬼畜, 즉 여태驢胎나 마복馬腹에 들어가 설법하는 일. 사장師匠이 자유로운 기략機略으로 중생을 깨우치기 위하여 다양하게 가르침을 베푸는 일. 고림선원古林禪院에 보인다. "지주의 남전 보원선사(마조의 제자)가 대중에게 설법하였다. '여여라고 부르면 변해버린 것이다. 지금 스승된 승려는 모름지기 이류 가운데를 향하여 가야한다.' 池州南泉普願禪師(嗣馬祖) 示衆曰, 喚作如如, 是變了也. 今時師僧須向異類中行."

* 능의경能依境; 신심명信心銘 14절에 보인다. "경계는 능함으로 인한 경계이고, 능함은 경계로 인하여 능함이니, 두 가지 구분을 알고자 하는가? 이것은 원래부터 하나의 공이니라. 境由能境, 欲知兩段, 元是一空."

* 출생出生; 한산寒山이 지은 시에 보인다. "태어나 삼십년, 늘 노닐어 천만리. 강가에는 푸른 풀 우거지고, 변방에는 붉은 먼지가 이네. 出生三十年, 常遊千萬里. 行江青草合, 入塞紅塵起."

◎ 蛙　개구리

慣釣鯨鯢笑一場　고래를 익숙하게 낚아도 한바탕 웃음거리
泥沙碾步太忙忙　진흙에 뒹굴며 걸으니 아주 바쁘기도 해라.
可憐井底稱尊大　가련하구나, 존귀하다는 우물 안 개구리여,
天下衲僧皆子陽　천하에 중들 모두 자양의 무리로다.

* 경예鯨鯢; 벽암록 제38칙 조사심인祖師心印에 보인다. "풍혈선사가 영주 관아에서 법문을 하였다. 조사의 마음 도장은 무쇠소의 지혜작용과 같아 도장을 떼면 차별에 떨어지는 것이고 찍고 나면 도장은 필요 없는 것과 같다. 도장을 떼지도 못하고 두지도 못하니 도장을 찍어야 옳은가, 찍지 말아야 옳은가. 그때 노파 장로가 나와 말했다. 나한테 무쇠소의 지혜작용이 있습니다. 화상은 찍지 마시오. 풍혈화상이 말했다. 고래를 잡아 바다를 맑게 하는 일은 익숙하지만, 개구리 걸음으로 진흙 속에서 구르는 것에는 흥미가 없다. 擧. 風穴在郢州衙內, 上堂云, 祖師心印, 狀似鐵牛之機, 去卽印住, 住卽印破. 只如不去不住, 印卽是不印卽是. 時有盧陂長老出問, 某甲有鐵牛之機, 請師不搭印, 穴云, 慣釣鯨鯢澄巨浸, 卻嗟蛙步輾泥沙."

* 정저井底; 중국 후한 때 명장인 마원馬援은 공손술公孫述과 고향이 같았는데, 처음에 외효隗囂의 휘하에 있을 때 그 명에 따라 촉蜀나라에서 황제라 칭하던 공손술에게 사신으로 갔다. 그러자 공손술은 마원을 친구로 대하지 않고 신하로 대하며 휘하에 머물게 하였다. 그러자 마원은 그를 '우물 안의 개구리'라고 얕보아 마침내 그를 버리고 광무제를 섬겨 큰 공을 세웠다. 후한서後漢書 권24 마원열전馬援列傳.

* 자양子陽; 중국 후한後漢때 공손술의 자.

◎ 尺八 퉁소

一枝尺八恨難任 한 가닥 퉁소로 한을 풀기 어려워
吹入胡笳塞上吟 피리 불어 변방에서 시를 읊는구나.
十字街頭誰氏曲 네거리에 어느 누가 부르는 곡조인지

少林門下少知音   소림 문하에는 알아듣는 사람이 드무네.

* 척팔尺八; 일본의 목관악기인 퉁소의 일종. 중국 당나라에서 일본으로 전래되었는데 가마쿠라 시대와 에도시대에 오늘날의 모습으로 정착되었다. 오등회원五燈會元 권11, 남원혜옹南院慧顯(860~930)에 보인다. "한 스님이 묻기를, '두 왕이 만났을 때는 어떻습니까?' 화상이 말하길, '사거리에서 퉁소를 분다.' 僧問, 二王相見時如何? 師曰, 十字路頭吹尺八."

* 호가胡笳; 중국 북방민족이 불던 관악기의 일종인 피리. 종문무고宗門武庫 권하, 왕형공王荊公에 보인다. "왕형공(왕안석)이 하루는 장산 원선사를 방문하여 좌담하며 고금의 인물을 논하다가 원선사가 말하였다. '상공께서는 호흡이 가빠 남들에게까지 거칠게 들리니 이는 글 짓고 문헌 찾는 일에 몹시 피곤하여 심기가 고르지 못하기 때문인가 봅니다. 어찌하여 좌선으로 이 큰 일을 체득하지 않습니까?' 왕형공은 그 말을 따라 선을 하였는데 하루는 장산선사에게 말하였다. '좌선이란 참으로 사람을 상하게 하지 않습니다. 내가 여러 해 동안 호가십팔박을 지으려고 하였지만 이루지 못하였는데 간밤에 앉아 있는 사이에 모두 이루었습니다.' 장산선사는 크게 웃었다. 王荊公, 一日訪蔣山元禪師, 坐間談論品藻古今. 山曰, 相公口氣逼人, 恐著述搜索勞役, 心氣不正. 何不坐禪體此大事? 公從之, 一日謂山曰, 坐禪實不虧人. 余數年要作胡笳十八拍不成. 夜坐間已就. 山呵呵大笑."

* 소림少林; 주로 불가에서 면벽面壁 좌선坐禪 수행을 뜻하는 말이다. 보리달마菩提達摩가 남조南朝 양梁나라 때 인도에서 건너와 중국의 숭산嵩山 소림사少林寺에 머물며 아홉 해 동안 벽만 쳐다보고 좌선을 하여 벽

관바라문壁觀婆羅門이라 하였다. 경덕전등록景德傳燈錄 권3.

◎ 傀儡 꼭두각시

一棚頭上現全身　한 무대 위에서 온 몸을 드러내니
或化王侯或庶民　더러는 왕으로 더러는 서민이로구나.
忘卻目前眞木橛　눈앞에서 진짜 나무말뚝을 잊었으니
癡人喚作本來人　바보가 본래의 사람이라 부르네.

* 괴뢰傀儡; 꼭두각시. 달마조사 이래 학인學人을 제접提接하는 점검방
식인 임제삼구臨濟三句 가운데 마지막에 나온다. "스님이 묻기를, '어떤
것이 제삼구입니까?' 임제스님이 말씀하시길, '무대 위에 꼭두각시를
조종하는 것을 잘 보아라. 밀었다 당겼다 하는 것이 숨은 사람이 하는
짓이니라.' 問, 如何是第三句? 師云, 看取棚頭弄傀儡. 抽牽都來裏有人."
* 치인癡人; 경덕전등록 권10, 장사경잠長沙景岑 선사의 게송에 보인
다. "어리석은 사람을 '본래인'이라 고쳐 부르니, 도를 배우는 사람은 진
리를 알지 못하네. 예전부터 영혼이 있다는 걸 알았을 뿐, 시초가 없는
겁에서 온 생사의 근본이로다. 癡人喚作本來人, 學道之人不識眞. 祇爲
從來認識神, 無始劫來生死本."
* 본래인本來人; 본래부터 청정한 자성自性을 갖춘 사람. 원오불과선
사어록圓悟佛果禪師語錄에 보인다. "끝없이 많이 간직한 창고를 부수고
열어, 값을 매길 수 없는 보배를 꺼내어 옮기면서도 일체 의지하지 않
으면, '본래인'을 드러내 보이는 것이다."

◎ 羅漢菊　나한국화

茶褐黃花秋色深　다갈색과 노란 꽃 피어 가을은 깊은데

東籬風露出塵心　동쪽 울타리 바람 찬 이슬에 속된 마음을 씻네.

天台五百神通力　천태산의 오백 나한은 신통한 힘 있어도

未入淵明一片吟　도연명의 시 한 수에도 들지 못하였구나.

* 다갈茶褐; 붉은 기운 보다 검누른 기운이 더 짙은 갈색.

* 동리東籬; 중국 당나라 시인 도연명陶淵明의 '음주飮酒' 시 스물다섯 수 가운데 다섯 번째 시에 보인다. "동쪽 울타리 아래 국화꽃을 따며, 유연히 남쪽 산을 바라보노라. 采菊東籬下, 悠然見南山."

* 천태오백天台五百; 천태산의 오백나한. 천태산지天台山志에 보인다. 오백 나한은 아라한阿羅漢, 응진應眞인데, 범어로 Arhat의 음역音譯이다.

◎ 菊羅漢楊妃同瓶　국화 나한과 양비를 같은 병에 꽂고

楊妃爛醉一籬秋　흐드러진 양귀비 한 울타리 가을인데

茶褐相交爲好仇　다갈색 나한끼리 어울려 좋은 짝되었네.

失却神通居下界　속세에 살며 신통한 힘을 잃어버리니

應身天寶辟陽候　응신은 당 현종 때 벽양후로다.

* 호구好仇; 호구好逑. 좋은 짝. 훌륭한 배우자. 시경詩經 주남周南 관저장關雎章에 나온다. "물새가 정답게 하수 물가에서 우네. 아리따운 고운 임은 군자의 좋은 짝이라네. 關關雎鳩, 在河之洲. 窈窕淑女, 君子好逑."

* 벽양후辟陽候; 중국 서한西漢의 여후呂后 때 좌승상左丞相을 지낸, 패沛

지역 사람인 심이기審食其(?~전177)의 봉호封號.

* 응신應身; 삼신三身의 하나로 중생을 제도濟度하기 위하여 그 기근機根에 따라 여러 가지 모습으로 나타난 부처.

* 천보天寶; 당唐 현종玄宗의 연호.

◎ 雪團 눈덩이

乾坤埋卻沒門關　하늘과 땅이 묻히자 문빗장마저 잠기고
收取卽今爲雪山　거두어들여 취하니 이제 설산이 되어버렸네.
狂客時來百雜碎　마침 미친 나그네가 오니 온갖 부스러기 섞여
大千起滅刹那間　찰나에 대천세계가 일어났다 사라졌구나.

* 설단雪團; 눈덩이. 벽암록 제42칙에 보인다. "방거사가 약산선사를 방문하고 하직할 때, 약산은 열 명의 선승들에게 방거사를 산문 앞에 까지 전송하도록 명하였다. 방거사는 마침 허공에 날리고 있는 눈송이를 가리키며 말했다. '정말 멋진 눈이군! 눈송이 하나, 하나가 다른 곳에 떨어지지 않는구나.' 그때 선승들이 모두 방거사 곁에서 말했다. '어느 곳에 떨어집니까?' 방거사는 손바닥을 한번 쳤다. 擧. 龐居士, 辭藥山. 山, 命十人禪客, 相送至門首. 居士, 指空中雪云, 好片片, 不落別處. 時, 有全禪客云, 落在什處? 士, 打一掌." 이어서 송頌에 보인다. "눈덩이로 쳐버려라. 눈덩이로 쳐버려라. 방 노장의 기량은 알 수 없구나. 천상인 간도 알지 못하니 눈과 귓속도 전혀 흔적조차 없네. 흔적이 없음이여, 벽안의 달마도 알 수 없어라. 雪團打, 雪團打. 龐老機關沒可把. 天上人間不自知, 眼裏耳裏絶瀟灑. 瀟灑絶, 碧眼胡僧難辨別."

* 대천大千; 대천세계大千世界. 삼천세계의 셋째, 곧 중천세계中千世界
의 천 갑절이 되는 세계.

◎ 嫌佛閣　불당을 싫어하기에

德嶠韶陽門大開　덕이 높은 조계의 산문을 활짝 열고
喚爲嫌佛一樓臺　한 누각에 부처가 싫다고 떠드는구나.
這般知識說邪法　삿된 법을 설하는 저 중들은 어떠한가
問話者從魔界來　화두 묻는 자 따라 마귀 세상이 오네.
(韶陽一作昭陽)

*소양韶陽; 중국에서 선종禪宗의 6조인 혜능慧能이 조계산曹溪山에서
선법禪法을 크게 일으킨 곳.

◎ 鰥齋　환재

古佛堂中交露柱　옛 불당 가운데 노주가 마주 보는데
斬成兩段定誵訛　양단을 끊어버리니 잘못되고 말았구나.
靑山綠水一閑客　청산 녹수에 한가로운 한 나그네
可哭岩頭黑老婆　바위 꼭대기에 검은 노파가 우습도다.

◎ 竹幽齋　죽유재

香嚴多福主中賓　향엄과 다복은 주인 가운데 손님인데
密密參禪到要津　참선에 바짝 드니 나루터에 이르렀구나.
六六元來三十六　육육은 원래 삼십육인데
清風動處有佳人　맑은 바람 부는 곳, 고운 사람이 있네.

* 향엄다복香嚴多福; 일휴종순이 암자의 남쪽 작은 언덕 대숲에 작은
정자를 짓고 다향, 다복, 향엄이라 이름 짓고 무더위를 피하였다. 여기
서 다복多福은 전등록 권11, 항주다복화상杭州多福和尚에 보인다. "스님
이 물었다. '어떤 것이 다복의 한 떨기 대나무입니까?' 선사가 대답하길,
'한 줄기 두 줄기는 기울었구나.' 스님이 말하길, '학인은 모르겠습니
다.' 선사가 말하길, '세 줄기, 네 줄기는 굽었느니라.' 僧問, 如何是多福
一叢竹? 師曰, 一莖兩莖斜. 曰, 學人不會. 師曰, 三莖四莖曲."
* 주중빈主中賓; 임제의 사빈주四賓主에서, 스승에게 납자를 지도할 만
한 역량이 없는 경우이다.

◎ 陋居　누추하게 살며

目前境界似吾癯　눈 앞에 경계는 나처럼 파리하여
地老天荒百草枯　땅은 늙고 하늘은 거칠어 온갖 풀 말랐네.
三月春風沒春意　삼월 봄바람은 봄 뜻조차 없는데
寒雲深鎖一茅廬　찬 구름 속 오두막에 문 닫고 있지.

◎ **題如意庵校割末** 여의암 비품 장부의 끝에

將當住物置庵中　장차 상주물은 암자에 두어야 하니
木杓笊籬掛壁東　나무국자와 조리는 동쪽 벽에 걸어두네.
我無如此閑家具　내게는 이같이 부질없는 가구도 없어
江海多年簑笠風　여러 해 도롱이와 삿갓 쓰고 떠돌았구나.

　* 여의암如意庵; 이곳에 머물던 시기는 일휴 연보에 따르면 영향12년
(1440), 마흔일곱 살 되던 해 6월 20일이다.
　* 교할校割; 교할交割. 일본의 선종 사찰에서 주지나 소임자가 교체될
때 가구나 비품, 집기의 목록을 적는 일. 기재한 장부를 교할장交割帳이
라 한다.
　* 주물住物; 상주물常住物. 사찰 소유인 토지와 기물을 모두 일컫는 말.
　* 한가구閑家具; 선가에서 쓸데없는 물건이나 살림살이. 오등회원五燈
會元 정주이고자사鼎州李翶刺史에 보인다. "이고가 약산유엄藥山惟儼 화상
에게 묻기를, 어떤 것이 계정혜입니까? 약산화상이 말하길, 내게는 그
렇게 부질없는 살림이 없다. 守又問, 如何是戒定慧? 山曰, 貧道這裏無
此閑家具."

◎ **如意庵退院寄養叟和尙** 여의암에서 물러나와 양수화상에게 부치다

住庵十日意忙忙　암자에 머문 열흘, 마음이 바빴는데
脚下紅絲線甚長　다리 밑에 붉은 실이 아주 길어졌구나.
他日君來如問我　어느 날 그대가 와서 나에게 묻는다면
魚行酒肆又淫坊　어물전이나 술집이나 기생집이 제격이로다.

(如一作若)

* 어행주사魚行酒肆; 어물전이나 술집. 벽암록 제67칙에, "양무제가
부대사를 초청해서 금강경을 강설하게 하였다. 이에 '달마 형제가 왔
군, 어물전이나 술집에 관한 일이라면 몰라도 납승의 문하에서는 안 된
다. 이 늙은이는 나이를 먹고도 이 같은 짓을 하는구나'라고 하였다."
부대사가 법상에 올라서 경상을 한번 후려치고는 곧바로 법상에서 내
려 왔다. 양무제는 깜짝 놀랐다. 지공화상이 양무제에게 질문했다. "폐
하께서는 아시겠습니까?" 무제는 말했다. "잘 모르겠습니다." 지공화상
이 말했다. "부대사의 강의는 끝났습니다." 擧. 梁武帝請傅大士講金剛
經. 大士便於座上. 揮案一下. 便下座. 武帝 愕然. 誌公問. 陛下還會. 帝
云. 不會. 誌公云. 大士講經竟.

◎ 寄南江山居　산에 사는 남강스님에게 부치다

天下禪師賺過人　천하에 선승은 뛰어난 사람을 속이니
黑山鬼窟弄精神　흑산 귀굴에서 정신을 희롱하는구나.
平生杜牧風流士　평생 두목은 풍류를 즐긴 선비였는데
吟斷二喬銅雀春　동작대의 봄날 소교와 대교를 읊지 않네.

* 남강南江; 일본 실정室町 시기의 임제종 승려인 남강종완南江宗浣
(1376~1463). 가경嘉慶 원년 기부현岐阜縣 미농美濃에서 태어났다. 호는
구소鷗巢, 혹은 어암漁庵인데, 오산五山 문학가로 구소시집鷗巢詩集을 남
겼다. 당시 임제종 승려인 일휴종순一休宗純에게 경도傾倒되었다가 만년

에는 속가俗家에서 생활하였다.

 * 이교二喬; 대교大喬와 소교小喬. 중국 삼국시대 위魏의 조조曹操가 손권孫權의 장수 주유周瑜와 적벽赤壁에서 대전을 벌였을 때, 대교는 손책孫策의 아내이고 소교는 주유周瑜의 아내이다. 두목杜牧의 적벽赤壁 시에 보인다. "부러져 모래에 박힌 창 아직 반은 잠겼는데, 시험 삼아 가져다 갈고 닦으니 전 왕조 것이었네. 동풍이 주랑에게 편히 도와주지 않으니, 동작대에 봄 깊어도 이교가 꼼짝 않는구나. 折戟沈沙半未銷, 試將磨洗認前朝. 東風不借周郎便, 銅雀春深鎖二喬."

 * 흑산귀굴黑山鬼窟; 캄캄한 산 속에 귀신이 사는 굴. 눈감고 참선하는 혼침昏沈에 떨어진 수행자를 비유해서 말한다.

◎ 偶作　우연히 짓다

昨日俗人今日僧　어제의 속인이 오늘은 중이 되니
生涯胡亂是吾能　생애는 엉망이라 이게 내 능함이로구나.
黃衣之下多名利　누런 가사 아래 명리는 많다만
我要兒孫滅大燈　나는 자손에게 대등화상을 죽이라 하지.

 * 대등大燈; 종봉초묘宗峰妙超(1282~1338)는 일본 가마쿠라 시대 말기 임제종의 국사國師로 법손인 일휴에게 4대조이다.

◎ 山路 讓羽　양우산 오솔길

吞聲透過鬼門關　소리를 삼키고 귀문관을 뚫고 지나가니

豺虎蹤多古路間　승냥이와 호랑이 자취가 옛 길에 자주 보이네.

吟情終無風月興　정을 읊나니 마침내 풍월에 흥은 없고

黃泉境在目前山　황천으로 드는 길목이 눈 앞 산에 있구나.

(透過一作閑過吟情)

　＊ 양우讓羽; 산 이름. 이 작품은 연보 嘉吉2년(1442) 일휴선사가 마흔 아홉 살 때 처음 양우산讓羽山에 갔을 때 지은 시이다. 오늘날의 대판大阪 고규시高槻市 지역이다. 여기에 소암小庵을 짓고 시타사尸陀寺라 칭하였다.

　＊ 시호豺虎; 여구윤閭丘胤 한산시집서寒山詩集序에 보인다.

　＊ 탄성呑聲; 슬픔에 겨워 소리를 삼키며 우는 것.

　＊ 귀문관鬼門關; 중국 광서성廣西省에 있는 변방 요새. 산세가 험준하고 풍토병이 심하여 살아서 돌아오는 자가 드물었다. 그래서 당시에 "귀문관에서 열에 아홉은 못 돌아오네. 鬼門關十人九不還"이라는 속요俗謠까지 유행하였다. 구당서舊唐書 지리지地理志 4.

◎ 山居 二首　산에 살며, 두 수

婬坊十載興難窮　기생집 십년 다녀도 흥은 끝없지만

强住空山幽谷中　억지로 빈 산 그윽한 골짜기에 사네.

好境雲遮三萬里　좋은 곳은 구름이 막아 삼만 리인데

長松逆耳屋頭風　처마에 부는 솔바람 귀에 거슬리네.

狂雲眞是大燈孫　나 광운은 바로 대등화상 손자인데

鬼窟黑山何稱尊　귀굴 흑산이 어찌 존귀하다 일컬으랴.

憶昔簫歌雲雨夕　옛날 퉁소 불고 사랑하던 저녁을 기억하니

風流年少倒金樽　금 술잔 기울이던 젊은 시절 풍류였네.

(雲雨一作雲南)

* 장송長松; 영가현각永嘉玄覺의 증도가證道歌에 보인다. "깊은 산에 들어가 고요한 곳에 머무니, 높은 산 그윽하여 낙락장송 아래로다. 入深山住蘭若, 岑幽邃長松下."

◎ 山中示典座　산중에서 전좌스님에게 보이다

歸宗一味日興餘　귀종화상의 일미는 매일 남은 흥취가 있어

典座山中功不虛　산중에 전좌 소임의 공이 헛되지는 않구나.

休覓淨名香積飯　유마거사의 향기로운 밥은 그만 두고

何時饍有美雙魚　언제쯤 맛좋은 두 마리 물고기를 차려낼지.

* 전좌典座; 선종禪宗 사찰에서 대중의 침구와 취사의 소임을 맡은 사람.

* 귀종歸宗; 중국 당나라 중기의 선승인 귀종지상歸宗智常(생몰연대 미상). 마조도일(709~788)의 제자로서, 귀종은 주석한 사찰의 이름에서 유래한다. 경덕전등록에 설법과 선승들과의 문답이 다수 실려 있다.

* 일미一味; 귀종지상 화상과 대우스님의 대화에서 '일미선一味禪'이란 말이 유래한다. 참선하여 불법의 대의를 문득 깨닫게 되는 경지를 말한다.

* 정명淨名; 무구칭無垢稱. 유마경維摩經에서 유마를 말한다. 경전의 주

인공인 유마거사는 발지국跋祇國 릿차비 족의 수도인 바이살리 성에 살았던 대부호이다.

　* 미쌍어美雙魚; 두보杜甫 '이감댁李監宅' 시에 보인다. "또 한 쌍의 물고기 먹어 보니, 누가 이런 색다른 맛을 거듭 볼까. 가문에 기뻐하는 낯이 많고, 사위는 용에 올라탄 이와 가깝네. 且食雙魚美, 誰看異味重. 門闌 多喜色, 女婿近乘龍."

　* 향적반香積飯; 승려들이 먹는 음식. 유마거사維摩居士가 향적여래香 積如來로부터 음식을 받아 대중스님들에게 공양을 바친 데서 유래한다.

◎ 山中得南江書　산중에서 남강스님의 서신을 받고

孤峰頂上草庵居　외로운 봉우리 꼭대기 초암에 사는데
三要印消功未虛　삼요의 도장은 사라져도 공이 헛되지 않았네.
不意玄中有玄路　뜻을 떠나 현묘한 가운데 현묘한 길 있으니
萬行裏淚一封書　만 줄기 눈물 흘리며 편지를 봉하였구나.

　* 남강南江; 일본 실정室町 시기의 임제종 승려이자 오산 문학가인 남강종완南江宗浣(1376~1463).

　* 현중유현로玄中有玄路; 삼현인 체중현體中玄, 구중현句中玄, 현중현玄 中玄에서, 마지막 단계를 말한다. 뜻이나 말을 떠나서 현묘하고 또 현묘한 진리를 드러내는 단계이다.

　* 현로玄路; 동산양개洞山良价 화상이 학인에게 가르침을 베푸는 세 가지 수단인 '동산삼로洞山三路' 중의 하나이다. 玄路, 玄玄微妙之路. 取離 言語文字之意. '삼로'는 조동종에서 수행할 때나 중생들을 제도할 때 세

가지 지침으로, 조도鳥道, 현로玄路, 전수展手를 말한다. 첫째, '조도'는 새가 허공을 날 때 일체 흔적을 남기지 않고 날아가는 것에 비유한 것인데, 곧 수행자는 일에 얽매이거나 집착하지 말라는 뜻이다. 둘째, '현로'는 유무有無 · 시비是非 · 미추美醜 · 상하上下 등 일체 차별적인 견해나 이분법적 분별심에 떨어지지 말고, 늘 고요한 삼매를 유지할 것을 강조한다. 셋째, '전수'는 조도와 현로의 수행법으로 인해 향상일로向上一路의 경지에 이르렀다면, 이에 머물지 말고 한 걸음 더 나아가 중생 교화에 힘쓸 것을 말한다.

◎ 自山中歸市中　산중에서 저자거리로 돌아와서

狂雲誰識屬狂風　나 광운자를 누가 미친바람인 줄 아나
朝在山中暮市中　아침에는 산중에 저녁에는 저자에 있네.
我若當機行棒喝　내가 만약 기틀에 방과 할을 쓴다면
德山臨濟面通紅　덕산과 임제화상 얼굴이 새빨개지겠지.

◎ 昔有一婆子, 供養一庵主經二十年, 常令一二八女送飯給侍, 一日令女子抱定云, 正恁麼時如何, 庵主云, 枯木倚寒巖 三冬無暖氣, 女子歸擧似婆子云, 我二十年只供得養箇俗漢, 追出燒却庵　옛날에 한 노파가 있었는데, 한 암자의 스님에게 이십년을 공양하여 늘 한둘이나 여덟 명의 여자를 보내 음식을 드려 모시도록 하였다. 하루는 여자를 시켜 껴안게 하니 바로 이러한 때는 어떤가? 암자의 스님이 이르길, "고목나무가 찬 바위에 기대니 한겨울에 따뜻한 기운이 없구나."라 하였다. 여자는 돌아와 스님과 있

던 애기를 알리니 노파가 말하길, "나는 이십년이나 한갓 속된 놈에게 공양을 하였을 뿐이구나." 하고 내쫓고는 암자를 불태웠다.

老婆心爲賊過梯　노파심이 도적 위해 사다리를 놓아주니
清淨沙門與女妻　청정한 스님이 여인에게 마음을 허여하였구나.
今夜美人若約我　오늘 밤에 미인이 나와 언약한다면
枯楊春老更生稊　늦은 봄 말라죽은 버들에 새잎이 돋아나겠네.

* 파자소암婆子燒庵; 암자를 태운 노파. 중국 송나라 보제普濟스님이 펴낸 오등회원五燈會元에 나옴. 이야기는 명나라 때 거사居士였던 구여직반담瞿汝稷盤談이 저술한 지월록指月錄(1602)에 실려 있다.

* 여처女妻; 주역周易 택풍대과澤風大過에 보인다. "말라죽은 버드나무에 새 잎이 돋아나네. 늙은 지아비가 그 아내를 얻으니 이롭지 않음이 없구나. 枯楊生稊. 老夫得其女妻 无不利."

◎ 畫虎　호랑이를 그리다

覿面當機誰一拶　낯 보며 기틀 이끄니 누가 핍박하나
寒毛卓竪老岩頭　차가운 털 꼿꼿한 더벅머리 늙은 암두로다.
恠哉儞在扶桑國　괴이하구나, 너는 동쪽 나라에 있어도
凜凜威風四百州　온 나라에 늠름하고 위풍당당하리니.

* 괴恠; 괴怪의 속자俗字,

* 사백주四百州; 원래 왕원량汪元量의 호주가湖州歌에서 나온 말인데, 송나라 전성기의 강역疆域을 호칭하여 '팔백주八百州'라 했다가, 남송南

宋 때 강토가 그 반이 되어 '사백주'가 되었다. 그 뒤로 온 국토를 사백주라 하였다.

◎ 宗訴藏主製墨以爲業, 偈以送之(一本無偈以字) 종소 장주가 먹 만드는 일을 하기에 게를 보내다

萬杵霜花華頂天　서리꽃 만 번 찧어 하늘에 빛나니
商量來不直多錢　많은 돈이 되지 않는 줄 생각하리라.
何須知藏書經卷　어찌 모름지기 장서와 경전을 알겠나
小艶題詩衒少年　예쁜 시나 지어 소년에게 팔아먹지.

* 게偈; 부처 또는 불교의 덕을 찬양하는 운문 형식의 글. 보통 네 구句로 이루어진다.
* 종소宗訴; 언외종충言外宗忠의 제자인 소계종소笑溪宗訴. 당시 그는 승려로 먹을 만드는 일을 하고 있었다.
* 장주藏主; 대장경大藏經을 봉안奉安한 서고를 관리하는 소임을 맡은 승려.
* 경권經卷; 불교의 경문經文을 적은 두루마리.

◎ 示病僧紹珠首座　병든 소주수좌에게 보이다

業識忙忙從劫空　미혹한 마음은 너무 바빠 공겁을 좇고
平生伎倆到今窮　평생의 솜씨는 이제 막바지에 이르렀네.
四百四病一時發　사백네 가지 병이 한꺼번에 일어나니

苦屈苦辛安樂中　편안한 즐거움 중에 괴롭고 쓰라리겠구나.

* 업식業識; 과거에 저지른 미혹한 행위와 말과 생각의 과보로 현재에 일으키는 미혹한 마음 작용. 오의五意의 하나로 무명無明에 의해 일어나는 그릇된 마음 작용.

* 사백사병四百四病; 사람의 몸에 일어나는 모든 병. 사람의 몸을 구성하는 사대四大 중에서 수水와 풍風에서 일어나는 냉병冷病이 이백둘, 지地와 화火에서 일어나는 열병熱病이 이백둘, 이 모두를 합한 병이다. 지론智論.

* 고굴苦屈; 지독한 수치를 받는 것.

◎ 宗春居士下火 行年三十七　종춘거사를 화장하며, 나이는 서른일곱이다

彌勒釋迦也馬牛　미륵보살과 석가여래는 말이나 소인데
春風惱亂卒何休　봄바람에 심란하니 언제나 그칠까.
六六元來三十七　육육은 원래 삼십칠이로다
一聲念讚起鐘樓　염불하는 한 소리, 종루에서 들리네.

* 종춘거사宗春居士; 진주암珍珠庵에서 소장하고 있는 개조하화록開祖下火錄에 보면 매신종춘梅信宗春의 게구偈句와 일치한다.

* 하화下火; 송장을 태울 나무에 불을 붙이는 일. 화장火葬하는 일. 다비茶毘.

* 우마馬牛; 말이나 소처럼 모든 중생은 윤회한다는 뜻을 죽은 이에

게 부친 것이다.

  * 육육六六; 오등전서五燈全書 순천방산운거명파고선사順天房山雲居溟波
古禪師에 보인다. "건선사가 파고스님에게 묻기를, '무엇이 그대의 본래
면목인가?' '육육은 삼십육입니다.' '아니다. 다시 말해보아라.' '구구는
팔십일입니다.' 건이 한 차례 손바닥을 치며 말하길, '이것은 구구는 팔
십일입니다'하고, 도로 '육육은 삼십육입니다'라고 하자, 이에 파고스님
은 악! 하고는 곧장 나가버렸다. 스스로 옳다고 여기며 물러서지 않았
는데, 다시 삼년이 지나서야 인가를 얻었다. 乾問, 如何是你本來面目?
師曰, 六六三十六. 乾曰, 不是更道. 師曰, 九九八十一. 乾打一掌曰, 這是
九九八十一, 還是六六三十六. 師一喝便出. 自是當機不讓, 復侍三載, 得
蒙印可."

◎ 病中還人送曲椂   병중에 의자를 인편에 보내며
法座上禪名利基   법좌는 뛰어난 선승이 앉는 명리의 자리
諸方竪拂與拈鎚   제방에서 불자를 세우고 백추를 집어들었지.
圓悟金山遭大病   원만히 깨달은 부처가 큰 병을 만났으니
苦吟小艷一章詩   괴로이 소염시 한 편을 지어 읊조리네.

  * 곡록曲椂; 법회 때 법을 펼치는 선승이 앉는 의자. 여기서 녹椂은 녹
나무.
  * 불拂; 불자拂子. 마음의 티끌이나 번뇌를 털어내는데 사용하는 불구
의 하나로 선종에서 설법할 때 위엄의 상징으로 사용한다.
  * 추鎚; 백추白槌, 白椎. 수행자에게 무엇을 알릴 때 집중시키는 나무

방망이.

　* 금산金山; 거룩한 부처의 몸을 비유하여 이르는 말.

　* 소염小艶; 꽃이 처음 피어날 때 예쁜 모양을 뜻하는데, 특히 깊은 규방閨房의 여인이나 사랑을 그린 시를 '소염시'라 한다.

　◎ 文安丁卯秋, 大德精舍有一僧, 無故而自殺矣, 好事之徒, 遂譖之官繫其, 餘殃而居囚禁者七五輩, 足爲吾門之大亂. 時人喧傳焉, 予聞之, 卽日晦迹山中, 其意蓋出於不忍耳. 適學者自京城來, 說本寺件件之事, 愈弗堪慨嘆, 作偈言懷時値重陽故成九篇云(說本寺件件之事, 愈弗堪慨嘆, 一本作, 說本寺件件之故, 愈弗勝慨嘆)　문안 정묘년(1447) 가을, 대덕사에 한 스님이 이유도 없이 자살하였는데, 호사가들이 무고하여 관아에 죄를 엮어 재앙으로 갇힌 자가 예닐곱 명이나 되니 족히 우리 종문에 큰 난리가 일어났다. 당시 사람들이 떠들썩하게 전하기에 내가 이를 듣고 날이 저물자마자, 산중에 가서 그 사정을 들추어보니 참기 어려운 것이었다. 마침 학인이 경성에서 와서 본사의 자질한 일을 이야기하는데 견딜 수 없어 개탄하며 게를 지으니, 마침 감회를 펴는 때가 중양절이라 아홉 편을 이루었다.

　地老天荒龍寶秋　용보산에 가을 드니 천지가 황폐한데
　夜來風雨惡難收　간밤에 비바람 치니 악한 재앙 거두었네.
　對他若作是非話　남에 대하여 옳고 그름을 얘기할 때라면
　髥髴雲門關字酬　운문과 비슷하게 '관' 자로써 응수할 걸.

　慚我聲名猶未韜　내 명성 부끄러워 감추지도 못하는데
　參禪學道長塵勞　참선하는 스님은 속진에서 오래 애썼지.

靈山正法掃地滅　영산의 바른 법은 땅에서 쓸어 없어지니
不意魔王十丈高　마왕이 열 길이나 높은 줄 뉘 알았으랴.

停囚一月老虛堂　한 달 갇혀 있는 동안 빈 집은 쇠하고
身上迌遭休斷腸　몸을 머뭇거리니 애끊는 일도 그쳤구나.
苦樂寒溫箇時節　고통과 즐거움, 추위와 따뜻함도 시절 탓이라
黃花一朶識重陽　노란 꽃 한 줄기에 중양절인 줄 알겠네.

淸淨本然現大千　맑고 깨끗한 그대로 대천세계 드러나니
現前境界是黃泉　지금 바로 앞에 있는 경계가 곧 황천이로다.
慣戰作家赤心露　싸움에 익숙한 선승이 참된 마음 드러내어
眉間掛劍血澆天　눈썹 사이 칼을 매다니 피가 하늘을 덮네.

正傳傍出妄相爭　정전암 곁에서 나와 망령되이 다투니
曠劫無明人我情　오랜 세월 미혹해 인아의 정에 빠졌네.
人我擔來擔子重　인아를 짊어지고 오니 지게가 무거운데
空看蛺蝶一身輕　괜스레 나비를 보니 한 몸도 가볍구나.

上古道光今日明　옛 길 위가 빛나니 오늘이 밝은데
議論臨濟正傳名　임제의 바른 법을 전한 이름이로다.
屋前屋後樵歌路　집 앞뒤로 난 길에 나무꾼 노래하고
憶昔山陽笛一聲　옛 산양에서 불던 피리소리 기억하네.

棒喝德山臨濟禪　덕산의 방과 임제의 할은 선법인데

商量三要與三玄　삼요와 삼현을 헤아린다네.

漢王鑄印却消印　한나라 왕이 인장을 만들고 없애니

胡亂更參三千年　오랑캐의 난 세 번에 삼천년이로다.

(消印一本作消市)

近代久參學得僧　요즘은 오래 수행하여 스님이 되어

語言三昧喚爲能　문자 삼매를 말하니 능하다고 외치지.

無能有味狂雲屋　선미가 풍기는 광운의 집안은 무능한데

折脚鐺中飯一升　다리 부러진 솥에 밥은 한 됫박이네.

風外松杉亂入雲　솔과 삼나무에 바람 불고 구름 들이치니

諸方動衆又驚群　제방의 대중이 동요하니 무리를 놀라게 하네.

人境機關吾不會　사람과 경계의 기량을 나는 알지 못하니

獨醪一盞醉醺醺　홀로 탁주나 한잔 마시고 취할 따름이지.

* 운문관雲門關; 벽암록 제8칙 취암미모翠巖眉毛에 보인다. "취암스님
이 하안거 끝에 대중에게 말하길, '한여름 결제 이후로 형제들을 위해
설법했는데, 취암의 눈썹이 붙어있는가?' 보복스님은 말하길, '도둑질
을 하니 늘 근심이로다.'하자, 장경스님은 '눈썹이 솟아났다'하고 운문
스님은 '관문이다'라고 하였다. 舉. 翠巖, 夏末示衆云, 一夏以來, 爲兄弟
說話. 看, 翠巖眉毛在? 保福云, 作賊人心虛. 長慶云, 生也, 雲門云, 關."

* 정전正傳; 영산철옹靈山徹翁 화상의 탑소塔所가 있는 정전암正傳庵.

* 산양山陽; 중국 진晉나라 상수向秀와 혜강嵇康이 절친하게 지냈던
곳. 혜강이 죽은 뒤에 상수가 여기를 지나다가 이웃집에서 들려오는 피

리소리를 듣고 옛 추억을 생각하며 사구부思舊賦를 지었다. 진서晉書 권 49 상수열전向秀列傳.

* 한왕漢王...소인消印; 옛날 중국의 한漢나라 고조高祖가 육국六國을 세운 후에 주인鑄印이 거의 이루어졌는데, 장량張良이 그 폐해弊害를 간하자 즉시 하명하여 녹여버렸다.

◎ 贊靈昭女 영조를 찬하여

笊籬賣劫甚風流 조리를 부지런히 파니 풍류가 자못 심한데
一句明明百草頭 한 구절은 밝디 밝은 백 가지 풀대 끝이구나.
相對無心弄禪話 무심하게 마주 보며 선을 얘기하며 희롱하는데
朝雲暮雨不堪愁 아침에 구름, 저녁에 비 오니 시름겨워라.
(堪一本作勝)

* 영소靈昭; 영조靈照. 중국의 뛰어난 세 거사 중의 한사람인 방거사龐居士의 딸이다.

* 조리笊籬; 흔히 쌀을 이는 데 쓰는 기구. 영조는 조리를 팔아 아버지 방거사를 봉양하는 효녀였는데, 여기에 뜻을 부친 것이다.

* 명명백초두明明百草頭; 대혜보각선사어록大慧普覺禪師語錄 권8 시중示衆에 보인다. "방거사가 딸 영조에게 묻기를, '밝고 밝은 백 가지 풀끝에 밝고 밝은 조사의 뜻'이라고 했는데, 어떻게 생각하느냐? 영조가 말하길, '이 늙은이가 머리는 희고 이는 누렇지만 아직도 그런 견해를 내는구나.' 거사가 이르길, '너는 어떠하냐?' 영조가 말하길, "밝고 밝은 백 가지 풀끝에 밝고 밝은 조사의 뜻입니다.' 擧龐居士問靈照女, 明明百草

頭, 明明祖師意, 作麼生會? 照云, 這老漢頭白齒黃, 作這箇見解. 居士云, 爾作麼生? 照云, 明明百草頭, 明明祖師意."

　*조운모우朝雲暮雨; 중국 전국시대 초楚나라 회왕懷王이 낮잠을 자는데, 꿈에 한 여인이 와서 말하기를 '저는 무산巫山의 여자로서 고당高唐의 나그네가 되었는데, 임금님이 여기에 계신다는 소문을 듣고 왔으니, 원하오니 잠자리를 같이 해주소서."라고 하므로, 과연 그와 하룻밤을 잤더니, 그 이튿날 아침에 여인이 떠나면서 말하기를, 저는 무산의 양지쪽 높은 언덕에 사는데 매일 아침이면 구름이 되고 저녁이면 비가 됩니다'라고 하였다.

◎ 風鈴 二首　풍경, 두 수

靜時無響動時鳴　고요한 때 잠잠하다가 흔들리면 울리니
鈴有聲耶風有聲　방울이 내는 소린지 바람이 내는 소린지.
驚起老僧白晝睡　대낮에 늙은 스님이 자다 놀라 일어나니
何須日午打三更　하필이면 정오에 한밤중 종을 치는가.

見聞境界太無端　보고 들은 경계는 거의 끝도 없는데
好是淸聲隱隱寒　이 은은한 맑은 소리는 찬데도 좋구나.
普化老漢活手段　널리 선을 펴는 늙은이가 수단도 활발하니
和風搭在玉欄干　따스한 바람이 옥난간에서 불어오네.

　*풍령風鈴; 풍경風磬. 절의 처마 끝에 다는 경쇠.

◎ 牛庵 齋名   우암재

某甲潙山僧一頭   위산의 우두머리 스님 한 분이여,
長溪路上卽忘不   장계의 길 위에서 바로 잊지 않았는지.
閑中無復祖師見   한가로이 조사를 다시 뵙지는 않는데
花屬春風月屬秋   봄바람에 꽃 피고, 가을에는 달이로다.

* 모갑某甲; 모가비. 패거리의 우두머리.
* 위산潙山; 중국 호남성湖南省 장사부長沙府 영향현寧鄉縣에 있는 산 이름. 소위산小潙山과 구별하여 대위산大潙山이라고한다. 위산대원潙山大圓 (771~853) 스님이 이곳에 주석住錫하여 호가 되었는데, 대원大圓은 나라 당나라 대종代宗이 내린 시호諡號이며 이름은 영우靈祐, 복주福州 장계長溪 사람으로 속성은 조씨趙氏이다.

◎ 半雲 齋名   반운재

膚寸無根點碧空   푸른 허공에 뿌리 없는 작은 점
安身立命在其中   그 안에서 발붙이고 살아가는구나.
夢魂昨夜巫山雨   어제 밤 꿈결에 넋은 정다웠건만
吟斷朝來一片蹤   아침 오자, 한 점 자취 읊다가 마네.

* 반운半雲; 오등전서五燈全書 권87, 송宋나라 여산廬山의 귀종지지歸宗志芝 암주庵主의 오도게悟道偈에 보인다. "천봉우리 산꼭대기에 한 칸 집, 노승이 반 칸 구름이 반 칸 차지하였네. 어제 밤 구름이 비바람 따라가니, 머리 닿지 않는 듯 노승은 한가롭구나. 千峰頂上一間屋, 老僧半間

雲半間. 昨夜雲隨風雨去, 到頭不似老僧閒.”

　＊부촌膚寸; 짧은 길이. 손가락 넷이 부膚, 하나가 촌寸이다. 춘추공양전春秋公羊傳, 희공僖公 31년에 보인다. “바위에 부딪쳐서 구름이 드러나고, 조금씩 모여 아침도 채 가지 않아 천하에 두루 비 내리는 건 오직 태산 뿐. 觸石而出, 膚寸而合, 不崇朝而徧雨乎天下者, 唯泰山爾.”

　＊무산우巫山雨; 남녀의 정교情交. 무산지몽巫山之夢. 송옥宋玉의 고당부高唐賦에 나온다.

◎ 贊六祖　육조를 찬하여

隨身擄子鈯斧　몸에 무딘 도끼를 메고 다녔는데
不知何處山翁　늙은 산승은 어디 있는지 모르겠네.
南方佛法會否　남쪽지방의 불법을 아는지 모르는지
盧公老老盧公　노공이 늙어서 늙은 노공이로다.

　＊육조六祖; 혜능慧能(638~713)은 중국 당나라의 선승이며 제5조인 홍인弘忍을 찾아가 선법禪法을 물려받고 남종선南宗禪의 시조가 되었다. 조계대사曹溪大師 혹은 대감선사大鑑禪師라 시호되었다.

　＊노공盧公; 혜능의 성姓을 에둘러 ‘노공’이라 지칭함. 혜능은 하북성河北省 탁주涿州 범양范陽 사람으로 성은 노盧 씨이다.

　◎ 紹鴪藏主規地卜居, 家徒四壁立, 扁曰土庵, 作偈以爲證云　소원 장주가 살 터를 잡아 스님들이 네 벽을 세워 토암이라 편액하기에 게를 지어

증거로 삼으며

夏巢冬穴一身康　여름은 둥지에, 겨울은 굴에 살아 편한데

帶水拖泥萬念忙　흙탕물 뒤집어쓰니 온갖 생각 어지럽겠네.

稼穡艱難若領略　어려운 농사일이야 그럭저럭 꾸리는 듯

栴檀佛寺名利場　번듯한 절은 명리나 좇는 도량이 되겠구나.

(栴檀佛寺名利場, 一本作栴檀佛寺利名場)

  * 장주藏主; 대장경大藏經을 봉안奉安한 창고를 관리하는 소임을 맡은
승려.

  * 대수타니帶水拖泥; 흙탕물을 뒤집어 씀. 얽혀서 깨끗하지 못한 것.
어물어물하며 명확하지 못한 것을 비유한다.

  * 전단栴檀; 단향목檀香木. 불교에서 마야부인이 전단향나무로 만든
평상에서 석가모니를 잉태하는 꿈을 꾸었다고 한다.

  ◎ 大機居士卜小築, 額曰瞎驢, 因贅以偈云　대기 거사가 작은 집을 지
어 '할려'라 편액하고 게를 지어

大人消息有誰通　대인의 소식을 누가 있어 전하랴

不墮靈山記莂中　영산의 기별이 무너지지 않았구나.

臨濟宗風掃地滅　임제 화상의 종풍이 땅에서 쓸어 없어지니

紅塵紫陌鬧忽忽　티끌 자욱한 거리가 갑자기 시끄럽네.

  * 기별記莂; 기별記別. 별莂은 모종낼 별. 부처님이 수행하는 사람에
대하여 미래에 성불할 것을 낱낱이 구별하여 예언하는 것. 증일아함경

권15에 보인다. "여래가 세간에 출현해서 마땅히 해야 할 다섯 가지 일이 있다. 첫째는 많은 중생들에게 이익이 되도록 법을 전해야 하고, 둘째는 아버지를 위해 설법하며, 셋째는 어머니를 위해 설법하며, 넷째는 범부를 인도해 보살행을 하도록 하며, 다섯째는 다음번에 부처가 될 이에게 반드시 기별을 주는 것이다."

◎ 簑笠 庵號 사립암

機客漁人受用全   기봉 있는 선객과 어부가 온전히 수용하니
何須曲彔木床禪   어찌해 꼭 나무 법상에 올라야 선을 펼치는가.
芒鞋竹杖三千界   짚신과 대지팡이로 삼천세계 떠돌아다니며
水宿風飱二十年   한데 잠자고 굶주리며 이십년이나 보냈구나.

◎ 謹奉錄呈一休老和尙座下   삼가 일휴 노화상께 받들어 써서 드리며

狂風徧界不曾藏   일찍이 온 세상에 미친 바람을 감추지 않고
吹起狂雲狂更狂   미친 구름이 부니 미치고 또 다시 미쳤도다.
誰識雲收風定處   구름 거두어 바람 자는 곳을 그 누가 알랴
海東初日上扶桑   바다 동쪽 부상 위에 해가 처음 솟는 걸.

幻住孫眞建 九拜   환주의 법손 진건이 아홉 번 절하며

* 광운狂雲; 이는 환주파의 법손인 진건이 일휴선사께 올린 시이다. 그 뜻을 살펴보면, 광운화상의 평생 면목이 극적으로 잘 드러나 있다.

* 부상扶桑; 중국전설에서, 동쪽바다 속에 해가 뜨는 곳에 있다고 하는 나무.

* 환주幻住; 일본 전국시대戰國時代부터 강호시대江戶時代의 임제종 환주파幻住派를 말한다.

* 구배九拜; 주례周禮에 보인다. 계수稽首, 돈수頓首, 공수空首, 진동振動, 길배吉拜, 흉배凶拜, 기배奇拜, 포배襃拜, 숙배肅拜를 구배九拜라 하는데, 그 중 계수, 돈수, 공수, 숙배 등 네 가지가 정배正拜이고, 나머지 다섯 가지는 때에 따라 변통하는 절차이다.

◎ 和韻　화운하여

慚愧聲名不覆藏　명성이 너무 부끄러워 감추지 못하니
伴歌爛醉我風狂　노래하며 술 취한 척 난 미친바람이네.
吟懷夜夜中峯月　밤마다 중봉에 뜬 달 아래 회포나 읊고
幻住僧無三宿桑　환주파 스님은 사흘도 뽕나무 아래 자지 않네.

* 삼숙상三宿桑; 후한서後漢書 배해열전裵楷列傳에 보인다. "승려는 뽕나무 아래 사흘 밤을 묵지 않는다. 이것은 오래 머물러 애착이 생기는 것을 바라지 않는 것이니, 지극한 정진이다. 浮屠不三宿桑下. 不欲久生恩愛, 精之至也." 즉, 집착하는 마음을 끊기 위한 불가佛家의 방편이다.

* 환주승幻住僧; 일본 선종禪宗 환주파의 승려. 남북조의 전란을 거쳐 무로마찌室町(1336~1602) 막부가 성립하자 임제종의 성일파聖一派, 불광파佛光派, 몽창파夢窓派를 중심으로 오산五山의 관사官寺가 번창하였는데 이를 오산파五山派 혹은 종림宗林이라 부르고, 그 밖에 대응파大應派,

조동파曹洞派, 환주파 등을 임하林下라고 불러 구별하였다.

◎ 華叟老師掩光而後, 旣洎二十餘年也, 壬申秋敕諡大機弘宗禪師, 仍製禪詩呈寄大用養叟和尙, 且陳賀忱云(年一作稔) 늙은 화수 스승께서 빛을 감춘 뒤로 이미 이십여 년이 지났다. 임신년 가을에 '대기홍종선사'라는 시호를 받으니 이에 선시를 지어 대용양수화상에게 부치고 정성으로 하례하며

曾謝塵寰五十年   일찍 티끌 같은 세상 사절한 지 오십년
芳聲美譽是何禪   향기롭고 고운 명성은 그 어떤 선이던가.
子胥日暮倒行去   오자서는 날 저물자 거꾸로 행하였는데
覿面辱屍三百鞭   삼백 번 채찍질 해 욕된 주검을 보았지.
(日暮一本作晩日)

懶瓚辭詔也何似   나찬화상이 왕의 부름 사양한 일 어떤가
煨芋烟鎖竹爐裏   토란을 구우니 화로에 연기가 자욱하네.
大用現前眞衲僧   바로 눈앞에서 크게 쓰니 진짜 중인데
先師頭面潑惡水   돌아가신 스승 얼굴에 구정물을 뿌렸구나.

* 자서子胥...행거行去; 사마천史馬遷의 사기史記, 오자서열전伍子胥列傳에 보인다. 오자서伍子胥가 원수를 갚기도 전에 이미 죽은 평왕의 시신에다 매질하는 자서를 친구인 신포서申包胥가 나무라자, 이를 변명하길, "날은 저물고 갈 길은 멀어 나는 도리에 어긋난 일을 할 수 밖에 없다. 吾日暮途遠 吾故倒行而逆施之."고 말하였다.

* 삼백편三百鞭; 오자서는 아버지와 형이 초나라의 평왕平王에게 죽임을 당하자, 오吳나라로 달아나 뒤에 초나라를 쳐서 평왕의 무덤을 파헤치고 시체를 삼백 번 매질하였다. 伍子胥爲報父兄之仇, 鞭楚平王尸體三百, 而後弃之于野.

　* 나찬懶瓚; 중국 당唐나라 승려인 명찬明瓚. 생몰연대를 알 수 없다. 숭산보적嵩山普寂(651~739)의 법을 이었다. 한때 형악衡嶽에 살 때 무척 게을러 나잔懶殘 혹은 나찬懶瓚으로 불렸다. 벽암록 제34칙 '나찬외우懶瓚煨芋'에 보인다. '외우'는 토란을 굽는다는 뜻이다. 나찬 스님이 형산의 석실에 은거하고 있을 때 덕종德宗이 명성을 듣고 사신을 보내 국사로 모시려고 했다. 사신이 나찬 스님이 머무는 석실에 이르러, "천자께서 명령을 내렸으니 존자께서는 마땅히 일어나 그 은혜에 감사를 표하시오"라고 하였다. 나찬 스님은 소똥으로 불을 피우고 토란을 구워 그것을 뒤져서 먹느라고 입가는 시커멓게 검댕이 묻고, 콧물을 턱까지 흘리며 사신의 말은 들은 척도 하지 않았다. 그러자 사신이 웃으며 "스님 콧물이나 좀 닦으시지요"라고 했다. 그때 나찬 스님은 "내가 공부한 것이 무엇이 있다고 속인을 위하여 콧물을 닦겠습니까?"라고 하였다. 사신이 "행장을 꾸리는데 도와 줄 일이 있으면 말씀해 주시지오"라고 했더니 나찬은 "그러시오. 조금만 비켜서 서주시게. 햇빛을 가리지 말아 주시오"라고 말했다.

　◎ 贊端師子　단사자를 찬하여

弄師子處正明心　단사자 희롱한 곳에 바르고 밝은 마음,
不托厄頭口若暗　입은 벙어리인 양 재앙은 받지 않았구나.

讀誦蓮經風雪燭　눈보라 치는 밤 등불 밝혀 연화경을 독송하다가

漁歌一曲五更吟　오경에는 어부가 한 곡조 읊조리고 있네.

(處一作床)

* 단사자端師子; 중국 북송北宋의 휘종徽宗, 숭녕崇寧 년간의 선승인 서
여정단西余淨端(1030~1103). 자 명표明表, 별명은 오산단吳山端, 안한화
상安閑和尙, 단사자端獅子, 서여단西余端, 안한정단安閑淨端이다. 보섬保暹,
정각인악淨覺仁岳, 보각제악寶覺齊岳의 제자弟子이다. 선림승보전禪林僧寶
傳 권19, 서여단선사西余端禪師에 보인다. "端師子者, 吳興人也. 始見弄師
子者, 發明心要, 則以綵帛像其皮, 時時著之, 因以爲號. 住西余山, 嗣姑
蘇翠峯月禪師. 西余去湖州密邇, 每雪朝著綵衣入城, 小兒爭譁逐之, 從
人乞錢, 得即以散饑寒者, 錢穆父赴官浙東, 見之約明日飯, 端黎明獨往."

◎ 大德寺火後大燈國師塔　대덕사가 불탄 뒤 대등국사 탑에서

創草百二十八年　사찰을 건립한지 백이십팔 년이라

看來今日體中玄　오늘 와서 보니 있는 그대로 드러났구나.

正邪境法滅卻後　바르고 삿된 경계의 법이 사라진 뒤

猶是大燈輝大千　오히려 대등화상이 대천세계에 빛나도다.

* 체중현體中玄; 어떤 방편과 진리를 드러내는 세 가지 심오한 가르침
인 삼현三玄 중에 하나로 말 속에 사물의 참모습이 조금도 꾸밈없이 있
는 그대로 드러내는 구句를 말한다.

◎ 渡江達磨 강을 건너는 달마

腳下苦哉平地波 발 아래 괴롭구나, 평지의 풍파여
誰人梁魏定贅訛 어느 사람이 양위라고 번거롭게 속이나.
西來莫道大難意 서쪽에서 오니 큰 재난이라 말하지 말게
河廣傳聞一葦過 강이 넓다 하지만 한 줄기 갈대로 건넜네.

* 양위梁魏; 중국 전국시대 삼진三晉의 하나인 위魏나라는 혜왕惠王이
대량大梁으로 도읍한 뒤에 양梁이라 하여 그렇게 부른다.

◎ 贊臨濟和尙 임제화상을 찬하여

從來道業是毗尼 예전부터 도를 닦는 수행은 계율인데
黃蘗棒頭忘所知 황벽의 방망이에 알음알이를 잊었구나.
正傳的的克勤下 바르게 전한 법이 원오화상 아래 명백하니
吟破風流小艶詩 소염시의 풍류는 깨버리고 읊었다지.

* 비니毗尼; 범어 vinaya. 비내야毗奈耶. 계율戒律. 부처님이 제정한 금
계禁戒. 삼장三藏 중에서 계율에 관한 경전을 모은 율장.
* 황벽黃蘗; 중국 당나라 후기의 선승인 황벽희운黃蘗希運. 생몰연대는
미상, 복주福州사람, 단제선사斷際禪師라고 하며, 임제의현臨濟義玄의 스
승으로 알려져 있다. 황벽산에서 출가하여 강서江西에서 백장회해百丈懷
海의 법을 잇고, 황벽산을 개창하여 가르침을 펼쳤다.
* 극근克勤; 중국 송宋나라 임제종臨濟宗 양기파楊岐派의 승려인 원오극
근圜悟克勤(1063~1135). 사천성四川省 팽주彭州 출신으로 어려서 출가하

여 오조법연五祖法演의 법을 이었다.

◎ 贊普化 보화를 찬하여

德山臨濟奈同行　덕산과 임제 화상이 어찌 함께 가는지
街市風顚群衆驚　저자거리에 바람 뒤집히자 군중이 놀라네.
坐脫立亡多敗闕　앉은 채 자유자재로 열반하니 허물도 많은데
和鳴隱隱寶鈴聲　새들은 어울려 우짖고 보령이 울리는구나.

棒頭打着羯磨僧　몽둥이가 참회하는 스님을 두들기니
痛處針錐絶伎能　바늘은 아픈 곳에 기능을 못하는구나.
桃李春閨簾外月　복숭아 배꽃 피는 봄 규방, 주렴 밖에 달 뜨니
吟魂一夜十年燈　넋은 하루 밤, 십년인 듯 등불을 읊고 있네.
(僧一作曾)

* 보령寶鈴; 불교에서 쓰는 불구佛具의 하나인 금강령. 특히 밀교에서 사용하는 불구로 금령金鈴이라고도 한다. 여러 부처를 기쁘게 하고 보살을 불러 중생들을 깨우쳐 주도록 하기 위해 사용한다.

* 갈마羯磨; 범어 karmra. 업業. 수계受戒 또는 참회할 때의 작법.

* 십년등十年燈; 황정견黃庭堅의 기황기복寄黃幾復 시에 보인다. "나는 북해에 그대는 남해에 있어, 편지 부치고 싶지만 그리할 수 없네. 봄바람 불자 복사꽃 살구꽃 아래 술 마셨는데, 강호에 떠돈 십년에 밤비 내리는데 등불 앞에 있네. 我居北海君南海, 寄雁傳書謝不能. 桃李春風一杯酒, 江湖夜雨十年燈."

◎ 腳下紅絲線 발 아래 붉은 실 걸고

持戒成驢破戒人 계를 지녀 나귀가 되었다가 파계한 사람이니
河沙異號弄精神 항하사같이 다른 이름 많아 정신을 희롱하였네.
初生孩子婚姻線 처음 두세 살 어린아이 낳고 혼인했던 실인데
開落紅花幾度春 붉은 꽃 피고 지길 몇 번이나 봄이 지났나.
(成一作爲)

* 腳下紅絲線; 明晹法師의 佛法槪要에 보인다. "사랑은 생사의 근본
이요, 번뇌의 주된 악이다. 옛사람은 "발 아래 붉은 실타래를 끊고, 홍
련의 큰 불덩이에서 뛰어내린다."고 말했다. 발 밑의 붉은 비단실이란
무엇인가? 바로 이 '사랑'이란 글자다. 愛的確是生死的根本, 煩惱的首
惡. 古人說 : 踏斷腳下紅絲線, 跳出紅蓮大火坑. 什麼是腳下紅絲線? 就
是這個愛字."

◎ 贊華叟和尙 화수화상을 찬하여

靈山孫言外的傳 영산의 자손으로 언외화상의 제자인데
密漬荔支四十年 꿀에 저린 여지를 먹은 지 사십 년이로다.
兒孫有箇瞎禿漢 법손들은 도리에 어두운 머리 깎은 중인데
頤得老婆新婦禪 양수화상은 노파의 신부로 선을 얻었다네.

* 화수華叟; 일본 실정室町 중기에 임제종 대덕산파大德寺派의 승려인
화수종담華叟宗曇(1352~1428). 대덕사 22세손이며 파마읍보군播磨揖保
郡 출신, 호는 화수華叟, 성은 등원藤原인데 만년에 염진塩津의 고원원高

源院으로 옮겼다. 후화원後花園 천황天皇이 대기홍종선사大機弘宗禪師의
시호를 하사하였다. 일휴의 스승인데, 화수법어가 진주암에 소장되어
전한다.

　＊ 언외言外; 언외종충言外宗忠(1305~1390). 화수종담의 스승이며 법
맥으로는 일휴에게 조부祖父가 되는 스승이다.

　＊ 밀지여지密漬荔支; 소식蘇軾의 차운유도무구밀지여지次韻劉燾撫勾蜜漬
荔支 시의 제목에 보이는데, 꿀에 담근 여지의 맛을 비유하며, '소금과
된장을 가미한 순챗국을 항상 먹고 싶구나.'고 표현한 시구가 있다. "時
新滿座聞名字, 別久何人記色香. 葉似楊梅蒸霧雨, 花如盧橘傲風霜. 每
憐蒓菜下鹽豉, 肯與葡萄壓酒漿. 回首驚塵卷飛雪, 詩情眞合與君嘗."

　＊ 이이; 양수종이養叟宗頤(1376~1458). 일본 실정室町 시대 임제종臨
濟宗의 본산인 대덕사大德寺의 선승이다.

　◎ 自賛　스스로 찬하여

華叟子孫不知禪　화수화상의 자손은 선을 모르는데
狂雲面前誰說禪　광운의 얼굴 앞에서 누가 선을 설하였나.
三十年來肩上重　삼십년 이래 어깨 위가 무거웠는데
一人荷擔松源禪　한 사람이 송원화상의 선을 짊어졌구나.

風狂狂客起狂風　미친바람에 미친 나그네가 미친바람 일으켜
來往淫坊酒肆中　기생집과 술집 가운데 오고 갔도다.
具眼衲僧誰一拶　안목을 갖춘 스님 누가 한번 거량하랴.
畫南畫北畫西東　남쪽과 북쪽을 그리고 동서를 그렸네.

大燈佛法沒光輝　대등국사의 불법이 눈부신 빛을 잃으니
龍寶山中今有誰　용보산 가운데 지금은 그 누가 있는가.
東海兒孫千載後　동해의 법손들이 천년 뒤에는
吟魂猶苦許渾詩　넋이라도 허혼의 시를 괴로이 읊겠구나.

* 송원松源(1132~1202); 일본 임제종의 선승인 송원숭악松源崇岳. 참고로 일휴종순 화상의 법맥을 살펴보면 다음과 같다. 송원숭악－운암보암運庵普巖－허당지우虛堂智愚－남포소명南浦紹明(대응국사)－종봉묘초宗峰妙超(대등국사)－철옹의형徹翁義亨(영산정전국사)－언외종충言外宗忠－화수종담華叟宗曇－일휴종순一休宗純－조심소월祖心紹越.

* 일찰一拶; 상대방의 깨달음의 정도를 알기 위해 문답을 주고받는 것을 '일애일찰一挨一拶'이라 하는데, '일찰'은 말로써 상대에게 일격을 가하는 것을 말한다. 벽암록 제23칙 보복묘봉정保福妙峰頂, 수시垂示에 보인다. "수시하기를, 옥은 불로 시험하고 쇠는 돌로 시험하고 칼은 터럭으로 시험하고 물의 깊고 얕음은 막대기로 시험하니라. 나의 문하에 이르러서는 한 마디 한 어구, 한 기틀과 한 경계와, 한번 들고 나고, 한번 묻고 답함에 깊고 얕음을 보고자하고 향배를 보고자하거든 일러보아라. 무엇을 갖고 시험해야 하는가. 청컨대 잘 살펴보아라. 垂示云 玉將火試, 金將石試, 劍將毛試, 水將杖試. 至於納僧門下, 一言一句, 一機一境, 一出一入, 一挨一拶, 要見深淺, 要見向背, 且道將什麼試? 請擧看."

*허혼許渾; 중국 당唐나라 때 시인. 자는 용회用晦, 중회仲晦이며, 강소성江蘇省 단양丹陽 사람이다. 목주睦州, 영주郢州의 자사刺史를 역임하였고, 저서에 정묘집丁卯集이 있다.

◎ 百丈餓死 三首　백장이 굶어죽어, 세 수

爲人苦行也天然　괴롭게 수행한 사람은 자연 그대로이니
大用分明即現前　큰 쓰임이 분명하여 지금 바로 앞에 있구나.
一日不作必不食　하루 일하지 않으면 반드시 먹지 않으니
大人手段作家禪　큰사람의 수단은 솜씨 좋은 선이로다.

古人受用幾嘗艱　옛사람은 사는데 얼마나 어려움 겪었을까
不是尋常談笑間　이게 평범하지 않아서 웃으면서 얘기하네.
飽食痛飮飯袋子　배불리 먹고서 맘껏 술 취하는 밥통들
叉衣覲水又遊山　가사를 걸치고 물과 산에서 노니는구나.
(一本艱作難, 笑作咲)

工夫長養大慈心　공부하여 큰 자비심을 오래 길렀는데
臨濟消來萬兩金　임제화상은 만 냥의 돈을 써버렸구나.
昔日艱難聞吐哺　옛날의 괴로움 듣고서 먹은 걸 뱉어내고
簑衣箬笠钁頭吟　도롱이와 삿갓 쓰고 김매며 시를 읊조리네.

◎ 示會裡徒 三首　제자들에게 보이다, 세 수

樂中有苦一休門　일휴 문중에 즐거움 가운데 괴로움 있는데
箇箇蛙爭井底尊　우물 밑에 낱낱 개구리 다투니 존귀하도다.
晝夜在心元字腳　밤낮으로 마음에는 원래 문자가 있으니
是非人我一生喧　인아를 시비하며 평생을 떠드는구나.

公案參來明歷歷　공안을 참구하니 너무나 명백한데
胸襟勘破暗昏昏　품은 뜻을 알아채버리니 깜깜하구나.
怨憎到死難忘卻　원한과 미움은 죽음에 이르니 잊기 어려운데
道伴忠言逆耳根　도반의 정성스러운 말이 귀에 거슬리지.

徒學得祖師言句　학인들은 조사가 말씀하신 구절을 얻어
識情刀山牙劍樹　분별하는 마음이 칼 산과 칼 나무로구나.
看看頻頻擧他非　금방 빈번하게 남에게 비방이나 하고
銜血噴人其口汚　피를 머금어 남에게 뿜으니 입이 더럽도다.

* 회리會裡; 스승 밑에 모여 참선參禪하거나 수학修學하는 제자들. 문하門下. 회하會下.

* 원자각元字脚; 자서字書에는 원자각元字脚과 절자각切字脚이 있는데, 문자나 언어를 말한다.

* 감파勘破; 상대가 언어 문자를 넘어선 격외설格外說로 말한 뜻을 뚜렷하고 분명하게 알아차린다는 말. 비록 아무런 말이 없어도 상대방의 마음속을 훤히 꿰뚫어 보고 있는 것.

* 이근耳根; 범어 Śrotrendriya. 오근五根의 하나로 소리를 듣고 이식耳識을 이끌어내는 기관인 귀.

* 식정識情; 식심識心. 또는 망념妄念. 생각으로 끊임없이 일으키는 쓸데없는 분별심.

◎ 示入定僧 선정에 든 스님에게 보이다

塵緣塵境萬端稠 속세의 인연과 경계가 수없이 얽히니
到此誰人截衆流 여기 이르러 누가 수많은 유파를 끊으랴.
誓心決定魔宮動 결단코 맹세하니 마군의 궁전이 움직이고
長信西風琪樹秋 장신궁에 서풍 부니 물든 가을 나무로다.

* 장신長信; 중국 한나라 때 궁전인 장신궁長信宮. 황제의 조모祖母가
거처하던 곳인데, 후대에는 폐비된 황후가 거처하는 궁전을 뜻하게 되
었다.
* 서풍기수西風琪樹; 중국 당나라 시인 허혼許渾의 추사秋詞 시에 보인
다. "아름다운 나무에 서풍 부니 대자리에 가을이 깃들고, 상강에 초나
라 구름을 보니 같이 노닐던 기억이 나네. 琪樹西風枕簟秋, 楚雲湘水憶
同遊."

◎ 讀碧巖集序 벽암집 서문을 읽고

夾山言敎價千金 협산이 가르친 말은 천금의 가치 있어
一炬看來救古今 한 횃불을 보아하니 고금을 구하였구나.
休向寒灰成議論 식은 재로 의론을 일으키지 말라
宗乘滅卻老婆心 종파의 교의가 사라질까 근심스럽네.

* 협산夾山; 중국 호남성湖南省 각주殼州에 있는 산. 원오극근圜悟克勤
(1063~1135) 선사가 영천원靈泉院에 머무를 때 방장실 편액에 "원숭이
가 새끼를 품에 안고 푸른 산 뒤에 돌아가고, 새가 꽃을 물어 푸른 바위

앞에 떨어뜨린다. 猿抱兒歸青嶂後, 鳥啣花落碧巖前."란 글귀를 걸어 두었는데, 여기에서 이름을 취하여 '벽암록'이라 하였다.

* 언교言敎; 부처가 문자로 가르친 불법의 대의大義.

◎ 黃龍三關 황룡의 세 관문

成佛成驢手脚全　부처와 나귀가 되어 손과 다리가 온전하니
河沙異號任生緣　모래같이 많은 다른 이름이 인연 따라 생겼네.
黃龍關外黑雲鎖　황룡의 관문 밖에는 검은 구름이 뒤덮었는데
積翠春風楊柳前　푸른 숲에 봄바람은 수양버들 앞에 부는구나.

* 황룡삼관黃龍三關; 무문관無門關 게송에 보인다. "제1관; 내 손이 어찌 부처님 손과 닮았을까? 등 뒤에 베개를 손으로 더듬다가, 엉겁결에 깔깔 거리며 크게 웃으니, 원래 온 몸인 이 손이었구나. 我手何似佛手, 摸得枕頭背後. 不覺大笑呵呵, 元來通身是手. 제2관; 내 다리가 어찌 나귀 다리와 닮았을까? 아직 한 발자국도 내디디지 않았는데 이미 도착해 있네. 마음먹은 대로 사해를 자유롭게 횡행하고, 거꾸로 양기의 세 다리에 걸터앉아 탔구나. 我脚何似驢脚, 未擧步時踏著. 一任四海橫行, 倒跨楊岐三脚. 제3관; 사람에게는 제각기 태어나는 인연이 있네. 각각 기미가 생기기 전에 철저히 눈뜬 것이네. 나타태자는 뼈를 잘라 아버지에게 돌려주었고, 오조홍인 선사는 어찌 아버지의 인연에 의지할 것인가. 人人有箇生緣, 各各透徹機先. 那吒折骨還父, 五祖豈藉爺緣. 여기서 나타那吒는 북방 비사문천왕의 다섯 아들 가운데서 맏아들로 얼굴이 셋, 팔이 여덟이고, 큰 힘을 가진 귀신이다. 오등회원五燈會元에서, "나타

태자가 살은 깎아서 어머니에게 돌리고, 뼈는 아버지에게 돌린 뒤에, 본 몸을 나타내고 큰 신통을 부리면서 부모를 위하여 설법하였다"라 하였다.

◎ 虎丘雪下三等僧 二首　눈 오는 날 호구사의 세 등급의 승려, 두 수

少林積雪置心頭　소림에 눈이 쌓여도 오직 마음에 두니
公案圓成上等仇　공안이 원만하게 이루어져 가장 낫구나.
僧舍吟詩剃頭俗　승당에서 시 읊는 머리 깎은 중은 속되고
飢腸說食也風流　배 홀쭉해져 먹는 얘기하는 게 풍류로구나.
(舍一作社)

禪者詩人皆癡鈍　선승이나 시인 모두 어리석고 둔하니
雪下三等多議論　눈 오는 날 세 부류를 논하니 말도 많구나.
妙喜若是大慈心　대혜 스님이 만약 아주 자비로운 마음이라면
說食僧與香積飯　먹는 얘기하는 중에게 향적반을 차려주겠네.
(癡一作癲又懶)

* 호구설하삼등승虎丘雪下三等僧; 대혜종고大慧宗杲의 종문무고宗門武庫 하권, 원통법수圓通法秀선사에 나온다. "대혜스님이 들려준 이야기다. '원통수선사가 눈 내리는 모습을 보고 말하길, '눈이 내릴 때 세 종류의 승려가 있다. 가장 우수한 승려는 승당 안에서 좌선을 하고, 중간쯤 되는 승려는 먹을 갈아 붓을 들고 시를 짓고, 가장 못난 승려는 화롯가에 둘러앉아 먹고 떠든다' 내가 정미년(1127) 겨울 호구사에 있을 때 내 눈

으로 이 세 종류의 중을 똑똑히 보고 나도 모르게 웃음이 나왔다. 그래서 선배 스님들의 이야기가 거짓이 아닌 걸 알게 되었다.' 師云, 圓通秀禪師因雪下云. 雪下有三種僧. 上等底僧堂中坐禪, 中等磨墨點筆作雪詩, 下等圍爐說食. 予丁未年冬在虎丘, 親見此三等僧, 不覺失笑. 乃知前輩語不虛耳." 가흥대장경嘉興大藏經 26책, 천안승선사어록天岸昇禪師語錄 권 4에도 보인다. "因雪小參古人云, 雪下有三種僧. 一種坐禪, 一種吟詩, 一種說食."

* 소림少林; 소림굴少林窟. 달마대사가 구년 동안 면벽하며 도를 닦던 곳.

* 체두剃頭; 범어 munda. 체발剃髮한 머리 또는 두발頭髮을 깎는 것. 여기서는 머리를 깎은 승려를 말한다.

* 묘희妙喜; 대혜종고(大慧宗杲, 1089~1163)의 호. 속성은 해奚, 자字는 담회曇晦이며, 호號는 운문雲門이다. 선주宣州 영국현寧國縣(지금의 안휘성安徽省 선성시宣城市) 출신이다. 1164년 송나라 효종에게 '대혜선사大慧禪師'의 칭호를 받았고, 오래 항주杭州의 경산徑山에 머무르며 가르침을 펼쳐 '경산종고徑山宗杲'라고 불리기도 한다.

◎ 看大德寺修造有感   대덕사를 수리한 걸 보고 느낌이 있어

雲門卵塔一茅廬   운문화상의 난탑과 한 초가집이여,
大用黃金殿上居   황금을 크게 써서 전각 위에 사셨구나.
傍出正傳現前境   곁에서 나와 바로 전해져 여기 있으니
楊岐屋壁古來疎   양기화상 집 벽은 예로부터 드물었다네.

* 난탑卵塔, 蘭搭; 대좌臺座 위에 달걀 모양의 탑신을 세운 탑. 한 덩어리의 돌을 다듬어 만들어 흔히 선승禪僧의 묘표墓標로 쓴다.

* 양기옥벽楊岐屋壁; 중국 송宋나라의 선승禪僧이자 임제종臨濟宗 양기파楊岐派의 시조인 양기방회楊岐方會(996~1049)선사의 시에 보인다. "내 잠시 머무는 집 벽이 헐었는데, 책상 위에 진주 빛 눈발이 가득하구나. 楊岐乍在屋壁疎, 滿床盡布雪眞珠."

◎ 新造大應國師尊像　새로 대응국사 존상을 조성하고

活眼大開眞面門　법의 눈 크게 뜨니 참된 면전의 문인데
千秋後尙弄精魂　천추 뒤에는 오히려 넋을 희롱하겠구나.
虛堂的子老南浦　허당화상의 제자는 늙은 남포화상이고
東海狂雲六世孫　동해의 광운은 그 육세손이로다.

* 허당虛堂...남포南浦; 대덕사 법맥으로 허당지우虛堂智愚－남포소명南浦紹明(대응국사)의 6세손이 일휴(광운자)이다.

◎ 題婬坊　음방을 제하여

美人雲雨愛河深　미인과 동침하여 애액이 넘쳐나니
樓子老禪樓上吟　청루에서 늙은 선승이 신음하는구나.
我有抱持睫吻興　끌어안고서 빨고 핥는 나의 홍취여,
竟無火聚捨身心　화탕지옥에 몸과 마음을 버린들 어떠랴.

* 운우雲雨: 구름과 비. 남녀 간의 정교情交.

* 애하愛河; 애액愛液.

* 누자노선樓子老禪; 기생집인 '청루靑樓에 노니는 늙은 선승'이란 뜻으로 일휴一休가 스스로를 고백하며 칭하는 말이다.

* 화취火聚; 불과 열이 이글거리는 지옥地獄.

◎ 示延壽堂僧　연수당 승려에게 보이다

無常殺鬼現前時　목숨을 뺏는 귀신 바로 앞에 있을 때
末後牢關說向誰　최후의 관문은 누구를 향하여 말하리오.
百事難休五欲鬧　온갖 일 그치기 어렵고 오욕은 성하니
六窓欲鎖八風吹　육근의 창 닫고자 해도 팔풍이 부네.

* 뇌관牢關; "미혹함과 깨달음의 경계는 견고한 감옥의 관문이다. 전등록 16장 악보장에 이르길, '마지막 한 마디부터 철통까지, 자물쇠가 끊긴 요지는 범인과 성인이 통할 수 없다.' 迷悟之境界, 堅牢之關門也. 傳燈十六樂普章曰, '末後一句始到牢關, 鎖斷要津不通凡聖.'"

* 오욕五欲; 모든 욕망의 근원이 되는 색色, 성聲, 향香, 미味, 촉觸의 오경五境을 말함.

* 팔풍八風; 수행하는 중에 사람의 마음을 흔들어 놓는 사순四順인 이利, 예譽, 칭稱, 락樂과 사위四違인 쇠衰, 훼毀, 기譏, 고苦의 여덟 가지를 말함.

◎ 病中作　병중에 짓다

德山棒兮臨濟喝　덕산의 몽둥이와 임제의 할이여,

嘆我被他機境奪　내가 저 기틀과 경계를 뺏은 걸 탄식하네.

若人問馬祖不安　누가 마조의 병환이 어떠냐고 묻는다면

慚愧一生相如渴　평생 상여가 목마른 걸 부끄러워하리.

(被一作破)

* 할喝; 할嚧. 선승이 벽력같이 꾸짖는 소리. 말로서 표현할 수 없는 경우 소리를 질러 학인의 칠통漆桶을 깨는 것.

* 기경機境; 안에 속하여 마음을 울리는 것을 '기機'라 하고 밖에 속하여 모습으로 드러난 것을 '경境'이라 한다. 機謂屬於內而慟於心者, 境謂屬於外而顯於形者.

* 마조불안馬祖不安; 벽암록 제3칙에서, 마조화상이 병환으로 몸이 편치 않았다. 원주스님은 마조화상에게 묻기를, "화상께서는 요즈음 법체가 어떠하십니까?" 마조화상이 이르길, "일면불 월면불이네. 擧. 馬大師不安. 院主問, 和尙近日, 尊候如何? 祖曰, 日面佛月面佛."라 하였다.

◎ 示榮衒惡知識 二首　영달을 바라는 삿된 중에게 보이며, 두 수

參禪婆子楊花帳　참선하는 노파는 버들 휘장 안에 있고

入室美人蘭蕙茵　입실한 미인은 향기로운 자리에 앉았네.

近代箇邪師過謬　요즘 일개 삿된 중의 허물이 지나치니

馬牛漢非是人倫　짐승 같은 놈은 사람의 도리조차 모르지.

(非一作小)

捧心自稱法王身　흉내나 내며 제 몸소 법왕이라 떠드니
世上弄嘲徒怒嗔　세상 조롱하며 쓸데없이 화를 내는구나.
一筒猢猻沒巴尾　대롱 속에 원숭이가 꼬리를 숨기노니
出頭大用現前人　바로 여기 크게 쓰이게 머리나 내놓아라.

(捧一作棒)

* 사사邪師; 선지식이 아닌 삿된 사이비 스승. 원각경圓覺經 미륵보살
장彌勒菩薩章에서, "만일 중생들이 아무리 착한 벗을 구하여도 사견을 만
나면 바른 깨달음을 얻지 못하리니, 이는 외도의 성품이라 하는데 삿된
스승의 허물일지언정 중생의 허물은 아니니라. 이것을 일러 중생의 오
성 차별이라 하나라. 若諸衆生, 雖求善友, 遇邪見者, 未得正悟, 是則名
爲外道種性, 邪師過謬. 非衆生咎, 是名衆生, 五性差別."라고 하였다.

* 마우馬牛; 마우금거馬牛襟裾. 즉, 말이나 소에 옷을 입혔다는 뜻으로,
학식이 없거나 예의를 모르는 사람을 조롱하는 말에서 왔다.

* 봉심捧心; 가슴을 부여잡다. 장자莊子 천운天運에서, 서시의 아름다
움을 형용한 것이다. 서시가 가슴 앓는 병으로 얼굴을 찡그리니 이웃의
못생긴 여자가 자신도 아름답게 보이려고 가슴을 부여잡고 얼굴을 찡
그렸다는 고사가 있다.

* 무미호손無尾猢猻; 연등회요聯燈會要 권30에서, "머리가 나타났다가
머리가 사라지는 것을 조롱하여 꼬리 없는 원숭이라 한다. 頭出頭沒弄,
箇無尾猢猻."라 하였다.

◎ **拜關山和尙塔**　관산화상 탑에 절하며

荒草不鋤乃祖玄　거친 풀을 호미로 맨 적 없는 혜현화상,

涅槃正法妙心禪　바른 법으로 열반하신 묘심사의 선승이로다.

杜鵑叫落關山月　관산에 뜬 달밤에 두견새 울어 예니

誰在花圓躑躅前　누가 철쭉 핀 꽃밭 앞에 머무는지.

(一本三四句, 作誰人吟落關山月, 五夜漏聲曉箭前)

* 관산화상關山和尙; 신농信濃(長野縣) 출신으로 일본 겸창鎌倉시대 말기
부터 남북조南北朝시대의 임제종의 선승이자 묘심사妙心寺의 개산조인
관산혜현關山惠玄(1277~1360).

* 황초荒草; 임제록에 보인다. "어느 강사 스님이 물었다. '삼승 십이
분교가 어찌 불성을 밝힌 것이 아니겠습니까?' 임제 선사가 대답했다.
'거친 풀밭에는 호미질로 제거한 적이 없다.' 강사 스님이 다시 물었다.
'부처님이 어찌 사람을 속였겠습니까?' 그러자 임제 선사가 말했다. '부
처님이 어디 있느냐?" 강사 스님은 말이 없었다. 有座主問, 三乘十二分
敎, 豈不是明佛性? 師云, 荒草不曾鋤. 主云, 佛豈賺人也? 師云, 佛在什
麼處? 主無語."

◎ **雨滴 齋名**　우적재

蕭蕭門外是何聲　쓸쓸한 문 밖에 이 무슨 소리인지

不會當機問鏡淸　경청화상께 기틀을 물어도 통 몰랐네.

顚倒衆生迷逐物　전도된 중생은 미혹되게 외물을 좇으니

窓前半夜一燈靑　한밤중 창가에 등불 하나 푸르구나.

(窓前一作吟魂)

* 우적雨滴; 벽암록 제46칙에서, "경청화상이 한 스님에게 묻기를, '문 밖에서 들리는 게 무슨 소리냐?'라 하자, 스님은 '빗방울 소리'라고 답했다. 경청화상이 말했다. '너는 빗방울 소리에 사로잡혀있구나.' 그러자 그 스님이 '화상께서는 저 소리를 뭘로 듣습니까?'하고 되물었다. 경청화상은 '자칫하면 나도 사로잡힐 뻔했구나!'라고 응대했다. '자칫하면 사로잡힐 뻔하다니, 그건 또 무슨 뜻입니까?'하고 그 스님이 또 물었다. 경청화상이 잘라 말했다. '몸에서 벗어나기는 그래도 쉽지만, 있는 그대로 여실한 것을 드러내기란 어려운 법이지.' 擧. 鏡淸問僧, 門外是什聲? 僧云, 雨滴聲. 淸云, 衆生顚倒, 迷己逐物. 僧云, 和尙作生. 淸云, 不迷己. 僧云, 不迷己 意旨如何? 淸云, 出身猶可易, 脫體道應難."라 하였다.

* 경청도부鏡淸道怤(868~937); 중국 당나라 때의 선승. 속성은 진陳, 절강성浙江省 온주溫州 영가永嘉출신. 설봉의존雪峰義存에 참학하여 법을 이었다.

◎ 松窓 齋名 송창재

茅廬竹閣興雞窮　오두막 절집에 닭이 울다가 그치니
臨濟栽來功不空　임제화상께서 소나무 심은 공이 헛되지 않구나.
枕上愧慚有閑夢　베개 베고 부끄러이 한가로운 꿈꾸다가
夜來驚起屋頭風　지붕에 바람 불자 밤에 놀라 일어나네.
(愧慚一作自慚)

* 죽각竹閣; 절의 별칭. 죽원竹園 또는 죽림정사竹林精舍라고도 한다.

* 임제재송臨濟栽松; 임제선사의 언행을 기록한 임제록臨濟錄 행록行錄 서문에서, 임제선사가 소나무를 심고 있을 때 황벽黃檗 선사가 이 깊은 산에 많은 나무들이 자라고 있는데 다시 나무를 심어서 무얼 하는지 묻자, 임제선사가 답하길, "험한 골짜기에 소나무를 심은 것은 후인들에게 본보기 삼으려 한 것이고, 괭이로 땅을 팠으니 거의 산 채로 생매장 당할 뻔했도다. 嚴谷栽松, 後人標榜, 钁頭劚地, 幾被活埋."라 하였다.

◎ **面壁達磨 면벽하는 달마**

誰人任運問安心　어느 누가 그냥 편안한 마음을 물었나
昔日神光侍少林　예전 신광이 소림에서 달마대사를 모실 때였지.
面壁功成無面目　벽을 바라보고 이룬 공은 면목이 없어
不知積雪滿庭深　뜰 가득 깊이 쌓인 눈은 알지도 못했네.

* 안심安心; 무문관 제41칙 달마안심達磨安心에 보인다. "달마가 벽을 바라보고 있는데 이조가 눈 속에 서서 팔을 끊고 말하길, '제자의 마음이 편안하지 못하니 스승께서 마음을 편안하게 해주시길 원합니다.' 달마가 말하길, '마음을 가지고 오너라. 너를 위해 편안하게 해주겠다.' 이조가 말하길, '마음을 찾아보았으나 찾을 수가 없습니다.' 달마가 말하길, '너의 마음을 편안하게 해주었다.' 達磨面壁, 二祖立雪斷臂云, 弟子心未安, 乞師安心. 磨云, 將心來, 與汝安. 祖云, 覓心了不可得. 磨云, 爲汝安心竟."

◎ 苦行釋迦　고행하는 석가

六年飢寒徹骨髓　여섯 해나 굶주림과 추위가 뼈에 사무치니
苦行是佛祖玄旨　고행하신 이 부처님의 현묘한 종지로다.
信道無天然釋迦　하늘같은 석가가 없다고 믿고 말하니
天下衲僧飯袋子　하늘 아래 중들은 밥통들이로구나.

　* 반대자飯袋子; 무문관 제15칙 동산삼돈洞山三頓에 보인다. "동산이
다음날 산으로 찾아가 문안을 드리며 물었다. '어제 화상께서 세 차례
방망이로 칠 걸 봐주셨는데 허물이 어느 곳에 있는지 모르겠습니다.'
운문이 말하길, '밥통아! 강서와 호남으로 이렇게 돌아다녔느냐?' 동산
은 이에 크게 깨달았다. 山至明日, 卻上問訊. 昨日蒙和尚放三頓棒. 不
知過在甚麼處. 門曰, 飯袋子, 江西湖南, 便恁麼去? 山於此大悟."

◎ 言外和尚　언외화상

無端滅卻大燈家　무단히 대등의 집안을 없애버렸으니
鐵眼銅睛劍樹牙　쇠 눈과 구리 눈동자에 칼 나무 선승이지.
一句分明言外語　분명한 한 마디는 문자를 여읜 말인데
親聞華叟若曇華　화수화상이 새로 법을 듣자 우담화 같았네.

　* 언외화상言外和尚; 언외종충言外宗忠(1305~1390)으로 일휴는 그의
법을 이은 손상좌이다.
　* 검수劍樹; 가지, 잎, 꽃, 과실이 모두 칼로 되어 있는 지옥地獄의 나무.
　* 화수華叟; 화수종담華叟宗曇(1352~1428)은 일휴의 스승으로 진주

암에 소장된 화수법어가 전한다.

  * 담화曇華; 우담화優曇華. 인도印度의 전설에 나오는 꽃. 삼천 년에 한 번씩 꽃이 피는데 이때는 금륜명왕金輪明王이 나타난다고 한다. 묘법연화경 방편품.

◎ 徹翁和尚　철옹화상

大燈子大應孫　대등국사 아들이자 대응국사 손자여,
正傳臨濟宗門　임제종의 종문을 올바로 전하셨도다.
儼然靈山一會　엄연히 영산에서 한 법회를 열었으니
何妨三界獨尊　어찌 삼계에 홀로 존귀함을 거리끼랴.

  * 대등자대응손大燈子大應孫; 일휴의 법계를 살펴보면 다음과 같다. 운암보암－허당지우－남포소명(대응국사)－종봉묘초(대등국사)－철옹의형(영산정전국사)－언외종충－화수종담－일휴종순－조심소월.
  * 영산靈山; 덕선사德禪寺가 있는 산 이름. 개산조開山祖인 철옹화상을 지칭. 동시에 중인도 마갈다국摩羯陀國의 수도인 왕사성王舍城 부근에 있는 산으로 세존께서 설법한 영취산靈鷲山을 의미하기도 한다. "영취산에서 석가모니가 한번 설법을 여시니 엄연히 아직 흩어지지 않았다. 靈山一會, 儼然未散."라 하였다.

◎ 趙州三轉語; 泥佛不渡水, 木佛不渡火, 金佛不渡爐　조주스님의 삼전어; 흙부처는 물을 건너지 못하고, 나무부처는 불을 건너지 못하고, 쇠부

처는 용광로를 건너지 못한다

詩成小艶述愁情　자못 어여쁜 시 지어 시름을 풀어내니
一枕多年夜雨聲　여러 해 한 베개 괴고 밤 비 소리를 듣네.
長笛暮樓誰氏曲　저문 누대에 긴 피리 소리는 누구의 곡인지
曲終江上數峰靑　노래 그치자, 강에 비친 봉우리 푸르구나.
(靑一作淸)

◎ 龐居士製竹漉籬圖　방거사가 대 조리를 만드는 그림

河裏捨來十萬錢　십만 냥을 강물 속에 버리고 오니
庫中終沒半文錢　곳간에는 마침내 반 푼 돈도 없구나.
眞箇簸箕門下客　진실로 키를 까부는 문 앞에 손님이여,
笊籬賣不直多錢　조리 팔아서는 큰돈이 되지 않네.
(沒一作無)

* 방거사龐居士(?~808); 중국 당唐나라 정원貞元 때 형주衡州 형양衡陽 사람, 자는 도현道玄, 속성은 방龐, 이름은 온蘊이다. 탐욕스럽고 속된 것을 싫어해 재산을 동정호洞庭湖에 던져버리고 죽기竹器를 팔아 생계를 꾸렸다. 처음 석두石頭에게 선지禪旨를 얻었고 뒤에 마조馬祖에게 가서 깨치고, 공안에 '호설편편好雪片片'이 있다. 시를 잘 지어 저서에 시게詩偈가 있다.

* 죽녹리竹漉籬; 방거사어록龐居士語錄 권상에 보인다. "元和中, 居士北遊襄漢, 隨處而居. 有女靈照, 常鬻竹漉籬, 以供朝夕."

◎ 大惠宏智揖讓圖 대혜굉지 화상 읍하며 사양하는 그림

眉毛相結眼睛同 눈썹이 마주 맺히고 눈동자가 같아

兩箇老禪機境融 늙은 선사의 기봉과 경계가 무르녹았네.

力士鐵槌子房策 창해역사의 쇠몽둥이와 장자방의 책략인데

憤心在博浪沙中 분한 마음은 박랑사 가운데 있구나.

* 자방子房; 중국 한漢나라 고조高祖 때 충신인 장량張良의 자. 시호 문성文成. 하남성 영천潁川 성부城父 사람. 한을 멸망시킨 진시황을 보복하고자, 박랑사博浪沙에서 창해역사滄海力士와 함께 쇠몽둥이로 그가 탄 수레를 쳤으나 진시황이 다른 수레를 타고 있어 실패하자 이름을 숨기고 하비下邳에 숨었다가 유방劉邦을 도와 천하를 통일하는데 참여하였다. 공을 이룬 뒤 유방이 제齊 땅을 주려고 하니 사양하고 물러나 적송자赤松子를 따라 신선이 되고자 하였다.

* 박랑사博浪沙; 중국中國 하남성河南省 무양현武陽縣 동남쪽에 있는 지명. 장량張良이 한나라 원수를 갚기 위해 철퇴로 진나라 시황始皇을 저격했다가 실패한 곳. 사기史記 유후세가留侯世家.

◎ 山庵雜錄曰, 楚石住嘉興天寧, 值有司重作官宇闕木石, 欲取村落無僧廢庵應所需, 因集諸寺住持議之, 時楚石力陳不可者沮之, 有司不聽, 遂撾退鼓歸海鹽天寧. 二老皆勇於行義, 親棄師席之尊, 不啻如棄弊屣, 今雖荐禍患罹己, 而猶濡忍戀戀, 亦獨何哉, 予讀此有感, 因作偈云, 又有了庵一事省之(一本二老作二左, 罹已作嬰已, 了庵作子庵) 산암잡록에 이르길, 초석스님이 가흥 천령사에 주지로 있을 때, 마침 관리가 관청을 중건하려는데 재

목과 돌이 부족하여 마을에 스님들이 살지 않는 버려진 암자를 헐어 필요한 물자를 마련하고자 여러 절의 주지들과 의논하였다. 당시 초석스님은 안 된다고 힘껏 말렸으나 관리가 듣지 않자, 드디어 사퇴의 북을 두드리고 해염 천령사로 돌아왔다. 두 노스님은 모두 과감히 의리를 행하고자 높은 주지의 지위를 마치 헌신짝보다도 더 가볍게 버렸다. 그러나 오늘날 자신이 화를 당하면서도 지위에 연연하여 차마 버리지 못하니 또한 이를 어찌하랴. 내가 이를 읽고 느낌이 있어 게를 지으니, 암자에서 살펴야 할 한 가지 일이다.

奪人奪境事猶稠　사람도 빼앗고 경계도 빼앗아 일조차 많으니
幽谷閑林不自由　그윽한 골짜기 한가로운 숲도 자유롭지 못하네.
莫道江山無定主　강산에 정해진 주인이 없다고 말하지 말게
普天之下帝王州　하늘 아래 두루 제왕의 고을이로다.

* 산암잡록山庵雜錄; 중국 송宋나라 말기와 원元나라 초기의 혼란기를 살았던 서중무온恕中無慍(1309~1386)화상이 만년에 천동산天童山에 살며 총림에 귀감이 될 만한 고승의 법문이나 언행을 모아 논평한 글이 실려 있다.

* 이로二老; 산암잡록에 실린 두 늙은 스님의 예화 중에 다른 한 가지는 다음과 같다. 동양스님이 도량사의 주지로 있을 때 사원 밖의 일을 맡은 승려의 무고로 선정원에 소송이 제기되는 일이 있었다. 선정원에서는 이 사건을 본각사 주지 요암스님에게 위임하여 그 고을 군수와 함께 그들의 잘잘못을 다스리도록 하자 요암스님은 말하기를, "동양스님은 규율을 엄격히 지키고 대중을 엄히 다스리므로 그 아래에 있는 자들이 마음대로 움직이지 못하자 함부로 소송을 일으켜 그를 제거하려는

것이다. 그와 같은 이들이 이제 우리 무리 속에 뒤섞여 있고 관리는 한 가롭게 관아 위에 앉아 동양스님을 취조하려드니, 이 일을 내 어떻게 감당하겠느냐."하고 곧장 남당사로 물러가버렸다.

◎ 龍門亭題偈賀天龍寺再興　용문정에 제하여 천룡사 재흥에 축하의 게를 지어

盡乾坤乃祖門風　천지가 다 하니 이에 조사의 가풍인데
萬嶽嵯峨烟雨中　우뚝 솟은 큰 산 골짝에 안개비 오는구나.
三級浪高黑雲鎖　세 번이나 물결 높아 검은 구름이 가렸는데
潛鱗直得化天龍　물고기 곧장 가라앉아 천룡으로 변하였네.

* 천룡사天龍寺; 일본 경도京都에 있는 임제종 천룡사파天龍寺派의 본산 이며 오산五山 일위一位의 사찰이다. 산호山號는 영귀산靈龜山이며 처음 개기開基한 사람은 족리존씨足利尊氏, 개산은 몽창소석夢窓疎石이 하였다.

◎ 感龍翔寺廢　용상사가 폐사된 걸 느끼고

常住物誰用己身　절에 쓰던 물건은 누가 몸소 다스렸나
山門境致剪松筠　솔과 대를 잘라 산문에다 경계를 둘렀네.
殿堂只與花零落　단지 전각에는 꽃이 지고 있을 뿐
廢址秋風二月春　이월 봄 버려진 터에 가을바람 부는데.

* 상주물常住物; 불교용어로 승가에 수용하는 물건을 통칭함.

◎ 虛堂和尙十病 二首　허당화상의 열 가지 병, 두 수

病在自信不及處　병은 스스로 믿는데 이르지 못하는 데 있고
病在得失是非處　병은 얻고 잃음과 옳고 그름을 가리는 데 있고
病在我見偏執處　병은 내가 치우쳐 집착하는 걸 보는데 있고
病在眼量窠臼處　병은 시야가 좁아 구덩이에 빠진 데 있고
病在機境不脫處　병은 기틀의 경계를 벗어나지 못한데 있고
病在得少爲足處　병은 적게 얻어도 만족하게 여기는 데 있고
病在一師一友處　병은 한 스승과 한 벗에 있고
病在旁宗別派處　병은 두루 종파를 나누어 갈라진 데 있고
病在位貌拘束處　병은 지위와 모습이 얽매이는 데 있고
病在自大了一生小得處　병은 절로 큰 체하여 일생 적게 얻는 데 있네.

是非元勝負修羅　시비는 원래 이기고 지는 아수라인데
傍出正傳人我多　곁에서 나와 바로 전하니 아견이 많네.
近代邪師誇管見　요즘 삿된 스승이 좁은 소견을 과장하니
識情毒氣任偏頗　식정의 독한 기운이 마음대로 치우쳤구나.

議論未休正與邪　옳음과 삿됨을 따지는데 그침이 없고
無慚愧漢是天魔　부끄러움도 없는 녀석은 하늘의 마귀로다.
狂雲臥病相如渴　나는 아파 누웠으니 상여처럼 목마른데
一枕秋風奈我何　가을 바람에 베개 베니 내 어찌 하리.

* 수라修羅; 육도의 하나. '아수라'의 준말.
* 인아人我; 오온五蘊이 화합하여 신체에 실재하는 것으로 여기는 상

일주재常一主宰의 아我. 인아견人我見, 아견我見.

　* 식識; 범어로 vijñāna, 팔리어로 viññāa. 요별了別하는 뜻으로 경계를 대하여 인식하는 마음의 작용. 식정識情은 식심識心과 망념妄念과 같은 뜻으로, 육근六根을 통해 무슨 생각이나 분별을 일으키면 그것이 모두 식정이 된다.

◎ 拈華微笑　염화미소

鷲峰會上現前辰　영취산 회상에 몸소 법을 드러내시더니
鷄足室中來劫春　계족산 방 가운데 겁을 지나 봄이 왔도다.
中毒人應知毒用　독이 퍼진 사람은 응당 독을 쓸 줄 아니
西天此土野狐身　여기 천축국에 태어난 여우의 몸이로다.

　* 염화미소拈華微笑; 무문관 제6칙 세존염화世尊拈花에 보인다. "세존께서 옛날 영산회상에서 꽃을 들어 대중에게 보이셨다. 그때 대중들은 모두 말이 없었으나 오직 가섭 존자만 빙그레 미소를 지었다. 세존께서 말씀하셨다. '내게 정법안장, 열반묘심, 실상무상인 미묘한 법문이 있으니, 문자에 의지하지 않고 교설 이외에 따로 전하여 마하가섭에게 부촉하노라.' 世尊昔在靈山會上, 拈花示衆. 是時衆皆默然. 惟迦葉尊者, 破顔微笑. 世尊云, 吾有正法眼藏, 涅槃妙心, 實相無相, 微妙法門, 不立文字, 敎外別傳, 付囑摩訶迦葉."

　* 영봉鷲峰; 고대 인도 마갈타국摩竭陀國의 왕사성 동북쪽에 있는 영취산靈鷲山. 석가모니여래가 묘법연화경과 무량수경을 설하였다는 곳이다. 영산鷲山, 취산鷲山이라고도 한다.

* 계족鷄足; 인도 중부의 마가다 왕국 가야성伽倻城 동남쪽에 있는 계족산鷄足山. 마하가섭이 입적한 곳으로 세 봉우리가 나란히 솟아 마치 닭의 발과 같아 지어진 이름이다.

* 야호野狐; 불락불매不落不昧의 선어禪語에 나오는 여우. 무문관 제2칙 백장야호百丈野狐에 보인다.

◎ 贊慈恩窺基法師　자은규기 법사를 찬하여

窺基三昧獨天眞　규기법사가 삼매에 드니 홀로 천진하여
酒肉諸經又美人　술과 고기, 온갖 경전에다 미인이로다.
座主眼睛猶如此　좌주의 눈동자가 오히려 이와 같으니
宗門唯有箇宗純　종문에는 오직 나 같은 사람 있을 뿐.
(如一作若)

* 자은규기慈恩窺基(632~682); 중국 법상종法相宗의 시조始祖인 승려로 장안長安 출신, 속성은 위지尉遲이고, 자는 홍도洪道, 기基, 대승기大乘基이다. 17세에 출가하여 현장玄奘법사의 문하로 들어갔다. 처음 장안의 홍복사弘福寺에 머물렀으나 나중에 대자은사大慈恩寺로 옮겨 현장의 문하에서 수학하고 성유식론成唯識論을 완성하였다. 뒤를 이어 혜소慧沼, 지주智周, 의충義忠, 도읍道邑, 도헌道巚, 숭준崇峻, 종방從方 등이 대를 이어 중국의 법상종을 발전시켰다.

* 좌주座主; 대중들이 모인 자리에서 으뜸이 되는 어른. 석장席長.

◎ 同門老宿誠余婬犯肉食, 會裏僧嗔之, 因作此偈示衆僧云　같은 문중의 노숙이 내가 음란하고 고기를 먹는다고 훈계하고 문하의 대중이 이를 성내기에 게를 지어 대중 스님에게 보이다

爲人說法是虛名　사람 위해 법을 설한다는 건 허명인데
俗漢僧形何似生　속된 중 꼬락서니가 어떻게 생겨먹었나.
老宿忠言若逆耳　노숙의 충심어린 말이 귀에 거슬린 듯
昨非今是我凡情　지난 잘못 지금은 바른 게 내 예사 뜻이지.

* 노숙老宿; 학식이 높고 견문이 넓은 사람을 높여 부르는 말이다. 불도佛道를 닦아 학덕이 높은 승려.

◎ 病中作　병중에 짓다

佛病祖病迸鬼眼　부처병, 조사병이 귀신의 눈빛을 뿜으니
臨濟焚几案禪板　임제 화상은 궤안과 선판을 불살랐구나.
不會金山大病辛　금산사에서 큰 병이 괴로운 줄 모르더니
時人空吟艷詩簡　그때 사람은 괜히 염시나 읊고 있네.
(迸一作逆)

* 금산대병金山大病; 오가정종찬五家正宗贊 원오근선사圓悟勤禪師에 보인다. "스님은 마침내 촉 땅을 떠나 동산스님에게 귀의하여 참구하였으나 깨치지 못하고 불감혜근 스님과 함께 하직을 고하니 동산스님이 말하였다. '그대들이 절강까지 가서 열병을 앓아야 그제서 나를 생각할 것이다.' 그 뒤에 스님은 금산사에서 큰 병을 앓았고 혜근스님도 정혜

사에서 병을 앓았다. 편지를 보내 서로 약속하고 병이 낳은 뒤에 다시 동산스님에게 돌아와 비슷비슷한 시기에 종지를 깨쳤다. 遂出蜀, 依參東山, 無入處, 與佛鑑辭去. 山曰, '汝到浙中. 被熱病打, 方憶我在.' 師至金山, 大病, 鑑在定慧, 亦病. 作書相約, 病愈復歸東山, 前後悟旨."

◎ **隱溪 齋名   은계재**

呂公子陵眞面目   여상과 엄자릉은 참된 면목인데
受用風飡又水宿   굶주리고 한데 자며 떠돌아도 달게 여겼지.
江湖今有贋漁舟   지금 강호에 허랑한 고깃배가 있어도
我無一竿湘楚竹   내게는 상강의 한 초죽조차 없구나.

* 여공呂公; 중국 주周나라 때 동해東海 사람으로 성은 강姜이고, 이름은 상尙이며, 자는 자아子牙다. 집안이 가난해 위수渭水에서 낚시를 하다가 문왕文王을 만나 따라가서 출세하였다.
* 자릉子陵; 엄자릉嚴子陵. 중국 동한東漢의 은사隱士로서 회계會稽 여요餘姚 출신인데 본래 성은 장莊, 다른 이름은 준遵, 자는 자릉子陵이다. 광무제光武帝의 친구로 벼슬을 마다하고 은둔하여 낚시로 세월을 보냈다.
* 초죽楚竹; 중국 초楚나라 땅에서 나는 대나무. 당唐나라 유종원柳宗元의 어옹漁翁 시에 보인다. "어옹이 밤에 서암 곁에 묵었는데, 새벽에 맑은 상수 길어 초죽으로 불을 지피네. 漁翁夜傍西巖宿, 曉汲淸湘燃楚竹."

◎ 示衆 대중에게 보이다

參玄衲子道難成 참선하는 승려는 도를 이루기 어려우니
但願歸依常不輕 다만 늘 가볍지 않은 데 귀의하길 바랄 뿐.
一片吟懷向誰解 품은 뜻을 한 마디 읊으니 누가 알겠는가
楚雲湘水十年情 초나라 구름과 상강의 물은 십년의 정일레.

* 초운상수楚雲湘水; 남녀의 그윽한 정을 비유한다. 전국시대 초楚나라 회왕懷王이 고당高唐에서 낮잠을 자는데, 꿈에 한 여인이 나타나 말하기를 "첩은 무산의 여자로서 고당의 나그네가 되었습니다. 임금께서 고당을 유람하신다는 소문을 듣고 왔으니, 침석을 받들게 해주소서. 妾巫山之女也, 爲高唐之客. 聞君遊高唐, 願薦枕席."라고 하였다. 이에 하룻밤을 잤더니, 이튿날 아침에 그 여인이 떠나며 말하기길, "첩은 무산의 양지쪽 높은 구릉의 험준한 곳에 사는데, 매일 아침이면 아침 구름이 되고 저녁이면 내리는 비가 되어 아침마다 저녁마다 양대 아래에 있습니다. 妾在巫山之陽, 高丘之岨, 旦爲朝雲, 暮爲行雨, 朝朝暮暮, 陽臺之下."라고 하였다.

◎ 破邪禪 삿된 선을 깨부수며

瞿曇四十九年說 세존께서 마흔 아홉 해 동안 설법하시니
看看毘耶與摩羯 비야와 마갈을 보고 또 보셨네.
邪師臆說拈話頭 삿된 스승이 화두 잡아 억지로 설하니
閻王前豈免拔舌 염왕 앞에 어찌 혀가 뽑힐 걸 면하랴.
(一本羯作謁舌作口)

* 구담瞿曇; 고타마Gautama, 사라드바트Śaradvat. 옛 선인仙人의 이름으로 석가족의 조상. 특히 세존을 뜻한다.

* 마갈摩竭; 마가다摩伽陀. 고대 인도의 16대국 중 하나인 나라로 오늘날 비하르bihar 지역이다.

* 비야毘耶; 구비야劬毘耶. 고피카gopikā의 음역.

◎ 新建立佛寺 새로 불교 사찰을 짓고

一生破屋廢庵居 평생 부서진 집과 암자에 살았으니
這裏榮華也不虛 그 속에 누리던 호사도 빈 말이 아니네.
淸淨佛寺利欲地 맑고 깨끗한 절도 이욕의 땅인데
楊岐屋壁古來疎 양기스님 오두막 벽은 예로부터 드물구나.

* 양기옥벽楊岐屋壁; 중국 송宋나라의 선승禪僧이자 임제종臨濟宗 양기파楊岐派의 시조인 양기방회楊岐方會(996~1049)선사가 눈이 내리자 대중에게 설법한 시에 보인다. "내 잠시 머무는 집 벽이 헐었는데, 책상 위에 진주 빛 눈발 가득하구나. 목을 움츠리며, 가만히 한숨짓다가, 나무 아래 살았던 옛 분을 돌이켜 생각하노라. 楊岐乍在屋壁疎, 滿床盡布雪眞珠. 縮卻項, 暗嗟吁, 翻憶古人樹下居."

◎ 將入山中一偈書屋壁以示衆去 산에 들어가다가 게 한 수를 오두막 벽에 써서 대중에게 보이고 떠나며

愧慚禍起自蕭墻 재앙이 쓸쓸한 담장에 일어 부끄러운데

我見折人如劍鋩 '나'라는 견해가 칼날처럼 사람을 꺾어버렸네.
從此空山幽谷路 이로부터 빈 산 그윽한 골짝에 길이 있어
誰人來踏板橋霜 어느 누가 서리 친 나무다리를 건너갔는지.

* 아견我見; 신견身見. 오견五見의 하나로 '나'는 오온五蘊이 화합한 것
으로 참으로 '나'라고 할 것이 없는데, '나'가 있는 줄로 잘못 아는 견해.
* 판교板橋; 나무판자를 걸쳐 놓은 다리. 중국 당나라 온정균溫庭筠의
'상산조행商山早行' 시에 보인다. "새벽닭 소리 들리는 주막 달빛 아래,
서리 친 판교를 지나간 인적이 있네. 鷄聲茅店月, 人迹板橋霜." 온비경
시집溫飛卿詩集 권7.

◎ 顯密庵和尙病起上堂後 밀암화상이 병이 나자 일어나 상당하여

江山富貴是樵漁 강산이 부귀해 땔나무에 물고기 넉넉한데
風雨吟身一草廬 비바람 치는 한 초가집에 몸이 신음하는구나.
七顚八倒衆生苦 어려운 고비 많이 겪은 중생의 괴로움인지
不耐小魚呑大魚 작은 물고기가 큰 물고기 삼키는 걸 참지 못하네.

* 밀암함걸密庵咸傑(1118~1186); 선종 제51조로 중국 복건성福建省
민민閩에서 났다. 속성은 정鄭, 법명은 함걸咸傑이다. 처음 무주婺州 지자
사智者寺에서 수행하고, 구주衢州 명과사明果寺의 화편두華扁頭, 응암담화
應菴曇華 화상의 법을 이었다. 뒤에 오거사烏巨寺 주지가 되어 송원숭악松
源崇岳과 파암조선破庵祖先 등을 지도하고 천동사天童寺에서 입적하였다.

◎ 賀大用庵養叟和尙賜宗慧大照禪師號　대용암 양수화상이 종혜대조
선사의 시호를 하사한 걸 하례하며

紫衣師號奈家貧　가사와 시호는 어찌나 집안이 가난한지
綾紙靑銅三百緡　비단과 종이에 구리돈 삼백 꿰미나 되구나.
大用現前贋長老　지금 대용암 바로 앞에 장로는 옳지 않아
看來眞箇普州人　참으로 보건대 보주 땅의 도둑이로구나.

* 하賀...호號; 자암보략紫巖譜略 본조고승전本朝高僧傳 권41, 용보산대
덕선사세보龍寶山大德禪寺世譜에 따르면, 강정康正 3년(1462) 9월에 시호
를 하사받았다.

* 양수종이養叟宗頤(1376~1458); 일본 실정室町시대 임제종 대덕산
파大德寺派의 승려이다. 속성은 등원藤原, 여덟 살 때 동복사東福寺 정각
암正覺菴의 구봉소주九峰韶奏의 문하에 들어 지도를 받고, 종봉묘초宗峰妙
超의 선禪을 전하였다. 또 화수종담華叟宗曇의 문하에 들어 법을 이었다.
대덕사大德寺, 덕선사德禪寺에 머물렀고, 탑두대용암塔頭大用庵을 처음으
로 열었다.

* 자의사호紫衣師號; 용보산대덕선사세보에 보면, 화수華叟 화상의 도
풍道風을 듣고 선흥암禪興庵에 이르러 현지玄旨를 깨쳐 인기印記를 얻고
법의法衣와 양수養叟란 법호 두 자를 받았다. 화수 화상이 입적하자 대
덕사의 대용암을 새로 경영하고 화수의 탑을 세우고 조정에 선사의 시
호를 주청하여 대기홍종선사大機弘宗禪師로 추증하였다.

* 안贋; 바르지 못할 안. 옳지 않을 안. '안贗'의 위자僞字.

* 보주인普州人; 중국 사천성四川省 안악현安岳縣 지역이 보주인데, 이
곳은 도둑이 많은 지역이었다. '남전참묘南泉斬猫'의 공안에 붙인 죽암사

규竹庵士珪의 거擧에 보인다. "'마침내 베어버렸다'라는 구절에 이르러 '긴급하게 법 그대로 집행하라.'고 말했다. 다시 공안을 들고 '틀림없이 고양이를 구할 수 있었을 텐데'라는 구절에 이르러 '이것이 바로 보주 사람이 도둑을 잡으러 쫓아가는 꼴이다'라고 말했다. 竹庵珪, 擧此話, 至遂斬却, 師云, '急急如律令.' 復擧, 至恰救得猫兒, 師云, '正是普州人送賊.'"

◎ 寄大德寺僧 대덕사 승려에게 부치다

人多入得大德門 많은 이들 대덕문에 들어 법을 얻으니
這裏誰捐師席尊 저 속에 누가 스승의 자리를 높여 내주었나.
淡飯麤茶我無客 싱거운 밥과 거친 차 마시는 난 손님도 없어
醉歌獨倒濁醪樽 홀로 막걸리 잔 기울이며 노래나 부르지.
(大德一作大燈)

◎ 贊鳥窠和尙(一本鳥窠作鳥巢) 조과화상을 기리며

巢寒樹上老禪翁 찬 나뭇가지 위에 깃든 늙은 선승이여,
寂莫淸高名未空 고요히 맑고 드높아 이름 헛되지 않았네.
諸惡莫作善奉行 악을 짓지 말고 선을 받들어 행하니
大機須在醉吟中 취하여 읊는 가운데 큰 자질이 있구나.

 * 조과도림鳥窠道林(741~824); 중국 당나라 우두종牛頭宗의 승려로 속성은 반潘이다. 항주杭州 부양富陽 사람으로 봉림선사에 주석하였다. 노송 위에 앉아 조과도림鳥窠道林, 혹은 까치가 둥지를 틀었다고 하여

작소화상鵲巢和尙이라고 부른다. 당대의 시인 백낙천과 소나무 위에 앉은 채 문답한 일화가 전해오는데 시호는 원수선사圓修禪師다.

◎ 題養叟大用庵 二首 양수화상의 대용암, 두 수

叢林零落殿堂疎 총림은 쇠퇴하고 전각은 소슬하니
臨濟宗門破滅初 임제의 종문이 처음으로 파멸하였네.
大用栴檀佛寺閣 전단향나무 크게 써서 부처님 전각 이루어
崢嶸林下道人居 험한 산 숲속에 도인이 살고 있네.
(崢嶸一作淨潒)

山林富貴五山衰 산림은 부귀한데 오산은 쇠락하니
唯有邪師無正師 삿된 스승만 있고 바른 스승은 없네.
欲把一竿作漁客 낚싯대 잡아 고기 잡는 어부가 되고자 하나
江湖近代逆風吹 요즘 강호에는 역풍이 부는구나.

* 양수養叟; 일본 실정室町시대 임제종 대덕산파大德寺派의 선승인 양수종이養叟宗頤(1376~1458). 처음에는 경도京都 동복사東福寺의 구봉소주九峰韶奏 문하에 들어 지도를 받았다. 뒤에 종봉묘초宗峰妙超의 선을 전하고 화수종담華叟宗曇의 법을 이었다. 대덕사大德寺와 덕선사德禪寺에 머물고 대용암大用庵을 열었다.

* 전단栴檀; 불상佛像을 새기거나 불단佛壇을 만드는데 쓰는 향나무.

◎ 百丈絕會(絕一作施) 백장이 모임을 끊다

大智禪師難行道 대지선사도 도는 행하기 어려웠는지
末法爲人眞落草 말법 세상에 숲에 떨어진 도적이 되었네.
飽食痛飲熱鐵丸 뜨거운 쇠구슬 맘껏 먹고 흠뻑 마시니
初懼泉下閻羅王 처음 황천 아래 염라왕을 두려워했지.

(王一作老)

* 백장百丈(720~814); 중국 당나라의 선승으로 백장산百丈山에서 수
행하여 그렇게 불렀는데 법명은 회해懷海, 시호는 대지선사大智禪師이
다. 육조혜능, 남악회양, 마조도일에 이어 제9대 조사이다.

* 말법末法; 불교의 역사관 중의 하나로, 불교의 가르침만 있을 뿐 실
천하는 수행이나 깨달음이 없는 시기. 석가釋迦가 입멸入滅한 뒤 오백년
을 정법正法, 그 뒤의 천년을 상법像法, 다시 그 뒤의 만년을 말법 세상이
라 한다.

* 낙초落草; 옛날 숲속에 숨어들어 도적이 된다는 뜻인데, 아기를 낳
는다는 뜻으로도 쓰인다.

◎ 示衆 대중에게 보이다

割截難禁忍辱仙 갈가리 끊어도 세존은 금하기 어려워
捨身諸佛舊因緣 여러 부처께 몸 바친 옛 인연이로다.
千歲聲名斷碑雨 천년의 명성도 깨진 비석에 비가 내리고
髑髏識盡北邙前 해골도 북망산 앞은 훤히 알고 있구나.

* 인욕선忍辱仙; 과거세에 수도할 때 부처의 다른 이름. 범어梵語 'Kali'
의 음역音譯인 가리왕歌利王은 극악무도한 임금인데 가리迦利, 가리哥利,
갈리羯利, 가람부迦藍浮라고도 한다. 부처가 인욕선인이 되어 수도할 때
부처의 귀와 코를 베고 팔과 다리를 끊었다.

◎ 病中 二首   병중에, 두 수

錯來領衆十年餘   대체로 십여 년 대중을 거느렸는데
實悟不知多是虛   실한 깨달음 얻지 못해 허명이 크구나.
乃欲破除邪法輩   이에 삿된 법을 펴는 무리를 없애고자
夜來背發范增疽   밤중에 오니 범중의 등에 종기가 났도다.

藥山兩粥懶殘芋   약산은 죽에다 토란을 먹었으니
昔年祖師修行苦   옛날 조사께서는 수행이 고달팠구나.
棒喝機關作家禪   선지식의 방과 할은 기틀의 빗장인데
非是牢關末後句   깨침과 미혹을 깨는 말후구는 아니지.
(非一作不)

* 범증范增(전277~204); 중국 진秦나라 말기에 태어나 항우項羽의 참
모로 훌륭한 계책을 많이 세워 아부亞父라는 칭호를 받았다. 그러나 여
러 번이나 유방劉邦을 죽이라고 한 충언이 거절되자, 유방의 간계奸計
로 항우의 의심을 사게 되어 떠났고 말았는데 도중에 등창으로 병사하
였다.
* 약산藥山(751~834); 중국 당唐나라 선승인 약산유엄藥山惟儼. 강서

성江西省 강주絳州 출신, 속성은 한韓이다. 석두희천石頭希遷의 법을 이어받고 호남성湖南省 약산藥山에서 선풍을 크게 일으켰다.

 * 나잔懶殘; 중국 당唐나라 때 형악사衡岳寺의 고승高僧인 명찬明瓚의 별호. 성격이 게으르고 남은 밥이나 채소를 먹기 좋아하여 '나잔'이라 칭하였다. 당시 이름난 재상인 이필李泌이 젊어 형악사에서 독서하다가 나잔을 비범하게 여겨 한밤중에 들어가 뵈니, 나잔이 화롯불을 뒤적여 토란을 꺼내 먹으면서 이필에게 이르길, "신중히 하여 말을 많이 하지 말라. 십년 재상이 될 것이다."고 하였다.

 * 뇌관牢關; 미혹함과 깨달음의 경계. 迷悟之境界, 堅牢之關門也. 傳燈十六, 樂普章曰, "末後一句始到牢關, 鎖斷要津不通凡聖."

 * 말후구末後句; 종문宗門의 활구活句로서 대오大悟의 철저한 극치에 이르러 토하는 지극한 한 마디 언구言句.

◎ 示衆 대중에게 보이다

忍辱仙人常不輕 욕됨을 참으신 세존은 늘 가볍지 않아
菩提果滿已圓成 깨달음의 지혜를 이미 원만하게 이루셨네.
撥無因果任孤陋 인과를 벗어나 홀로 누추한데 맡기시니
一箇盲人引衆盲 한 맹인이 많은 맹인을 이끄셨구나.

◎ 賛仰山 二首 앙산화상을 기리며, 두 수

小釋迦唐朝出生 작은 석가는 당나라에서 태어났는데
夢中兜率太分明 꿈속에 도솔천이 너무 분명하셨네.

耽源體也溈山用　탐원을 체로 삼고 위산을 용으로 삼아
體用中唯開眼睛　체용을 중도로 안목을 열었을 뿐.

枕子夜來推出時　앙산화상이 밤에 와서 퇴침을 내밀 때
一宗敗闕少人知　한 종문이 망가진 걸 아는 사람이 적구나.
法身說法座主說　법신 설법은 좌주 스님의 설법인데
黃葉一枝誑小兒　누런 잎 한 가지가 아이를 속이네.

* 앙산혜적仰山慧寂(807~883); 중국 당나라 때의 승려로 위산영우溈山靈祐와 함께 위앙종溈仰宗의 개조開祖이다. 광동성廣東省 소주韶州 회화懷化 사람, 속성은 섭葉이다. 처음에 탐원응진耽源應眞을 참알參謁해 현지玄旨를 깨닫고 위산영우를 찾아 심인心印을 얻고 법을 이었다. 만년에 강서江西 앙산仰山으로 옮겨 '앙산소석가仰山小釋迦'라 칭하였다. 시호는 지통선사智通禪師.
* 소석가小釋迦; 작은 석가. 앙산혜적선사어록仰山慧寂禪師語錄에 보인다. "인도에서 공중으로 날아 온 스님이 있었는데 스님께서 말씀하셨다. '요즘 어디서 왔는가?' '인도에서 왔습니다.' '언제 그곳을 떠났는가?' '오늘 아침에 떠났습니다.' '어째서 이리 늦었는가?' '산도 유람하고 물도 구경했기 때문입니다.' '신통유희는 없지 않지만 불법은 나에게 돌려줘야 하겠네.' '중국에 찾아와 문수보살을 친견하려 했는데 도리어 작은 석가를 만났습니다.' 이윽고 스님은 범서 패다라엽을 꺼내어 스님께 드리고 절을 올린 뒤 허공으로 사라져버렸다. 이로부터 스님은 작은 석가라 불리게 되었다. 有梵師從空而至, 師云, 近離甚處? 云, 西天. 師云, 幾時離彼? 云, 今早. 師云, 何太遲生? 云, 遊山翫水. 師云, 神通遊戱

則不無, 闍黎佛法須還老僧始得. 云, 特來東土禮文殊, 却遇小釋迦. 遂出梵書貝多葉與師, 作禮, 乘空而去. 自此號小釋迦."

  * 몽중夢中; 무문관無門關 제25칙, 삼좌설법三座說法에 보인다. "앙산혜적 화상이 꿈에 미륵불이 있는 곳에 가서 세 번째 좌석에 앉았는데, 한 존자가 백추를 치며 이르길, '오늘은 세 번째 좌석에 앉은 이가 설법하겠습니다.' 앙산이 곧 일어나 백추를 치며 말하길, '마하연의 법은 사구를 여의고 백비를 끊었으니 똑똑히 들으시오. 똑똑히 들으시오.' 仰山慧寂於夢中, 往兜率天之彌勒處, 坐於第三座, 有一尊者白槌云, 今日當第三座說法. 山乃起, 白槌云, 摩訶衍法, 離四句, 絕百非, 諦聽! 諦聽!" 참고로, 사구四句는 일[一], 이[異], 유[有], 무[無]이며 백비百非는 사구에 각각의 사구가 있고, 여기에 과거 현재 미래의 삼세를 곱한 뒤에 이기已起와 미기未起를 곱하여, 최초의 사구를 더하면 백비가 된다. 곧 마하연의 법은 대승의 진리로 불법의 대의를 밝히기 위한 일체의 논의와 언어 문자를 떠난 자리에 있다.

  * 도솔兜率; 도솔천. 욕계 육천 가운데 넷째 하늘.

  * 침자枕子; 퇴침退枕. 작은 궤처럼 생긴 갸름한 베개. 앙산혜적선사어록仰山慧寂禪師語錄에 보인다. "앙산스님이 누워있는데 한 스님이 물었다. '법신도 설법할 줄 아는지요?' '나는 말할 수 없지만 다른 사람은 말할 수 있을 걸세.' '말할 수 있는 사람이 어디 있습니까?' 그러자 스님은 퇴침을 쓱 내밀었다. 위산스님께서 뒤에 이 말을 듣고는, '혜적이 칼날 위의 일을 잘 활용하였구나.'하셨다. 師臥次, 僧問云, 法身還解說法也無? 師云, 我說不得, 別有一人說得. 云, 說得底人在甚麼處? 師推出枕子. 潙山聞云, 寂子用劍刃上事."

  * 좌주座主; 선가禪家에서 주로 경經, 논論을 강의하는 스님.

◎ 松源和尚上堂云, 擧, 僧問巴陵, 祖意敎意, 是同是別, 巴陵云, 鷄寒上樹, 鴨寒下水, 白雲師祖云, 巴陵只道得一半白雲則不然, 掬水月在手, 弄花香滿衣, 師拈云, 白雲盡力道, 只道得八成, 有問靈隱, 只向他道, 人我無明一串穿 송원화상이 상당하여 이르길, 어떤 중이 파릉에게 묻기를, "조사의 뜻과 가르침의 뜻이 같습니까? 다릅니까?" 파릉이 이르길, "닭은 추우면 나무에 올라가고, 오리는 추우면 물에 들어가느니라." 백운조사가 이르길, 파릉은 절반쯤 이야기했을 뿐인데 백운은 그렇치 않다. "물을 손바닥으로 움켜쥐니 달이 손에 있고, 꽃을 희롱하니 향기가 옷에 가득하구나." 백운은 힘을 다해 말하였지만, 다만 팔 할만 이루어 말했을 뿐. 누가 영은에게 묻자, 다만 그에게 말하기를, "인아의 무명을 한 꼬챙이에 꿰었느니라."

祖意敎意別與同　조사와 가르침의 뜻은 같고도 달라
商量今古未曾窮　옛날과 지금을 헤아리니 아직도 끝이 없네.
松源老老婆心切　송원화상은 늙어서 노파심을 끊었고
人我無明屬己躬　인아의 무명은 몸소 행하는 데 있구나.

* 제목; 송원숭악선사어록松源崇嶽禪師語錄 권2. 참조.
* 인아人我; 오온五蘊이 화합하여 이루어진 신체에 실재한 것같이 생각되는 상일주재常一主宰하는 아我. 이런 견해를 인아견人我見, 또는 아견我見이라 한다. 법아法我에 대한 용어.
* 무명無明; 범어avidyā. 불교의 진리를 알지 못하는 당체 또는 진여眞如에 모순되는 비진여를 말한다. 혹은 심소心所의 이름으로 치번뇌癡煩惱를 말한다.

◎ 涅槃堂　열반당

眼光落地涅槃堂　죽음으로 떨어지는 곳이 열반당인데
自悔自慚螃蟹湯　스스로 참회하여 게가 끓는 물에 드는 듯
七手八腳萬劫苦　일곱 손과 여덟 다리가 만겁의 괴로움인데
無常殺鬼火車忙　목숨 뺏는 귀신은 불 수레 타고 바쁘네.

(殺一作刹)

* 열반당涅槃堂; 승려가 죽을 때 거처하는 곳.
* 안광낙지眼光落地; 죽음이 가까이 다가오는 곳. 무문관無門關 제47
칙, 도솔삼관兜率三關에 보인다. "도솔 열화상은 세 가지 관문을 만들어
학인에게 물었다. '번뇌를 떨치고 불법을 찾는 일은 단지 견성하기 위
한 것인데, 지금 그대의 성품은 어느 곳에 있는가? 스스로의 성품을 알
게 되면 바야흐로 생사에서 벗어나는데, 죽음이 다가왔을 때 어떻게 해
탈할 것인가? 생사를 벗어날 수 있다면 곧 갈 곳을 아는데, 몸뚱이가 흩
어지면 어느 곳으로 가는가?' 兜率悅和尚, 設三關問學者. 撥草參玄只圖
見性, 即今上人性在甚處? 識得自性, 方脫生死, 眼光落時, 作麼生脫? 脫
得生死, 便知去處, 四大分離, 向甚處去?"
* 방해螃蟹; 게의 일종. 선림보훈합주禪林寶訓合註 권4에 보인다. "죽음
이 다가왔을 때 손발을 허우적거림을 면하지 못하니 예전에 게가 끓는 물
에 떨어지는 것과 같다. 眼光落地時, 未免手腳忙亂, 依舊如落湯螃蟹也."

◎ 竹篦背觸　죽비에 걸리다

背觸首山閑話頭　수산화상은 화두를 걸고 닫아버리니

諸訛着着沒來由　잘못도 어김없이 아무런 까닭이 없구나.

梨花院落黃昏月　이화원에 황혼이 지고 달이 떠오르니

說向愁人不解愁　시름하는 이에게 말해도 시름 풀지 못하네.

* 배촉背觸; 공안에서 이쪽도 저쪽도 허용하지 않고, 부정도 긍정도 않는 화두 수행의 일관된 흐름을 말한다. 조사관祖師關을 배촉관背觸觀이라고 한 것도 이러한 까닭이다.

* 죽비배촉竹篦背觸; 무문관無門關 제43칙, 수산죽비首山竹篦에 보인다. "수산화상이 죽비를 들어 대중에게 보이며 일렀다. '너희들이 만약 죽비라고 부른다면 법에 저촉되는 것이고, 죽비라고 부르지 않는다면 사물에 위배되는 것이다. 너희들은 한번 말해보라. 무엇이라 부르겠느냐?' 首山和尚, 拈竹篦示衆云, 汝等諸人, 若喚作竹篦則觸, 不喚作竹篦則背. 汝諸人, 且道. 喚作甚麼."

* 수산首山; 수산성념首山省念(926~993)선사. 중국 북송北宋 때 임제종 승려로 임제 선사의 5대손이다. 산동성山東省 내주萊州 사람인데, 어려서 출가하여 속성은 적狄이다. 성년이 되어 고행苦行과 두타頭陀 행을 하여 늘 묘법연화경妙法蓮華經을 독송하여 사람들이 '염법화念法華'라고 불렀다. 뒤에 풍혈연소風穴延沼 대사를 따라 오도悟道하고 여주汝州의 수산首山, 보안산寶安山의 광교원廣教院, 여주汝州의 보응원에서 법석을 열었다. 순화淳化 4년(993)에 대중을 모아 이르길, "은빛 세계의 금빛 몸이니, 유정과 무정이 모두 참된 하나로다. 밝음과 어둠 다하여 비추지 못하니, 해가 진 오후라야 온전한 몸을 보리라. 白銀世界金色身, 情與非情共一眞, 明暗盡時俱不照, 日輪午後見全身."라는 말을 마치자 곧 원적圓寂하였다. 제자는 분양선소汾陽善昭 선사이다.

* 몰래유沒來由; 선어禪語에서, '무연무고無緣無故' 즉 '아무 까닭이 없다'는 뜻이다.

*착착着着; 사물事物이나 일이 순서대로 되어가는 모양.

*수인愁人; 전등록24.

◎ 山居僧擁葉　산에 사는 중이 잎으로 가리고

孤峰頂上謝塵寰　외딴 산정에 티끌 같은 세상 사양해
三十年來不出山　삼십년 이래로 산에서 나오지 않았구나.
因憶南陽擁葉意　불현듯 남쪽 볕에서 잎으로 가린 뜻이야
半身暖氣半身寒　더러 몸 따스하고 더러 춥기도 했지.

◎ 山居僧　산에 사는 중

無人時喜客來嗔　인적 없을 때 기쁘고 손님 오면 성내고
落葉飛花獨覺身　낙엽 따라 꽃 날리니 홀로 깨친 몸이라네.
正見禪師若行令　견해 바른 선승으로 행세나 부린 듯하니
三冬枯木百花春　삼동 마른 나무에 온갖 꽃 핀 봄이로다.

◎ 拈華微哂　염화미소

世尊拈出一枝花　세존께서 한 가지 꽃을 집어 드시자
一代禪宗意氣奢　일대 선종의 장한 기상이 더욱 좋도다.

金色頭陀獨傳法　금빛 두타께서 홀로 법을 전하시니
近年知識如河沙　근년에 선지식은 모래알처럼 많구나.
(如一作若)

* 금색두타金色頭陀; 자금색紫金色을 띤 부처의 몸.

◎ 贈新法師　새 법사에게 주다

威音那畔法無師　부처와 성자는 법 없는 스승인데
自悟自然成道奇　스스로 깨쳐 그대로 도를 이루니 기이하구나.
偶有出家新戒漢　우연히 출가하여 새로 계를 받은 그대,
劫穴久遠在今時　겁의 구덩이 너무 먼 곳에 지금 있도다.
(遠一作邃)

* 위음威音; 위음왕불威音王佛. 무한한 과거에 처음으로 이 세상에 출현한 부처.
* 나반那畔; 나반존자那畔尊者. 독성수獨聖修. 또는 독성존자獨聖尊者. 홀로 인연의 이치를 깨달아서 도를 이룬 소승 불교의 성자.

◎ 絶交會裡衆偈, 且以自警云　문하의 대중과 절교하는 게송, 또 스스로 경계하여

匡徒領衆立魔宮　여러 대중 이끌어 마군의 궁에 세우고
汗馬從前蓋代功　한마는 앞을 좇아 공을 대신 덮었구나.

師弟凡情共姦黨　스승과 제자가 정을 나누니 간사한 무리라
可憐韓信嘆良弓　한신이 좋은 활을 한탄한 게 가련하구나.

* 회리會裡; 문하門下. 회하會下.

* 한마汗馬; 달릴 때 땀을 흘리는 뛰어난 아라비아 말. 한혈마汗血馬. 천리마千里馬. 한漢나라 무제武帝 때 이광리李廣利 장군이 서역 대완국大宛國 왕의 머리를 베고 이 말을 가져왔다.

* 한신탄양궁韓信嘆良弓; 한나라 개국 공신이자 삼걸三傑의 한 사람인 회음후淮陰侯 한신이 초왕楚王의 신분으로 고조高祖에게 사로잡혀 끌려왔을 때, "과연 사람들의 말과 같구나. 꾀 많은 토끼가 죽으면 날쌘 사냥개가 삶겨져서 죽고, 높이 나는 새가 다 잡히면 좋은 활이 감춰지고, 적국이 격파되면 지략 있는 신하가 죽는다고 하였다. 지금 천하가 이미 평정되었으니, 내가 삶겨져서 죽는 것도 진실로 당연한 일이다. 果若人言. 狡兔死, 良狗烹, 高鳥盡, 良弓藏, 敵國破, 謀臣亡. 天下已定, 我固當亨."라고 탄식하였다.

◎ 行脚　행각

咸陽金玉幾樓臺　함양 땅 금옥은 몇 누대를 거쳐
方寸封疆歸去來　한 치 되는 좁은 땅에 돌아왔는지.
一箇出頭天外看　머리 한번 드러내 하늘가 바라보니
須彌百億草鞋埃　수미산 백억도 짚신의 티끌이로다.

* 금옥金玉; 금관자金貫子와 옥관자를 아울러 이르는 말. 혹은 이를 두

른 높은 벼슬아치.

* 수미須彌; 수미산須彌山. 불교의 우주관宇宙觀에서 대천세계의 중앙
에 솟아 있다는 산.

◎ 贊達磨大師半身　달마대사 반신을 찬하여

東土西天徒弄神　동쪽 땅 서역 하늘에 귀신을 희롱하더니
半身影像現全身　반신을 그린 영정이 온 몸을 드러냈구나.
少林冷坐成何事　소림사에 언 채 앉아서 무얼 이루었나
香至王宮蕙帳茵　향기가 왕궁의 휘장과 방석에 이르렀네.
(影像一作形像)

* 소림少林; 보리菩提 달마達摩가 남조南朝 양梁나라 때 인도에서 중국
으로 와서 아홉 해 동안 면벽面壁하며 좌선을 한 숭산嵩山의 소림사少林
寺. 경덕전등록景德傳燈錄 권3.

◎ 讓羽山新刱一寺, 山名虛堂寺扁大燈, 因述一偈　양우산에 새 절을 한
채 짓고 산 이름을 허당사, 대등이라 편액하여 게송 한 수를 짓다

茅屋三間起七堂　초가삼간에서 일곱 법당 세우니
狂雲風外我封疆　나 광운의 풍도 밖이 내 절터로구나.
夜深室內無人伴　밤 깊어 방안에 짝할 사람 없는데
一盞殘燈秋點長　등불은 가물가물 가을밤은 깊어가네.
(茅一作茆)

◎ 擯出中川賀頌 중천을 내치며 위로하여

不救病身勞病身 병든 몸을 구제할 길 없어 근심하니
蕭墻有禍會中賓 집안에 허물 있어 대중 가운데 손님이로다.
十年劍樹刀山底 십년이나 칼나무와 칼산에 있더니
萬劫難消阿鼻辛 만겁에 아비지옥의 고통 없애기 어려웠지.

* 빈출擯出; 빈출은 한 가문에서 사람을 내쫓는 것을 말한다. 문명文
明 11년(1479) 10월 20일에 중천을 내쫓은 일휴화상의 묵적墨蹟인 중천
빈출장中川擯出狀이 수은암酬恩庵에 지금도 전하고 있다.
* 소장蕭墻; 집안의 담장 안에서 일어나는 변을 이른다. "계씨의 화가
전유顓臾에 있지 않고 소장蕭墻의 안에 있다." 논어論語 계씨편季氏篇. 여
기서 '전유'는 중국 산동성山東省 비현費縣의 서북쪽에 있는 지명인데 외
환外患을 의미한다.

◎ 擯出中川賀頌, 呈勝瓊 중천을 내치며 위로하여, 좋은 패옥을 주다

本非蛇影客盃弓 본래 손님 잔에 뱀 그림자가 아니고 활인데
元字在心從劫空 으뜸가는 글자는 마음에 있으니 겁공을 따르지.
昨日凡兮今日聖 어제는 범인이더니 오늘은 성인이 되니
無根雲起變通風 뿌리 없는 구름이 일어 변통하는 바람이 부네.

* 겁공空劫; 사겁四劫 중의 하나로 세계가 괴멸壞滅하여 텅 비게 되는
공막空漠의 기간期間이다.

◎ 病 병

馬祖不安閑話頭　마조 화상은 몸이 편찮아 화두 그치고

毘耶杜語不勝愁　유마거사를 읊은 두보 시는 시름겨워라.

夜夜苦吟三十歲　서른 해나 밤마다 괴롭게 시를 읊는데

月滿茂陵桂樹秋　무릉의 계수에는 가을 달빛 가득하네.

* 마조불안馬祖不安; 벽암록 제3칙 마대사불안馬大師不安에 보인다. "마조가 불안하자 원주가 묻기를, '화상께서는 요즘 존위가 어떠하십니까?' 마조가 말길, '일면불 월면불이니라.' 馬祖不安, 院主問, 和尚近日尊位如何? 祖曰, 日面佛月面佛."

* 비야毘耶; 비야리毘耶離의 준말로 유마경維摩經이 설해진 곳. 유마거사維摩居士가 설한 불이법不二法. 혹은 인도 비야리성毘耶離城의 장자長者로서 석가釋迦의 교화를 도왔던 유마거사.

* 두어杜語; 두보杜甫의 송허팔습유귀강녕관성送許八拾遺歸江寧覲省 시에 드러난 뜻을 두고 말한 것이다. 유마힐경변維摩詰經變에서 동진東晉의 고개지顧愷之가 그린 유마힐 영정을 두고 읊은 시에, "일찍이 그림을 보니 목이 마르고, 자취를 좇으니 아득하여 한스럽네. 고개지가 유마힐 영정을 그렸으니, 신묘하여 홀로 잊기 어려워라. 看畵曾饑渴, 追蹤恨淼茫. 虎頭金粟影, 神妙獨難忘."라 하였다.

* 무릉茂陵; 중국 섬서성陝西省 흥평현興平縣에 있는 지명인데 한漢나라 무제武帝의 능이 있다.

◎ 紅葉題偈以呈多欲之僧　단풍잎에 게송을 지어 욕심 많은 중에게 주다

滿庭落葉無僧掃　뜰에 낙엽 가득해도 쓰는 중이 없어
南陽攤來猶落草　남녘에 포근히 볕들자 초야에 떨어졌구나.
自悔成欲界衆生　스스로 욕계의 중생이 된 걸 후회하니
君子愛財是何道　군자가 재물을 사랑하니 이 무슨 도인지.

* 홍엽紅葉; 홍엽제시紅葉題詩. 단풍잎에 시를 써서 인연을 맺은 고사
에서 유래하여 '홍엽양매紅葉良媒'라고도 한다. 중국 당나라 희종僖宗 때
궁녀 한韓씨가 단풍잎에 시를 써서 물에 띄워 보냈다. 그 시에서, "흐르
는 물은 어찌 이리 급한가, 깊은 궁궐은 종일토록 한가롭네. 은근히 붉
은 잎을 부치노니, 잘 가서 세상에 이르러라. 流水何太急, 深宮盡日閒.
殷勤謝紅葉, 好去到人間." 우우于祐가 물가에서 이 시를 쓴 단풍잎을 주
워보고, 다른 단풍잎에 화답하는 시를 써서 냇물에 띄웠는데 마침내 한
씨와 만나 인연을 맺었다고 한다. 태평광기太平廣記.
* 낙초落草; 풀이 시들어 죽는 것. 몰락하여 초야에 떨어져서 도적이
되는 걸 뜻한다.

◎ 長祿庚辰八月晦日, 大風洪水, 衆人皆憂, 夜有遊宴歌吹之客, 不忍聞
之, 作偈以自慰云　장록 4년(1460) 경진년 팔월 그믐날, 큰 홍수가 나서
사람들이 모두 근심하는데 밤에 연회에서 노래 부르며 노니는 사람이 있
어 그걸 듣고 참을 수 없기에 게를 지어 스스로 위로하며

大風洪水萬民憂　바람 크게 불고 물 불어 만백성 근심하는데
歌舞管絃誰夜遊　관현악에 춤추고 노래하며 누가 밤에 노니는가.

法有興衰劫增減　법에는 흥망이 있고 겁에는 증감이 있는데
任他明月下西樓　달 밝은 밤 서쪽 누각이야 개의치도 않는구나.

* 장록長祿; 일본 연호 장록長祿 4년(1460)에 큰 홍수가 일어났다.

◎ 重題靈山和尙示榮衒徒法語後　거듭 영산화상이 영달을 좇는 중에게
법어를 내린 뒤에

李下從來不整冠　예로부터 복숭아나무 아래 갓끈 매지 않는데
奔馳世上豈諛官　어찌 벼슬아치에게 아첨하느라 세상은 바쁜지.
江山風月我茶飯　강산 풍월은 내가 늘 즐기는 다반사인데
自笑一生吟味寒　평생 스스로 웃으며 한미한 맛을 읊고 있네.

* 다반茶飯; 마치 차를 마시듯 늘 행하는 일이라 이상하거나 대단할
것이 없음.

◎ 白居易問鳥窠和尙, 如何是佛法大意. 窠曰, 諸惡莫作, 衆善奉行. 白
曰, 三歲孩兒也解恁麽道. 窠曰, 三歲孩兒雖道得, 八十老人行不得. 靈山和
尙每曰, 若無鳥窠一語, 我徒盡泥乎本來無一物, 及不思善不思惡, 善惡不
二, 邪正一如等語, 以撥無因果, 而世多日用不淨之邪師也. 故余作此偈, 以
示衆云　백거이가 조과화상에게 물었다. "무엇이 불법의 대의입니까?" 조
과가 이르길, "모든 악을 짓지 말고 온갖 선을 잘 봉행하는 것이다." 백거
이가 이르길, "세살 먹은 아이도 그렇게 말할 수 있습니다." 조과가 이르

길, "세살 먹은 아이도 비록 말할 수는 있지만 여든 살 먹은 노인도 실천하기는 어렵네."라고 하였다. 영산화상이 늘 이르길, 만약 조과의 한 마디가 없었다면 우리는 본래 한물건도 없다는 진창에 빠져 선도 생각하지 않고 악도 생각하지 않아서 선과 악이 둘이 아니라 옳고 그름도 한결같다는 말 등으로써 인과가 없는 데 빠져 세속에서 일상을 꾸리는데 깨끗하지 못한 삿된 스승이 많다. 이에 내가 이 게를 지어 대중에게 보이노라.

學者撥無因果沈　학자는 인과에 빠지는 걸 믿지 않아
老禪一句價千金　늙은 선승 한 마디가 천금의 가치로다.
諸惡莫作善奉行　모든 악을 짓지 말고 선을 받들어 행하라
須在先生醉裏吟　모름지기 선생은 술 취하여 읊었으리라.

* 발무撥無, 撥撫; 뿌리치고 믿지 않음. 부정否定함.

◎ 余誠會裏徒曰, 喫酒必須用濁醪, 肴則其糟而已, 遂名之曰乾一酒, 仍作偈以自笑云　내가 문하의 대중에게 경계하여 말하길, 술을 마실 때는 반드시 탁주를 마시고 안주는 거친 것이면 그만이니, 그 이름 하여 '마른 한 잔 술'이라, 이에 게를 지어 스스로 웃는다.

醉裏衆人奈酒腸　대중이 취하니 주정뱅이를 어찌할까
醒時伎盡啜糟糠　술 깨면 기량이 다하여 지게미를 먹네.
湘南流水懷沙怨　상강이 남쪽으로 흘러 원통함을 품었는데
引得狂雲笑一場　이를 끌어와 나는 한바탕 웃고 말지.

* 상湘...원怨; 굴원屈原이 추방당한 원통한 슬픔을 시로 읊으며 장사長

沙의 멱라수汨羅水를 떠돌다 어부를 만난 일을 말한다. 사기史記 굴원열전에 보인다. "어부가 그를 보고 묻기를, '당신은 삼려대부가 아니십니까? 무슨 일로 이곳까지 왔습니까?' 굴원이 말하길, '온 세상이 흐린데나 홀로 맑으며, 모든 사람이 취했는데 나 홀로 깨어 있어 쫓겨났소.' 어부가 말하길, '대개 성인은 만사에 막히거나 걸리지 않고 세속의 변화를 따를 수 없다고 했습니다.......굴원이 말하길, '내가 듣기로 새로 머리를 감은 사람은 반드시 관의 먼지를 털어서 쓰고 새로 목욕을 한 사람이라면 누가 자신의 깨끗한 몸에 지저분한 때를 묻히려 하겠는가. 차라리 흐르는 강물에 몸을 던져 물고기 뱃속에 장사지내는 것이 나을 것이네. 또 어찌 희디흰 깨끗한 몸으로 속세의 더러운 티끌을 뒤집어쓰겠는가.' 漁父見而問之曰, '子非三閭大夫歟? 何故而至此?' 屈原曰, '擧世混濁而我獨淸, 衆人皆醉而我獨醒, 是以見放.' 漁父曰, '夫聖人者, 不凝滯於物而能與世推移......屈原曰, '吾聞之, 新沐者必彈冠, 新浴者必振衣, 人又誰能以身之察察, 受物之汶汶者乎. 寧赴常流而葬乎江魚腹中耳, 又安能以皓皓之白而蒙世俗之溫蠖乎.'"

◎ 余四十年前, 聞秉拂僧在法堂上(一本法堂作法座), 而說禪客之氏族焉, 于商子工; 于行僕者流, 各訐其所業, 甚者乃臻出手以爲模樣, 吁是何爲也, 卽乃掩耳而出矣. 因述二偈, 意在革弊, 凡四姓之入我門, 皆稱釋氏, 以其乞食而資命乞法而資性也. (一本作凡四姓之入吾門, 皆稱釋氏, 以其乞食而資姓, 乞法而資姓也)亦何貴冑望族之有哉, 今世山林叢林之論人, 必議氏族之尊卑焉, 是可忍孰不可忍乎, 遂寫前偈以揭示四方, 誰敢擊節其偈曰 내가 사십년 전에 듣기로, 불자를 잡은 스님이 법당에서 선승의 친척들에게 설

법을 하거나 장사나 장인이나 마부의 부류에게도 그렇게 하는 게 드러났다. 심한 자는 사람을 내보내어 그런 작태를 벌이고 있다. 아! 이런 짓이 어찌 옳은가. 곧 귀를 막아도 드러나니 이에 게송 두 수를 지어 그 폐단을 없애고자 한다. 무릇 네 성바지가 나의 문하에 들어 모두 석씨라 부르며 걸식하여 목숨을 기르고 법을 구하여 자성을 기른다. 또한 어찌 귀족이나 명망 있는 사람이 있겠는가. 요즘 산림의 총림에서 사람을 의론하니 반드시 씨족의 높고 낮음을 따지는 것이다. 이것이 참을 만한 일인가. 차마 무슨 짓을 못하겠는가. 앞의 게송을 적어 사방에 보이도록 내거니, 누가 감히 그 게송에 무릎을 치는가.

說法說禪擧姓名　법이나 선을 설하는데 이름을 들먹이니
辱人一句聽呑聲　사람 욕보이는 한 마디 듣고 울음을 삼키네.
問答若不識起倒　문답은 모르는 체 허둥대며 일어서니
修羅勝負長無明　아수라의 승부는 오래 미혹에 빠졌구나.

犀牛扇子與誰人　무소의 부채를 누구에게 줄까
行者盧公來作賓　행자 노공이 와서 손님이 되었구나.
姓名議論法堂上　법당에서 이름이나 따지고 있으니
恰似百官朝紫宸　백관이 모인 대궐에 조회 같도다.

* 사성四姓; 인도에서 예로부터 내려온 세습적인 네 계급의 신분제도. 곧 승려인 브라만, 무사인 크샤트리아, 평민인 바이샤, 노예인 수드라를 말한다.
* 격절擊節; 무릎을 치다. 즉 무릎을 손으로 치면서 박자를 맞추거나 탄복하며 칭찬함.

* 행자노공行者盧公; 육조혜능六祖慧能(638~713)의 성이 노盧씨인데 행자의 신분으로 오조홍인五祖弘忍의 의발衣鉢을 전수받고 법을 이었다.

◎ 佛眼遠禪師三自省曰, 報緣虛幻不可彊爲. 浮世幾何隨家豊儉. 苦樂逆順道在其中. 動靜寒溫自愧自悔. 불안청원 선사의 삼자성문에 이르길, 헛되고 망령된 인연에 매달려 부처님 은혜를 갚지 못하면 어찌 굳세다 할 수 있으며, 부질없는 세상에 떠돌며 그 어찌 불가의 넉넉한 검소함을 따르겠는가. 괴로움과 즐거움을 거꾸로 여기니 도는 그 가운데 있도다. 움직임과 고요함, 추위와 따뜻함을 스스로 부끄러워하여 스스로 후회하네.

自悔自慚溫與寒 따뜻함과 추위를 스스로 부끄러워 하니
看看三界本無安 삼계가 본래 편안하지 않은 걸 아는구나.
愚迷正是衆生樂 어리석고 미혹한 건 중생의 즐거움인데
嘗蜜猶忘井底難 꿀을 맛보다가 우물 밑 재앙을 잊어버렸네.
(一本看看作着着)

* 불안청원佛眼淸遠(1067~1120); 법명은 청원淸遠이며, 오조 법연五祖法演 화상의 법제자로 공주邛州 출신인데 속성은 이李이다. 어려서 유학을 공부하다가 오조법연의 문하에 들어 수행하였다.
* 삼자성三自省; 용문불안원선사龍門佛眼遠禪師 좌선명坐禪銘삼자성찰三自省察에 보인다. 세 가지를 살피는 글이다.
* 보연報緣; 선과 악의 두 가지 업이 있는데, 선하면 복으로 보답하고, 악하면 화로 보답한다.
* 밀蜜...정저난井底難; 세존께서 코살라국의 파사익 왕에게 들려준 불

설비유경佛說譬喩經에 보인다. "어떤 사람이 광야에서 사나운 코끼리에게 쫓겨 달아나다가 한 우물을 발견했다. 우물 옆에는 큰 나무가 있고, 우물 속으로 뿌리가 나있었다. 그는 곧 나무뿌리를 타고 내려가 우물 속에 몸을 숨겼다. 우물 사방에는 네 마리의 독사가 있어서 그를 물려고 하고, 나무뿌리는 흰쥐와 검은 쥐가 번갈아가며 갉아대고 있었다. 그리고 우물 밑에는 무서운 용이 있었다. 그는 그 용이 몹시 두려웠고, 나무뿌리가 끊어질까 걱정이었다. 나무에는 벌통이 달려있어 벌꿀이 다섯 방울씩 입에 떨어졌다. 그는 꿀의 단맛에 취하여 자신이 처한 위험을 망각했다. 나무가 흔들리면 벌들이 흩어져 내려와 그 사람을 쏘았지만 그는 벌에 쏘이면서도 꿀을 받아먹는 데에만 열중했다. 한편 들에서는 불이 일어나 그 나무를 태우고 있었다."

◎ 作偈博飯喫   널리 밥 먹는 게를 짓고

來往東山昨若今   어제가 오늘인 듯 동산을 오가며
飢時一飯價千金   주릴 때 한 그릇 밥은 천금의 값이네.
荔支素老佛魔話   여지 먹던 청소 노승은 마귀의 얘기라
慚愧詩情風月吟   풍월을 읊는 시의 뜻이 부끄럽구나.

(昨一作昔)

* 박반끽博飯喫; 임제종臨濟宗 양기파 楊岐派의 양기화상어록楊岐和尙語錄에 보인다. "상당하여 말하길, 내게는 종지다운 게 없고 밭을 갈아 다 같이 밥을 먹을 뿐이다. 꿈을 설하신 석가 노인은 어디서 그 종적을 찾을까? 악, 하고 한번 할 하고 한번 선상을 치고 나서 '참구하라' 하였다.

上堂, 楊岐無旨的, 栽田博飯喫. 說夢老瞿曇, 何處覓蹤跡? 喝一喝, 拍禪
床一下, 參."

　* 여지소로荔支素老; 중국 송나라 때 효영중온曉瑩仲溫 화상이 편찬한
나호야록羅湖野錄 권하에 보인다. "석상사 청소시자는 민 땅 고전의 모
암에서 태어났다. 노년에 상서 지방의 녹원사에 은둔하여 한가롭게 지
내며 자신을 다스렸다. 당시 도솔열선사가 아직 세상에 나아가지 않고
그 옆 방에 기거하였다. 어느 사람이 생여지라는 과일을 보내오자 열선
사가 청소시자에게 '이는 노스님 고향에서 나는 과일인데 같이 먹읍시
다.'고 하였다. 청소시자는 슬픔에 젖어 '스승께서 세상을 떠나신 뒤에
이 과일을 보지 못하였습니다.'고 하였다. 열선사는 이 말을 이어 '스승
이 누구십니까?' 하니 자명선사라고 대답하였다. 石霜淸素侍者, 閩之
古田毛嚴乃生緣也. 晚遁湘西鹿苑, 以閑淡自牧. 兜率悅公時未出世, 與
之隙室. 有客惠生荔支, 悅命素曰, 此乃老人鄕果, 可同餉也. 素槪然曰,
自先師去世, 不見此矣. 悅從而問之, 師爲誰耶, 對以慈明."

◎ 贊松源和尙　송원화상을 찬하여

娘生眼照太虛空　어머니 안목이 태허가 공함을 비추니
天澤兒孫在海東　천택화상의 자손은 바다 동쪽에 있구나.
滅却宗風三轉語　종풍을 드러낸 세 마디 말이 사라져버리니
詞華心緖一天紅　하늘가 시심의 실마리가 붉기만 하네.
(華一作革)

　* 송원화상松源和尙; 중국 남송 때 임제종 호구파虎丘派의 송원숭악松

源崇嶽(1132~1202). 양기파楊岐派 밀암함걸密庵鹹傑의 법을 계승하였으며 항주杭州 영은사靈隱寺에서 불법을 펼치고 중생을 교화하였다. 무문관 제20칙, 대역량인大力量人에 등장한다. 절강성浙江省 처주處州 용천龍泉 사람, 속성은 오吳, 호는 송원松源이다. 대혜종고大慧宗杲, 응암담화應庵曇華를 참알參謁했다. 영은사靈隱寺 주지가 되고 보자사報慈寺를 개창했다.

　＊ 천택天澤; 중국 경산徑山의 천택암天澤庵에 주석하였던 허당지우虛堂智愚(1185~1269), 즉 송원화상의 법손인 경산천택徑山天澤 화상을 말한다.

　＊ 삼전어三轉語; 미혹한 마음을 물리치고 깨달음에 들게 하는 세 마디 말.

◎ 贊運庵和尙　운암화상을 찬하여

惡魔境鬼眼睛開　악마의 경계에 귀신의 눈동자가 열리니
五逆元來應聞雷　오역죄인은 원래부터 우레 소리를 들었지.
臨濟當時焚几案　당시에 임제 화상은 궤안을 불태웠고
道塲覰面却衣來　도량의 면목을 보고 가사 보낸 걸 물리쳤지.
(一本鬼作界, 聞作聽)

　＊ 운암화상運庵和尙(1156~1226); 임제종 호구파虎丘派의 운암보원運庵普巖. 송원숭악松源崇嶽을 모시고 수행하여 그 법을 이었다. 절강성浙江省 사명四明의 운암運庵에 주석하였다.

◎ 贊大應國師　대응국사를 찬하여

看看佛日照乾坤　부처님의 광명이 천지에 비치니
天上人間唯獨尊　천상 인간에 오직 홀로 존귀하시네.
禪老如無渡東海　늙은 선승은 동해를 건너지 않은 듯
扶桑國裏暗昏昏　해 뜨는 동쪽나라에 어둠이 깊구나.

* 대응국사大應國師; 일본 겸창鎌倉 시대 임제종의 선승인 남포소명南浦紹明(1235~1309)의 시호. 준하국駿河国 안배군安倍郡 출신, 법명은 소명紹明, 도호道號는 남포南浦, 시호는 원통대응국사圓通大應國師이다. 1259년 중국 송宋나라로 건너가 허당지우虛堂智愚의 법을 계승하고 1267년 일본으로 귀국하여 건장사建長寺에 주석하였다. 문하門下에 종봉묘초宗峰妙超(대등국사大燈國師), 공옹운량恭翁運良이 있다.
* 불일佛日; 모든 중생을 구제하는 부처의 광명을 해에 비유하여 이르는 말.

◎ 贊大燈國師　대등국사를 찬하여

畵出面門無覆藏　그림에 드러난 얼굴에는 숨김이 없지만
須彌百億露堂堂　백억의 미륵보살이 당당하게 드러났구나.
德山臨濟若入室　덕산과 임제 화상이 만약 입실하신다면
螢火應須遇大陽　반딧불이는 모름지기 큰 태양을 만나리라.

* 대등국사大燈國師; 일본의 무신정권 가마쿠라 말기에 임제종 승려인 종봉묘초宗峰妙超(1282~1338)의 시호. 법명은 묘초妙超, 도호道號는

종봉宗峰, 병고현兵庫縣 파마播磨 출신인데, 경도京都의 대덕사大德寺를 개산開山하였다. 저서에 대등국사어록大燈國師語録, 상운야화祥雲夜話, 가명법어假名法語가 있다. 스승은 고봉현일高峰顯日, 남포소명南浦紹明이고 제자는 관산혜현關山慧玄이다.

* 부장覆藏; 승려가 자신이 저지른 죄를 고백하지 않고 숨김.

◎ 虛堂和尙三轉語 허당화상의 삼전어

龍門萬仞碧波高 용문 만 길에 푸른 파도가 높았으니
天澤面前誰畫牢 천택화상 면전에 누가 이러쿵저러쿵 지껄였나.
生鐵鑄成三轉語 쇳물 부어 무쇠로 세 마디 말을 이루니
作家爐鞴煆吹毛 선승은 화로에 풀무로 털을 불어 태워버렸지.

* 화뢰畫牢; 화지성뢰畫地成牢. 일정한 범위에 한정하는 것을 비유할 때 쓰는 말이다. "시에는 교연과 우백생이 있고, 경의에는 모록문, 탕빈윤, 원여범이 있어 모두 땅을 그어 가두고서 사람을 빠지게 하는 것이니 죽는 방도가 있다. 詩之有皎然, 虞伯生, 經義之有茅鹿門, 湯賓尹, 袁了凡, 皆畫地成牢以陷人者, 有死法也." 청淸나라 왕부지王夫之, 강재시화姜齋詩話 권2. 여기서 교연皎然은 당나라 때 고승으로 특히 시를 잘하여 명성이 높았고, 녹문鹿門은 명나라 세종世宗 때의 학자 모곤茅坤(1512~1601)의 호이다. 자는 순보順甫. 특히 고문古文을 잘하였다. 저서로는 당송팔대가문초唐宋八大家文鈔 등이 있다.

◎ 漁父　어부

學道參禪失本心　도를 배우고 참선해 본래마음 잊으니
漁歌一曲價千金　어부가 한 곡조는 천금의 가치가 있구나.
湘江暮雨楚雲月　상강에 저물어 비 내리고 초운에 달 뜨자,
無限風流夜夜吟　밤마다 가없는 풍류를 읊고 있네.

* 상강湘江...초운楚雲; 초나라 구름과 상강의 물로 남녀의 그윽한 정
을 상징하며 '초운상우楚雲湘雨'라고 한다. 중국 당나라 시인 허혼許渾의
'추사秋思' 시에 나온다. "상강에 초나라 구름 보니 같이 노닐던 기억나
네. 목청껏 한 곡조에 맑은 강물 가리니, 어제 소년은 지금 백발노인이
되었구나. 琪樹西風枕簟秋, 楚雲湘水憶同遊. 高歌一曲掩明鏡, 昨日少
年今白頭."

◎ 題靈山塔贈正傳庵僧　영산탑에 제하여 정전암 승려에게 주다

看來眞箇正傳庵　참으로 정전암에 와서 살펴보니
不說宗乘唯世談　불법은 말하지 않고 세상 얘기만 하네.
凜凜威風逼人冷　늠름한 위풍으로 사람을 차갑게 핍박하니
當機覷而有誰參　지금 처한 꼴을 보니 누가 찾아올까.

* 영산탑靈山塔; 일본 임제종臨濟宗 승려인 영산철옹靈山徹翁(1295~1369)
이 개산開山한 덕선사德禪寺 영산에 있는 부도탑.
* 종승宗乘; 선종의 가르침. 선종에서 자기 종파의 가르침을 말하는
데, 그 밖의 교종에서 전하는 가르침은 여승餘乘이라 한다. 이상은李商隱

이 지은 '가생賈生' 시에서, "한 문제는 어진 이를 구하고자 쫓겨난 신하를 불렀는데, 가의의 훌륭한 재주는 누구도 못 따랐지. 가련해라, 밤 늦도록 서로 마주 앉았지만, 백성은 묻지 않고 귀신만 물었다네. 宣室求賢訪逐臣, 賈生才調更無倫. 可憐夜半虛前席, 不問蒼生問鬼神."

* 당기當機; 현재 처하여 있는 상황. 철옹의 유게遺偈에 나온다.

◎ 題白樂天像 백낙천 상에 제하여

勳業名高白樂天 백낙천은 공훈을 세워 이름 높았으나
自然流落絶塵緣 자연에 떠돌며 속세의 티끌은 끊어버렸지.
叢林失志山林輩 총림에 뜻을 저버린 산승들이여,
莫訝雙林寺裏禪 쌍림사에서 펼친 선을 의심치 말게.

* 쌍림사雙林寺; 중국 양梁나라의 거사인 부대사傅大士(497~569)가 수행한 송산松山의 사찰. 그는 절강성浙江省 동양東陽 출신으로 성은 부傅, 이름은 흡翕, 자字는 현풍玄風, 호는 선혜善慧이며 쌍림대사雙林大士, 동양대사東陽大士라고도 불렀다.

◎ 思舊齋 二首 옛집을 생각하며, 두 수

山陽長笛子雲吟 산양 땅 긴 젓대소리에 자운 시 읊으니
蜜漬荔支素老心 물러터진 여지는 수수한 늙은이 마음이로다.
熟處三生六十劫 익숙한 곳은 삼생에 육십 겁인데
一聲望帝月西沈 두견새 울자, 달은 서쪽으로 기우네.

昔年黃犬與蒼鷹　예전에는 누런 사냥개와 푸른 매였는데

苦樂悲觀地獄能　지옥에서도 괴로움, 즐거움과 슬픔을 보네.

欺得楊岐吾屋壁　내 오두막 벽이 양기화상을 속이니

乾坤一鉢一衣僧　천지에 한 벌 발우와 가사를 걸친 중이지.

* 산양山陽; 중국 진晉나라 상수向秀의 옛집이 있던 하남성河南省 회주懷州의 지명. '산양적山陽笛'은 진나라 때 죽림칠현의 한 사람인 상수가 산양의 옛 친구 집을 지나다가 이웃에서 들려오는 피리 소리를 듣고 옛날 생각이 그리워 '사구부思舊賦'를 지었다. 그래서 석양 무렵의 피리 소리는 옛 친구를 그리워하는 뜻으로 쓰이게 되었다.

* 자운子雲; 중국 전한前漢 말기의 학자인 양웅揚雄의 자. 촉蜀의 성도成都 사람. 신新을 세운 왕망王莽의 대부가 되어 망대부莽大夫로 불렀다.

* 여지荔支; 중국 남부에서 나는 아열대성 과일 이름.

* 망제望帝; 두견새. 별칭 불여귀不如歸. 촉蜀나라 망제望帝가 도망칠 때 두견새가 울었는데 "어째서 빨리 돌아가지 않느냐. 不如歸去."고 우는 것처럼 들렸다. 촉왕본기蜀王本紀.

* 양기楊岐; 중국 송宋나라의 선승인 양기방회楊岐方會(992~1049). 속성은 냉冷, 강서성江西省 선춘현宣春縣 출신, 뒤에 선종의 한 갈래인 양기파를 열었다.

* 황견黃犬; 중국 진秦나라 승상인 이사李斯가 간사한 사람의 무함을 받고 함양咸陽에서 허리가 베이는 형벌을 당하기 직전, 그 아들을 돌아보며 "내가 너와 함께 다시 사냥개를 이끌고 상채의 동문으로 나가 약삭빠른 토끼를 쫓아도 어찌할 수 있겠느냐? 吾欲與若復牽黃犬, 俱出上蔡東門, 逐狡兔豈可得乎?"라고 탄식하였다. 사기史記 권87, 이사열전李

斯列傳.

　＊ 창응着鷹; 중국 한漢나라 경제景帝 때 대양大陽 사람인 질도郅都는 성
품이 강직하여 직간直諫을 잘하고 법을 엄히 시행하여 귀척貴戚을 피하
지 않아 푸른 매, 곧 창응이라 불렀다. 한서漢書 권90, 혹리전酷吏傳 질도
郅都.

◎ 踈壁齋　소벽재

楊岐天下老禪翁　양기화상은 천하에 늙은 선승인데
從此大興臨濟宗　이로부터 임제종이 크게 흥하였구나.
紅塵紫陌我乍住　속세의 번화한 거리에 내 잠깐 살았는데
山舍牛吹黃葉風　산사에는 시든 잎이 소슬바람에 날리네.
(興一作與)

　＊ 소벽재踈壁齋; 당시 복정현福井縣 족우군足羽郡 심악사深岳寺 주지로
있던 승려로 일휴의 문도인 조심소월祖心紹越의 별호.

◎ 滅燈齋　본존의 등불을 끄며

眞前一盞太分明　참으로 한 등잔 앞에 아주 분명하니
乃祖靈光照太淸　조사들의 신령한 빛이 너무 맑게 비치네.
德嶠悟道我不會　덕산의 우뚝한 깨달음을 나는 알지 못하는데
江湖夜雨十年情　강호에 내리는 밤 비는 십년의 정일레라.

* 덕교德嶠; 덕산선감 화상의 우뚝한 선풍. 전등록15, 낭주덕산선감장郎州德山宣鑑章 참조. 덕산선감(782~865), 중국 당唐나라의 선승으로 검남劍南 간주簡州 사람, 속성은 주周, 금강경金剛經에 정통하여, 당시 사람들이 '주금강周金剛'이라 불렀다. 어려서 출가하여 스무 살에 구족계具足戒를 받고 처음에는 율종律宗을 배우다가 뒤에 선법禪法을 익혔다. 저서에 청룡소초靑龍疏鈔가 있다. 뒤에 풍양澧陽의 용담숭신龍潭崇信 선사를 찾아 오도悟道하여 삼십년을 보냈다. 회창법난會昌法難을 당하여 피했다가 방타棒打로 학인을 접인接引하여 사람들이 '덕산방德山棒'이라 일컬었다. 시호는 견성대사見性大師이고 제자는 암두전할嚴頭全豁, 설봉의존雪峯義存이며 운문종雲門宗과 법안종法眼宗의 종지는 모두 설봉雪峯에게서 나왔다.

◎ 示斬猫僧   고양이를 벤 승려에게 보이다

是吾會裏小南泉   여기 우리 법회에 작은 남전이 있으니
信手斬猫公案圓   솜씨 있게 고양이를 베니 공안이 원만하구나.
錯來自悔行斯令   잘못하여 이렇게 한 걸 스스로 뉘우치니
驚起牡丹花下眼   모란 꽃 아래 화들짝 뜬 안목이로다.

◎ 僧無尊卑   승려는 높고 낮음이 없어

盧能馬箕姓名拙   혜능이나 마조도 성명은 쓸모없고
敎外別傳越佛說   교외별전은 부처님 말씀을 넘어섰네.
杜撰禪流井底尊   날조된 선풍이 우물 바닥에 흘러 높아지니

可憐皮下元無血　가련하여라, 살갗 아래에 피도 없는 걸.

*노능盧能; 선종의 육조인 혜능慧能의 속명.

*마기馬箕; 선종의 팔대 조사인 마조馬祖.

*교외별전敎外別傳; 불법의 대의를 경전이 아니라 마음과 마음으로 전함.

*두찬杜撰; 저술에 전거典據나 출처出處가 확실하지 않은 문자를 쓰거나 오류가 많아 날조되어 펴내는 일.

*피하원무혈皮下元無血; 대혜보각선사大慧普覺禪師의 종문무고宗門武庫에 보인다. "옛 사람이 현묘한 이치를 논한 것을 선이라 생각하여 옛 성인을 속이고 후손의 귀를 어둡게 만들었으니, 눈에 근육이 없고 살갗에 피가 흐르지 않는 무리이다. 그는 으레 전도되어 있으면서도 태연스레 이를 깨닫지 못하니 참으로 가엾은 일이다. 古人談玄說妙爲禪, 誣罔先聖聾瞽後昆, 眼裏無筋皮下無血之流. 隨例顚倒恬然不覺, 眞可憐憫."

◎ 謹白久參人 二首　삼가 오래 참선한 이에게 아뢰며, 두 수

圓頂方袍婬奸　둥그런 정수리에 빳빳한 핫옷 입고 간음하니
威風鎭逼人寒　위엄 있는 풍모가 사람을 얼어붙게 만드네.
古則參得家業　옛 법칙을 체득하는 게 선가의 일인데
可愧妄長我慢　오래 망령되어 거들먹거리니 부끄럽구나.

莫言公案卽圓成　공안을 원만히 꿰뚫었다 말하지 말라
八角磨盤心上橫　여덟 모난 맷돌이 마음 위에 비껴있네.

邂逅難知自屎臭　우연히 만나도 제 똥냄새는 알지 못해

他人敗闕鏡中明　남이야 망하여도 거울 속이 빛나는구나.

　* 팔각마반八角磨盤; 허당지우虛堂智愚 화상의 어록에 보인다. "여덟 모
난 맷돌이 공중을 달린다. 八角磨盤空裡走." 사려思慮 분별分別을 넘어
선 경지를 비유한 말이다.

　◎ 前年辱賜大燈國師頂相, 予今更入淨土宗, 故玆奉還栖雲老和尙　지난
해 힘들게 대등국사 영정을 하사받고, 지금은 내가 정토종에 다시 들어 이
에 늙은 서운화상을 모시고 돌아와서

離却禪門最上乘　선문의 가장 뛰어난 깨달음 떠나더니

更衣淨土一宗僧　옷 바꿔 입고 정토종의 한 중이 되었구나.

妄成如意靈山衆　뜻대로 영산의 대중은 허망하게 되었고

嘆息多年晦大燈　여러 해 캄캄한 대등국사를 탄식하였네.

狂雲大德下波旬　나 광운의 큰 덕은 마왕 아래 있으니

會裏修羅勝負嗔　문하에 아수라가 승부 짓느라 성내는구나.

古則話頭何用處　고칙과 화두는 어느 곳에 쓸 텐가

幾多辛苦數他珍　다른 보배 셈하느라 얼마나 고생했는지.

　* 정토종淨土宗; 지극한 정성으로 염불을 염송하면 아미타불이 있는
극락정토에서 왕생할 수 있다는 불교의 한 종파이다. 일본에서 법연法
然 상인上人이 개종開宗하여, 총본산은 경도의 지은원知恩院인데, 겸창鎌

會 시대에 가혹한 탄압을 받았고 또 응인應仁의 난 때에 잿더미가 되었다가 재건되어 오늘에 이르렀다.

◎ 謹白久參人 寬正二年六月十八日崇宗藏主絶交 삼가 오래 참선한 이에게 아뢰며, 관정 이년(1461) 유월십팔일 숭종 장주와 절교하며

一善不行作諸惡　한 가지도 착하지 않고 모든 악을 행하니
憎他妬他元字脚　미워하고 시샘하는 게 글자 그대로구나.
口堅勁見地微弱　굳센 입에 예리한 안목이 미약한데
瞎禿禪宗門零落　사리에 어두운 선종의 문호가 망했구나.
人笑是無繩自縛　밧줄 없이 스스로 묶는 걸 사람이 웃으니
見他非不知己錯　남 보고는 비난하나 제 잘못은 모르네.
日用工夫禍作略　매일하는 공부는 화를 부르는 꾀인데
暫時難得住虛廓　잠시라도 텅 빈 허공에 머물기 어렵도다.
直指爲人又機作　참 나를 바로 찾는 사람은 기봉이 있으니
如是禪話塡溝壑　이따위 선에 관한 말은 구렁에 묻히리라.
好勢耽名之卜度　세력을 좇아 이름을 탐하여 점치고 따지니
到此誰人與刻削　이에 이르면 누가 함께 깎고 다듬을 것인가.
參得古則心彌濁　옛 법칙을 체득하니 마음 두루 흐릿하니
酖醐上味爲毒藥　맛 좋은 거친 죽 거죽이 독약이 되는구나.

* 허확虛廓; 회남자淮南子 천문훈天文訓에 보인다. "도는 허확에서 비롯되고, 허확은 우주를 낳고 우주는 기를 낳았다. 기에는 애은이 있어, 깨끗하고 밝은 것은 가벼워 하늘이 되고, 무겁고 탁한 것은 엉기어 땅이

되었다. 道始生虛廓, 虛廓生宇宙, 宇宙生氣. 氣有涯垠, 清陽者薄靡而爲天, 重濁者凝滯而爲地."

◎ 看靈山行狀　영산국사의 행장을 보고

宗門極則又贅訛　종문의 엄한 법식에다 쓸데없이 속이니
乃祖靈山前釋迦　영산 조사 앞에 석가모니 부처님이로다.
採筆誰人點鬼簿　채필로 누가 귀신의 명부에 점을 찍었나
工夫日用俗塵多　매일 공부해도 속세의 티끌 많기도 하다.

　* 영산靈山; 일본 겸창鎌倉 시대 임제종의 승려. 시호 영산정전국사靈山正傳國師, 철옹의형徹翁義亨(1295~1369)은 대덕사大德寺를 개산開山하였다.
　* 내조乃祖; 그 이의 할아버지. 편지에서 할아버지가 손자에게 '네 할아비' 또는 '이 할아비'라는 뜻으로 자신을 일컫는 말. 이 시에서는 영산화상은 일휴에게 증조부가 된다.

◎ 香嚴擊竹　향엄격죽

潭水北兮湘水南　담수는 남으로, 상수는 북으로 흐르고
竹枝曲裏口喃喃　대나무 가지 곡조마다 입방아를 찧는구나.
樽前爛醉豪家客　술잔 앞에 거나하게 취한 부잣집 나그네
不知愁人夜雨談　시름하는 사람은 밤비가 말하는 걸 모르지.
(知一作識)

* 향엄격죽香嚴擊竹; 중국 당나라 때 향엄스님이 남양혜충南陽慧忠 스님이 살던 터에 암자를 짓고 수행했는데, 어느 날 마당을 쓸다가 돌이 대나무에 부딪치며 나는 소리를 듣고 갑자기 깨달았다.

* 담수潭水; 중국 장강長江 유역을 흐르는 한 줄기의 강.

* 상수湘水; 상강湘江. 중국 남부 광서성廣西省에서 발원하여 호남성湖南省 동정호洞庭湖로 흐르는 강.

* 향엄지한香嚴智閑(?~898); 호는 향엄香嚴, 속성은 유劉, 청주淸州 사람이다. 어려서 출가하여 백장회해百丈懷海 문하에서 수행하다가 위산영우潙山靈祐를 찾아가 그의 법을 이었다. 시호는 습등대사襲燈大師.

◎ 示會裡徒法語　문도들에게 법어를 내리며

凡參禪學道, 須勤絶惡知惡覺, 而至正知正見也. 惡知惡覺者, 古則話頭, 經論要文, 學得參得, 坐禪觀法, 勞而無功者也. 如是輩, 當代四百四病一時發, 爲人所辱, 是情識之血氣也. 對閣老面前有甚伎倆乎. 獅子尊者, 斷頭白乳顯露分明也. 正知正見者, 日用坐斷涅槃堂底工夫, 全身墮在火坑, 子細看之, 苦中有樂, 若能見得, 不昧撥無因果之境. 若見不得, 永不成佛漢, 可懼可懼.　무릇 참선을 하는 학도는 사악한 알음알이를 없애고 정견을 바르게 알아야 한다. 삿된 깨달음에 알음알이를 하는 자는 고칙과 화두, 경전의 중요한 문장이나 배워 익히니 좌선의 관법은 애만 썼지 공이 없는 자이다. 이 같은 무리는 당대에 사백네 가지 병이 한꺼번에 도져 사람을 욕되게 하니 이를 정식의 혈기라 하느니라. 염라노인의 면전에서 어떤 솜씨로 대답하겠는가? 사자존자가 머리가 잘리니 흰 우유가 분명하게 드러났도다. 정견을 바르게 아는 자는 매일 열반당에서 좌선하여 공부하니, 온몸이 불구덩이에 떨어질지라도 자세히 보면 괴로움 속에 즐거움이 있어, 만약 이를 체득하면 어리석어 인과의 경계에 떨어지지 않으리라. 만약 이를 체득하지 못하면 영원히 부처를 이루지 못한 자가 되리니, 두렵고도 두렵구나.

* 회리會裡; 문하門下. 회하會下.
* 악지악각惡知惡覺; 좋은 결과를 얻는 일을 방해하는 사악邪惡한 지식.
* 사백사병四百四病; 사람의 몸을 구성하는 사대四大인 지수화풍地水火風, 각각에 백한 가지 병이 있어 사백네 가지 병이라 한다.
* 사자존자獅子尊者; 천축天竺 사람인데 제24조이다. "계빈국에서 파사사다에게 법을 전하고 나자, 뒤에 왕이 칼을 들고 존자가 있는 곳에 찾아가 물었다. '오온이 공하다는 도리를 얻었는가?' '이미 얻었다.' '그렇다면 생사를 여의었는가?' '이미 생사를 여의었다.' '그럼 생사를 여의었으니, 머리를 내게 주겠는가?' '몸도 내 것이 아닌데 머리야 뭣이 아깝겠는가?' 이에 왕이 칼을 휘두르자 사자존자 머리에서 우유같은 피가 여러 자나 치솟자, 왕의 오른 팔도 땅에 떨어져 뒹굴었다. 遊化至罽賓國, 轉付法與婆舍斯多. 後王秉劍至尊者所. 問曰, '師得蘊空否?' 曰, '已得蘊空.' 王曰, '離生死否?' 曰, '已離生死.' 王曰, '旣離生死, 可施我頭.' 曰, '我身非有, 何吝於頭?' 王卽揮刃, 斷尊者首, 白乳湧高數尺, 王之右臂旋亦墮地."

◎ 如汲井輪略無停息. 今旣得出家, 僧相圓備, 在三衣一鉢下. 想是過去幾生修來得如此乎. 若是再入驢胎馬腹去, 不知又經幾生, 歸來改修此錯. 努力努力. 切須今生了達, 無如是殃過, 念之念之. 右靈山和尚法語, 題其後云.
우물의 도르래처럼 쉬지 않는구나. 지금 이미 출가한 승려의 모습을 원만
히 구족하여 세 벌 옷과 한 벌 발우에 있도다. 과거 생에 몇 번이나 나서
미래를 닦아 이같이 하겠는가? 만약 다시 나귀 태에 들어가 말의 뱃속에
간다면 그것은 몇 생인지 알 수 없으니, 돌아와서 이 잘못을 고쳐 수행하
여야한다. 힘쓰고 힘쓰라. 반드시 간절하게 금생을 요달해야 이 같은 재앙
이 없으리니 유념하고 유념하라. 이는 영산화상의 법어이니 제목 끝에 붙
인다.

> 互操高低汲井輪　물 긷는 바퀴의 고저를 감아 조정하니
> 威音彌勒一回春　위음왕불과 미륵불에도 봄이 한번 오네.
> 三世諸佛歷代祖　삼세 여러 부처님과 역대 조사들
> 泉聲滴淚苦吟身　샘물 소릴 방울지니 괴로이 읊는 몸이라네.

* 급정륜汲井輪; 우물의 돌고 도는 도르래처럼 괴로운 윤회를 끝없이
되풀이하는 것을 비유함. 능가아발다라보경楞伽阿跋多羅寶經 권4, 일체불
어심품一切佛語心品에 보인다. "생사의 바다와 모든 취의 광야에 떨어지
는 것이 마치 우물의 도르래와 같다. 墮生死海, 諸趣曠野, 如汲井輪." 또
原人論에 보인다. 劫劫生生, 輪迴不絶. 無終無始, 如汲井輪. 또 무상경
無常經에도 보인다. 隨業受衆苦, 循環三界內, 猶汲井輪.

◎ 我病不及良藥効驗, 不及經呪. 靈驗日窮困. 有我情識, 儞等諸人, 縱雖
刹那, 縱雖一念, 成眞正工夫, 窮決未了處. 到着實處, 諸魔障頓除, 老懷如意
耳. 衆無對. 右靈山和尚因病示衆法語, 題其後云. 　내 병은 좋은 약도 효험

이 없고 경전의 주문도 미치지 못하여 영험이 날로 곤궁해졌다. 나에게 정식이 있는데 너희 모두가 비록 찰나라도 일념으로 진정한 수행을 한다면 요달하지 못한 곳을 결단하리라. 확실한 곳에 이르러 모든 마군의 장애가 제거되는 게 늙은이가 뜻하는 것이다. 대중이 대답하지 않기에 이에 영산화상이 병으로 대중에게 법어를 내린 것이니 제목 끝에 쓴다.

不須經呪亂心頭　주문을 꼭 읽어 마음 산란한 건 아닌데
佛界伎窮魔界收　부처의 세상 다하니 마군의 세상이 거두네.
莫向愁人說愁意　근심하는 이는 시름한다 말하지 않고
相如雲雨渴望秋　가을 되자, 상여는 운우의 정에 목말라 하네.

◎ 拜大德寺住持勅請之頌, 呈廣德堂上柔仲和尚　　대덕사 주지 조서에 절하고 송을 청하기에 광덕당의 유중화상께 올리다.

大德大燈龍寶山　용보산 대덕사 대등화상이여,
靈光天上又人間　천상과 속세에서 신령하게 비추네.
燒香酧恩曡華叟　화수화상께서 수은암에 향을 사르니
金色頭陀曾破顔　금빛 두타가 일찍이 활짝 웃었네.

*대덕사大德寺; 일본 경도京都 북구 용보산 기슭에 있는 절. 대등국사大燈國師가 개산조사로 선종문화의 중심지이다.
*유중화상柔仲和尚; 일본 실정室町시대 임제종 승려인 대덕사 44세손 유중종융柔仲宗隆. 생몰년은 알 수 없다. 대덕사의 양수종이養叟宗頤의 법을 이었고, 병고현兵庫縣 섭진니기攝津尼崎에 있는 광덕사廣德寺 주지를 거쳐서 문명文明 6년(1474)에 대덕사를 이었다.

*담화수曇華叟; 일본 실정室町 중기에 임제종 대덕산파大德寺派의 승려
인 화수종담華叟宗曇(1352~1428)이다. 대덕사 22세손이며 파마읍보군
播磨揖保郡 출신, 호는 화수華叟, 성은 등원藤原인데 만년에 염진塩津의 고
원원高源院으로 옮겼다. 후화원後花園 천황天皇이 대기홍종선사大機弘宗禪
師의 시호를 하사하였다.

*두타頭陀; 번뇌의 티끌을 떨쳐버리고, 의식주에 탐착하지 않으며,
청정하게 불도를 수행하는 행위이다.

◎ 文明甲午春, 拜大德禪寺住持勅請門客交賀. 吁, 五十年簑笠淡如, 勅
黃捧照, 無愧于懷乎, 因作詩泄之　문명 갑오년(1474) 봄에 대덕선사 주지
에 조서가 내려 절하니 문객이 서로 하례하였다. 아, 오십년 담담하게 떠
돌았는데 가슴에 부끄러움이 없겠는가, 이에 시를 지어 이를 푼다.

大燈門庭滅殘燈　대등화상 집안에 등불 가물대는데
難解吟懷一夜氷　꽁꽁 언 하루 밤에 회포 읊기 어려워라.
五十年來簑笠客　쉰 해나 삿갓 쓰고 나그네로 떠돌았는데
愧慚今日紫衣僧　오늘은 가사 걸친 중이 부끄럽도다.
(庭一作第)

◎　再住妙勝寺之次, 披虛堂和尙法衣, 因合山淸衆需一偈, 書以塞其請
다시 묘승사에 머물다가 허당화상의 가사를 걸치니 이에 모든 절의 청정
한 대중이 게송 한 수를 구하기에 그 부탁을 대신하여

先祖還衣　선조께서는 옷을 돌려주시고

順老留衣　순노께서는 옷을 남겨주셨구나.

斬作兩段　두 도막으로 잘라보니

是松源衣　이것이 송원화상의 가사로다.

* 재주묘승사再住妙勝寺; 다시 묘승사에 머물던 때는 일본 문명文明 10
년(1478) 일휴화상이 여든다섯 살 되던 여름이 끝날 무렵이다.

* 순노順老; 임제종 호구파虎丘派의 송원숭악松源崇嶽의 법을 이어 가사
를 받은 운암보암運庵普巖(1156~1226)을 말한다.

* 참작양단斬作兩段; 일본 응영應永 27년(1420) 일휴화상 스물일곱 살
되던 해의 연보 참조.

* 송원松源; 중국 남송 때 임제종 호구파虎丘派의 송원숭악松源崇嶽(1132~
1202).

◎ 龍寶山大德禪寺入寺法語　용보산 대덕선사에 들어가 법어를 하며

一跳直入　한번 뛰어 곧장 들어가니

龍寶三門　용보산 세 개의 문이로다.

門門有路　문마다 길이 있는데

逼塞乾坤　천지를 꽉 막아버렸네.

* 삼문三門; 산중 사찰의 문. 중앙의 큰 문과 좌우의 작은 문을 합쳐
세 개의 문을 두는데 사찰의 불전 앞에 세운 문은 형식에 관계없이 '해
탈문'이라 부른다.

◎ 佛殿 불전

古佛堂中露柱雲雨　　옛 불당 가운데 노주가 정답구나

作以手分勢云　　　　손으로써 기세를 나누고 나서 이르길,

分破後如何　　　　　산산이 깨버린 뒤에는 어떠한가

雲門霧露　　　　　　구름 자욱한 문에 안개와 이슬이 맺혔구나.

* 노주露柱; 절의 법당이나 불전 밖에 드러난 둥근 기둥. 기와조각, 담 장벽, 등롱 등과 함께 생명이 없는 무정물無情物로 선종에서는 무정, 비 정의 뜻을 표현하는 말로 곧잘 쓰인다. 임제혜조선사어록臨濟慧照禪師語 錄 감변勘辨에 보인다. "선사가 노주를 가리키며 물었다. "범부인가? 성 인인가?" 관리가 대답이 없자, 선사가 노주를 때리며 말했다. "설령 말 했다고 해도 그저 나무말뚝일 뿐이다. 師指露柱問, 是凡是聖? 貝僚無語, 師打露柱云, 直饒道得, 也祇是箇木橛."

◎ 土地堂 토지당

上天是梵天帝釋　　위로는 범천제석이요

下天是多聞持國　　아래로는 다문지국천왕이로다.

護法神向何處見　　법을 수호하는 귀신은 어느 곳을 향하여 볼 텐가

新長老新長老　　　새 장로여, 새 장로여,

聲　　　　　　　　아!

六六三十六　　　　육육은 삼십육이로다.

* 범천梵天; 범어로 brahma-deva. 색계 초선천으로 범은 맑고 깨끗하

단 뜻인데, 이 하늘은 욕계의 음욕을 여의어서 항상 깨끗하고 조용하므로 범천이라 한다.

＊제석帝釋; 범어로 Śakra Devānāmindra. 수미산 꼭대기 도리천의 임금으로 선견성善見城에 살면서 4천왕과 32천을 통솔하여 불법과 불법에 귀의하는 사람을 보호하며 아수라의 군대를 정벌한다.

＊다문多聞; 사천왕四天王의 하나로 북쪽의 천국天國인데 여래如來의 도량을 수호하여 법을 많이 듣는다.

＊지국持國; 지국천왕持國天王. 사천왕四天王의 하나로 수미산須彌山의 중턱 동쪽에 살며 투구를 쓰고 동방세계를 수호하는 신.

＊장로長老; 학식과 경험이 많고 깨달음이 깊으며 덕망이 있는 스님.

◎ 祖師堂　조사당

祖師何人我何人　조사는 누구며 나는 누구인가
咄　　　　　　　쯧!
誰奪境奪人　　　누가 경계를 빼앗고 사람을 빼앗는가.

◎ 拈衣　염의

小艶平生心亂絲　자못 어여쁜 생애에 마음은 헝클어진 실인데
慈恩先祖手中絲　자비롭고 은혜로운 선조의 손 안에 든 실이로다.
順老明眼衲僧　　이 늙은이는 눈 밝은 중이라
擲袈裟云　　　　가사를 던지고 이르노니,
是甚脚下紅絲　　이 발 아래 붉은 실은 무엇인가.

* 염의拈衣; 선종의 용어로 승복을 잡음. 옷을 잡아 신信을 표하는 일로써 주지가 처음 개당開堂할 때나 법맥을 이은 신물信物로 스승에게 법의를 받았을 때 잡아서 입는다.

◎ 室 방

明頭來明頭打	밝음으로 오면 밝음으로 치고
暗頭來暗頭打	어두움으로 오면 어두움으로 치며
四方八面來旋風打	사방 팔면으로 오면 회오리바람처럼 치고
虛空來連架打	허공으로 오면 도리깨질로 연거푸 치는구나.
新長老	새 장로
聻	적아,
乾坤一箇藘苴	천지간에 한갓 땡추로다.

僧	스님이
喝一喝云	한 번의 할로 꾸짖나니
無人來問相如渴	아무도 상여의 소갈병을 와서 묻지 않으니
敲破梅花一夜冰	하루 밤 매화에 얼음을 두드려 깨부수고
打	치는구나!

  * 명두래明頭來....연가타連架打; 중국 당나라의 선승인 보화선사普化禪師가 요령을 흔들고 다니며 부른 게송이다. 일체의 경계에 부딪칠 때마다 그 경계와 하나가 되어 걸림이 없이 자유로운 경지를 드러낸다.
  * 적聻; 귀신이름 적. 사람이 죽으면 귀신이 되는데 귀신이 죽으면 적

이 되고 귀신이 적을 보면 무서워한다. 풍속에 주사硃砂를 사용하여 적赤 자를 써서 방 문설주에 붙였다.

  *약저蒻苴; 不整潔, 衣著和生活習慣不利落, 行步活動不端莊, 行為擧止而言. 蒻苴; 行為狂放, 衣著邋遢的和尚. 普覺宗杲禪師語錄 卷二, 布袋和尚贊, "蒻苴全無儀軌, 亦無將將濟濟. 十方法界虛空, 都在破布袋裡." 단정하지 않아 옷과 생활습관이 깔끔하지 못하고, 걸음걸이가 정중하지 않은 행동거지가 그것이다. 즉 '약저蒻苴'는 땡추, 중답지 못한 중, 행위가 방탕하고 옷차림이 꾀죄죄한 중을 말한다. 보각종고소선사어록 권2, '포대화상찬'에 "약저는 의궤라곤 전혀 없고 엄숙하지도 않네. 시방법계가 허공에 떠서 찢어진 자루 속에 있네."라 하였다.

  *상여갈相如渴; 사마상여의 목마름. 한 무제 때의 문인 사마상여司馬相如는 소갈병消渴病인 당뇨병이 있어 물을 자주 마셨다. 그러나 한 무제는 욕심이 많아 금경金莖을 통해 큰 구리 쟁반인 승로반承露盤에 받아 모은 하늘의 이슬을 받은 불로장생不老長生의 영약을 한 방울도 주지 않았다.

◎ 退院 주지를 물러나며

平生蒻苴小艷吟 평생 얼치기로 소염시나 읊었으니
酒嬈色嬈詩亦嬈 술도 아름답고 색도 아름답고 시 또한 아름다웠네.
擲拄杖云   주장자를 던지고 말하노니,
七尺拄杖還常住 일곱 자 주장자가 도리어 상주하네.
吹尺八云   퉁소를 불며 이르길,
一枝尺八少知音 퉁소 한 자루 음을 아는 벗이 드물구나.

◎ 帖 첩

頂戴卽是	정수리에 이고 있어도 옳고
放下卽是	내던져버려도 옳도다.
溥天之下	넓은 하늘 아래
是王土頂戴云	왕의 국토를 정수리에 이고 말하니
是是	옳고도 옳도다.

* 부천지하溥天之下; 시경 소아小雅 북산北山에 보인다. "넓은 하늘 아래 왕의 땅이 아닌 곳이 없으며, 땅을 따라 물가에는 왕의 신하가 아님이 없는데 대부가 고르지 못하므로 내가 일을 함에 홀로 어질다 하노라. 溥天之下, 莫非王土, 率土之濱, 莫非王臣, 大夫不均, 我從事獨賢."

광운집 下권

◎ 大燈國師三轉語曰, 朝結眉夕交肩, 我何以生云云, 何似生雖古尊宿罕有受用之者. 唯慈明下淸素首座能用之, 雖然晩年遇兜率悅公, 食荔支之次, 遂納敗一場. 惜哉. 有始而無終(惜哉一作情乎), 感懷之餘, 作五偈記之, 偈曰 대등국사 삼전어에 이르길, '아침에 눈 비비고, 저녁 때 서로 어깨를 나란히 하는, 나라는 이 사람은 누구인가' 운운하시니, 비록 그러하나 옛날 고승께서 드물게 수용하신 것은 누구와 같은가. 오직 자명 문하에 청소 수좌가 능히 쓸 줄 아니, 비록 늘그막에 도솔 열공을 만나 여지를 먹고 난 뒤 마침내 한바탕 물리쳤도다. 애석하구나. 시작은 있으나 끝이 없으니 회포를 느낀 나머지 게송 다섯 수를 지어 이르길,

這箇誵訛受用徒　이 어려운 관문을 수용한 무리들
古今衲子一人無　고금에 스님은 한 사람도 없구나.
素老慈明的傳子　소박한 노인 자명화상의 전법 제자이니
荔支核子嚼何麤　여지의 씨앗을 씹으니 얼마나 거친지.
(素老一作級老)

慈明狹路得楊岐　자명화상은 좁은 길에서 양기파를 얻고

覷面之機痛處錐　진면목의 기틀을 보니 아픈 곳에 바늘이로다.
天澤愁吟風月客　천택화상은 시름하며 풍월객을 읊었는데
繡簾吹動軟風扉　주렴이 흔들리고 사립문에는 바람 살랑이네.

工夫日用閉門車　매일 공부하며 문 닫아 수레가 끊기고
五十年來烏有歌　오십년 이래 오유의 노래를 불렀구나.
素老荔支眞敗闕　도솔열선사의 여지는 정말 망가지니
德山臨濟竟如何　덕산과 임제 화상은 끝내 어찌 하였나.
(烏有一作鳥有)

暮天細雨片雲朝　저문 하늘 가랑비에 아침에는 조각구름
名屬成都萬里橋　이름은 도읍의 만리교에 드러났구나.
百年東海獨休歇　백 년 동안 동해에서 홀로 소일하는데
艶簡吟魂永日消　좋은 소식에 넋을 읊고 긴긴 날 보내네.

工夫弄棹藏公舟　공부해 노를 희롱하니 배에 구멍은 크고
尊宿織鞋蒲紫秋　고승이 짚신을 엮으니 자주 빛 가을이로다.
野老難藏簑笠譽　노승이 숨어살아도 이름 숨기기 어려운데
誰人江海一風流　어느 누가 강해의 한 풍류를 알겠는가.
(弄一作勞)

　* 천택天澤; 중국 경산徑山의 천택암天澤庵에 주석하였던 허당지우虛堂
智愚(1185~1269), 즉 경산천택徑山天澤 화상을 말한다. 중국 송宋나라 때
임제종 양기파의 선승으로 절강성浙江省 상산象山 사람인데, 속성俗姓은

진진陳, 호는 허당盧堂, 혹은 식경수息耕叟이다. 설두雪寶와 정자淨慈에게 참학하고 운암보암運菴普巖의 법을 이었다.

　* 오유烏有; '어찌 있겠느냐'는 뜻인데 공상空想의 인물이다. 중국 한漢나라 사마상여司馬相如가 자허부子虛賦를 지어 가상의 인물을 설정하여 풍자한 데서 비롯되었다.

　* 소로素老; 중국 송宋나라 때 임제종 황룡파의 선승인 도솔열선사兜率悅禪師. 강서성 건주虔州 사람, 성은 웅熊, 시호는 진적선사眞寂禪師이다. 석상초원石霜楚圓에게서 득법得法한 청소淸素의 인가를 받은 뒤에 진정眞淨을 찾아가 법을 잇고, 융흥부隆興府의 도솔사兜率寺에 머물며 법을 널리 펼쳤다.

　* 활龘(828~887); 중국 당나라 때의 선승인 암두전활巖頭全奯. 복건성福建省 남안南安 사람, 속성은 가柯, 시호는 청엄대사淸儼大師이다. 앙산혜적仰山慧寂을 찾아뵙고, 덕산선감德山宣鑑의 법을 이었다. 동정호洞庭湖에 있는 와룡산臥龍山, 암두巖頭에서 종풍宗風을 크게 날렸다. 광계光啓 3년 4월 도적떼가 일어나 칼날을 들이댔지만 태연하게 대할大喝하고 죽음을 맞았다.

◎ 大燈忌宿忌以前對美人　대등화상 기일 전날 밤 미인을 응대하고

宿忌之開山諷經　기일 전날 밤 개산조사 경문을 독송하니
經咒逆耳衆僧聲　대중이 내는 다라니 소리가 귀에 거슬리네.
雲雨風流事終後　일 마친 뒤 정을 나누는 풍류를 즐기니
夢闥私語笑慈明　나는 소곤대며 자명화상을 비웃는다네.

* 숙기宿忌; 불교 용어로 기일忌日 전날 밤의 불사佛事. 여기서 대등화
상의 기일은 매년 섣달 이십이일이다.

* 전대前對; 앞으로 나서서 응대함.

* 개산開山; 절을 처음으로 세움. 한 교파敎派를 개창開創하는 것. 개산
開山 조사祖師의 준말.

* 풍경諷經; 소리 내어 경문經文을 읽음. 선종禪宗에서 부처 앞에 경을
소리 내어 읽고 외우거나 예배하는 일.

* 몽규夢閨; 일휴 자신의 별호別號로 스스로를 말한 것이다. 다른 별호
에 광운자狂雲子, 할려瞎驢가 있다.

* 자명慈明(987~1040); 중국 송나라의 선승인 자명초원慈明楚圓. 속성
은 이李, 별호는 석상石霜, 광서성廣西省 주림부桂林府 전주全主에서 태어
났다. 젊어 출가하여 분양선소汾陽善昭의 회상에서 깨쳤다. 뒤에 석상산
石霜山 숭승사崇勝寺와 담주潭州 화흥사化興寺 등에서 교화하였다.

◎ 止大用庵破却 二首 寬正五年　대용암을 깨트리길 그치고, 두 수, 관
정 오년

破邪歸正識情　샛된 걸 깨고 알음알이 바로 돌이키니
勝負人我無明　인아와 무명을 떨치기 위해 싸우는구나.
可羨出塵羅漢　속세를 벗어난 나한을 부러워할 만하니
靑天月白風淸　푸른 하늘에 달 밝고 바람조차 맑도다.

認定盤擔板漢禪　인가 받은 선이거나 편협한 선이거나
衲僧作略豈膠絃　스님의 방편이 어찌나 외곬수인지.

殺活縱橫惡手段　죽이고 살리길 맘대로 하니 나쁜 수단인데

鑄消正印漢王前　한나라 왕 앞에서 불법을 녹여 없앴네.

* 대용암大用庵; 양수養叟 화상의 사탑寺塔이 있는 사찰.

* 관정오년寬正五年(1464); 일휴선사가 일흔한 살 되던 해인데 양수화상이 열반하였다.

* 양수養叟; 일본 실정室町시대 임제종 대덕산파大德寺派의 승려인 양수종이養叟宗頤(1376~1458). 경도京都 출생, 동복사東福寺의 구봉소주九峰韶奏의 지도를 받고, 종봉묘초宗峰妙超의 선禪을 전하였다. 또 화수종담華叟宗曇의 문하에 들어 법을 이었다. 대덕사大德寺, 덕선사德禪寺에 머물렀고, 탑두대용암塔頭大用庵을 처음으로 열었다.

* 정반定盤; 추를 사용하는 저울. 그 첫번째 눈금을 정반성定盤星이라 한다. 벽암록 제2칙 조주부재명백趙州不在明白 평창評唱에 보인다. "은사이신 오조스님께서 당시에 말하길, '손을 내민 것이 흡사 허물과도 같다. 그대들은 어떻게 알았는가?' 자 말해보라, 어디가 손을 내민 곳인가? 낚시하는 말을 듣고 정반성을 잘못 알아서는 안 된다. 五祖先師當說道, 垂手來似過爾, 爾作麼生會. 且道, 作麼生是垂手處. 識取鉤頭意, 莫認定盤星."

* 담판한擔板漢; 판자를 어깨에 메고 한쪽을 보지 못하는 사람. 전체를 보지 못하고 편견을 가진 사람.

* 교현膠絃; 안족雁足에 아교를 붙인 거문고의 현. 기러기발을 아교로 붙여 놓고 거문고를 타면 한 가지 소리밖에 나지 않는다. '교주고슬膠柱鼓瑟'은 고지식하여 융통성이나 변통성이 없는 것을 뜻한다. 사기史記 염파인상여전廉頗藺相如傳.

* 정인正印; 심인心印. 언어나 문자로 형용할 수 없는 불교의 진리를 말한다.

◎ **題大德寺動亂** 대덕사가 소란하여

禪者爭禪詩客詩 선승은 선을 다투고 시인은 시를 다투니
蝸牛角上現安危 뿔 위에서 달팽이가 안위를 드러내었구나.
殺人刀矣活人劍 사람 죽이는 칼이 사람 살리는 칼이니
長信佳人獨自知 장신궁 가인이 홀로 스스로 알아차렸네.

伏虎將軍是我徒 복호장군은 바로 우리의 무리인데
英雄不失惡魔途 영웅이 악마의 길을 잃지 않았구나.
吹毛三尺掌握內 손바닥 안에 석 자 되는 털을 부니
佛法南方一點無 남방에는 불법이 조금도 없도다.

* 와우각상蝸牛角上; 달팽이의 왼쪽 뿔 위에 있는 촉씨觸氏의 나라와 바른쪽 뿔 위에 있는 만씨蠻氏의 나라가 서로 땅을 다투어 크게 싸웠다. 좁은 세상에서 하찮은 일로 서로 다투는 것을 뜻한다. 장자莊子 즉양편則陽篇

* 복호伏虎; 중국 한나라 때 명장인 이광이 북평北平 태수太守로 있을 때 사냥을 나갔다가 바위를 호랑이로 착각하고 화살을 쏘았는데 화살이 바위에 그대로 꽂혔다. 영평부永平府 동쪽에 그때 화살을 쏜 바위인 사호석射虎石이 있다. 한서漢書 권24, 이광전李廣傳.

◎ 訪養叟的子熙長老癩病(訪一作問) 양수화상의 상좌 종희장로의 나병을 문병하고

毒蛇窟宅洛陽東 경도의 동쪽 독사굴에 살고 있는데
癩病深懼亨徹翁 철옹화상은 나병을 아주 두려워했지.
紹凞養叟正傳子 소희 때는 양수화상의 법상좌였는데
學得天衣佛日風 천의화상의 해와 같은 불법을 얻었네.
(風一作禪)

病輕脈重咸淳禪 병이 가볍고 맥이 중한 건 함순의 선,
病重脈輕會昌禪 병이 중하고 맥이 가벼운 건 회창의 선.
就中腐爛養叟輩 썩어 문드러져도 양수화상 무리에 나아가
病脈並損今日禪 병과 맥이 상한 채 오늘도 선정에 드네.

* 양수養叟; 일본 실정室町시대 임제종 대덕산파大德寺派의 승려인 양수종이養叟宗頤(1376~1458). 경도京都 출생, 동복사東福寺의 구봉소주九峰韶奏의 지도를 받고, 종봉묘초宗峰妙超의 선禪을 전하였다. 또 화수종담華叟宗曇의 문하에 들어 법을 이었다. 대덕사大德寺, 덕선사德禪寺에 머물렀고, 탑두대용암塔頭大用庵을 처음으로 열었다.

* 희장로熙長老; 일본 실정室町시대 임제종 승려인 춘포종희春浦宗熙(1416~1496). 병고현兵庫縣 파마播磨 출신, 속성은 적송赤松, 별호에 소암巢庵, 시호는 정속대종선사正續大宗禪師, 저작에 춘포화상금구설春浦和尚金口說이 전한다. 대덕사大德寺에서 양수종이養叟宗頤의 법을 잇고, 관정寬正 2년(1461)에 같은 절의 주지가 되었다. 문명文明의 난을 섭진攝津, 화천和泉에서 피하고 난 뒤에는 대덕사 부흥에 힘썼다.

* 천의天衣; 천의회덕天衣義懷(993~1064). 혹은 월두천의의회선사越州 天衣義懷禪師라 부른다. 법명은 의회義懷이며, 설두중현雪竇重顯 선사의 법 제자로 영가永嘉 진씨陳氏 자손이다. 대대로 고기잡이 하며 살았는데 그 의 어머니가 별이 지붕 위에 떨어지는 꿈을 꾸었는데, 태어날 때 상서 로운 징조가 많이 나타났다. 어릴 때 아버지의 고깃배 뒷전에 앉아 있 었는데, 아버지가 고기를 잡아 꿰라고 건네주면 차마 꿰지 못하고 몰래 강물 속에 넣어 살려주었다. 그의 아버지가 화가 나서 꾸지람을 했으나 달갑게 받고 조금도 마음에 두지 않았다. 만년에는 병이 들어 지양池陽 의 삼산암杉山庵에 머물며 선정쌍수禪淨雙修를 주장하여 통명집通明集을 펴냈다. 청淸나라 옹정雍正 황제가 원담진종圓湛振宗 선사의 시호를 하사 하였다. 법을 이은 제자는 원조종본圓照宗本, 원통법수圓通法秀가 있다.

* 형철옹亨徹翁; 일본 겸창鎌倉과 남북조南北朝시대 임제종의 승려인 철옹의형徹翁義亨(1295~1369). 마근현島根縣 출운出雲 출신, 경도京都 건 인사建仁寺의 경당각원鏡堂覺圓을 찾아 사사師事하였고, 대등국사大燈國師 종봉묘초宗峰妙超의 법을 이었다. 시호는 영산정전국사靈山正傳國師, 대조 정안선사大祖正眼禪師이며, 대덕사大德寺를 개산開山하였다. 저서에 철옹 화상어록徹翁和尚語錄이 전한다.

* 불일佛日; 부처님을 해에 비유하여 일컫는 말. 보리심의 싹을 내고 무루無漏의 도수道樹를 자라게 하며 해가 어두움을 없애는 것처럼, 부처 님은 중생의 번뇌를 사라지게 한다.

* 소희紹熙; 중국 남송南宋시대 광종光宗 치세治世 당시의 연호로 재위 기간은 1190년~1194년이다.

* 함순咸淳; 중국 송宋나라 도종度宗인 조기趙禥의 연호로 재위 기간은 1265년~1274년이다.

◎ 賀熙長老鷲尾新造寺以訪癩病　종희장로가 취미산에 새 절을 지어
하례하고 나병을 문병하며

癩病腳跟毒氣生　문둥병으로 독한 기운이 발에 생겨도
殿堂新造勢崢嶸　전각을 새로 지으니 기세가 우뚝하구나.
鋤頭耕破鷲峰頂　호미로 밭 갈고 영취산 꼭대기 깨트리니
荒草山前無一莖　산 앞에 거친 풀은 한 포기도 없구나.
(一本腳跟作腳痕, 耕破作畊破)

栴檀佛寺利名禪　귀신왕의 사찰은 명리를 좇는 선이니
公案纏腰十萬錢　공안은 허리에다 십만 냥이나 찼구나.
滿目靑山法眼境　눈 가득 푸른 산은 법안의 경계인데
鷲峰樵客踏通玄　영취봉 나무꾼은 현묘한 도가 통했네.

鷲峰建立大伽藍　영취산에 큰 가람을 건립하였으니
普請崩山又碎岩　널리 청하여 산을 허물고 바위를 깼구나.
五臟敗壞成膿血　오장이 흙덩이 부수어 피고름을 이루니
黃衣癩肉臭汗衫　살이 문드러져 누런 옷에 땀내가 나네.

妄參佛祖舊因緣　옛 인연에 불조들께 망령되이 참여하니
天道豈饒逢着膻　하늘의 도가 어찌 누린내를 잔뜩 풍기나.

食淡志潔吾自業　담박하게 먹고 깨끗한 뜻이 나의 일인데
志姦食美汝家傳　간사한 뜻과 좋은 음식을 너의 집에 전하네.

猢猻無尾出入前　꼬리 없는 원숭이 앞에 들락날락하니
乃祖弄嘲天下徧　네 할아비가 천하를 두루 조롱하는구나.
拈棒下喝送一送　방망이 잡고 할하며 거듭 한 방 먹이니
始看勾攔歌舞禪　비로소 난간에 기대어 춤추고 노래하네.

大燈門下單于境　대등국사의 문하는 흉노의 땅인데
姦賊此時開法筵　이때 간사한 도적이 법석을 열었도다.
厚面無慚唯畜類　낯 두꺼워 부끄러움을 모르니 짐승일 뿐
古今無若此邪師　예나 지금이나 이같이 삿된 스승도 없네.
(邪一作禪)

風流入室芯荔尼　입실한 향기로운 여승이 풍류인데
因憶慈明狹路時　자명화상이 좁다란 길에 있던 때로다.
腸斷纖纖呈露手　애가 갈가리 끊어지니 솜씨가 드러나
暗吟小艷一章詩　그윽이 소염시 한 수를 읊고 있네.

頤凞禪話太新鮮　종이와 종희 선사 문답이 아주 신선해
呈露開拳又出拳　주먹 펴고 또 주먹 쥐고 드러냈구나.
龍峯山中惡知識　용봉산 가운데 나쁜 선승이 있는데
言詮古則盡虛傳　오래된 공안 모두 헛되이 전하였다네.

得果投機多教人　과를 얻어 계합하여 대중을 가르치니
靑銅定價兩三緡　청동 엽전의 정가는 두세 꿰미로구나.
休歌亡國伊州曲　망한 나라에 음란한 곡을 노래하길 그치니
榮銜乾坤天寶春　온 세상은 영달을 좇는 현종의 봄이라지.

引伴集徒幾癩兒　도반을 끌어 모으니 문둥이는 몇인지
面門眼上總無眉　낯짝에 눈 위로는 아예 눈썹조차 없구나.
法中姦黨自了漢　법석에는 간사한 무리에 막돼먹은 녀석,
傳授無師話有私　스승 없이 화두를 받다니 사사롭구나.

　* 희장로熙長老; 일본 실정室町시대 임제종 승려인 춘포종희春浦宗熙
(1416~1496). 병고현兵庫縣 파마播磨 출신, 속성은 적송赤松, 별호는 소
암巢庵, 시호는 정속대종선사正續大宗禪師, 저서에 춘포화상금구설春浦和
尚金口說이 전한다. 경도의 대덕사大德寺에서 양수종이養叟宗頤의 법을
잇고, 관정寬正 2년(1461)에 같은 절의 주지가 되었다. 문명文明의 난을
섭진攝津, 화천和泉에서 피하고 그 뒤에 대덕사 부흥에 힘썼다. 이 시에
서 양수의 사제인 일휴는 명리를 꾀하는 영현승인 그와 불화하여 풍자
하며, 천벌을 받은 문둥이라고 폄하하고 있다.
　* 취미鷲尾; 경도京都 동쪽의 영산靈山인 기원사祇園社와 법관사法觀寺
가 있는 취미산鷲尾山을 말한다.
　* 전단栴檀; 큰 귀신의 왕. 모든 귀신 중에 가장 우두머리인 전단건달
바栴檀乾闥婆.
　* 보청普請; 널리 대중大衆에게 함께 일할 것을 청하는 것.
　* 내조乃祖; 그이의 할아버지. 할아버지가 손자에게 '네 할아비' 또는

'이 할아비'라는 뜻으로 자신을 일컫는 말.

 * 선우單于; '넓고 크다'는 뜻으로, 흉노匈奴가 제 부족의 군주나 추장
酋長을 높여 부르던 말이다.

 * 언전言詮; 깨달음의 내용을 어떻게 말로 표현하는가를 배우기 위한
공안이다. 이에는 능가경楞伽經에서 말하는 '종통'과 '설통'의 두 종류가
있다. 또, '언전'의 공안에는 불조의 어떠한 말에도 헷갈리지 않는 눈의
힘을 기르는 것도 있다.

 * 투기投機; 상대의 경지와 맞아 하나 되어 계합契合하는 것.

 * 과果; 범어 phala. 본래 열매란 뜻인데, 원인으로 생기는 결과를 말
한다. 상대어는 인因이다.

 * 이주곡伊州曲; 중국 당唐나라 때 주로 기생들이 부르던 풍류 곡조의
일종.

 * 천보天寶; 중국 당唐나라 현종玄宗의 연호로 15년간(742년 정월～
756년 7월) 사용되었다.

◎ 題頤來的的付兒孫　양수화상이 와서 분명히 법손을 맡기기에

頤卦題名貪食來　이 괘는 먹는 걸 탐하여 이름 하는데
會中膾炙寵如梅　회중의 입에 자주 올라 매화 사랑하듯 하네.
攫金手段機輪轉　금덩이 쥐는 솜씨로 법륜의 기틀을 굴리니
君子果然多愛財　과연 군자가 재물을 아주 좋아하는구나.

 * 이래頤來; 일휴화상연보에 따르면, 응영應永 26년(1419) 일휴가 스
물여섯 살 때, 화수華叟선사의 상像을 조성하고 찬을 붙였다.

＊ 양수종이養叟宗頤(1376~1458); 일본 실정室町시대 임제종 대덕산
파大德寺派의 승려이다. 경도京都 출생, 동복사東福寺의 구봉소주九峰韶奏
의 지도를 받고, 종봉묘초宗峰妙超의 선禪을 전하고 화수종담華叟宗曇의
문하에 들어 법을 이었다. 대덕사大德寺, 덕선사德禪寺에 머물며, 탑두대
용암塔頭大用庵을 처음으로 열었다. 일휴와 나중에 불화하였다.

　＊ 화수종담華叟宗曇(1352~1428); 일본 실정室町 중기에 임제종 대덕
산파大德寺派의 승려이다. 대덕사 22세손이며 파마읍보군播磨揖保郡 출
신, 호는 화수華叟, 성은 등원藤原인데 만년에 염진塩津의 고원원高源院으
로 옮겼다. 후화원後花園 천황天皇이 대기홍종선사大機弘宗禪師의 시호를
하사하였다.

　＊ 이괘頤卦; 주역周易 64괘 중 27번째 괘로 이頤는 '턱'인데, 음식물을
씹어서 몸을 기르기 때문에 '기르다養'라는 의미가 생겼다. 괘상卦象을
보면 진하간상震下艮上으로 초효와 상효가 양효이며, 그 가운데에 음효
네 개를 머금고 있는데, 초효는 아래턱, 상효는 위턱이며 네 개의 음효
는 비어 있는 입안을 상징한다. 이 시에서 양수종이養叟宗頤의 이름과
이괘를 중의적으로 겹쳐 뜻을 보인 것이다.

　◎ 謝人贈鹽醬　소금과 장을 준 사람에게 사례하며

胡亂天然三十年　그럭저럭 엉터리로 서른 해나 살며
狂雲作略這般禪　나는 얼렁뚱땅 선을 잘도 써먹었구나.
百味飮食一楪裏　온갖 맛있는 음식을 차린 한 상인데
淡飯粗茶屬正傳　담박한 밥과 거친 차를 바로 전하였네.
(粗一作麤)

* 호란胡亂; 일에 철저하지 못한 '엉터리'를 뜻하는 당唐나라 때의 속어이다. 사가어록四家語錄, 마조馬祖화상의 상당법어에 보인다. "그럭저럭 지낸 세월이 어언 삼십년, 이제 소금과 장 걱정은 겨우 덜었구나. 自從胡亂後三十年, 不少鹽醬."

◎ 病中 二首 병중에, 두 수

破戒沙門八十年 계율을 깬 중으로 여든 해나 보내며
自慚因果撥無禪 인과가 스스로 부끄러워 선을 무시했네.
病被過去因果果 병이 난 건 과거에 지은 과보일진대
今行何謝劫空緣 지금 겁공의 인연이 얼마나 고마운지.

美膳誰具一雙魚 편지를 갖추어서 누가 선물하였는지
小艶工夫日用虛 소염시나 공부하다니 일용 허사로구나.
婬色吟身頭上雪 음란한 색정으로 신음하니 머리는 백발인데
目前荒草未曾鋤 눈앞에 우거진 풀은 아직 호미질도 못했네.
(目一作山)

* 쌍어雙魚; 쌍리雙鯉. 먼 곳에서 보내온 두 마리 잉어의 뱃속에서 편지便紙가 나왔다는 옛일에서 유래하여 서신이나 편지를 이르는 말.
* 소염小艶; 소염시小艶詩. 양귀비의 연정을 통해 선을 이해시키기 위해서 선사들이 차용해 썼던 시. 오조법연五祖法演(1024~1104)선사가 진제형陣提刑 거사에게 선을 설파했는데, 이를 전해들은 원오극근圓悟克勤 선사가 깨달음을 얻었다. 선지를 깨치는 방편으로 처음 인용한 후에

선가에서 격외언어格外言語로 널리 수용되었다. "한 폭 아리따운 모습 그리지 못하는데, 깊고 깊은 규방에서 마음 알리노라. 소옥아! 자주 부르는 건 원래 일이 있어서가 아니고, 단지 낭군에게 목소리를 알리려고 할 뿐. 一段風光畵不成, 洞房深處陳愁情. 頻呼小玉元無事, 只要檀郞認得聲."

◎ 代斷頭罪人 二首   목이 잘리는 죄인을 대신하여, 두 수

六條河畔斷頭場   육조하반 땅은 머리를 베는 처형장인데
逼面殺人三尺鋩   사람 죽이는 석 자 칼날이 얼굴에 닥치네.
伎窮情盡魔途失   재주 막히고 뜻을 다하니 마귀가 길을 잃고
空斷春閨夢裏腸   꿈결에 봄날 규방에서 괜히 애를 끊는구나.

或人瞠眼或低頭   누구는 똑바로 보고 누구는 고개 숙이니
各是波旬之道流   이들은 저마다 마왕으로 도가의 무리로다.
多年風月卽今劍   몇 년 풍월이 바로 지금은 칼날이 되어
大地山河滿目愁   눈 가득한 대지 산하가 시름하는구나.

* 육조하반六條河畔; 일본 경도京都에 있는 처형장. 당시 권력자에 의해 이곳에서 많은 죄인과 반역자를 처형했는데, 소서행장小西行長 등 천주교도가 있었다.

* 파순波旬; 석가釋迦의 수행을 방해하려고 한 마왕의 이름.

◎ 羅漢遊婬坊圖 二首　나한이 기생집에서 노니는 그림, 두 수

羅漢出塵無識情　나한이 속세를 벗으니 미혹한 마음 없어
婬坊遊戱也多情　기생집에 노닐며 희롱하니 다정도 하구나.
那邊非矣那邊是　어디서 아닌 게 어디서는 옳으니
衲子工夫魔佛情　스님이 하는 공부는 마왕의 정이로세.

出塵羅漢遠佛地　속세 떠난 나한이 부처의 땅에서 먼데
一入婬坊發大智　한번 기생집에 드니 큰 지혜가 터졌구나.
深笑文殊唱楞嚴　문수를 아주 비웃고 능엄을 노래하니
失卻少年風流事　젊은 시절 풍류를 즐기던 일 잃어버렸네.

* 음방婬坊; 옛날 기생이 거처하던 곳. 기생집. 창관娼館, 청루靑樓. 중국 송宋나라 황정견黃庭堅 시에 보인다. "婬坊酒肆閑居士, 李下何妨也整冠."
* 식정識情; 식심識心. 망념妄念. 알음알이. 분별을 일으키는 미혹한 마음.
* 마불魔佛; 범어 Pāpiyas. 마불파순魔佛波旬. 욕계欲界 제6천의 임금인 마왕의 이름. 악한 뜻을 품고 나쁜 법을 만들어 수행자를 어지럽히고 사람의 혜명慧命을 끊는다.

◎ 涅槃像 二首　열반상, 두 수

作佛披毛無主賓　풀옷 입고 부처 되니 주인 없는 손님인데
春愁二月涅槃辰　봄 시름하는 이월이 열반하신 날이로다.
有情異類五十二　중생의 다른 부류가 쉰두 가지인데

混雜紫磨金色身　자줏빛 사금 섞어 금빛 몸을 이루었네.

頭上北州脚下南　머리 위는 북주인데 다리 아래는 남주라
前三三與後三三　전삼삼 그리고 후삼삼이니 피차가 같구나.
逼塞乾坤釋迦像　천지가 꽉 막힌 곳에 석가상이 있어
看來惠日一伽藍　혜일산 와서 보니 한 가람을 이루었도다.
(與一作也)

* 작불作佛; 성불成佛. 최고의 깨달음을 얻는 일.
* 유정有情; 정식情識이 있는 생물. 중생. 반대되는 말은 비정非情.
* 자마금紫磨金; 자마황금紫磨黃金. 자색이 나는 황금. 염부閻浮나무 아래를 흐르는 강물 속에서 나는 사금砂金. 곧 염부단금閻浮檀金.
* 전삼삼前三三...후삼삼後三三; 삼삼은 일정한 수량이 아니고, 전과 후는 피彼, 차此와 같으니, 전도 삼삼이요, 후도 삼삼이란 뜻으로 피차가 같음을 의미하는 말. 혹은, 삼삼은 한없는 수량을 의미하며, 곧 전후삼삼이란 뜻은, 전과 후는 별로 중요한 것이 아니고, 무수하고 무한한 뜻을 상징한 말.
* 혜일惠日; 일본 혜일산惠日山의 동복사東福寺에 대열반상이 있다.

◎ 嘲熊野權現　웅야의 신사를 조롱하며
垂跡三山榎本頭　삼산에 내린 자취는 가본씨가 으뜸인데
百由旬瀑直飛流　백 유순이나 폭포가 곧게 떨어져 흘렀네.
室郡休道馬不進　실군 땅에 도가 끊겨 말이 나아가지 않는데

徐福精神物外遊　서복은 정신 차려 세상 밖에 노닐었지.

* 웅야熊野; 일본 화가산현和歌山縣 남부와 삼중현三重縣 남부 지역인
데, 기이반도紀伊半島 남단부를 차지한다. 옛날 웅야국熊野國과 거의 일
치하는데, 삼산三山에는 세 신사神社가 있다. 본궁대사本宮大社, 속옥대사
速玉大社, 나지대사那智大社가 그것이다.

* 권현權現; 일본에서 신호神號를 뜻한다. 일본의 신은 불교의 부처나
보살이 일시적인 모습으로 나타난 것이며, '권'이란 글자는 '권대납언權
大納言'처럼 '임시臨時'란 뜻이 있는데 부처가 신의 형식으로 나타난 것을
말한다. 권현에는 산왕신도山王神道의 천태종天台宗, 양부신도兩部神道의
진언종眞言宗, 자연숭배自然崇拜의 산악신앙山岳信仰, 수도修道가 융합된
민간신앙民間信仰 등이 있다.

* 가본榎本; 옛날 기이국紀伊國 웅야熊野 지역에서 세력이 강한 세 호
족豪族 중의 하나이다. 당시 웅야삼당熊野三黨이라 하여 가본씨榎本氏, 우
정씨宇井氏, 수적씨穗積氏가 있었다. 웅야속옥대사熊野速玉大社의 신직神職
을 세습世襲하고 팔지오八咫烏의 신문神紋을 사용하였다.

* 마부진馬不進; 논어論語 웅야雍也에 보인다. "공자께서 말씀하셨다.
맹지반은 공을 자랑하지 않았구나. 달아나면서 뒤 처져 있다가 도성 문
으로 들어가려 할 때 말을 채찍질하며 말하길, '감히 뒤에 있었던 것이
아니라, 말이 앞으로 나가지 못한 것이다' 하였다. 子曰, '孟之反不伐,
奔而殿. 將入門, 策其馬曰, '非敢後也, 馬不進也.'"

* 실군室郡; 일본 기이국 웅야熊野의 지명.

* 유순由旬; 불교에서 고대 인도의 이수里數 단위. 소가 끄는 수레가
하루에 갈 수 있는 거리로서 80리는 대유순, 60리는 중유순, 40리는 소

유순이다.

* 서복徐福; 서시徐市. 중국 진秦나라 때 방사方士. 자는 군방君房. 진시황秦始皇의 명을 받들고 불로초를 찾아 어린 남녀 수천 명을 데리고 동쪽 바다로 떠났다가 돌아오지 않았다. "齊人徐市等上書, 言海中有三神山, 名曰蓬萊, 方丈, 瀛洲, 僊人居之. 請得齋戒, 與童男女求之. 於是遣徐市發童男女數千人, 入海求僊人." 사기史記 권6 진시황본기秦始皇本紀.

◎ 閑工夫辱榮衒徒　쓸데없는 공부하며 욕되게 영달을 바라는 중에게

金襴長老一生望　금란가사 걸친 늙은 중이 평생 바라는 건
集衆參禪又上堂　대중 모아 참선하며 법상에 오르는 짓이라.
樓子慈明何作略　누방에서 자명화상은 어떤 꾀를 냈는지
風流可愛美人粧　미인이 화장하니 풍류를 사랑할 만하겠네.

* 누자樓子; 누방樓房. 정자, 누각이나 배의 갑판에 다락처럼 꾸며 만든 방. 중국 명明나라 승려인 덕상德祥의 횡당사橫塘寺 시에 보인다. '白髮老人知舊寺, 繞塘樓子十三房.'

◎ 正工夫示久參徒　바른 공부를 오래 참선한 스님에게 보이며

機輪轉處實能幽　법의 바퀴 구르는 곳에 실상이 그윽하니
臨濟正傳名利謀　임제의 바른 법은 명리를 꾀하였구나.
一枕春風雞足曉　하루 밤 봄바람 부니 계족산에 동이 트는데
三生夜雨馬嵬秋　삼생에 밤 비 내리니 마외 땅 가을이로다.

* 기륜機輪; 스승이 제자를 지도하는 방법이 자유자재한 걸 바퀴에 비유한 말이다.

　* 계족雞足; 범어 Kukkuapāda. 중인도 마갈타국 부다가야의 동쪽에 있는 산으로 마하가섭이 죽은 곳이다. 산의 세 봉우리가 나란히 솟아 그 형상이 마치 닭의 발과 같아 이같이 부른다.

　◎ 洛下昔有紅欄古洞兩處曰地獄, 曰加世, 又安聚坊之口, 有西洞院(聚一作衆), 諺所謂小路也. 歌酒之客, 過此處者, 皆爲風流之淸事也, 今街坊之間, 十家四五娼樓也. 淫風之盛幾乎亡國. 吁, 關雎之詩可想乎哉. 不足嗟嘆故述二偈一詩, 以詠歌之云(一本, 作述二偈一詩, 歌之云)　예전 경도의 홍란고동 두 곳이 있는데 지옥, 가세라 하고 또 안취방의 들목에 서동원이 있어 속어로 '좁은 길'이라 하였다. 술 취해 노래를 부르며 나그네가 여길 지나는 것은 모두 풍류를 즐기는 맑은 일이었다. 지금은 저자거리 열 집에 네댓은 기생집이다. 음탕한 기운이 성하니 어찌 망한 나라가 아니겠는가. 아! 관저의 시를 가히 생각이나 하리오. 탄식하여도 부족해 게송 두 수와 시 한 수를 지어 노래한다.

　偈曰　게송에 이르길

同居馬牛犬兼雞　말과 소, 개와 닭과 함께 사니
白晝婚姻十字街　대낮 네거리에서 혼인하였구나.
人道悉是畜生道　사람의 도가 다 축생의 도이니
月落長安半夜西　경도에 밤중 되자 달이 서쪽에 지네.

佛交露柱一同途　부처는 노주와 사귀며 한 길로 가니

邪法此時難得扶　이때 삿된 법은 지탱하기도 어렵구나.

榮衒徒似作家漢　영달을 좇는 무리가 선승인 체 하니

佛法胸襟一點無　가슴속에 불법이라곤 한 점도 없네.

詩 曰　시에 이르길

婬風家國喪亡愁　음란한 풍속이 집안과 나라 망쳐 시름하니

君看雎鳩在彼洲　임금은 저 물가에서 물수리를 보는구나.

隨例宮娥主恩夕　저녁에 궁녀가 예를 따르니 임금의 은혜라

玉盃夜夜幾春秋　밤마다 옥잔 들이키며 몇 해나 보냈는지.

* 낙하洛下; 낙중洛中. 낙양洛陽. 여기서는 경도京都를 말한다.

* 관저關雎; 시경詩經, 국풍國風 주남周南의 편명. 문왕文王과 후비后妃의 덕을 칭송하였는데 공자는 이렇게 평하였다. "즐겁지만 방탕하지 아니 하고, 슬프지만 마음을 상하지 않는다. 樂而不淫, 哀而不傷."

◎ 俗人婬坊門前吟詩歸　속인이 기생집 문 앞에서 시를 읊고 돌아오기에

樓子無心彼有心　청루에 선 나는 무심한데 저 사람은 유심하니

婬詩詩客色何婬　음란한 시 읊는 시인의 색정은 얼마나 음탕한가.

宿雨西晴小歌暮　간밤에 오던 비 서녘이 개어 저물도록 노래하니

多情可愛倚門吟　문 기대어 시 읊으니 다정하여 사랑할만하구나.

* 숙우宿雨; 여러 날 이어서 내리는 비. 지난밤부터 오는 비.

◎ 相國寺沙喝騷動   상국사 사할이 소동을 벌이기에

元來長久萬年山   원래부터 아주 오래된 만년산인데
葉戰松杉風外間   바람에 소나무와 삼나무 잎이 소란하네.
濟北蔭凜宗風滅   제북의 음량헌에 늠름한 임제 종풍 사라져도
白拈手段活機關   날강도 솜씨로 가르침은 활발히 펼쳤구나.
(間一作聞)

* 상국사相國寺; 일본 임제종 상국사파相国寺派의 중심이며 경도京都 오산五山의 두 번째 사찰이다. 정식 명칭은 만년산상국승천선사萬年山相國承天禪寺이고, 14세기 말에 실정막부室町幕府의 장수인 족리의만足利義滿에 의해 창건되었다.

* 사할沙喝; 선종에서 할식喝食보다 좀 손윗사람으로 할식의 옷을 입은 사람. 할식은 대중이 식사할 때 식당 한쪽에 서서 큰 소리로 안내하여 음식의 이름을 알리거나 심부름을 하는 소임으로 선종에서는 동행童行이라 하여, 아직 승려가 되지 않은 아이들이 이 일을 맡는다. 할식행자라고도 한다.

* 만년산萬年山; 상국사가 있는 산 이름.

* 제북濟北; 호관사련虎關師鍊(1278~1346)이 주석하던 사찰이 있는 곳. 겸창鎌倉 시대 후기와 남북조南北朝 시대 임제종의 선승으로 휘는 사련師鍊, 자는 호관虎關, 경도京都 출신이며 시호는 본각국사本覺國師이다. 어려서 임제종의 성일파聖一派 동산담조東山湛照의 문하에 들어 참선하

고 비예산比叡山에서 수계를 받았다. 건장사建長寺의 약옹덕검約翁德儉의 회화에 들어가는 한편 인화사仁和寺, 제호사醍醐寺에서 밀교를 배웠다. 동복사東福寺, 남선사南禪寺 주지를 역임하였고 뒤에 해장원海藏院에서 입적하였다. 저서에 원형석서元亨釋書, 불어심론佛語心論, 시문집에 제북집濟北集, 어록에 십선지록十禪支錄, 일본 최초의 운서韻書인 취분운략聚分韻略이 있다.

　* 음蔭; 당시 임제선을 수행하던 장소인 음량헌蔭涼軒.

　* 백염白拈; 벽암록 제73칙 두백두흑頭白頭黑 송頌에 보인다. "지장의 머리는 희고 백장의 머리는 검구나, 눈 밝은 수행자라도 이 뜻은 알 수 없네. 망아지가 천하의 사람을 짓밟으니 진짜 날강도는 임제가 아니었네. 사구와 백비를 초월하니, 천상인간에 오직 나만 알고 있구나. 藏頭白海頭黑, 明眼衲僧會不得. 馬駒踏殺天下人, 臨濟未是白拈賊. 離四句絶百非, 天上人間唯我知."

◎ 童謠 二首　동요, 두 수

童謠逆耳野村謳　시골에서 동요 부르니 귀에 거슬린데
唱起家家亡國愁　집집마다 노래 부르며 망국을 시름하네.
十年春雨扶桑淚　십년 동안 봄 비는 동쪽에서 눈물짓더니
稼穡艱難廢址秋　농사짓기 어려워 가을걷이도 그만두었네.

皇城山野野皇城　황성의 산과 들은 황성을 거칠게 하여
變雅變風人不平　상스럽게 풍속마저 변해 사람들 불평하네.
骼皮秋瘦山骨露　뼈 가죽에 가을 수척해 산의 뼈가 드러나니

狂雲一片十年情　한 조각 미친 구름, 십년의 정일레라.

(骼一作體)

* 부상扶桑; 해가 돋는 동쪽 바다. 중국 전설에 동쪽 바다 속 해가 뜨는 곳에 있는 나무.
* 광운狂雲; 미친 구름. 여기서는 일휴 자신을 지칭한다.

◎ 看杜詩 二首　두보 시를 보고, 두 수

古今詩格舊精魂　시의 격식은 예나 지금이나 그대론데
江海飄零亦主恩　산하에 떠도는 일조차 임금의 은혜로다.
仰叫虞舜一生淚　평생 우임금 순임금 우러러 눈물지으며
淚痕濺洒裏乾坤　눈물 자욱 흥건하니 천지는 향기로웠지.

淚愁春雨又秋風　봄비에다 가을바람에 눈물짓고 시름하니
食頃難亡天子宮　짧은 시간에 천자궁은 망하기도 어려웠지.
詩客名高天寶事　떠돌이 시인의 이름이 당 현종 때 높았으니
寒儒忠義也英雄　변변치 못한 선비의 충의라도 영웅이로다.

* 간두시看杜詩; 중국 당나라 시인 두보杜甫의 '제장오수諸將五首' 중에 다섯 번째 시에 보인다. "임금의 은혜로 세 번이나 병부를 잡았고, 군령이 분명하여 여러 번 술잔을 들었네. 서촉의 지형은 천하에 험한 곳이니, 나라의 안위는 뛰어난 인재에게 있구나. 主恩前後三持節, 軍令分明數擧杯. 西蜀地形天下險, 安危須仗出群材." 또 '술회述懷' 시에서도 보인

다. "눈물로 습유의 벼슬을 받으니, 떠도는 나에게 두터운 은총이구나. 비록 싸리문 달린 집에 갈 수 있으나, 차마 입 열고 간다고 할 수도 없네. 涕淚受拾遺, 流離主恩厚. 柴門雖得去, 未忍卽開口."

* 식경食頃; 한 끼의 음식을 먹을 만한 시간. 얼마 안 되는 동안.

* 천보天寶; 중국 당唐나라 현종玄宗의 연호로 15년간(742년 정월~756년 7월) 사용되었다.

◎ 示婬色人　음탕한 사람에게 보이다

巫山雲雨夢中神　무산에서 정을 나누니 꿈속의 신인데
君子猶迷況小人　군자조차 미혹한데 하물며 소인이랴.
風流聖主馬嵬淚　풍류 즐기던 임금은 마외 땅에서 우니
龜鑑明明今日新　귀감은 아주 밝아 오늘이 새롭구나.

濮上桑間唱哇音　복수가 상간 땅에 음란한 노래 부르니
風流年少寵尤深　젊은 시절 풍류는 사랑이 더 깊었어라.
世界三家村裏客　세상은 세 집인데 촌구석에 나그네,
重華不識二妃吟　순임금은 두 왕비의 노래를 알지 못했지.

所愛肉身湌食忠　육신을 사랑하는 건 충심을 먹는 것
心肝生鐵一天功　무쇠 같은 마음은 한 하늘의 공로라네.
男兒死處色何屈　사내가 죽는 곳을 어찌 여인에게 맡기랴.
惱亂楊花甲帳風　번뇌가 어지러이 고운 휘장에 어리네.

* 무산운우巫山雲雨; 남녀의 정사情事를 상징한다. 중국 전국시대 초楚
나라 회왕懷王이 낮잠을 자는데, 꿈에 한 여인이 와서 말하기를, "저는
무산의 여자로서 고당高唐의 나그네가 되었는데, 임금님이 여기에 계신
다는 소문을 듣고 왔으니, 원컨대 잠자리를 같이해 주소서."라고 하여,
그와 같이 하룻밤을 잤다. 그 이튿날 아침 그 여인이 떠나며 말하기를,
"저는 무산의 양지쪽 높은 언덕에 사는데, 매일 아침이면 구름이 되고
저녁이면 비가 되어 내립니다. 旦爲朝雲 暮爲行雨"라고 하였다.

 * 마외馬嵬; 지금의 중국 섬서성陝西省 흥평현興平縣인데 당나라 현종
안록산安祿山의 난이 일어났을 때 양귀비楊貴妃가 목매달아 죽은 곳이다.

 * 복상상간濮上桑間; 복수濮水 가에 있는 상간桑間 땅의 음악. 망국亡國
의 음률로 음란한 음악을 말한다. 예기禮記.

 * 중화重華; 중국 순舜 임금의 미칭. 문덕文德이 요堯 임금을 계승하여
거듭 광화光華를 비춘 걸 칭송해 일컫는 말이다.

 * 이비二妃; 순임금의 두 비妃인 아황娥皇과 여영女英. 순 임금이 남쪽
으로 사냥을 갔다가 창오蒼梧 들판에서 죽자, 두 왕비가 소상강瀟湘江에
이르러 눈물을 대나무에 뿌렸다.

 * 남아男兒; 후한서後漢書 마원전馬援傳에 보인다. "사나이는 변방의 들
판에서 쓰러져 죽어 말가죽에 시체를 싸가지고 돌아와 땅에 묻히는 것
이 마땅하다. 어찌 침상에 누워 아녀자의 손 안에서 죽을 수 있겠는가.
男兒要當死于邊野, 以馬革裹屍還葬耳, 何能臥牀上在兒女子手中耶."

◎ **會裏僧與武具** 문하의 스님에게 무기를 주며

說禪學道本無能 선을 설하고 수행하는 건 본래 무능하니

亂世英雄一錫僧　어지러운 시대의 영웅은 석장을 쥔 스님이지.
覿面當機若行令　겉으로 소질을 보니 우두머리 행세하는 듯
鐵圍百億棒頭崩　백억 겹 무쇠로 두르니 방망이가 무너졌구나.

道人行腳又山居　도인이 여기저기 떠돌다 또 산중에 사는데
江海風流簑笠漁　강과 바다를 풍류삼아 세상 잊고 고기나 잡지.
逆行沙門三尺劍　사문을 거스르고 삼 척 검을 쥐었으니
不看禪錄讚軍書　선어록은 팽개치고 병서나 보고 있구나.

◎ 因亂 二首 詩　난리가 나서, 두 수

請看凶徒大運籌　흉포한 무리가 크게 일어난 걸 보게
近臣左右妄優遊　좌우의 근신들 더욱 허망하게 노니네.
蕙帳畫屛歌吹底　휘장 안에 병풍치고 피리 불며 노래하니
衆人曰夜醉悠悠　사람들 말하길, 취한 밤이 쓸쓸하구나.

忠臣愁思在功勳　충신은 시름하니 공훈이 있나 생각하고
世上汗淋不識君　세상은 피 흘리는데 군왕은 알지 못하지.
儒雅十年情寂寂　시 읊은 풍류 십년에 정은 외로운데
貴遊一夜醉醺醺　귀족은 하루 밤 노닐어 흠뻑 취하였네.

* 인란因亂; 일본 응인應仁과 문명文明의 변란變亂에 대하여 읊은 시이다.
* 운주運籌; 주판을 놓듯이 이리저리 궁리하고 계획함.

◎ 示會裏俗徒警策詩　문하의 속된 중을 경책하며 보이다

前車覆處後車驚　앞 수레 엎어진 곳에 뒤 수레가 놀래니
警策怠時禍必生　경책을 게을리 하면 꼭 화가 생기리라.
半醉半醒夜遊客　반은 취하고 반은 깨어 밤에 노니는 나그네,
烏啼月落夜三更　한밤중 삼경에 새 울자 달이 지는구나.
(烏一作鳥)

詩歌吟詠失全功　시가나 읊조리니 모든 공을 잃고서
天上人間軍陣中　천상의 수행자가 군진 가운데 있도다.
意舞醉歌休度日　춤추고 취해 노래할 생각을 하루도 쉬지 않아
飛揚跋扈爲君雄　잘난 체 맘대로 날뛰니 그대 잘났구나.

◎ 因亂寄坊城少納言詩　난리가 나서 방성의 소납언에게 시를 부치다

當代營儒少納言　당대에 유가를 경영한 소납언이여,
詩文家業動乾坤　시문을 이룬 가업이 천지를 움직였네.
英雄亂世好風月　어지러운 세상에 영웅은 풍월이 좋아
長劍大弓酬主恩　긴 칼과 큰 활로 임금의 은혜를 갚았구나.

* 방성坊城; 도성都城의 주위에 둘러친 성벽이나 울타리.
* 소납언少納言; 당시 벼슬 이름의 하나로 태정관太政官 삼등의 관직이다.

◎ 懺悔拔舌罪　혀가 뽑히는 죄를 참회하며

言鋒殺戮幾多人　혀의 칼끝에 얼마나 많은 사람 죽였는지
述偈題詩筆罵人　게송 짓고 시 지어 붓으로 사람을 꾸짖었지.
八裂七花舌頭罪　갈기갈기 찢어진 혀끝이 저지른 죄,
黃泉難免火車人　황천에서 불수레 타는 걸 피할 수 없겠네.

* 발설拔舌; 말로 죄악을 저지른 사람이 죽어 지옥에 가면 혀를 뽑아 보습으로 가는 고통을 준다.
* 팔열칠화八裂七花; 꽃잎이 하나하나 떨어지듯이 산산 조각나서 흩어지는 모습을 가리키는 말이다.
* 화차火車; 지옥으로 가는 불 수레. 악행을 저지른 망자는 지옥을 향해 달리는 불 수레를 타는데, 한 번 올라탄 자는 두 번 다시 내릴 수 없다.

◎ 亂裡 二首　난리, 두 수

國危家必有餘殃　나라 위태하면 집안에 꼭 남은 화 있어
佛界退身魔界場　부처의 세상이 물러나니 마군의 터로구나.
臨時殺活衲僧令　중의 우두머리가 임시로 죽이고 살리니
君看忠臣松柏霜　군왕은 충신을 서리 찬 송백으로 여기네.

獨坐頻忙臘晦心　섣달 그믐밤 홀로 앉으니 마음만 바쁜데
誰人忠義此時深　어느 누가 이러한 때 충의가 깊은지.
曉天一睡枕頭恨　새벽하늘에 설핏 잠드니 한이 베개에 서리고
朝日三竿夢裡身　몸은 꿈속을 헤매는데 벌써 해는 떴구나.

(身一作吟)

* 삼간三竿; 해가 세 길이나 떠올랐다는 뜻이다. 날이 이미 밝아 해가
높이 떠오른 걸 말한다.

◎ 關東御上洛　관동의 경도로 돌아가며

虜軍萬騎已東來　노군 만 명이 말 타고 이미 관동에서 오니
京洛凱歌一曲催　경도에서 승전가 한 곡조가 울려 퍼졌네.
相坂關門征駒路　봉판산 관문에 정벌 가는 말이 넘쳐나니
胡兒性命馬蹄埃　오랑캐 놈들 목숨은 말발굽의 먼지로다.

* 어상락御上洛; 여기서 상락上洛은 상경上京의 뜻인데, 락洛은 경도京都
의 고칭古稱이다. 일본 영향永享 10년(1438) 9월 겸창鎌倉의 공방公方이자
무장武將인 족리지씨足利持氏(1398~1439)가 관동 북부에 전화戰火를 일
으키자 가길嘉吉 원년(1441)이 되자, 점차 진압되어 마침내 자살하였다.
* 판坂; 봉판산逢坂山. 경도京都의 남동부 산과山科와 자하현滋賀縣 대진
大津의 경계에 있는 산. 해발 325m. 예로부터 많은 시가나 기행문학에
보인다. 이 관문을 경계로 동쪽을 동국東國이라 불렀다.

◎ 媱坊頌以辱得法知識　음방을 칭송하여 법을 얻은 중을 욕하며

舌頭古則長欺謾　입으로 법을 지껄이며 줄곧 속이다가
日用折腰空對官　날마다 권력자 앞에서 괜히 굽실거리네.

榮衒世上善知識　번화한 어지러운 세상에 진짜 스승은
婬坊兒女着金襴　금란가사를 걸친 음방의 미인들이구나.

◎ 日用　일용

日用正工夫　날마다 바른 공부하니
挽弓東射胡　활을 당겨 동쪽에서 오랑캐를 쏘네.
殺佛殺祖令　부처를 죽이고 조사를 죽이라 하니
波旬失却途　마왕은 길을 잃었도다.
(一本挽作引, 三四句作佛魔混雜底, 邪法竟難扶)

* 호胡; 서천西天의 호자胡子. 달마대사. 무문관 제4칙 호자무수胡子無鬚에 보인다. "혹암화상이 말하길, '호자는 왜 수염이 없는가?' 하였다. 或庵曰, '西天胡子, 因甚無鬚?'"
* 파순波旬; 석가釋迦의 수행을 방해하려고 한 마왕의 이름.

◎ 祝聖　축성하며

海內太平卽現前　나라 안이 태평하니 여기 바로 앞이라
淸風明月碧雲天　맑은 바람 밝은 달, 하늘에는 푸른 구름.
萬年七百高僧行　만년 동안 칠백 분 고승이 가셨으니
看看天龍正覺前　순식간에 천룡화상 정각하기 전이었네.
(一本卽作便, 僧作祖, 正覺前作正覺禪)

* 축성祝聖; 매월 초하루와 보름날에 금상今上의 만세 축식祝式을 말한다.

* 칠백고승七百高僧; 벽암록 제61칙 풍혈약립일진風穴若立一塵에 보인다. "남전화상이 대중에게 말하길, 황매산 칠백 고승은 모두가 불법을 아는 분들이라 오조의 의발을 얻지 못하였으나, 오직 노행자만 불법을 알지 못한 까닭에 의발은 얻었다. 南泉示衆云, '黃梅七百高僧, 盡是會佛法底人, 不得他衣鉢, 唯有盧行者, 不會佛法, 所以得他衣鉢.'"

* 천룡天龍; 일본 겸창鎌倉 시대 임제종의 선승이자 천룡의 개산조開山祖인 몽창소석夢窓疎石(1275~1351).

◎ 德政　덕정

賊元來不打家貧　도적은 원래 가난한 집은 치지 않으니
孤獨財非萬國珍　급고독의 재물이 온 나라 보배는 아니었지.
信道禍元福所復　재앙이 원래 복으로 되돌아온다 말하지만
靑銅十萬失靈神　청동 엽전 십만 냥에 영혼을 잃었구나.
(復一作伏)

* 덕정德政; 일본 겸창鎌倉 말기에 무사들이 빈궁하여 이를 구제하기 위하여 무상으로 재물을 베풀었고, 실정室町시대에는 농민들조차 가난이 극심하여 왕이 덕으로 이를 구제하였다.

* 고독孤獨; 급고독給孤獨. 범어Anāthapiada. 아나타빈다타阿那陀擯茶陀라 음역. 바사닉왕의 태자 기타태자祇陀太子에게 원림園林을 사서 기원정사祇園精舍를 지어 부처님께 바친 사람이다.

◎ 亂裡工夫　난리 공부

每朝高叫甚忙忙　매일 아침 힘주어 강조하기 참 바쁜데
受敵機先當八方　적의 기봉을 받아 먼저 팔방에 대적하지.
觀法坐禪休度日　법을 살피고 좌선하며 세월 보내진 않지만
但須勤跂屭飛揚　모름지기 잘난 체 거들먹거리지 않을 뿐.
(甚一作太)

* 난리공부亂裡工夫; 움직이는 가운데 수행에 힘쓰는 것을 말한다. 동
중좌선動中坐禪.
* 도일度日; 세월을 보내거나 날을 보내는 것.
* 관법觀法; 법을 관함. 마음으로 진리를 관념하는 것. 불교에 대한 실
천 수행을 가리키는 말이다.

◎ 泉涌寺雲龍院後小松院廟前菊　천용사 운룡원 뒤 소송원의 어묘 앞
에 핀 국화

袞龍錦袖碧雲天　푸른 구름 하늘 끝에 곤룡의 비단 소매
叡信宗門列祖禪　임금께서 종문을 믿고 열조를 봉선하시는구나.
生鐵鑄成黃菊意　무쇠같은 인재를 키우니 노란 국화의 뜻이라
秋香未老玉堦前　가을 향기 아직도 옥섬돌 앞에 가시지 않네.
(香一作光)

* 묘전廟前; 일본 경도京都 동산東山의 동복사東福寺 북쪽에 있는 천용
사에는 역대 황제의 어묘御廟가 있고 운룡원이란 별묘別廟가 있다.

* 생철生鐵; 서장書狀 허사리답서許司理答書에 보인다. "만약 반드시 척추를 곧게 세워서, 세간 출세간에 다 마친 사람이 되려거든, 모름지기 무쇠로 부어 만든 사람이라야 마칠 수 있겠으나, 만약 반은 밝고 반은 어둡거나, 반은 믿고 반은 믿지 않는다면 반드시 마치지 못할 것입니다. 若決定豎起脊梁骨, 要做世出世間沒量漢, 須是箇生鐵鑄就底方了得, 若半明半暗半信半不信, 決定了不得."

◎ 日課   일과

如法如說衲僧眼   법대로 설대로 하는 건 승려의 안목인데
經咒讀誦百千返   백천 번 되풀이해 경전과 다라니를 독송하네.
三百六十日課前   삼백예순날 매일 일과 전에 하는 건
風雨雪月吟艶簡   바람과 비, 눈과 달에 고운 편지나 읊지.

 * 염艶; 일본 겸창鎌倉 시대 초기에 화가和歌의 미적美的 이념으로서 확립된 개념인데, 깊이가 있는 우아하고 화려한 감각적인 아름다움을 말한다.

◎ 太平正工夫   태평한 시대의 바른 공부

天然胡亂正工夫   있는 대로 그럭저럭 올바른 공부하니
昨日聰明今日愚   어제는 총명하더니 오늘은 어리석구나.
宇宙陰晴任變化   우주는 흐렸다 개었다 변화에 맡겼는데
一回斫額望天衢   한번 이마에 손 얹고 하늘 길 바라보네.

* 호란胡亂; 철저하지 못한 채 그럭저럭 하는 것을 말한다.

* 작액斫額; 어떤 행위인지 분명하지 않지만, 손을 이마에 가로로 대고 멀리 바라봄. 벽암록 제71칙 작액망여斫額望汝에 보인다. "백장화상이 다시 오봉스님에게 묻기를, '목구멍과 입술을 막고 어떻게 말하겠는가?' 오봉스님이 말하길, '화상께서도 막아야 합니다.' 백장화상이 말하길, 사람이 없는 곳에서 이마에 손을 얹고 너를 바라보겠다. 擧. 百丈復問五峰, 倂卻咽喉脣吻, 作麼生道? 峰云, 和尙也須倂卻. 丈云, 無人處斫額望汝."

* 천구天衢; 천로天路. 하늘 길. 주역 대축괘大畜卦 상구上九의 효사爻辭로 하늘이나 제왕帝王이 거주하는 도성都城을 말한다.

◎ 亂世正工夫　어지러운 세상의 바른 공부

丈夫須具正見　대장부는 모름지기 바른 견해를 갖추니
諸妄想隨境現　모든 망령된 생각은 경계에 따라 드러나네.
馬問良馬麼無　말이 묻기를 좋은 말이 없는가 하니
人答此刀利劍　사람이 답하길, 이 칼은 예리한 칼이라네.

* 양마良馬; 중국 춘추시대 구방고九方皐는 준마를 잘 감별하였다. 백락伯樂이 진秦의 목공穆公에게 구방고를 천거하였는데, 말의 색깔이나 암수도 알지 못하자, 백락이 말하길, "구방고가 본 것은 천기이므로, 그 정精한 것만 얻고 추麤한 것은 잊고, 또 내면만 중시하고 외면은 잊어버린 것입니다."라고 하여, 말을 데려와서 보니, 과연 천하의 양마였다고 한다. 열자列子 설부說符.

◎ 少欲知足 二首　작은 것으로 만족할 줄 알아, 두 수

千口不多富貴愁　부자는 천 명 먹을 부귀도 적다 시름하고
家貧甚苦一身稠　가난한 집은 참 괴로워 한 몸도 많다지.
涓水鯉魚斗水望　위수의 잉어는 한 말의 물을 바라지만
明朝臈扇廣河流　명나라 섣달 부채는 너른 강물에 흐르네.
(涓一作漏)

果滿羅漢有三毒　나한의 과업은 가득한데 삼독이 있어
純一願少欲知足　순일하게 작은 것으로 만족할 줄 알지.
無衣貧病得相治　헐벗고 가난한 병은 서로 다스리는데
山堂一夜聞促織　하루 밤 산사에 귀뚜라미 소리나 듣네.

* 천구千口...신조身稠; 금강경金剛經 대승정종분大乘正宗分 송頌에 그 대
의大義가 보인다. "부자는 천 명 먹을 재산도 적다고 투덜대고, 가난한
사람은 한 몸도 많다고 한탄하네. 富嫌千口少, 貧恨一身多." 이는 부유할 때
와 가난할 때의 사람의 마음을 대비하여 표현한 구절이다.
* 과果; 범어 phala. 열매란 뜻인데, 불교에서 원인으로 말미암아 생
기는 법을 말한다.
* 촉직促織; 귀뚜라미.

◎ 惡行衆生賛　악행하는 중생을 찬하여

惡行衆生與惡亡　악한 짓 하는 중생이 추하게 망하니
善人壽命自然長　착한 사람의 수명은 자연히 길겠구나.

十人七八箇滅却　열에 예닐곱 개는 없어져 사라지는데
長祝當今千歲昌　이제 천년이 번창하길 오래 축수하노라.
(長祝當今一作今上帝皇)

◎ 習心　습심

一晝夜八億四千　하루 낮과 밤에 팔억사천 생각이 일어나
念念不斷自現前　온갖 생각 끊이지 않아 절로 앞에 드러나네.
閻王不許詩風味　염왕은 시의 풍미를 허락하지 않아도
夜夜吟魂雪月天　밤마다 섣달 하늘가에 넋을 노래하도다.

* 습심習心; 날마다 스스로 쓰면서도 알지 못하는 마음.
* 염념念念; 한 찰나, 한 찰나. 매우 짧은 시간. 항상 마음속으로 생각함. 여러 가지 생각.
* 설월雪月; 섣달.

◎ 自戒　스스로 경계하여

罪過彌天純藏主　하늘 가득 죄업이 순수한 장주를 넘어서니
世許宗門賓中主　세상은 손님 중에 종문을 주인으로 허락했네.
說禪逼人詩格工　선을 설하여 사람 다그치고 시의 격조 교묘하니
無量劫來惡道主　한량없는 겁에 악한 도인이 주인 노릇하였지.

* 미천彌天; 만천滿天. 만천漫天. 요재지이聊齋志異 권10, 석방평席方平에

보인다. '何得苦海生波, 益造彌天之孽?'

　＊ 장주藏主; 지장知藏. 장사藏司. 불교의 경장經藏을 관장하며 경전의
이치에 통달한 사람. 책의 목록을 작성하고 빠진 것을 보완하며 떨어진
책을 꿰매는 일을 한다.

◎ 愛念盟 二首　사랑을 맹세하며, 두 수

婆子侍慈明老師　할미를 모신 늙은 자명선사께서는
婚姻脚下結紅絲　다리 밑에 붉은 실 걸고 혼인했었지.
驪山春色三生睡　여산의 봄빛은 삼생의 잠결에 있는데
千歲海棠花一枝　천년이 해당화 한 가지에 있구나.

恩愛紅塵誰人掃　속세의 사랑을 누가 쓸어버렸나
娘生赤肉父子道　어미의 살코기에 부자간의 도라네.
羅睺羅箇歡喜丸　나후라 이 분은 환희의 환약인데
携來直授釋迦老　곧장 가져와 늙은 석가에게 주었지.

　＊ 파자시자명婆子侍慈明; 자명화상이 석상산石霜山에 주석하고 있을 때
한 노파에게 죽을 공양했던 이야기에서 유래한다.

　＊ 여산驪山; 중국 장안長安의 동북쪽, 현재의 서안시西安市 임동구臨潼
區에 있는 산. 당나라 때 현종이 이궁離宮을 세워 온천궁溫泉宮으로 했다
가, 뒤에 화청궁華淸宮으로 이름을 바꾸었다.

　＊ 해당海棠; 중국 당나라 현종의 후비인 양귀비楊貴妃를 말한다. 현종
과 양귀비는 화청궁에서 연화탕蓮花湯, 해당탕海棠湯을 지어 온천을 즐

졌다.

　＊나후라羅睺羅; 범어 Rāhula. 라홀라. 석가의 맏아들로 태胎 안에 여섯 해 동안이나 있었으며, 석가가 도道를 깨달은 날 밤에 태어났다. 열다섯 살에 출가하여 석존 십대 제자 중의 한 사람이 되었다.

◎ 地獄 二首　지옥, 두 수

十方世界盡乾坤　시방세계는 하늘과 땅이 가없는데
水火寒溫人命根　물과 불, 추위와 더위는 목숨의 뿌리로다.
看看米穀閑田地　순식간에 쌀이 묵정밭이 되고 마니
是衆生之地獄門　이것이 중생의 지옥문이로구나.
(田一作用)

黃泉境界幾多勞　황천의 경계에 얼마나 근심이 많은지
劒是樹頭山是刀　칼이 곧 나무 우듬지이자 산이 곧 칼이로다.
朝打三千暮八百　아침에 삼천 번 저녁에 팔백 번 치니
目前獄卒服前牢　눈 앞에 옥졸이 감옥 앞에 서있구나.

◎ 冬夜螢火和州紀州兩國際山野充滿, 因禪詩二章以祝之云　겨울밤 반딧불이 화주와 기주 두 나라의 산과 들에 가득하니 이로써 선시 두 수를 지어 빌며

榮火爭陽智與愚　성한 불이 볕 다투니 지혜롭고 어리석어
衆生定業佛難扶　중생의 정해진 업은 부처도 붙들기 어렵네.

一天星斗皆朝北　한 하늘에 별은 모두 북극에 조회하는데
帝業南方一點無　남방에 상제가 할 일은 한 가지도 없구나.

滿山螢火諸人看　온 산 가득한 반딧불이 사람들이 보는데
凶事南方也太難　남방에 흉한 일이야말로 너무나 어렵구나.
可憐貴賤共自滅　귀천이 함께 저절로 망하여 불쌍한데
廢址秋風冬夜寒　망한 터에 가을바람 부니 겨울밤 차구나.
(太難一作大難)

* 화주和州; 일본 대화국大和國의 별칭別稱. 왜노국倭奴國. 옛날에는 대양덕국大養德國이라 불렀고 신무천황神武天皇에서 광인천황光仁天皇까지 이곳에 도읍을 정하였다. 현재의 나라현奈良縣이다.

* 기주紀州; 일본 기이국紀伊國의 별칭別稱. 현재의 화가산현和歌山縣과 삼중현三重縣 남부에 해당한다.

◎ 寒夜嘆雪山鳥　찬 밤에 설산의 새를 탄식하며

朝來公案晚來吟　아침에 공안을 참구하고 저녁에 시 읊으니
求食忘巢前業深　먹이 구하여 둥지 잊으니 전생의 업이 깊네.
晝夜人人雪山鳥　밤낮으로 사람들마다 설산의 새인지라
無間苦痛月沈沈　무간 지옥의 고통에 달마저 침침하구나.

* 설산조雪山鳥; 공명조共命鳥. 범어 jīvajīvaka. 히말라야 설산에 사는 목소리가 아름다운 새인데, 전설에 '한 몸에 두 개의 머리'를 갖고 있다

고 한다. 잡보장경 '공명조의 인연'에 보인다. "부처님께서 왕사성에 계실 때 비구들이 부처님께 여쭈었다. '세존이시여, 저 제바달다는 부처님의 사촌 아우인데 어찌하여 항상 부처님을 원망하고 해치려합니까?' 부처님께서 말씀하셨다. '그것은 오늘만이 아니다. 옛날 설산에 공명조가 있었는데, 한 몸에 머리가 둘이었다. 한 머리는 늘 맛있는 과실을 먹어 그 몸을 안온하게 하려고 했지만 한 머리는 질투하는 마음으로 이렇게 말하였다. '어찌하여 자기만 항상 맛난 과실을 먹고 나는 먹지 못하는가?' 그리하여 그는 독한 과실을 따먹고 두 머리 다 죽게 하였느니라. 비구들이여, 알고 싶은가. 그때 그 맛난 과실을 먹은 자는 바로 이 내 몸이오, 그때 그 독한 과실을 먹은 자는 바로 지금의 저 제바달다니라. 그는 옛날에 나와 한 몸이 되었어도 나쁜 마음을 내더니, 지금 내 종제가 되어도 또한 저러하니라.'"

  * 공안公案; 선종에서 뛰어난 선禪 수행자의 깨달음이나 인연, 언행인데, 학인學人을 수행하게 하는 길잡이나 접득接得의 방법으로 쓰인다.

◎ 嘆孤獨老人多欲 외로운 노인이 욕심 많은 걸 탄식하며

千口無多富貴時 부귀한 때는 천 개 입도 많지 않아
青銅十萬讓阿誰 엽전 십만 냥을 그 누구에게 물려줄까.
必定後生三惡道 후생은 반드시 삼악도에 떨어지리니
老人何事不前知 노인은 어�쩐 일로 미처 몰랐는지.

◎ 相對 상대

二月涅槃寂滅辰　이월은 열반하여 적멸에 드는 때이니
一刀兩斷也心身　한 칼에 두 동강으로 나눈 몸과 마음이네.
不生不滅佛難得　죽지도 멸하지도 않는 부처는 얻기 어려우니
花約有無相對春　꽃 피는 언약 있거나 없거나 봄이로세.
(斷一作段)

* 일도양단一刀兩斷; 한 칼로 쳐서 둘로 나누듯 일이나 행동을 머뭇거리지 않고 철저하게 결정하다. 주자어류朱子語類 권44에 보인다. 觀此可見克己者, 是從根源上, 一刀兩斷, 便斬絕了, 更不復萌."

* 유무有無; 노자老子 제2장에 보인다. "세상은 다 아름다움을 아름다움으로 알고 있다. 그 아름다움은 이미 추할 뿐이다. 세상은 다 착함을 착함으로 알고 있다. 그 착함은 이미 착하지 못할 뿐이다. 그러므로 있음과 없음이 서로 낳고, 어려움과 쉬움이 서로 이루며, 길고 짧음이 서로 비교되고, 높고 낮음이 서로 기울며, 음과 소리가 서로 화합하고, 앞과 뒤가 서로 따른다. 이 때문에 성인은 무위의 일에 머문다. 天下皆知美之爲美, 斯惡已, 皆知善之爲善, 斯不善已. 故有無相生, 難易相成, 長短相較, 高下相傾, 音聲相和, 前後相隨. 是以聖人處無爲之事."

◎ 亂中大嘗會　전란 중에 대상제를 행하며

當今聖代百王蹤　성스러운 시대에 백대의 왕이 좇아
玉體金剛平穩容　옥체는 금강 같고 용안은 평온하도다.
風吹不動五雲月　바람 불어도 상서로운 달은 움직이지 않고

雪壓難催萬歲松 눈덩이가 만년 소나무 무너뜨리기 어렵구나.

* 난중亂中; 후토어문後土御門 천황天皇 문정文正 원년(1466) 12월에 일어난 전란을 말한다.

* 대상회大嘗會; 대상제大嘗祭. 일본 천황天皇이 즉위即位하는 예식을 치른 후에 처음 행하는 신상제新嘗祭를 말한다.

* 당금當今; 일본의 천황인 후소송後小松(재위; 1382~1412)과 후토어문後土御門(재위; 1464~1500) 시기에 해당한다.

* 오운五雲; 오색채운五色彩雲. 백관이 예복을 입고 천황의 의장 앞에 줄지어 서있는 것을 말한다. 오색채운은 상서祥瑞로운 뜻으로, 보통 왕의 거소를 나타낼 때 쓰는 표현이다.

◎ 各見不動(一本作不同偈, 示道心者與無道心者) 각자 보는 게 변하지 않아

水流四念不同心 물이 흐르듯 사념은 같은 마음 아닌데
佛界魔宮亘古今 부처와 이웃한 마궁은 고금에 걸쳐있네.
寒窓風雪梅花月 차가운 창에 눈보라 치니 매화 피는 때라
酒客弄盃詩客吟 술꾼은 잔을 희롱하고 나그네는 시를 읊네.
(風雪梅花月一作雪月五更燭)

* 사념四念; 사념주四念住. 자신의 몸과 감각과 마음과 법에서 일어나는 여러 변화를 관찰함으로써 제행무상諸行無常, 제법무아諸法無我, 일체개고一切皆苦의 세 가지 진리를 깨닫고자 하는 것이다.

◎ 敬上天子階下 二首　경하하는 천황폐하에게 올리며, 두 수

財寶米錢朝敵基　재물과 쌀과 돈을 적의 터에 바치는데
風流兒女莫相思　풍류 사내와 여자는 서로 그리워하지 않네.
扶桑國裡安危苦　동쪽나라에 안위가 고달프기만 한데
傍有忠臣心亂絲　가까운 충신의 마음 어지러이 얽혔구나.

乾坤海內起烟塵　천지간 나라 안에 전란이 일어나서
昨夜東風逼四隣　어제 밤 동풍은 사방을 핍박하였구나.
禍復美人身上事　재앙은 미인의 몸에 닥친 일을 돌이키니
榮華可悔馬嵬春　영화는 마외 땅의 봄을 후회할 만하도다.

* 천자폐하天子階下; 일본의 제103대 천황인 후토어문後土御門(재위;
1464~1500)을 가리킨다.

◎ 善惡未嘗混, 世爲善者皆朋舜, 而爲惡者皆黨桀也, 雉必爲鷹所擊, 鼠
必爲猫所咬, 是皆天賦所前定也. 一切衆生之歸佛, 善而免生死之淪沒者, 亦
猶如兹, 因作偈以示衆云(如一作若)　선악은 섞인 적이 없어 세상은 착한
자를 순임금의 무리로 삼고 악한 자를 걸의 무리로 삼으며, 꿩은 반드시
매를 위해 날개치고 쥐는 고양이를 위하여 소리를 내니, 이는 모두 하늘에
서 부여받아 이미 정해진 일이다. 일체 중생이 부처님께 귀의하여 착하게
되어 생사에 빠지지 않게 됨이 이와 같아 게송을 지어 대중에게 보인다.

鷹雉鼠猫元自然　매와 꿩, 쥐와 고양이는 원래 자연인데
威音劫來舊因緣　오랜 옛적 겁을 지나온 옛 인연이로구나.

照看華淸殘月曉　화청궁에 지는 새벽 달 비추고 보니
明皇龜鑑馬嵬前　명황의 본받을 귀감은 마외 땅이로다.

過現未誰人了達　과거와 현재와 미래를 누가 알겠나
惡人沈淪善者脫　악한 이는 몰락하고 선한 이는 벗어나지.
風流可愛公案圓　풍류는 공안이 원만한 걸 사랑할 만하니
德山棒兮臨濟喝　덕산의 방망이와 임제의 고함이로다.

風流脂粉又紅粉　풍류는 연지와 붉은 분으로 꾸몄는데
等妙如來奈斷腸　등각과 묘각 여래는 어찌 애를 끊는지.
知是馬嵬泉下魄　바로 마외 땅 샘 밑에 넋을 알고 있으니
離魂倩女謫扶桑　넋 잃은 여인이 동쪽으로 귀양갔구나.

身心不定假兼眞　몸과 마음은 거짓과 참이 정해지지 않아
欲界衆生沈苦辛　욕계의 중생은 아주 고달프고 쓰라리네.
愁夢三生六十劫　수심어린 꿈은 삼생에 육십 겁이나 되니
劫空無色馬嵬神　오랜 세월 무색은 마외 땅 귀신이로다.

* 걸桀; 중국 하夏나라의 마지막 왕. 성은 사姒, 이름은 이계履癸. 은나라 탕왕에게 멸망하였는데 은나라 주紂 왕과 더불어 폭군의 전형으로 불린다.
　* 화청華淸; 화청궁華淸宮. 중국 당唐나라 명황明皇이 여산驪山에 별궁別宮을 짓고 시월 초하루에는 양귀비楊貴妃를 데리고 가서 온천에 목욕하고 놀던 곳이다.

* 등묘等妙; 보살菩薩 52위 가운데 51위의 등각等覺과 52위의 묘각妙覺.

* 이혼離魂; 무문관無門關 제35칙, 천녀이혼倩女離魂에 보인다. "오조五祖 화상이 스님에게 물었다. '천녀가 자신의 혼과 분리되었다는데, 어느 것이 진짜인가? 五祖問僧云, 倩女離魂, 那箇是眞底?'" 중국 당唐나라 때 진현우陳玄祐가 지은 괴담소설 '이혼기離魂記'는 왕주王宙와 천녀의 사랑을 그렸는데, 오조법연五祖法演(1024~1104)스님이 이를 빌어 왕주와 함께 있던 천녀의 혼과 집에 앓아누워 있던 천녀의 몸 중 어느 것이 진짜인지 묻고 있다.

* 귀감龜鑑; 거울로 삼아 본받을 만한 모범.

* 위음威音; 공겁空劫 때 맨 처음 성불한 부처님. 한없이 오랜 옛적. 또는 맨 처음.

◎ 君子財　군자의 재물

詩人財寶是文章　시인의 재물과 보배는 곧 문장이니
儒雅乾坤日月長　우아한 천지에 세월은 길기도 하구나.
窓外梅花吟興樂　창밖에 매화 피어 즐거운 흥취를 읊다가
腸寒雪月曉天霜　달 밝은 서리 찬 새벽에 애를 끊나니.

◎ 貴人財　귀인의 재물

龐老棄錢誰擧揚　돈을 멀리한 방덕공을 누가 추켜세울까
曾撞玉斗亦何妨　일찍이 옥 술잔 깨버리니 또 무슨 상관이랴.
庭有梅花窓有月　달 밝은 창가 뜰에는 매화가 피었는데

鐵檠紙帳五更霜　오경에 종이휘장 안 무쇠등잔에는 서리가 차네.

* 방로龐老; 중국 후한後漢 말기의 은사隱士인 방덕공龐德公. 일찍이 제갈공명諸葛孔明이 존경하여 배알拜謁하기도 했던 고사高士로서, 형주자사荊州刺史 유표劉表의 간곡한 요청도 뿌리친 채, 녹문산鹿門山에 들어가 약초를 캐며 살았다고 한다. 고사전高士傳 하, 후한서後漢書 권83 일민열전逸民列傳 방공龐公.

* 옥두玉斗; 옥으로 만든 주기酒器. 홍문鴻門의 연회 때 범증范增이 항우項羽에게 유방을 죽일 것을 권하였으나 항우가 듣지 않아 실패하고 말았다. 연회가 끝난 뒤 유방이 장량張良을 시켜 옥두를 범증에게 선사하니, 범증이 검으로 옥두를 쳐서 깨며 말하기를 "항왕項王의 천하를 빼앗을 자는 반드시 패공沛公일 것이며, 우리들은 포로가 되고 말 것이다." 하였다. 사기史記 권7 항우본기項羽本紀.

* 철경鐵檠; 무쇠로 만든 등잔걸이. 후당後唐이 후진後晉에게 멸망당한 뒤에 휘릉이 발굴되었는데 썩은 나무 한 조각과 무쇠 등잔걸이 하나만 남아 있었다. 구오대사舊五代史 권44, 당서唐書 명종본기明宗本紀.

◎ 嘆日旗落地　천자의 기가 땅에 떨어진 걸 탄식하며

錦旗日照動龍蛇　비단깃발 햇살에 비치니 용과 뱀 꿈틀대고
聖運春長救國家　성군의 운은 봄이 길어 나라를 구하셨도다.
化雷踢殺五逆輩　우레가 되어 오역의 무리를 쳐서 죽이니
誓爲朝廷作惡魔　조정을 위하여 맹세하고 악마가 되었구나.

* 일기日旗; 천자天子의 깃발. 두목杜牧의 '운몽택雲夢澤' 시에 보인다. "日旗龍旆想飄揚, 一索功高縛楚王. 直是超然五湖客, 未如終始郭汾陽."

* 작악마作惡魔; 고려시대 보조지눌普照知訥의 수심결修心訣 '자심구족自心具足'에 보인다. "동쪽에서 온 달마는 파도를 일으키고, 서쪽으로 간 범부는 악마가 되었네. 본래의 밝고 맑은 청정한 지혜를 얻었으니, 한 구석에 한가히 앉아 나무꾼 노래를 부르네. 東來圓覺起風波, 西往凡夫作惡魔. 本得明淸無漏智, 一隅閑坐唱樵歌."

◎ 因亂 난리가 나서

韓信昔年雲夢殃 옛날 한신은 운몽에서 화를 당했는데
人心眞僞自然彰 마음이 참한지 거짓인지 그대로 드러났네.
安危不定箇時節 안위가 정해지지 않은 그런 시절이라
人畜難分荊棘墻 축생은 가시울타리도 분간하기 어려웠지.

* 인란因亂; 일본 응인應仁과 문명文明의 변란變亂에 대하여 읊은 시이다.

* 한신韓信(?~전196); 중국 한漢나라 초기의 무장. 초나라의 항량과 항우를 섬겼으나 중용되지 않아 한왕 유방의 수하가 되어 대장군이 되었다. 강소성江蘇省 회음淮陰 사람,

* 운몽雲夢; 중국 호북성湖北省 효감孝感의 지명. 한나라 고조高祖인 유방이 운몽에 외유를 나온 것처럼 꾸민 뒤에 한신을 모반죄로 체포하고 장안長安으로 압송했는데, 이때 한신은 유방을 원망하며, '토사구팽兎死狗烹'이라는 말을 남겼다.

* 형극荊棘; 노자老子 제30장 검무儉武에 보인다. "도로써 임금을 보좌

하는 자는 무력으로 천하를 다스리지 않는다. 그렇게 하면 아주 보복을 받는다. 무릇 군대가 있는 곳에는 가시덤불이 생기고, 큰 전쟁 뒤에는 반드시 흉년이 든다. 잘 다스리는 자는 모든 것에 열매를 맺게 할 뿐, 강한 힘을 휘두르지 않는다. 以道佐人主者, 不以兵强天下. 其事好還. 師之所處, 荊棘生焉, 大軍之後, 必有凶年. 善有果而已, 不敢以取强."

◎ 美色傾城 미녀가 성을 허물게 하여

幽王上古見今時　옛날 유왕의 일을 통해 요즘 살펴보니
一笑花顔烽火姿　꽃다운 얼굴에 웃음 머금은 봉화의 자태로다.
八熱八寒鬼窟裏　팔한지옥과 팔열지옥, 귀신의 굴 안인데
馬嵬辱井劫空悲　한없는 세월에 마외 땅 욕된 우물 슬프구나.

* 미색경성美色傾城; 경국지색傾國之色. 중국 한漢나라 무제武帝 때 이연년李延年의 시에 보인다. "북방에 아름다운 사람이 있어, 세상에 없는 절세의 미모라네. 한 번 고개 돌리면 성이 기울고, 두 번의 고개 돌리면 나라가 흔들리네. 성 잃고 나라 기우는 일이야 흔한 일이지만, 아름다운 사람은 다시 얻기 어려워라. 北方有佳人, 絶世而獨立. 一顧傾人城, 再顧傾人國. 寧不知傾城與傾國, 佳人難再得."

* 유왕幽王(전795~771); 중국 서주西周의 12대 왕인 희궁열姬宮涅. 후궁 포사褒姒가 유왕의 총애를 받았는데 전혀 웃지 않았다. 비단을 찢는 소리에 희미하게 미소를 짓자, 유왕은 나라의 비단을 모두 징수해 찢어 버렸다. 이로써 '천금매소千金買笑'란 고사성어가 유래한다. 또 실수로 봉화를 잘못 피워 제후가 집결하자, 포사가 웃었기 때문에, 자주 장난

으로 봉화를 피워 제후의 믿음을 잃었는데, 나중에는 봉화를 올려도 제후가 집결하지 않게 되었다.

* 팔열팔한八熱八寒; 팔열지옥과 팔한지옥. 양梁나라 무제武帝의 글에 나온다. "噉食衆生, 是八寒八熱地獄囚."

* 마외馬嵬; 중국 섬서성陝西省에 있는 지명. 이곳에서 진현례의 주청에 의하여 양귀비를 죽였다.

* 욕정辱井; 중국 남조南朝 때 진陳나라의 경양전景陽殿에 있던 우물. 연지정胭脂井, 경양정景陽井이라고도 한다. 정명禎明 3년(589)에 수나라 병사가 강을 건너 남쪽으로 쳐들어와 성을 공격하니 진나라 왕이 군대가 이르렀다는 소식을 듣고, 왕비인 장려화張麗華와 함께 우물에 몸을 던져 죽었다. 그로써 이 우물을 욕정이라 불렀다고 한다.

◎ 山名金吾, 鞍馬毘沙門化身　산명 금오장군이 말 타고 사문을 도와 화신이 되었기에

鞍馬多聞赤面顏　말 타고서 견문이 넓은 붉은 얼굴로
利生接物現人間　중생을 이롭게 제도한 사람이 나타났지.
開方便門眞實相　방편의 문을 열고 청정한 모습인데
業屬修羅名屬山　업은 아수라인데, 이름은 산승이었네.
(聞一作門)

* 산명금오山名金吾; '금오金吾'는 '집금오執金吾'의 준말. 산명종전山名宗全(1404~1473)은 일본 응인應仁의 난이 일어났을 때 금군禁軍을 맡은 서군의 대장이다.

* 화신化身; 신불神佛이 인간으로 형상을 바꾸어 세상에 나오는 일 혹은, 그렇게 나타난 몸.

  * 방편문方便門; 묘법연화경 제10품 법사품法師品에 보인다. "모든 보살의 아뇩다라삼먁삼보리가 다 이 경에 들어 있으니 이 경은 방편의 문을 열고 진실한 실상을 보여주기 때문이니라. 이 경전의 법장은 심히 깊고 아득하게 멀어서 능히 이를 수 있는 사람이 없지만, 이제 부처님께서 보살들을 성취시키기 위하여 열어서 보여주는 것이니라. 一切菩薩, 阿耨多羅三藐三菩提, 皆屬此經, 此經開方便門, 示眞實相. 是法華經藏, 深固幽遠, 無人能到, 今佛教化, 成就菩薩, 而爲開示."

  * 진실상眞實相; 분별과 망상이 소멸된 상태에서 드러난, 있는 그대로의 청정한 모습.

  ◎ **婦人多欲** 부인이 욕심이 많아서

  美人得寵美人珍　미인이 총애를 입어 미인이 진귀하나
  珠玉靑鞋脚下塵　주옥과 짚신은 발밑에 티끌이로다.
  秋滿驪山宮樹月　가을날 여산궁 가득한 숲에 달 떠오르니
  榮華可悔馬嵬春　영화는 마외 땅의 봄을 후회할 만하네.

  * 미인美人; 일본 실정막부室町幕府의 8대 장군 족리의정足利義政의 정실인 일야부자日野富子(1440~1496). 당시 응인應仁의 난이 일어난 후, 막부의 경비가 필요하자 1480년에 부자는 교토에 하위 일곱 개의 관구를 설치해 관세를 부과하고, 고리대금을 경영하고 둔전의 쌀을 높은 값에 팔아 포악하게 사사로이 횡포를 저질렀다. 이에 사람들이 악녀惡女,

혹은 악처惡妻라고 불렀다.

　* 청혜青鞋; 짚신. 여장旅裝을 뜻한다. 두보杜甫의 봉선유소부신화산수
장가奉先劉少府新畫山水障歌 시에, "어찌하여 나만 홀로 속세에 묻혀 있는
지, 베 버선에 푸른 짚신 차림을 이제부터 시작하리라. 吾獨胡爲在泥
滓, 布襪青鞋從此始."라고 하였다.

　* 마외馬嵬; 중국 당나라 현종이 사랑한 양귀비楊貴妃가 안녹산의 난
을 피해 목매달아 죽은 곳.

◎ 東坡山谷同幀　소동파와 황산곡의 그림족자

海內文章汝面前　나라의 문장이 네 얼굴 앞에 있으니
誰知鍛煉獨天然　누가 담금질하여 홀로 자연 그대로인가.
說法上堂法堂上　상당설법은 법당 위에 올라서 하니
如來禪與祖師禪　여래선과 조사선이로구나.

　* 정幀; 그림을 그린 족자.

　* 동파東坡(1037~1101); 중국 북송의 문인 소식蘇軾의 호. 자는 자첨
子瞻, 화중和仲, 시호는 문충文忠, 사천성四川省 미산眉山 출신.

　* 산곡山谷(1045~1105); 중국 宋송나라의 시인 황정견黃庭堅의 호. 자
는 노직魯直, 다른 호는 부옹涪翁, 산곡노인山谷老人, 강서성江西省 분녕分
寧 사람.

　* 여래선如來禪; 능가경楞伽經에서 말하는 최상승선最上乘禪으로 여래
如來의 가르침에 의하여 깨닫는 선법禪法.

　* 조사선祖師禪; 조사祖師들이 이룩한 선禪을 문자에 매이지 아니하고

이심전심以心傳心으로 전하는 선법禪法.

◎ 大應國師贊 妙勝寺 대응국사를 찬하여, 묘승사

大唐國裏沒禪師 당나라에 선사께서 들어가셨다가
傳受明明東海兒 법을 전해 받아 동쪽 바다의 자손이 되었네.
一天法窟妙勝寺 한 하늘의 법굴인 묘승사여
天潭宗風更有誰 천담의 종풍을 다시 또 누가 이으랴.

＊대응국사大應國師(1235~1308); 송나라에 유학하여 경산徑山의 허당 선사虛堂禪師의 법을 얻고 문영文永 4년(1267)에 귀국한 일본 임제종의 선승.

＊묘승사妙勝寺; 수은암酬恩庵, 일휴사一休寺의 원래 이름. 겸창鎌倉시대 임제종의 고승인 대응국사가 중국에서 허당화상의 선법을 잇고 6대 법 손인 일휴선사가 홍창시켰다.

＊법굴法窟; 사찰을 의미함. 세존이 열반涅槃 하신 뒤, 제자들이 석굴石 窟 안에서 삼장三藏을 결집하였다. 이를 '굴내상좌부窟內上座部'라 한다.

＊천담天潭; 중국 송宋나라 때 임제종 양기파楊岐派의 선승인 허당지우 虛堂智愚(1185~1269). 절강성浙江省 상산象山 사람, 속성은 진陳, 호는 허 당虛堂, 식경수息耕叟이다. 금산金山의 운암보암運菴普巖의 법을 이었다.

◎ 乙石御用人, 向妙勝寺眞前髮置賀頌(乙一作弟, 用一作料) 을석 용인이 묘승사 상 앞에 삭발 출가하여 축하하며

三歲生年小女兒　세 살 먹었던 어린 소녀
終朞門老比丘尼　마침내 우리 문중 늙은 여승이 되었네.
壽算娑裙綿延錦　수명은 길게 이어져 무명이 비단 되니
瓔孩垂髮白如絲　옥 같던 아이 머리칼은 하얀 실 같구나.

◎ 乙石御用人, 待知客歸寺(乙一作弟, 用一作料) 을석 용인이 지객을 기다려 절로 돌아와서

知客他行乙石愁　지객이 딴 데 가버려 을석이 시름하여
歸來日數在心頭　돌아올 날자만 마음에 손꼽아 기다렸네.
斫額天衢望晴雨　이마에 손 얹고 하늘 보니 비라도 내릴 듯
愛看昔日摘星樓　옛날 적성루를 사랑스럽게 바라보았지.

* 용인用人; 강호江戶시대 궁중이나 무가武家에 딸린 직제職制로 주군의 용건을 집안에 전달하고, 서무를 관장하고 유능한 사람을 선발해 이름을 올리는 등 잡무를 다스렸다.
* 지객知客; 선원에서 내빈을 접대하는 직책을 맡은 스님.
* 작액斫額; 이마나 눈썹 위에 손바닥을 가로로 대고 먼 곳을 아득하게 바라보는 모습.
* 천구天衢; 천상天上의 통로. 중천中天.
* 적성루摘星樓; 중국 남송南宋 때 가사도賈似道가 세운 적성사摘星寺를 달리 말한 것이다.

◎ 贈山徒　산승에게 주다

顯密天台妙樂途　고요한 천태의 묘한 풍류가 길에 드러나니
分明傳敎大師徒　교법을 전하는 큰 스승의 무리가 분명하도다.
山猿叫落西樓月　산에는 원숭이 울부짖고 서루에 달 지는데
七社靈神鎭帝都　일곱 신사의 신령한 신이 황도를 누르네.

◎ 不殺生戒　생명을 죽이지 않는 계율

李廣將軍一片心　이광 장군의 한 조각 마음,
多年石虎識情深　몇 해나 돌호랑이에 깊이 미혹되었지.
殺人端的不眨眼　사람 죽여도 아예 눈도 깜짝 않더니
敢忍燈前夜雨吟　등불 앞에 밤 비를 읊으니 차마 어쩌랴.

＊ 이광李廣; 중국 한漢나라의 명장인데 우북평태수右北平太守로 있을
때 사냥을 나갔다가 호랑이를 보고 활을 쏘아 적중시켰는데, 뒤에 가서
보니 큰 바윗돌 속에 화살이 박혀 있었다. 사기史記 권109 이장군열전李
將軍列傳.

◎ 不偸盜戒　도둑질을 하지 않는 계율

鵝鳥呑珠刑罰辛　거위가 구슬 삼키니 형벌이 매서워
分別曲直僞兼眞　굽음과 곧음, 거짓과 참을 분별하였네.
翠岩老漢眉毛話　취암 늙은 화상은 눈썹 화두를 남겼는데

保福豈非家裏人 보복화상은 어찌 집안사람이 아닌지.

(分別一作分明)

* 취암翠岩; 생몰년미상. 오대五代의 승려. 법호 영삼令參, 절강성浙江省 오흥吳興 사람, 설봉의존雪峰義存의 법을 이었다. 취암산翠岩山에서 법석法席을 크게 펼쳤는데, '翠岩夏末示衆'이란 선종의 유명한 공안公案을 남겼다.

* 미모眉毛; 벽암록 제8칙 취암미모翠嚴眉毛에 보인다. "취암스님이 하안거 끝에 대중에게 말하길, '한여름 결제 이후로 형제들을 위해 설법했는데, 취암의 눈썹이 붙어있는가?' 보복스님은 말하길, '도둑질하늘 근심이다"고 하자, 장경스님은 '눈썹이 솟아났다'하고 운문스님은 '관문이다'라고 하였다. 擧. 翠嚴, 夏末示衆云, 一夏以來, 爲兄弟說話. 看, 翠嚴眉毛在? 保福云, 作賊人心虛. 長慶云, 生也, 雲門云, 關."

* 보복保福(?~928); 중국 임제종의 선승인 보복종전保福從展. 복건성福建省 복주福州 출생, 속성은 진陳, 법명은 종전從展, 설봉의존雪峰義存의 법을 이었다.

◎ 不邪婬戒 삿된 음행을 하지 않는 계율

婬坊年少也風流 젊어서 기생집이야 풍류라 할 텐데
睫吻抱持狂客愁 끌어안고 핥으며 미친 나그네가 시름하네.
妄鬪樗蒲李群玉 이군옥은 망령되게 윷을 두고 다투었고
名高虞舜辟陽侯 순임금과 벽양후는 이름이 높았구나.

* 저포樗蒲; 중국에서 전래된 가장 오래된 노름의 하나로 다섯 개의

나뭇가지를 던져 엎어지고 자빠지는 모양에 따라 효효梟, 노盧, 치雉, 독犢, 새塞의 등급을 매기고 국局 위의 말을 움직여 승부를 정하였다. 중국 당나라 시인 이군옥李群玉의 상비묘湘妃廟 시에 보인다. "少將風月怨平湖, 見盡扶桑水到枯. 相約杏花壇上去, 畫欄紅紫鬪樗蒲."

* 이군옥李群玉; 중국 당나라 호남성湖南省 예주澧州 사람, 자는 문산文山이다. 성격이 광달曠達하여, 벼슬하기를 좋아하지 않았다. 시, 음악, 서예에 뛰어나 풍류로 일세를 풍미했다.

* 우순虞舜; 중국 신화에 나오는 전설상의 성왕聖王. 우제虞帝 순舜을 줄여 표현한 것이다.

* 벽양후辟陽侯; 중국 한漢나라 때 승상인 심이기審食其의 봉호. 한고조 유방이 죽자, 부인 여태후呂太后는 심이기와 간통하였다.

◎ 不妄語戒　헛된 말을 하지 않는 계율

一字不說不信道　한 글자도 설하지 않고 도는 믿지 않고
大藏經卷已落草　수많은 경전은 이미 풀 더미에 떨어졌구나.
漚和元來截流機　보살마저 원래 흐르는 기틀을 끊었는데
怪哉父少而子老　괴이하구나, 아비는 젊고 자식은 늙었네.
(少一作小)

* 구화漚和; 범어로 보살菩薩의 이름이다.

◎ 不飮酒戒　술을 마시지 않는 계율

痛飮三盃未濕唇　괴로이 세 잔 마셔도 입술은 적시지 않고

醉吟只慰樂天身　취하여 시 읊으니 백낙천의 몸을 위로할 뿐.

綾道者任念氣處　능 도인은 선기의 요처를 생각에 맡기니

宣明酒伴也誰人　밝게 베푼 술친구는 어떤 사람인지.

(氣一作起)

*　선명宣明; 벽암록 제78칙에서, 수능엄경에 나오는 고사를 제시하여 참구하고 있다. "옛날 열여섯 명의 보살이 있었는데, 스님들을 목욕시킬 때 평소처럼 욕실에 들어갔다가 문득 물의 인연을 깨달았다. '여러 선덕들이여! 저 미묘한 감촉이 또렷이 빛나며, 부처님의 아들이 되었네'라고 말했는데, 이것을 어떻게 체득해야 하는가? 반드시 자유자재해야 비로소 그같이 할 수 있다. 擧. 古有十六開士, 於浴僧時, 隨例入浴, 忽悟水因. 諸禪德, 作生會, 他道妙觸宣明. 成佛子住, 也須七穿八穴始得." 즉 언제 어디서나 무애자재한 경지가 되면 열여섯 보살이 깨달음을 체득한 묘촉선명妙觸宣明한 경지를 파악할 수 있다는 뜻이다.

◎ 南園殘菊　남원의 시든 국화

晚菊東籬衰色秋　동쪽 울타리에 늦가을 국화 시들한데

南山且對意悠悠　남산을 또 마주 보니 마음 유유하구나.

三要三玄都不識　삼현삼요는 도무지 알지 못한 채

淵明吟興我風流　도연명 시나 읊는 게 나의 풍류로세.

* 동리東籬; 도연명陶淵明 음주飮酒 시 다섯째 수에 보인다. "동쪽 울타리 아래 국화 한 송이를 꺾어들고, 유연히 남산을 바라보네. 採菊東籬下, 悠然見南山."

* 삼요三要; 경덕전등록景德傳燈錄 권12에 보인다. "한 구절 말에 모름지기 세 현문이 갖추어져 있고 한 현문에 모름지기 삼요를 갖추니 저울도 있고 쓰임새도 있느니라. 너희들은 어떻게 알겠느냐? 一句語須具三玄門, 一玄門須具三要, 有權有用. 汝等諸人作麼生會?"

◎ 高野大師入定　고야대사가 선정에 들어

生身大日覺王孫　대일여래로 태어난 각왕 불타의 자손,
出入神話活路門　신화에 들락날락 활로의 문을 열었다네.
迦葉惠持長夜魄　긴 밤중에 가섭의 은혜 지닌 넋인데
秋風春雨月黃昏　가을바람 봄비에 달은 황혼이로구나.

* 각왕覺王; 불타佛陀의 딴 이름.
* 고야대사高野大師; 일본 나라시대 진언종眞言宗의 개조開祖인 홍법대사공해弘法大師空海(774~835). 법명은 홍법, 어릴 때 이름은 진어眞魚로 호족인 좌백佐伯 가문의 셋째 아들로 태어났다.

◎ 三毒　세 가지 독

貪嗔根本自痴愚　탐내고 성내는 바탕은 절로 어리석은 것
人我無明名利徒　인아는 진여가 아닌 명리 좇는 무리로다.

一箇無心閑道者　한갓 한가로운 무심한 도인,
近年林下一人無　근년에는 산중에 한 사람도 없구나.

＊삼독三毒; 탐욕貪欲, 진에瞋恚, 우치愚癡의 세 가지 번뇌.

＊인아人我; 오온五蘊이 화합하여 이루어진 신체에 실재한 것같이 생각되는 상일주재常一主宰 하는 아我를 말함. 이런 견해를 인아견人我見, 또는 아견我見이라 함. 이에 대한 말은 법아法我.

＊무명無明; 12인연因緣의 하나로 그릇된 의견이나 고집固執 때문에 모든 법의 진리에 어두움.

◎ 不殺生戒　생명을 죽이지 않는 계율

全體作用迸鬼眼　전체작용은 귀신의 안목을 쫓아내어
勝負修羅英雄念　아수라와 승부하여 영웅을 생각한다네.
望帝一聲月三更　두견새 우짖는 달 밝은 삼경인데
殺人刀與活人劍　살인도와 활인검이로다.

＊전체작용全體作用; 고존숙어록古尊宿語錄 권9, 석문산자조선사石門山慈照禪師에 보인다. "상당하여 말하길, '상상근기는 사람과 법을 모두 놓아버리고, 중하근기는 단지 그 물음을 없애서 법만 있게 되고, 하하근기는 그 물음에 의거하여 행한다. 만약 격을 벗어난 도인이라면 전체작용을 나타낸다. 上堂云, '上上之機, 人法俱遣. 中下之機, 但除其問, 猶有法在. 下下之機, 據問而行. 若是出格道人, 全體作用.'"

＊활인검活人劍; 사람의 목숨을 구하는 칼. 사람을 살상하는 데 쓰는

칼이라도 잘 쓰면 오히려 사람을 살리는 도구가 될 수 있다. 선승이 수행자를 가르쳐 이끌 때 자재한 작용을 칼에 비유한 것인데, 궁지에 몰아넣어 수행자를 계발하는 것을 살인도라 하고, 수행자가 자유롭게 행동하여 불법을 철저하게 깨치게 하는 방법을 활인검이라 한다. 即以刀劍比喩, 師家指導學人之, 自由權巧運作之方法. 於禪宗, 師家接化學人時, 用強奪, 不許之方式, 喩爲殺人刀, 給與, 允容之方式, 則喩爲活人劍.

◎ 不邪婬戒 三首 삿된 음행을 하지 않는 계율, 세 수

痛飮誰家樓上謳 술 흠뻑 들고 어느 집 누대서 노래하나
少年一曲亂心頭 젊은이의 한 곡조가 마음을 어지럽게 하네.
阿難逆行婬坊曉 새벽에 아난이 기생집에서 노닥거리니
妙解方便殘月秋 가을 새벽달이 묘하게 방편을 펼쳤군.

逆行慈明婆子身 자명화상은 몸소 거슬러 행동했으니
紅絲脚下結婚姻 다리 아래 붉은 실 엮어 혼인하였겠지.
一曲樓頭綠珠笛 누각 위에 한 곡조 녹주의 피리 부는데
可憐昔日趙王倫 옛날 조왕 윤의 일이 가련하구나.
(結一作絆)

沙門何事行邪婬 스님이 무슨 일로 삿된 음행을 하는지
血氣識情人我深 혈기로 미혹하게 되니 인아가 심하도다.
淫犯若能折情識 음행을 저지르고 미혹함을 없앨 수 있다면
乾坤忽變作黃金 천지가 갑자기 황금으로 변하리라.

(若一作者)

* 자명慈明(987~1040); 중국 송나라의 선승인 자명초원慈明楚圓. 속성은 이李, 광서성廣西省 주림부桂林府 전주全主에서 태어났다. 석상石霜 화상이라고도 한다. 젊어 출가하여 분양선소汾陽善昭의 회상에서 깨쳤다. 뒤에 석상산石霜山 숭승사崇勝寺와 담주潭州 화흥사化興寺 등에서 교화하였다.

* 자명파慈明婆; 자명초원 화상이 호남성湖南省 담주 석상산에 주석하고 있을 때 한 노파에게 죽을 공양했던 이야기에서 유래한다. '파婆'는 늙은 여자, 혹은 처妻의 뜻이 있다. 보정록普灯錄에 보인다. "한 늙은 할미가 있어서, 절 근처에 살고 있었는데, 사람들은 이를 헤아릴 수 없었다. 그래서 '자명파慈明婆'라고 불렀다." 또 갈등집葛藤集 제172, 자명집찬慈明執爨에 더 자세히 보인다. "자명파는 석상산 가까이 살고 있었지만, 사람들은 헤아릴 수 없었다. 자명화상은 한가하면 그녀의 집에 꼭 가보았다. 하루는 참선이 있는 날이지만, 죽을 먹는 자리가 끝난 지 오래 되어도 북치는 소리가 들리지 않았다. 양기스님이 절을 감독하는 소임을 맡고 있었기에 행자에게 물었다. '오늘은 참선이 있는 날인데, 어째서 북소리가 들리지 않는가?' 행자가 말하길, '화상은 외출하여 아직 돌아오지 않았습니다.' 양기가 곧장 자명파의 집에 가서보니, 자명이 부엌에 들어가 노파의 죽을 쑤고 있었다. 양기가 말하길, '화상이여, 오늘은 참선하는 날입니다. 대중이 오래 기다리고 있는데 어째서 오지 않습니까?' 자명이 말하길, '네가 깜짝 놀랄만한 한마디를 내놓는다면 곧장 돌아가겠다. 만약 그렇지 못하면, 대중은 각자 사방에 흩어져라.' 양기는 삿갓을 머리에 쓰고 몇 발자국 걸었다. 자명은 크게 기뻐하며 함

께 돌아왔다. 慈明婆近寺而居, 人莫之測. 慈明乘閑必至彼. 一日, 當參, 粥罷久之不聞搥鼓. 楊岐爲監寺, 問行者, 今日當參, 何不擊鼓. 云, 和尙出未歸. 徑往婆處. 見明執爨婆煮粥. 岐云, 和尙今日當參, 大衆久持, 何以不歸. 明曰, 你下得一轉語卽歸. 下不得各自東西去. 楊岐以笠子蓋頭上行數步. 明大喜遂同歸."

* 녹주綠珠; 중국 진晉나라의 부호 석숭石崇의 기생첩.

* 조왕趙王; 진나라 석숭이 금곡원金谷園에서 기생첩 녹주를 데리고 즐겼는데 손수孫秀가 사람을 시켜 석숭에게 녹주를 요구하였으나 석숭이 허락하지 않자, 손수는 조왕趙王 윤倫에게 참소하여 석숭이 죄를 받게 되었다. 이에 녹주는 누각에서 떨어져죽었다. 진서晉書 권33, 석숭열전石崇列傳.

◎ 自讚毁他戒 三首   자신을 기리고 남을 헐뜯는 계율

魔王眷屬沒商量   마왕의 권속들은 생각조차 없는지
得失是非幾斷腸   득실과 시비로 얼마나 애를 끊는가.
前他後我如來願   남을 앞에, 나를 뒤에 함은 여래가 원한 것
前後工夫三會長   전후를 공부하니 세 번의 법회도 길구나.

五逆聞雷臨濟訣   오역죄인이 임제화상 요지를 우레처럼 들으니
大慈大悲太親切   가없는 자비가 너무 친절하구나.
活人劍兮殺人刀   활인검이여, 살인도여
欲汚人滿口含血   남을 욕보이면 입 가득 피를 머금게 되지.

誰共修歸正破邪　누구와 수행해 삿됨을 깨고 바로 돌이키나

若非情識又何過　만약 미혹하지 않으면 또 어떤 허물이 되는지.

這般作略子細看　이 같은 책략을 써서 자세히 살펴보니

座生見知還作家　좌중이 이치를 아니 오히려 선승이구나.

(一本作坐主見知還作處)

* 삼회三會; 과거의 여러 부처와 미래의 부처인 미륵이 모두 중생을 제도하기 위해 진리를 설하는 세 번의 큰 법회.

*임제결臨濟訣; 임제 화상의 선법의 요결要訣. '사대四大는 법을 설할 줄도, 들을 줄도 모르고, 허공도 또한 그러한데, 다만 네 눈앞에 뚜렷이 홀로 밝은 형상 없는 것이라야 비로소 법을 설하고 들을 줄 안다.'

* 작가作家; 선가에서 도道의 문장에 능란한 사장師匠. 중국 당, 송나라 때 선객禪客이 시나 글로서 선을 선양하였는데, 선문禪門에서 활기차고 기략機略이 있는 선승을 칭한다.

◎ 誹謗三寶戒　삼보를 비방하는 계율

杜撰飯袋惡禪和　엉터리 밥통인 나쁜 선승이 있으니

塞壑滿漚亡國家　외진 골짜기에 가득하여 나라를 망치네.

歸依佛法僧檀越　부처님과 불법과 승가에 귀의해 시주하는데

閑看世間殘照斜　한가로이 세간을 보아하니 노을이 비치네.

* 비방誹謗; 대승불교大乘佛教에서 보살菩薩이 지니는 가장 무거운 열 가지 계율인 십중금계十重禁戒 중의 하나.

* 삼보三寶; 불교도의 세 가지 근본 귀의처가 되는 불보, 법보, 승보. 깨달음을 얻은 사람과 그 가르침 및 그 가르침을 따르는 교단을 보물에 비유한 말이다.

* 잔조殘照; 벽암록 제34칙 앙산오봉仰山五峰에 보인다. "법안스님이 원성실성 송에 이르길, '이치가 다하고 정마저 잊었는데, 어찌 비유가 있다고 하겠는가. 끝내는 서리 내리는 밤, 달은 스르르 앞 시내에 떨어지네. 과일이 익으니 원숭이는 덩달아 살찌고, 산이 깊으니 길은 아득하구나. 고개 들어보니 노을이 지는데, 원래부터 서방에 살았었구나.' 法眼圓成實性頌云, 理極忘情謂, 如何有喻齊. 到頭霜夜月, 任運落前溪. 果熟兼猿重, 山長似路迷. 擧頭殘照在, 元是住居西."

* 두찬杜撰; 저술에 전거典據나 출처出處가 확실하지 않은 문자를 쓰거나 오류가 많음. 두묵杜默이 어느 날 좋은 시상이 떠올라 지필紙筆을 꺼내어 시를 지었는데, 운율이 맞지 않는 데가 여러 군데 있었다. 이로써 격格에 잘 맞지 않는 것을 두찬杜撰이라 일컫게 되었다.

* 반대飯袋; 무문관 제15칙 동산삼돈洞山三頓에 보인다. 밥통. 수행과 공부가 부족하여 밥이나 축내는 승려를 힐책하는 말이다.

* 선화禪和; 참선參禪하는 사람. 선승禪僧.

* 단월檀越; 범어 dāna-pati. 시주施主. 보시布施. 단나檀那. 단가檀家. 스님에게 또는 절에 공양물을 베풀어주는 사람.

◎ 人境懷古   주관과 객관을 회고하며

境無心燈籠露柱   경계는 무심하니 등롱과 노주인데
人辨別珠玉塊土   사람은 주옥과 흙덩이도 분별하네.

一夜五十年前吟 　하룻밤에 오십년 전을 읊조리니
青塚殘月巫山雨 　푸른 무덤에 달은 무산의 정일레라.

兩片皮復一具骨 　두 조각 거죽 다시 뼈 하나에 갖추니
鳥蟲馬牛更魔佛 　새와 벌레 말과 소는 마귀가 되었도다.
泥沌未分暗昏昏 　혼돈이 나뉘지 않아 어두컴컴한데
雲月知爲誰風物 　반달이 되는 걸 아니 어떤 경치인지.

　* 인경人境; 임제臨濟 화상이 제자를 지도할 때 근기에 맞도록 가르침을 펴는 방법인 사료간四料簡에 나온다. 임제종의 교상教相에서 '인人'이란 주관主觀, 정량情量, 분별分別, 지견知見, 해회解會 등이고. '경境'이란 객관客觀, 만법萬法 또는 언구言句를 말한다.
　* 등롱燈籠; 등의 하나로 대오리나 쇠로 살을 만들고 겉에 종이나 형겊을 씌워 안에 등잔불을 넣어서 달아 두기도 하고 들고 다니기도 한다.
　* 운월雲月; 언월偃月. 음력 보름 전후에 뜬 반달. 반달처럼 생긴 둥글고 우뚝한 물건의 모양.

◎ 倭國以譬喩作實　왜국이라 비유하니 적절하여

勘辨入邪毒氣深 　감변이 삿되니 독한 기운이 깊은데
元非君子小人心 　원래 군자나 소인의 마음이 아닌 걸.
暗認譬喩作實會 　그윽이 비유하니 적절한 줄 알겠는데
苔衣雲帶樂天吟 　백낙천은 운대산 이끼를 읊고 있네.

今時日用誰人道   지금 일상에 어느 누가 말하나

超越佛祖是野老   불조를 벗어나니 이는 시골 늙은이로다.

這般輩法中畜生   이런 무리는 법 가운데 있는 축생이니

胸襟愚不鋤荒草   속내가 어리석어 시든 풀도 매지 않네.

* 왜국倭國; 고대의 중국에서 일본을 낮추어 부르는 말.

* 작실作實; 견고하다. 튼튼하다. 적절하다. 내용이 있다. 알차다.

* 감변勘辨; 감검勘檢. 변별辨別의 뜻으로 스승이 학인의 근기가 깊고 얕음을 시험하고, 학인이 스승의 옳고 그름을 다루어 보는 것. 宗門有勘辨之一科. 凡於一機一境之處, 師家試學者之深淺, 學者探師家之邪正者.

* 낙천樂天; 중국 당唐나라 시인 백낙천白樂天(772~846)의 자. 본명은 거이居易, 호는 향산거사香山居士, 취음선생醉吟先生이다.

* 운대雲帶; 중국 하남성河南省 초작焦作에 위치한 운대산. 백거이는 인근에 있는 낙양洛陽 향산사香山寺에 18년간 머물렀고, 그 무덤인 백원白園이 있다.

◎ 異類中行   이류 중에 가며

異類馬牛中行途   다른 중생인 말이나 소와 섞여 길 가니

洞曹潙仰正工夫   조동종이나 위앙종이 바른 공부로구나.

愚昧學者誤領解   어리석은 맛을 배우는 자는 오해가 많아

看來正是畜生徒   보아하니 이게 바로 축생의 무리로다.

* 이류중행異類中行; 수행자가 깨달음을 이룬 뒤에 열반에 머무르지

않고 축생 등 이류의 중생 속에 들어가 교화하는 것을 말한다. 경덕전
등록景德傳燈錄 권8, 남전보원南泉普願에 보인다. "하루는 대중에게 이르
길, '여여라고 말하면 벌써 변해버린 것이다. 지금의 사승들은 모름지
기 이류 가운데를 향하여 가야 한다.' 귀종이 이르길, '비록 축생의 행을
행하여도 축생의 과보를 받지 않는다.' 一日師示衆云, '道箇如如早是變
也. 今時師僧須向異類中行.' 歸宗云, '雖行畜生行, 不得畜生報.'"

◎ 井 우물

高下互看打氷輪　높고 낮음 마주보고 얼음바퀴를 치니
衲僧轆轆轉機輪　스님이 도르래 돌려 바퀴를 굴리는구나.
安禪出定淸華曉　고요히 선정에서 깨어나니 맑고 밝은 새벽인데
汲盡天邊月一輪　물 다 긷고 나니 하늘가에 둥근 달 떠있네.
(氷一作水)

吸盡西江公案圓　서강의 물 다 마시고나니 공안이 원만한데
工夫不管溺深泉　공부는 깊은 샘에 빠지는 걸 상관하지 않네.
不借寸繩千尺底　천 자 되는 바닥에 한 치 줄 빌리지 않아도
西來祖意爲人禪　서쪽에서 온 달마스님은 사람에게 선을 펼쳤지.

* 흡진서강吸盡西江; 경덕전등록景德傳燈錄 襄州龐居士蘊參에 보인다. "마
조에게 방거사가 물었다. '만법과 더불어 짝이 되지 않는 자는 어떤 사
람입니까?' '그대가 한 입에 서강의 물을 모두 마시면 말해주겠다.' 방거
사는 이 말을 듣자마자 갑자기 깨달았다. 馬祖因龐居士問, 不與萬法爲

侶, 是什麼人? 祖云, 待汝一口吸盡西江水, 則與汝道. 居士言下頓悟."

◎ 山居　산에 살며

孤峯頂上出身途　외로운 봉우리 위에 몸 드러내니
十字街頭向背衢　열 집 길목은 사거리에 돌아앉았구나.
空聞夜夜天涯雁　밤마다 하늘가 기러기 소리 부질없이 들리니
鄉信封書一字無　고향 소식 부친 서신에 한 글자도 없네.

◎ 示榮衒徒　영달을 좇는 중에게 보이다

人家男女魔魅禪　마을에 남녀가 마귀의 선을 하느라
室內招徒使悟玄　방안에 신도 불러 모아 깨닫게 하는구나.
近代癩人頤養叟　요즘 문둥병자인 종이양수 화상이여,
彌天罪過獨天然　하늘 가득한 죄악은 유독 어쩔 수 없네.

◎ 認譬作實(譬一作喩)　빗댄 게 적절하여

野老劫來日用今　겁 이래 촌로의 일상은 지금 같은데
私車公案誤晴陰　공안의 수레는 맑고 흐린 걸 헷갈리네.
昨夜打窓零落葉　간밤에 창문 두드리며 잎이 지더니
蕭蕭聽作雨聲吟　쓸쓸히 비 소리 들으며 시 지어 읊네.

◎ 山中開藥圃　산중에 약초밭을 가꾸며

要錢賣藥不修琴　돈 궁해 약 팔아도 거문고는 고치지 않고
度世工夫貪欲深　중생을 구제하는 공부에는 탐욕이 심하구나.
山堂夜雨風流榻　평상에 앉아 산당에서 듣는 밤비 소리
自絕松風閣道吟　솔바람 절로 그치자 은하수를 노래하네.

 * 도세度世; 삶과 죽음의 현실을 극복하고 열반涅槃에 들어감. 중생을
제도濟度함.
 * 각도閣道; 여섯 개의 별로 이루어진 은하수 큰길 별자리.

◎ 示邪婬僧　삿된 음란한 중에게 보이다

銀燭畫屛殘月曉　은촛대 그림 병풍에 새벽달 기우는데
錦茵甲帳落花春　비단자리 좋은 휘장에 꽃잎 지는 봄일레.
生身苦墮在火坑　태어난 몸 괴롭게 불구덩이에 떨어지니
花顏玉貌也何人　꽃다운 얼굴과 옥같은 용모는 누구인지.

 * 생신生身; 부처나 보살菩薩이 중생을 구하기 위해서 부모에 의탁하
여 태생胎生하는 육신. 부모로부터 태어난 몸.

◎ 少年道心老來失　젊을 때 도심을 늙어서 잃어

五十年來大道心　쉰 해 전부터 지녀온 큰 도심이여,

來生未隔已忘今　내생은 아직도 먼데 지금 벌써 잊었구나.
朝得夕死立地佛　아침에 법을 얻고 저녁에 죽어 부처가 되니
一旦廻心百煉金　하루 아침에 마음 돌려 온갖 쇠를 불리네.
(廻一作依)

失却悟徹總閑事　깨달음은 뚫지 못하고 모든 일을 막으니
去劫來劫又如此　가고 오는 한없는 겁이 또한 이와 같도다.
金鍮正邪佛難分　쇠와 놋쇠를 구별하기는 부처도 어려운데
聞說佛魔隔一紙　부처와 마군의 말을 들으니 종이 한 장 차이네.

* 도심道心; 보리菩提를 구하는 마음. 불법의 도리를 구하기 위하여 믿고 수행하는 마음.

* 입지불立地佛; 오등회원 권53에 보인다. "백정도 칼만 놓으면 그 자리에서 부처가 될 수 있다. 放下屠刀, 立地成佛." 즉, '악한 사람도 회개하면, 성불할 수 있다'는 뜻이다.

◎ 題黃檗禮佛示榮衒徒　황벽예불로 영달을 좇는 중에게 보이며

禮佛家風眞作家　부처께 절하는 게 참된 선승의 가풍인데
作家汝榮衒譊訛　선승인 너는 영달 좇아 공안이나 파는구나.
奪食驅牛成伎倆　밥을 뺏고 소나 몰며 솜씨는 괜찮다만
米錢名利賺過他　남을 속여 쌀값과 명리를 너무 비싸게 파네.

閻老面前尤苦哉　늙은 염왕 앞에 서면 고통이 심할 터

飯錢今日急還來　오늘에야 밥값이 급하게 되돌아왔구나.
話頭古則商量價　화두와 옛 법칙이 몇 푼 되나 헤아려보고
棒喝邪師度世財　삿된 중이 방과 할로 재물을 제도하네.

* 효와 謼訛; 공안을 타파하기 위해 반드시 뚫어야 할 관문.
* 황벽예불黃蘗禮佛; 벽암록 제11칙 평창評唱에 보인다. "황벽스님이 예불하려는데 대중화상이 보고 물었다. '부처도 구하지 않고, 법도 구하지 않고, 중생도 구하지 않는데, 예배는 해서 무엇을 구하려는가?' 황벽이 말하길, '부처도 구하지 않으며, 법도 구하지 않으며, 중생도 구하지 않는 이곳에 늘 이같이 예배한다.' 대중이 말하길, '무얼 위해서 예배하는가?' 황벽은 그만 뺨을 한 대 쳤다. 대중이 말하길, '꽤 거칠구나.' 황벽이 말하길, '이 안에 무얼 가지고 거칠다, 가늘다 말하느냐.'하고 또 한 대 쳤다. 黃蘗禮佛次, 大中見而問曰, 不着佛求, 不着法求, 不着衆求, 禮拜何所求? 蘗云, 不着佛求, 不着法求, 不着衆求, 常禮如是. 大中云, 作禮何爲? 蘗便掌. 大中云, 太麁生. 蘗云, 這裡什麼所在, 說麁說細. 又掌." 여기서 대중大中은 당唐나라 황제인 선종宣宗(810~859)이다.

◎ 臨濟曹洞座主各末後句 二首　임제종과 조동종 좌주의 말후구, 두 수

大死底人心塊土　크게 죽은 사람의 마음은 흙덩이인데
元來是燈籠露柱　원래부터 이것은 등롱이나 노주였구나.
變易分段只任他　죽고 사는 견해는 다른 데 맡길 뿐
新月黃昏五更雨　한밤중 초승달 어둑한데 비가 내리네.
(變易一作編譯)

平生信施涅槃堂　평생 믿고 열반당에 시주하였는데

暮往天台南岳朝　저녁에 천태로 가서 아침에 남악에 있네.

公道世間只病苦　세상에 공평한 건 병든 고통일 뿐

貴人身上不曾饒　귀인의 몸이라도 봐준 적 없구나.

(一本涅槃堂作涅槃消, 只作唯)

* 좌주座主; 은문恩門. 대중의 석장席長.

* 말후구末後句; 철저한 깨달음의 궁극에 이르러 내뱉는 최후의 한 마디. 종문宗門의 활구活句.

* 대사저인大死底人; 크게 한번 죽었다가 되살아난 사람. 깨달은 사람.

* 등롱노주燈籠露柱; 어둠을 밝히는 등롱이나 법당에 드러난 둥근 기둥인 노주는 무정물無情物을 뜻한다.

* 변역분단變易分段; 생사관生死觀에서 '변역'은 생사가 서로 떨어진 세계가 아니라 몸만 바뀌어 변화된 것이라고 보는데 반하여, '분단'은 생사가 서로 떨어진 세계라고 여기는 견해이다.

* 공도세간公道世間; 중국 당나라 두목杜牧의 '송은자送隱者' 시에 보인다. "세간에 공정한 게 있다면 오직 백발뿐, 귀인의 머리라도 봐준 적이 없구나. 公道世間惟白髮, 貴人頭上不曾饒." 번천시집樊川詩集 권4.

◎ 慧日有憎愛　혜일산에 애정사건이 있어

一段多情栗棘愁　한층 정도 많아 율극암이 시름겨운데

回光反照晦心頭　빛을 돌이켜 비추니 마음조차 어둡구나.

工夫長養不得怠　공부는 오래 닦아 게을리 하지 않는데

動静起居春又秋　살림살이는 봄 되자 또 가을이로다.

(反一作返)

* 혜일慧日; 일본 경도京都의 임제종 동복사파東福寺派의 본산이 있는
동복사의 산호山號인 혜일산慧日山.

* 율극栗棘; 일본 경도京都 동복사東福寺 경내의 북쪽에 있는 율극암栗
棘庵. 임제종 동복사파東福寺派 암자로 본존은 지장보살, 관세음보살이
있고, 겸창鎌倉 시대인 1294년에 백운혜효白雲慧曉가 창건하였다.

◎ 贊法然上人　법연상인을 찬하여

法然傳聞活如來　법연은 전해 듣기로 살아있는 여래라
安坐蓮花上品臺　연화상품대 위에 편안하게 앉아계시네.
教智者如尼入道　지혜로운 스승이 비구니를 도에 들게 하듯
一枚起請最奇哉　한 장의 유언장이 참으로 기이하구나.

* 법연法然; 일본 평안平安 시대 말기와 겸창鎌倉시대 초기에 정토종淨
土宗의 개조開祖인 법연상인法然上人(1133~1212). 이름은 원공源空, 어릴
때 이름은 세지환勢至丸, 출생은 미작국美作國(현재의 강산현岡山縣)이다.
아홉 살에 출가해 열다섯 살에 천태삼대부를 배우고, 뒤에 예공叡空에
게 원돈계와 밀교를 배웠다. 경도京都, 내량奈良 등에 떠돌며 구법의 길
을 걷던 중 1175년 마흔세 살에 선도善導의 관경소觀經疏를 읽고 아미타
불 본원의 깊고 중함을 깨달아 염불문에 들어가 정토종을 열었다. 염불
삼매를 얻어 선택본원염불집選擇本願念佛集을 지어 정토의 종요宗要를 정

하였다.

    * 상인上人; 지혜와 덕을 겸비한 승려를 높여 부르는 말.

    * 일매기청一枚起請; 법연상인은 1212년(80세)에 제자 원지源智의 청을 들어 칭명염불稱名念佛의 의미와 마음가짐, 태도 등을 간결하게 정리한 한 장의 유언장인 일매기청문一枚起請文을 남기고 입적하였다.

◎ 作家 二首 작가, 두 수

臨濟德山非作家　임제와 덕산화상은 작가가 아니라
棒頭喝下任師誇　몽둥이와 고함에 선사는 너무 거칠었지.
堪笑伎倆與鼻孔　기량과 본분사가 우습기도 하지만
照看高低日影斜　고저를 비추어보니 해 그림자 비꼈구나.
(低一作昇)

忍辱仙人常不輕　세존께서는 늘 가볍지 않으셨는데
道心須是盡凡情　도심은 반드시 범인의 정을 다하셨네.
恁麼白淨眞衲子　어떤 순결한 마음이 참된 승려인가
可勤觀法又看經　부지런히 불법을 살피고 경전을 보게.

    * 비공鼻孔; 콧구멍. 본분사本分事를 의미하는 말.

    * 인욕선인忍辱仙人; 과거 전세前世에 수도修道할 때 온갖 모욕과 번뇌를 참고 원한을 일으키지 않던 석존釋尊의 이름.

    * 임마恁麼; 십마什麼. 심마甚麼. 이와 같이. 어떻게. 어떠한.

    * 백정白淨; 순일한 부처의 마음. 백정무구식白淨無垢識의 준말. 아마라

식阿摩羅識. 청정식淸淨識. 일체중생이 지니고 있는 청정한 본원本源의 심지心地로 부처가 증득한 법신法身과 같아 생멸生滅과 증감增減을 초월하여 태허太虛처럼 담약湛若하다. 능가경楞伽經 권9.

◎ 傀儡 꼭두각시

抽牽者卽主人公 밀고 당기는 자가 바로 주인공인데
地水合成隨火風 흙과 물을 합하니 불과 바람이 따르지.
一曲勾欄曲終後 기생집 난간에서 한 곡조가 끝나자
本然大地忽爲空 본래 있던 대지가 홀연히 허공이 되었네.

＊구란勾欄; 난간을 아亞자 모양으로 장식한 창기娼妓의 집.
＊추견抽牽; 임제록臨濟錄 상당上堂 삼구三句에 보인다. "스님이 묻기를, '어떤 것이 제삼구입니까?' 임제 화상이 말하길, '무대 위에 꼭두각시를 조종하는 걸 잘 보아라. 밀었다 당겼다 하는 게 모두 그 속에 사람이 있어 하는 짓이니라.' 僧問, 如何是第三句? 師云, 看取棚頭弄傀儡. 抽牽都來裏有人."

◎ 洛陽火後 낙양에 불이 난 뒤에

寒灰充塞洛陽城 식은 재가 변새에 가득한 낙양성,
二月和花春草生 이월에는 꽃과 봄풀이 자라는구나.
黃金宮殿依然在 황금 궁전은 의연하게 그대론데
勅下千秋萬國淸 칙서 내리니 천추에 나라가 맑도다.

* 낙양洛陽; 당시 일본의 수도였던 경도京都.

* 화화和花; 예로부터 일본에서 재배되고 있는 화초. 이에 대한 말은
양화洋花이다.

◎ 嘲文章 문장을 조롱하며

人具畜生牛馬愚 사람은 축생인데 마소는 어리석고
詩文元地獄工夫 시문은 원래부터 지옥의 공부로구나.
我慢邪慢情識苦 자만하고 교만하여 미혹함이 고달픈데
可嘆波旬親得途 악마가 몸소 뜻을 두니 탄식할 만해라.

傑作詩文金玉聲 빼어난 시문은 금옥의 소리가 나니
言言句句諸人驚 말과 글귀마다 여러 사람을 놀라게 하네.
閻王豈許雅頌妙 염왕은 어찌 아송을 묘하게 허락했는지
鐵棒可恐鬼眼睛 쇠방망이는 귀신 눈동자를 협박하겠구나.

(一本諸人作詩人, 可恐作應惶)

* 아만我慢; 네 가지 번뇌煩惱의 하나로 자기를 자랑하고 남을 업신여
기는 마음.

* 사만邪慢; 사만四慢의 하나로 아무 덕이 없는 사람이 덕이 있다고 생
각하는 교만한 마음.

* 파순波旬; 수행을 방해하거나 사람을 죽이는 흉악한 악마.

* 득도得途; 벼슬길에 뜻을 두다 仕途得志. 중국 당唐나라 한유韓愈의 遊
青龍寺贈崔太補闕 시에 보인다. "年少得途未要忙, 時清諫疏尤宜罕."

* 금옥성金玉聲; 음성이나 시문이 아름다워 남의 마음을 감동시키는 것을 비유한 말이다. 중국 당唐나라 백거이白居易 제고원소윤집후題故元少尹集後 시에 보인다. 黃壤詎知我? 白頭徒憶君. 唯將老年淚, 一灑故人文. 遺文三十軸, 軸軸金玉聲. 龍門原上土, 埋骨不埋名.

　* 아송雅頌; 시경詩經에 있는 아雅와 송頌을 아울러 말하는데, '아'는 조정의 조회나 연향 때 연주하는 노래이고 '송'은 종묘의 제사에 쓰는 노래이다.

◎ 元本無明(一本本作來)　근본은 무명하여

法塵習着奈相思　법의 티끌 집착하니 그리움 어찌할까
李杜蘇黃音律詩　당송의 문장가들 음률은 시를 이루었지.
弓影客盃元字脚　활 그림자는 손님 잔에 요긴한 것이니
生身入地獄如矢　산 몸인 채 화살처럼 지옥에 들어갔네.

　* 법진法塵; 육진六塵의 하나. 온갖 법으로서 의근意根의 대경이 되어 정식情識을 물들게 하는 것. 십이처는 법처法處라 하고, 십팔계는 법계法界라 한다.
　* 자각字脚; 자안字眼. 문장 중에서 가장 요긴하게 눈에 박힌 글자.

◎ 破譬喻示病僧　비유로 병든 스님을 깨치며

弓影膏肓在酒中　술은 활 그림자에 놀란 고질병이 있어
毒蛇影落客盃弓　활이 손님 잔에 독사 그림자로 비쳤다네.

楓林黃葉蜀江錦 　노란 단풍 숲에 촉 강은 비단인데

染得心頭滿目紅 　마음이 물들고 나니 눈 가득 붉도다.

* 비유시병譬喩示病; 벽암록 제87칙, 약병상치藥病相治에 보인다. "운문이 대중에게 말하길, '약과 병은 서로를 다스린다. 온 대지가 모두 약이다. 어떤 것이 자신인가?' 舉. 雲門示衆云, '藥病相治. 盡大地是藥. 那箇是自己?'"

* 고황膏肓; 고질병. 심장心臟과 횡격막橫膈膜의 사이로 병이 그 속에 생기면 낫기 어렵다.

* 사영蛇影...배궁盃弓; 배궁사영杯弓蛇影. 중국 진晉나라 때 악광樂廣이 친구와 함께 술을 마시다가 그 친구가 술잔에 비친 활의 그림자를 뱀으로 오인하여, 온갖 의심에 병이 들어 두려워한 일을 비유한다. 중국 한漢나라 응소應劭의 풍속통의風俗通義 세간다유견괴世間多有見怪와 진서晉書 권43. 악광전樂廣傳에 보인다.

* 촉강금蜀江錦; 중국 촉蜀나라는 지금의 사천성四川省 지역인데 '성도촉금成都蜀錦'이라 하여 예로부터 비단이 유명하였다.

◎ 利欲忘名　이욕으로 이름을 잊고

利欲農夫商女情 　이욕은 농부나 장사치 아낙네의 정인데

絶交美譽與芳聲 　명예와 명성과는 아예 거리가 멀도다.

梅花雪月非我事 　달빛 아래 눈 덮인 매화는 나의 일 아니라

貪着米錢忘却名 　쌀과 돈에 빠져서 이름조차 잊었지.

(非我事一作昔年事)

賣弄深藏貪欲心　탐욕을 깊이 감추고 농간을 부리니
心中密密要黃金　황금을 원하는 마음이 가득 찼구나.
詩情禪味風流譽　시의 뜻과 선의 맛은 풍류를 기리는데
秋思春愁雲雨吟　봄가을 그리워 시름하다가 정을 읊네.

* 매롱賣弄; 뇌물賂物을 받고 권리를 파는 따위로 농간弄奸을 부리는 일.

◎ 耽色喪德　여색을 즐기다 덕을 잃고

酒伴詩僧久絶交　술을 벗 삼은 시승이 오래 절교하더니
獨吟月影滿松梢　홀로 솔 우듬지에 가득한 달그림자를 읊네.
楚臺愁夢是吾業　초대에 시름하는 꿈이 바로 나의 일인데
杜牧味淸婬色嘲　두목의 시는 맛이 맑아 음란한 걸 비웃네.
(一本愁怍秋, 味作昧)

◎ 偶作　우연히 짓다

患是衆生良藥訣　근심은 중생에게 좋은 약의 비결이니
祖病當機臨濟喝　조사의 병통은 적절히 임제의 할을 쓰지.
琴臺暮雲茂陵吟　저문 노을, 금대에서 무릉을 읊조리니
五十年來相如渴　쉰 해 동안 상여처럼 목이 말랐구나.

我唯有一息出入　나는 오직 한 호흡 들락날락할 뿐
日面月面忘左右　장수나 단명 따위는 모조리 잊어버렸네.

釋迦老師大覺尊　늙은 스승 석가는 큰 깨달음 높으신데
祖病治得用牛乳　조사의 병은 우유를 써서 치유하셨지.

室內閑吟一盞燈　방안에 등잔 켜고 한가로이 시 읊고
自然無道箇詩僧　그저 도라곤 모르는 일개 시승이로다.
愁人春興猶寒夜　찬 밤에 근심하는데 봄의 흥취 일어나니
袖裡花牋梅萼氷　소매 깃에 시 넣자 매화가 얼었구나.

* 조병祖病; 선문염송 제1104칙 불병佛病에 보인다. "운문화상에게 어떤 스님이 묻기를, '부처병과 조사병은 무엇으로 고칩니까?' 화상이 말하길, '살피면 화평하니라.' 그 스님이 다시 묻기를, '무엇으로 고칩니까?' 화상이 말하길, '다행히 힘이 있구나.' 問, 佛病祖病將何醫? 師云, 審即諧. 進云, 將何醫? 師云, 幸有力."

* 당기當機; 지금 처한 상황. 본래의 뜻은 부처님의 설법이 중생의 소질에 따라 이익을 주는 것. 또는 그 대상이 되는 중생. 상대의 능력과 근기에 따라 지도함.

* 무릉茂陵; 중국 한漢나라의 문장가 사마상여司馬相如가 평소에 소갈병을 앓다가, 병이 심해지자 벼슬을 그만두고 섬서성陝西省 무릉茂陵으로 돌아가 은거하였다. 사기史記 권117 사마상여열전司馬相如列傳.

* 금대琴臺; 중국 사천성泗川省 성도成都의 완화계浣花溪 물가에 있는데 한漢나라 때 사마상여가 그의 연인 탁문군卓文君과 함께 거문고를 연주하던 곳이다.

* 일면월면日面月面; 견성한 사람에게 장수와 단명의 차이가 없다는 마조馬祖의 공안에서 따온 것이다. 수명이 천팔백 년인 일면불과 수명

이 하루 낮 하룻밤인 월면불로서, 긴 목숨도 있고 짧은 목숨도 있음을 비유함. 즉 생사에 있어 초탈한 경지를 의미한다. 벽암록 제3칙, 일면불월면불日面佛月面佛에 보인다. "마조화상이 편안하지 않았다. 원주스님이 화상께 묻기를, '화상께서 요즈음 법체가 어떠십니까?' 화상이 말하길, '일면불월면불이니라.' 擧. 馬大師不安. 院主問和尙近日, 尊候如何? 大師云, 日面佛月面佛."

* 우유牛乳; 여섯 해를 고행하며 쇠약한 싯다르타에게 수자타가 우유로 유미죽乳米粥을 끓여 공양하였는데 이를 먹고 기운을 차린 싯다르타가 비로소 깨달음을 얻었다.

* 화전花牋; 시를 쓴 종이.

◎ 頌 송

暫時此地弄精魂　잠깐 이 땅에서 정령을 희롱하니
臨濟後身興祖門　임제의 후신은 조사문을 흥하게 했네.
美譽芳聲世間外　명예와 명성은 세간을 벗어났으니
五雲天上月林孫　영롱한 하늘가 월림의 자손이네.

* 후신後身; 죽어서 뒤에 다시 태어난 몸.

* 조문祖門; 조사문祖師門. 조사들이 펼친 문중의 불법.

* 오운五雲; 오색 빛깔로 영롱하게 빛나는 구름.

◎ 元日賀官軍敗凶徒　설날 관군이 흉도를 깬 걸 하례하며

元正先破豪　설날에 먼저 우두머리를 깨니
處處凱歌高　곳곳마다 승리의 노래가 높았도다.
百萬朝廷卒　백만 명이나 되는 조정의 병사들
不能損一毛　털 한 올도 손상되지 않았구나.

◎ 偶作　우연히 짓다

慧命微微懸一絲　혜명은 미미해도 한 가닥 실에 걸리니
分明臨濟正傳師　임제는 바른 법을 전한 스승이 분명하지.
識情名利山林客　산승은 미혹하여 명리에 밝았으니
夜夜秋風枕上吹　밤마다 가을바람이 침상에 불어오네.
(客一作害)

睡裏海棠春夢秋　잠결에 해당화는 봄인데 가을을 꿈꾸고
明皇離思獨悠悠　현종은 이별하고 나서 홀로 쓸쓸하였지.
三千宮女情難慰　삼천 궁녀의 정도 위로하기 어려워
更逐馬嵬泉下遊　다시 마외 땅을 좇아 황천에 떠돌았네.
(逐一作遂)

* 혜명慧命; 불법佛法의 명맥. 불법을 이어 가는 비구比丘. 지혜를 생명
에 비유하여 일컫는 말.
* 명황明皇; 중국 당나라 현종. 당시 양귀비를 총애하여 실정失政하고
안녹산安祿山의 난을 당하여 망국의 길을 걸었다.

* 이사_{離思}; 이별할 때의 슬픈 생각. 당나라 시인 원진_{元稹}의 '이사_{離思}' 시에 보인다. "바다를 보고 나니 물을 말할 수 없고, 무산을 빼놓고 구름을 말하지 못하겠네. 그대 떠난 뒤 꽃을 보아도 돌아볼 마음 생기지 않아, 반은 수행자처럼 반은 그대 그리워하며 사네. 曾經滄海難爲水, 除却巫山不是雲. 取次花叢懶回顧, 半緣修道半緣君."

◎ 懷古　회고

愛念愛思苦胸次　사랑하는 마음 생각하니 가슴 아픈데
詩文忘却無一字　시문은 잊은 채 한 글자도 없구나.
唯有悟道無道心　오직 도 깨치는 일뿐인데 도심조차 없어
今日猶愁沈生死　오늘은 생사에 빠져 도리어 시름하네.

十年溺愛失文章　십년이나 사랑에 빠져 문장도 잃었고
非是行天然卽忘　올바른 행이 아니라서 자연도 잊었노라.
翰墨再論近年事　문필을 다시 거론한 건 요즘 일인데
輪廻斷盡隔生腸　헤어진 애간장에 윤회는 다 끊었다.
(非一作不)

◎ 警策　경책

苦哉色愛太深時　애욕이 아주 깊을 때는 괴로워
忽忘却文章與詩　홀연히 문장과 시조차 잊어버렸지.
不前知是自然福　이걸 미리 모른 건 그런대로 복인데

猶喜風音慰所思　바람소리 즐기나 생각은 울적하네.

夢熟巫山夜夜心　밤마다 무산을 꾸는 꿈 마음 더한데

蘇黃李杜好詩吟　문장가와 시인들 시 읊기에는 좋도다.

若將淫欲換風雅　장차 음욕이 멋진 풍류로 바뀐다면

價是無量萬兩金　그 가치야 한량없는 만 냥 금일레라.

* 경책警策; 좌선坐禪할 때 졸음이나 사념邪念을 쫓기 위해 어깨 따위를 치는 네 자 가량의 넓적한 막대기. 혹은 경계하는 일.

* 소황이두蘇黃李杜; 소황蘇黃과 이두李杜. '소황'은 중국 송나라의 문장가인 소식蘇軾과 황정견黃庭堅의 병칭幷稱이고, '이두'는 당나라의 시인인 이백李白과 두보杜甫의 병칭이다.

* 무산巫山; 중국 사천성四川省 동쪽에 있는 명산으로 남녀의 정교情交를 상징한다.

◎ 迷悟　미혹함과 깨달음

無始無終我一心　처음도 없고 끝도 없는 나의 한마음

不成佛性本來心　부처의 성품을 이루지 못한 본래심이네.

本來成佛不妄語　본래 부처를 이루는 게 허망한 말 아닌데

衆生本來迷道心　중생은 본래 도심을 미혹하게 하지.

◎ **題點頭石訝虎丘祖師**　점두석과 호구조사가 맞아 떨어졌기에 제하여

不信道石點頭　점두석 믿지 않는다고 말하지 말게

若點頭非石流　점두석은 돌 나부랭이가 아닌 듯하네.

石有靈是妖怪　돌에도 영혼이 있어 바로 요괴인데

吾祖師老虎丘　우리 조사께서 늙은 호구조사였다니.

 * 제題...무訝....호구조사虎丘祖師; 이 시에서는 호구산의 점두석과 호구선사의 법호가 우연히 들어맞아 이를 제목으로 삼은 것이다.

 * 호구虎丘; 중국 송宋나라 때 임제종臨濟宗 호구파虎丘派의 승려인 호구소륭虎丘紹隆(1077~1136). 안휘성安徽省 화주和州 함산含山 사람, 아홉 살에 불혜원佛慧院에 들어가 율장律藏을 배웠다. 일찍이 장로長蘆의 정조숭신淨照崇信선사의 가르침을 받았고, 뒤에 협산사夾山寺에서 양기파楊岐派의 고승인 원오극근圜悟克勤의 법통을 이어받았다. 1130년에 평강平江 호구산虎丘山의 운암선사雲岩禪寺에 머무르며 원오圜悟의 선풍禪風을 널리 알렸다.

 * 점두석點頭石; 완석점두頑石點頭. '완고한 돌도 고개를 끄덕인다'라는 뜻으로, 깊이 감화 받은 것을 비유한다. 중국 동진東晉시대 도생道生(355~435)은 인도 승려 축법태竺法汰를 따라 출가하여, 나중에 장안長安에서 구마라습鳩摩羅什에게 불법을 배웠다. 소주蘇州 호구산虎口山에서 살며 때로 돌을 모아 놓고 열반경에 대하여 강설하였다. 도생은 한참 강의를 하다가 본래부터 해탈解脫의 소인素因을 갖지 못하여 부처가 될 수 없는 천제闡提의 성불成佛 대목에 이르면 돌들을 향하여, "내 설법이 불심佛心에 부합되지 않는가?"라고 물었는데, 돌이 다 그의 말이 맞다고 하는 듯 고개를 끄덕였다고 한다. 이곳에는 설법대說法臺와 점두석點頭

石이 지금도 남아있다.

◎ 不行成佛 부처가 되려고 하지 않기에

天然之釋迦彌勒 타고난 그대로 석가와 미륵인데
六六元來三十六 육육은 삼십육, 딱 들어맞았구나.
達磨九年佛六年 달마는 아홉 해, 부처님은 여섯 해
成佛作祖盡精力 정진하여 부처와 조사가 되셨네.

◎ 示燒書籍僧(燒一作焚) 책을 불사르는 중에게 보이다

始皇自然辨邪正 시황은 절로 삿됨과 바름 분별했으니
波句餘殃如看掌 마왕의 남은 재앙을 손바닥 보듯 하였네.
看看劫火洞然時 순식간에 큰 불이 나서 환하게 밝을 때
書籍金剛不壞性 영원히 금강경은 허물어지지 않으리라.

樹下石上茅廬 나무 아래 바위 위에 초가집 짓고
詩文疏鈔同居 시문과 소초와 함께 살고 있었구나.
欲焚囊中遺藁 주머니에 든 유고를 불태우고자 하나
先須忘腹中書 먼저 뱃속에 든 책부터 잊어야겠지.
(遺一作道)

* 파순波句; 욕계의 마왕.
* 간간看看; 속어로 금세. 순식간에. 혹은, 정신 차려서

* 소초疏鈔; 경전에 주석이나 해석을 담은 참고 서적.

* 복중서腹中書; 산서통지山西通志 권139, 인물人物에 보인다. "학륭은 자가 좌치이며, 곽현 사람이다. 어려서부터 박학하여 읽지 않은 책이 없었다. 칠석날 부잣집에서 옷을 햇볕에 쬐는 걸 보고 햇볕에 나가 하늘을 향해 배를 드러낸 채 누웠다. 어떤 사람이 그 까닭을 물으니, '나는 배 속의 책을 말리고 있다.' 하였다. 郝隆字佐治崞縣人, 少博學, 無書不讀. 七月七日, 見富室曝衣, 乃出日中仰臥. 人問其故, 曰我曬腹中書耳." 세설신어世說新語 배조排調.

◎ 示耽名僧 명성을 탐하는 중에게 보이다

腹中地獄成 뱃속에는 지옥이 가득하니
無量劫識情 한없는 겁에 분별하는구나.
野火燒不盡 들불은 아직 다 타지 않았는데
春風草又生 봄바람에 풀이 또 돋아났구나.

南北東西不可量 동서남북은 헤아릴 수도 없는데
扶桑粟散國封疆 해 뜨는 곳에 좁쌀 뿌리고 나라를 세웠네.
耽名愚鈍畜生道 이름을 좋아해 우둔한 축생도에 빠지니
望帝一聲聰斷腸 두견새 한 울음 듣고 애가 끊어지네.

金烏玉兔照籠中 금까마귀 옥토끼가 대그릇 안에 비치니
百億須彌逼碧空 백억의 수미산이 푸른 허공에 달려드네.
香水無邊四大海 네 큰 바다에는 향수가 가없는데

畜生無始又無終　축생은 처음도 없고 끝도 없도다.

* 속산국粟散國; 좁쌀을 흩어놓은 것처럼 작은 나라들.
* 향수香水; 향료香料를 섞어 만든 향기로운 냄새가 나는 물. 불상佛像
을 씻을 때 뿌리는 향을 달인 물.

◎ 示弄業文筆僧　문필로 생계를 삼는 중에게 희롱하여 보이다

苦樂愛憎影與身　괴로움과 즐거움, 사랑과 미움은 그림자와 몸이고
寒溫喜怒境兼人　차가움과 따뜻함, 기쁨과 성냄은 객관과 주관이네.
平生吟興黃泉路　평생 동안 황천길에서 흥취나 읊조리니
地獄門前桃李春　지옥문 앞에 복사꽃, 자두꽃 핀 봄이로구나.

* 경겸인境兼人; 임제의 사료간四料揀에서, 객관과 주관. 경계와 사람.
임제록 시중示衆에 보인다. "임제 스님께서 저녁 법문에서 대중에게 일
렀다. "나는 어느 때는 사람을 빼앗지만 경계는 빼앗지 않고, 어느 때는
경계를 빼앗지만 사람은 빼앗지 않으며, 어느 때는 사람과 경계를 모두
다 빼앗고, 어느 때는 사람과 경계를 모두 다 빼앗지 않는다. 師晚參 示衆
云, 有時奪人不奪境, 有時奪境不奪人, 有時人境俱奪, 有時人境俱不奪."

◎ 弔戰死兵　전쟁에서 죽은 병사를 조상하며

赤面修羅血氣繁　붉은 얼굴 아수라는 혈기도 많아
惡聲震動破乾坤　악의 소리 진동하여 천지를 깼구나.

鬪爭負時頭腦裂　전투에서 졌을 때 머리통이 깨지니

無量億劫舊精魂　한없는 오랜 세월 옛 혼백이로다.

(爭一作諍)

* 수라修羅; 아수라阿修羅. 불법을 수호하는 여덟 수호신인 팔부신중 가운데 하나로 처음에는 선신善神이었으나 후에 제석천帝釋天과 싸우는 귀신으로 육도六道의 하나가 되어 무서운 귀신으로 여긴다.

◎ 偶作　우연히 짓다

我本來迷道衆生　나는 본래부터 도에 미혹한 중생이라

愚迷深故不知迷　아주 어리석고 미혹해도 미혹한 줄 모르지.

縱雖無悟若有道　비록 깨치지는 못해도 도가 있다면

佛果天然立地成　있는 그대로 부처의 자리 얻게 되리라.

* 불과佛果; 수행한 인과로 말미암아 성취하는 부처의 지위.

◎ 心隨萬境轉　마음이 만 가지 경계 따라 굴러

今日佛心猶未生　오늘도 불심은 오히려 생기지 않아

衆生界地獄先成　중생계의 지옥이 먼저 이루어졌구나.

萬機萬境皆情識　만 가지 기틀과 경계는 다 분별하는 짓

轉處能幽劍戟城　구르는 곳은 칼이 찌르는 깊은 성이네.

* 정식情識; 정情과 식識. 감정과 식견識見 등으로 분별해 아는 것을 말한다.

◎ 佛魔一紙 마군의 종이 한 장

聖凡萬里隔鄕關 성인과 속인은 고향에서 만 리나 먼데
淸淨沙門塵事間 청정한 사문이 속세의 일에 끼어들었구나.
殘雪殘梅窓外月 달 밝은 창밖 잔설에 남은 매화가 피니
吟中猶劍樹刀山 칼 숲 우거진 칼날지옥에서 시나 읊네.

* 일지一紙; 주로 서신書信이나 문건文件을 말한다. 여기서는 시를 쓴 한 장의 종이로 시지詩紙를 말한다.
* 잔매殘梅; 제 철이 지난 뒤에 피는 매화. 철이 지난 뒤에도 지지 아니하고 피어 있는 매화.

◎ 以淫欲換詩文 음욕을 시를 지어 고치며

衆寮及第大雄尊 승방에 급제하여 대웅으로 존귀하고
著述佳名我命根 저술로 이름 드러내니 내 명줄이었지.
愁夢未修雲雨約 시름겨운 꿈결 동침의 언약 지키지 못해
君恩猶喜費吟魂 그대 사랑 즐거이 시 읊고 보내노라.

* 중료衆寮; 불가에서 좌선하는 수행승이 자유로운 시간에 경전이나 어록 따위를 읽는 작은 집.

* 명근命根; 명命은 목숨을 뜻하고 근根은 목숨을 이어가는 작용이나 능력으로 개체를 유지하는 원동력이 되는 생명력이나 목숨의 근원.

◎ 頌 송

忘却萬端詩未忘　온갖 일 잊어도 시는 잊지 않고
半生半死涅槃堂　산 듯 죽은 듯 열반당에 들었도다.
黃泉路上此吟興　황천 길 위에서 이 흥취 읊으니
閻老宮前後悔腸　염라왕 궁전 앞에서 애를 끊는구나.

◎ 看妙莊嚴王品　묘장엄왕품을 보고

妙莊嚴昔日因緣　묘장엄은 옛날 인연이 있었는데
瞎禿道光輝我前　외눈 대머리의 도가 내 앞에 비치네.
閻老不吟玉堦月　염라왕은 옥섬돌에 뜬 달을 읊지 않고
黃泉後悔碧雲天　황천에서 푸르른 하늘을 후회한다지.

* 묘법연화경妙法蓮華經 제27품 묘장엄왕본사품妙莊嚴王本事品에 보인다. "그 불법 가운데 왕이 있었으니 그 이름이 묘장엄이고 부인의 이름은 정덕이며 두 아들이 있었으니 장남은 정장이고 차남은 정안이었느니라. 이 두 아들은 큰 신통력과 복덕과 지혜가 있었으니 이는 오래전부터 보살도를 닦은 공덕이라. 彼佛法中有王, 名妙莊嚴, 其王夫人, 名曰淨德, 有二子, 一名淨藏, 二名淨眼. 是二子, 有大神力福德智慧, 久修菩薩所行之道."

◎ 禮常不輕菩薩　상불경보살을 예배하며

記得昔年常不輕　예전에 상불경보살을 기억하는데
可惶血氣衆生情　두려워하는 혈기는 중생의 정이라네.
看看火宅脚跟下　순식간에 불타는 집 발꿈치 아래
滿目無間獄大城　눈 가득 무간지옥은 큰 성이로다.
(跟一作痕)

* 상불경보살常不輕菩薩; 묘법연화경 제20품에 보인다. 재가在家 불자나 출가한 사람을 가리지 않고 만날 적마다 절을 하고는 '내가 당신들을 공경하고 감히 가볍게 여기지 않으니, 당신들은 마땅히 보살도를 수행하여 반드시 성불하게 되리라' 하였다. 이 말을 듣고 어떤 이가 욱하고 꾸짖으며 해치더라도 여기에 굴하지 않고 늘 이와 같은 말을 되풀이하였다.

* 무간옥無間獄; 팔열八熱 지옥의 하나. 고통을 끊임없이 받는 무간지옥無間地獄.

◎ 忍辱仙人　석가세존

須成忍辱波羅密　반드시 욕됨을 참아 바라밀을 이루니
是如來甚深秘密　이것이 여래의 아주 깊으신 비밀이로다.
心火燒盡菩提根　마음의 불이 정각의 뿌리 다 태워버리니
阿修羅王滅佛日　아수라왕이 부처님 광명을 꺼버렸구나.

* 바라밀波羅密; 범어 Paramita. 도피안到彼岸, 열반에 이른 상태로 원

만성취에 이르러 완전 해탈을 이루어 수행을 완성하는 것을 말한다.

  * 보리菩提; 범어 bodhi. 불교에서 최상의 이상인 불타佛陀가 이루신 정각正覺의 지혜智慧 또는 그 지혜를 얻기 위한 수행과정.

◎ 圓悟大病 원오화상의 큰 병

涅槃堂裡絶言詮 열반당 안에 불설은 끊어졌는데
棒喝機關法座禪 법좌에서 방과 할로 선을 깨우치네.
睡裏花顔猶醉眼 잠결에 꽃다운 얼굴은 취한 눈인데
春風斷腸海棠前 해당화 앞 봄바람은 애를 끊는다.

巫山夜夜夢難驚 밤마다 무산의 꿈 놀랄 일 아니지만
艶簡題詩對鐵檠 무쇠 등잔 앞에 고운 글로 시를 짓네.
只爲檀郞呼小玉 단지 사내가 소옥을 부를 뿐인데
風流可愛美人情 풍류는 미인의 정을 사랑할 만하지.

狹路慈明色欲婬 좁은 길에 자명화상은 색욕이 음란하니
庭前柏樹祖師心 뜰 앞에 잣나무는 조사의 마음이었도다.
惡魔臨濟正傳境 악마인 임제 화상은 경계를 바로 전하니
雲暗姮娥落玉簪 구름 가린 달에 옥비녀가 떨어졌구나.

娘生佛果已圓成 여인이 이미 불과를 원만하게 이루어
大病苦中無識情 큰 병이 괴로운 가운데 미혹함은 없네.
小艶詩情人不會 여리고 고운 시의 정취는 남이 모르고

雞聲茅店月三更　한밤중 주막에서 닭 울음소리 들리네.

* 대병大病; 오가정종찬五家正宗贊 권2, 임제종 원오극근圓悟克勤선사에 보인다. "스님은 마침내 촉나라를 떠나 동산스님에게 귀의하여 참구하였으나 깨치지 못하고 불감혜근스님과 함께 하직을 아뢰었다. 동산스님이 말하길, '그대들이 절강까지 가서 열병을 앓고서 그제야 나를 생각할 것이다.' 그 뒤로 스님은 금산사에서 큰 병을 앓았고 혜근스님도 정혜사에서 병을 앓았다. 편지를 보내 서로 약속하였는데 병이 낫고 나서 다시 동산스님에게 돌아올 무렵 종지를 깨쳤다. 遂出蜀, 依參東山, 無入處, 與佛鑑辭去. 山曰, '汝到浙中, 被熱病打, 方憶我在.' 師至金山, 大病, 鑑在定慧, 亦病. 作書相約, 病愈復歸東山, 前後悟旨."

* 언전言詮; 설명하는 말. 불설佛說.

* 단랑(檀郞); 중국 삼국지 시대 말기의 젊은 미남 반안(潘安, 247~300)이 거리에 행차하면 여인들이 과일을 던져 타고 있던 수레에 가득 찼다. '여자가 준수한 남자를 흠모하는 뜻'인 '척과영거擲果盈車'를 줄여 '척과(擲果)'라 하는데, 그의 어릴 때 이름 '단노檀奴'에서 유래한다.

* 소옥小玉; 언외言外의 뜻을 표시한 말. 당나라 현종의 후비였던 양귀비楊貴妃가 종종 시녀인 소옥을 불러 정인情人이던 안록산安祿山에게 은밀하게 암호를 보냈다고 전한다. 오조법연法演의 문하에 있던 극근克勤은 시자侍者 시절 이 공안에서 크게 깨쳤다. "자주 소옥을 부르지만 원래 일이 없고, 다만 낭군에게 알리는 소리일 뿐. 頻呼小玉元無事, 只要檀郞認得聲."

* 항아姮娥; 중국 신화에서 달에 사는 여신. 상아嫦娥. 항아는 예羿의 아내로 천신에서 쫓겨나 인간이 되었는데 예는 그녀를 위해 곤륜산 서

왕모에게 삼천년에 한번 꽃 피우고 열매 맺는 불사나무로 만든 불사약
을 받아왔다. 항아는 예가 없는 틈을 타서 달로 도망가자, 아름다운 모
습을 잃고 두꺼비로 변했다고 한다.

◎ 弔宗祐老僧　종우 노스님을 조상하며

宗祐僧牛誰面門　종우스님의 소는 누구 면전에 있는지
本來心逼塞乾坤　본래의 마음은 천지간에 꽉 막혀있구나.
獨向眞前謹乞命　홀로 진리 향해 나아가 목숨을 구걸하니
要須弔祐老幽魂　반드시 종우 노승의 유혼을 조상해야지.

◎ 和弔宗祐老僧頌韵　종우 노승을 기리는 운에 화답하여

或作僧形或馬牛　더러는 스님으로, 더러는 말과 소 모습으로
曹溪滴水百川流　조계의 물방울이 백 줄기 시냇물로 흐르네.
南山吟興東籬菊　남산 동쪽 울타리에 국화 흥겹게 읊으니
花綻三玄三要秋　가을에 핀 꽃봉오리가 삼현삼요로구나.

* 삼현삼요三玄三要; 임제록臨濟錄 상당上堂에 보인다. "임제스님께서
또 말씀하셨다. '한 구절의 말에 반드시 삼현문이 갖춰져 있고, 일현문
에 반드시 삼요가 갖추어져 방편도 있고 작용도 있다. 그대들 모든 사
람들은 어떻게 이해하는가?' 하시고 법상에서 내려오셨다. 師又云, 一
句語須具三玄門, 一玄門須具三要, 有權有用. 汝等諸人作麽生會? 下座."

◎ 題江口美人勾欄曲　강어귀에서 미인이 구란곡을 하기에

見色開聲吟興長　미색을 보고 시 읊자 홍취는 길어
明心悟道沒商量　마음 밝혀 도 깨칠 요량은 하지도 않지.
愁人不識普賢境　근심하는 이는 보현보살 경계도 알지 못해
歌吹樽前總斷腸　술잔 앞에 피리 부니 애가 끊어지네.
(一本三四句, 作愁人不識普賢處, 洞山三頓德山禪)

* 구란곡勾欄曲; 중국 송원宋元 시기 민간에서 다양한 예인藝人들이 모여 펼치던 통속적인 악곡.

◎ 行涌泉寺僧棒　용천사에 가서 중을 몽둥이로 치다

八稜八尺倚長天　여덟 모 여덟 자 몽둥이가 장천에 기대니
拈起向秋山面前　가을 산을 향해 면전에서 법어를 시작하네.
衲子當機拱手處　중들이 바로 공손히 두 손을 맞잡은 곳
洞山三頓德山棒　동산화상의 삼돈에 덕산화상의 몽둥이로다.

* 용천사涌泉寺; 일본 경도京都에 있는 일련종日蓮宗의 사찰.
산호山號는 송기산松崎山, 옛 본산은 북야입본사北野立本寺인데, 용천사는 평안平安 시대에 건립된 송기사松崎寺로 알려져 있다.
* 염기拈起; 선승이 상당上堂하거나 소참小参을 행할 때 하는 동작. 불자를 들거나 원상圓相을 그리거나, 주장자를 들거나 내리찍는 행위 따위를 말한다.
* 당기當機; 지금 그 자리에서 처한 상황.

* 동산삼돈洞山三頓; 삼돈방三頓棒. 오등회원五燈會元 15, 동산洞山章과 무문관無門關 제15칙에 보인다. 방망이로 예순 대를 치는 걸 말한다. 1 돈頓은 20대이다. "洞山初參雲門, 門問曰, 近離甚處? 山云, 査渡. 門曰, 夏在甚處? 山云, 湖南報慈寺. 門曰, 幾時離彼? 山云, 八月二十五日. 門曰, 放汝三頓棒. 山明日上問訊, 昨日蒙和尚放三頓棒, 不知過在甚麽處? 門曰, 飯袋子江西湖南便恁麽去. 山於此大悟."

◎ 偶作 우연히 짓다

餓鬼苦多也畜生　배고픈 귀신은 아주 괴로운 축생인데
人家魔魅長凡情　오래 인가에 도깨비가 예사로 정답구나.
飢渴病苦五噎患　기아, 갈증, 병과 고통은 오열의 근심이니
邪師知識野狐精　삿된 스승 선승은 들여우 정령이로다.

* 오열五噎; 음식이 목구멍에서 아래로 내려가지 못하는 다섯 가지 병증. 우열憂噎, 사열思噎, 기열氣噎, 노열勞噎, 식열食噎을 말한다.
* 지식知識; 범어 mitra 서로 아는 벗. 부처의 가르침으로 인도하는 덕이 높은 스승.
* 야호정野狐精; 들여우의 정령이 변신하여 사람을 홀리는 것을 말한다. 전등록傳燈錄12, 담공장潭空章에 보인다. "有尼欲開堂, 師曰, 尼女家不用開堂. 尼曰, 龍女八歲成佛. 師曰, 龍女有十八變, 汝試一變. 尼曰, 變了也."

◎ 鳩鹿狐懺悔 비둘기, 사슴, 여우의 참회

麋鹿生涯猶狖愁 미록은 평생 날고 달리는 걸 근심하고
鳩因婬欲苦心頭 비둘기는 음욕 때문에 마음이 괴롭구나.
四時難愕此愁夢 사철 이리 시름하는 꿈이 놀랄 일 아닌데
一枕淸風夜夜秋 가을 밤마다 침상에는 맑은 바람이 부네.

(淸一作西)

　* 미록麋鹿; 희귀동물로 '사불상四不像이라 하며, 사슴과에 속하는 동
물. 머리는 말, 발굽은 소, 몸은 당나귀, 뿔은 사슴과 비슷하지만 네 가
지가 모두 같지 않아 이런 이름이 붙었다. 是珍稀動物, 屬於鹿科, 因爲
它頭臉像馬, 角像鹿, 頸像駱駝, 尾像驢, 因此得名四不像.
　* 휼월猶狖; 새가 날고 짐승이 달리는 것을 가리킨다. 指鳥飛獸走. 예기
禮記 예운禮運에 보인다. "鳳以爲畜, 故鳥不猶. 麟以爲畜, 故獸不狖" 한漢
나라 정현鄭玄의 주注에도 보인다. "猶, 狖, 飛走之貌也."
　* 구인음욕鳩因婬欲; 본초강목本草綱目에 보인다. "집비둘기는 성질이
음란하여 교접을 잘한다. 鴿性淫易合."

◎ 除夜 섣달 그믐날 밤

金吾除夜殺山名 그믐날밤 금오는 산을 죽일 이름인데
從此黃泉幾路程 이로부터 황천길은 얼마나 되는 길인지.
太平天子東西穩 태평한 천자께서 동서에 온건하시니
九五靑雲無客星 천자의 자리를 범할 높은 벼슬은 없도다.

(殺一作死)

* 제야除夜; 일본 문명文明 5년(1473)

* 금오金吾; 서경잡기西京雜記에 보면, 중국 한漢나라의 무관 이름인 '집금오執金吾'의 약칭으로 밤에 통행금지를 맡아보았다. 왕건王建의 궁사宮詞에도 보인다. "그믐날 밤 금오에 아귀의 명부 올리니, 그림 그린 바지와 붉은 저고리 입고 네 줄로 가네. 전각마다 새벽 등불은 대낮처럼 밝은데, 침향 불빛 아래 앉아 생황을 불고 있네. 金吾除夜進儺名, 畫袴朱衣四隊行. 院院燒燈如白日, 沈香火底坐吹笙."

* 구오九五; 천자天子의 위계位階. 주역 효사에서, 왕은 九五이고, 六四가 천자에게 임관되어 섬기는 것이라고 하였다. 흔히 '구오지존九五之尊'이라 한다. '九者, 數之極也, 陽之極也. 故九五者, 處於中者也, 即天子也.'

* 객성客星; 중국 한나라 엄광嚴光이 광무제光武帝의 배 위에 발을 올렸을 때 태사太史가 여쭙기를 객성이 황제의 옥좌를 범했다고 하였다. 후한서後漢書 일민逸民.

* 청운靑雲; 높은 이상이나 높은 벼슬. 백거이白居易의 '문신선증유聞新蟬贈劉' 시에 보인다. "백발은 머리에 빠르게 생기는데, 청운은 손에 들이기 이리 늦구나. 白髮生頭速 靑雲入手遲."

◎ 圓相 원상

誰參潙仰一宗禪 누가 위앙종의 선을 참구하였는지
圓頂沙門心豈圓 정수리 둥근 스님, 마음은 어찌 둥근가.
剃頭外道長情識 머리 깎은 외도가 오래 미혹하니
定與魔王結惡緣 마왕과 틀림없이 악연을 맺었구나.

生死輪厄恰似環　생사의 바퀴는 돌고 도는 재앙인데
人人這末後牢關　사람마다 최후의 공안에 갇혀버렸네.
寸步不移腳跟下　발 아래 한 걸음도 움직이지 못하는데
生身墮二鐵圍山　태어난 몸은 두 철위산에 떨어졌구나.
(腳跟下一作腳痕不)

圓成公案愛風流　원만히 이룬 공안이 풍류를 사랑하니
逆行機關潙仰籌　거꾸로 행하는 기량은 위앙의 속셈이지.
愁殺樽前夜遊客　술잔 앞에 시름겨워 밤에 노니는 나그네,
美人一曲玉樓謳　미인이 옥루에서 노래 한 곡조 부르네.

* 말후뇌관末後牢關; 특별히 정해진 공안이 없고 수행과정에 대한 최후의 일결一訣을 확실히 하기 위한 공안이다.
* 철위산鐵圍山; 범어 cakravāḍa. 수미산의 사주四洲를 둘러싸고 있는 쇠로 된 산.

◎ 示禮佛祖禱福力僧　불조에게 예불하며 복을 힘껏 비는 중에게 보이다

羈客恨多天地人　하늘과 땅과 사람을 나그네가 한탄하니
愚哉鬼窟舊精神　어리석도다, 귀신 굴에 서린 옛 정신이여.
元來諸法因緣起　원래 모든 법은 인연 따라 생겼는데
風月沈吟一箇貧　풍월은 한갓 가난을 읊조리는구나.
(因一昨從)

* 기객羈客; 여행하는 사람. 여객旅客. 여인旅人

* 천지인天地人; 삼재三才를 이루는 하늘과 땅과 사람을 아울러 이르는 말.

* 침음沈吟; 끙끙 앓으며 읊조림. 속으로 깊이 생각함.

◎ 食籍 식적

飯緣食籍聊茶湯　식적으로 밥 먹고 차나 끓이길 즐기며
竹縛菊籬梅補墻　대 엮어 국화 울타리 치고 매화로 담장 고치네.
人間世諦盡餓死　인간 속세의 불법은 다 굶어죽었으니
地獄遠離安樂長　지옥에서 벗어나 오래도록 안락을 누리네.

* 식적食籍; 전설에서 한 사람이 평생 먹는 식록食祿을 적어놓은 장부. 중국 송宋나라 황정견黃庭堅의 '희증언심戱贈彦深' 시에서, "세상에 전하길 선비에게 식적이 있는데, 평생 밥 먹는데 백 동이의 김치만 있으면 되네. 世傳寒士有食籍, 一生當飯百甕菹." 하였다.

* 세제世諦; 속제俗諦. 속세俗世의 실상實相에 따라 알기 쉽게 설명한 불법의 진리.

* 원리遠離; 염리厭離. 더러운 속세를 떠나는 것.

◎ 寄近侍美姿　시중드는 예쁜 여승에게 부치다

淫亂天然愛少年　음란한 건 천연한 것이니 젊음을 사랑하여
風流淸宴對花前　꽃을 앞에 두고 맑은 주연으로 풍류를 즐기네.

肥似玉環瘦飛燕　양귀비처럼 통통하고 조비연처럼 날씬하니
絶交臨濟正傳禪　임제화상께서 바로 전한 선풍을 끊어버렸지.

* 시미첩侍美妾; 고승을 가까이서 모시는 비구니인 시승侍僧.
* 옥환玉環; 중국 당나라 현종의 후궁인 양귀비의 어릴 때 이름.
* 비연飛燕; 중국 전한前漢 때 효성제孝成帝의 황후인 조비연趙飛燕. 아주 몸이 가벼워 가무歌舞를 잘하였는데 마치 제비 같아서 비연飛燕이라 하였다.

◎ 送僧行脚　행각하는 스님을 보내며

參禪學道扣玄人　참선하던 스님이 도인에게 묻노니
世界蒲鞋脚下塵　세상은 짚신을 신은 발 아래 티끌이구나.
象骨老師三九旨　늙은 설봉화상은 삼구의 요지를 얻었으니
常成飯頭苦心身　늘 밥 짓는 스님의 심신은 고달팠겠지.

* 현인玄人; 일본어로 전문가. 여기서는 도가 높은 선승.
* 상골象骨; 중국 당나라 때 선승인 설봉의존雪峰義存 진각선사眞覺禪師 (822~908). '상골암象骨巖'이라고도 한다. 벽암록 제22칙, 남산별비사南山鼈鼻蛇 송頌에 보인다. "상골암(설봉)은 높아 오르는 사람이 없네. 오르는 자는 독사를 잘 다루는 솜씨가 있어야 하네. 혜릉도 현사도 어찌 못하였으니 얼마나 많은 이들이 목숨을 잃었을까. 象骨巖高人不到, 到者須是弄蛇手. 稜師備師不柰何, 喪身失命有多少."
* 상성반두常成飯頭; 벽암록 제5칙, 여속여립如粟米粒 본칙本則에 그 대

의를 엿볼 수 있다. "설봉스님이 대중에게 설법하기를, 온 대지를 움켜지니 좁쌀만 하네. 이것을 면전에 던지니 칠통들은 알아듣지 못하는구나. 북을 울려 대중들은 와서 보게 하라. 擧. 雪峰示衆云, 盡大地撮來, 如粟米粒大, 抛向面前, 漆桶不會. 打鼓普請看." 여기서 칠통漆桶은 옻을 담는 통桶인데 어두운 중생심을 말한다. 선종에서 사리事理에 밝지 못하거나 또는 종지宗指를 알아차리지 못하는 사람을 꾸짖는 말.

　*삼구지三九旨; '三登投子九至洞山.' 설봉의존 스님이 세 번이나 투자산投子山에 올라 투자대동投子大同(805~914) 화상에게 참문參問하고, 또 아홉 번이나 동산양개洞山良价(807~869) 화상을 참방하여 얻은 불법의 요지.

　*반두飯頭; 절에서 주로 밥 짓는 소임을 맡은 승려.

◎ 見桃花圖　복숭아꽃 그림을 보고

見處風流悟道心　보는 곳이 풍류라 도의 마음 깨치니
桃花一朶價千金　복숭아꽃 한 가지는 천금의 값이로다.
瑤池王母春風面　요지의 서왕모는 봄바람의 면목인데
我約愁人雲雨吟　나는 시름하는 이와 언약하여 정이나 읊네.

開陣玄妙法戰場　법의 싸움터에 현사화상이 진을 펼치니
宗門議論老禪場　종문의 의론에 늙은 선풍이 휘날리는구나.
衲僧遊戲諸三昧　스님은 온갖 삼매를 가지고 노니는데
拄杖腰包桃李場　복숭아 오얏꽃 핀 곳에 주장자를 허리에 찼네.

* 요지瑤池; 곤륜산崑崙山 꼭대기에 있다는 신화 속의 연못 이름인데, 선녀인 서왕모西王母가 사는 곳인데 주周나라 목왕穆王을 영접하여 이곳에서 연회를 베풀었다는 전설이 전해 온다. 목천자전穆天子傳 권3 고문古文.

  * 현사玄沙; 중국 당나라의 선승인 현사사비玄沙師備(835~905)로 속성은 사謝, 복건성福建省 복주부福州府 민현閩縣 출생이다.

  * 요포腰包; 허리에 차다. 혹은, 허리춤에 차는 돈주머니.

  * 도리장桃李場; 황정견黃庭堅의 증동파贈東坡 시에 보인다. "강가 매화나무 좋은 열매 있으니, 뿌리를 복숭아 오얏 마당에 의탁했네.……복숭아와 오얏 쟁반에 담겨서, 멀리서 왔다고 처음으로 맛보셨네. 江梅有佳實, 託根桃李場.…得升桃李盤, 以遠初見嘗." 고문진보전집古文眞寶前集 권3.

  ◎ 香嚴擊竹 향엄화상의 깨달음

對畵忽然盡識情	그림 보고 홀연히 미혹함을 없애니
道人龜鑑太分明	도인의 귀감은 아주 분명하셨구나.
娘生佛見南陽境	태어나 남양의 경계에서 부처를 뵈니
斷腸黃陵夜雨聲	황릉에 밤 비 오는 소리 애를 끊노라.

携來苕帚動風塵	부는 바람에 빗자루 들고 티끌을 쓰니
看看聞聲悟道新	순식간에 소리 듣고 처음 도를 깨쳤도다.
半夜千竿脩竹雨	한 밤중 울창한 대숲에 비가 오는데
南陽塔下弄精神	남양탑 아래 정신을 희롱하는구나.

久響香嚴一擊聲　향엄 화상 한번 '딱' 소리 오래 울리니
可憐悟道發佳名　가련해라, 도 깨달은 아름다운 이름이여.
蕭蕭逆耳竹扉雨　대 사립문에 쓸쓸히 내리는 비 듣기 싫은데
滴盡南陽塔下情　남양탑 아래 빗방울 지니 정은 깊어라.

* 향엄격죽香嚴擊竹; 중국 당나라 때 향엄지한香嚴智閑 화상이 대나무에 돌이 부딪치며 나는 소리를 듣고 갑자기 깨달았다.

* 낭생娘生; 임제어록 시중示衆에 보인다. "뒤에 큰 선지식을 만나 뵙고 나서야 마침내 도의 안목이 분명해져서, 비로소 천하의 노화상들이 삿된지 바른지 알아볼 수 있다. 이것은 어머니에게서 태어나면서부터 바로 안 것이 아니라, 깊이 연구하고 갈고 닦아서 어느 날 아침에 스스로 살펴볼 수 있는 것이다. 後遇大善知識, 方乃道眼分明, 始識得天下老和尙, 知其邪正. 不是娘生下便會, 還是體究練磨, 一朝自省."

* 황릉黃陵; 중국 조주潮州 게양揭陽에 있는 순舜임금의 두 비妃인 아황娥皇과 여영女英의 사당인 황릉묘黃陵廟.

* 식정識情; 망념妄念. 분별을 일으키는 미혹한 마음.

* 간간看看; 금방. 순식간에.

* 남양탑南陽塔; 향엄스님이 위산영우潙山靈祐 선사를 하직하고 남양南陽 지방을 지나다가 남양혜충南陽慧忠 국사의 탑을 참배하고 그곳에 머물렀다. 하루는 마당을 청소하다가 우연히 기왓장 한 조각을 집어 던졌는데 그것이 대나무에 '딱' 부딪치는 소리를 듣고는 활연대오豁然大悟하였다.

◎ 普明國師破百丈大智禪師法　보명국사가 백장대지선사의 법을 깨트려서

破夏文殊宗旨動　하안거 끝나자 문수의 종지 살아나
衲僧三昧似商君　스님의 삼매는 마치 상군과 닮았구나.
祖師大用現前境　조사께서 현전의 경계를 크게 쓰시니
南嶽巫山一片雲　남악 무산에 한 조각 구름이로다.

* 보명국사普明國師(1312~1388); 일본 겸창鎌倉, 남북조南北朝 시대 임제종의 승려인 춘옥묘파春屋妙葩의 시호. 몽창소석夢窓疎石의 법을 이었다. 산리현山梨縣 갑비甲斐 출신, 별호는 개실芥室, 불경자不輕子, 시호諡號는 지각보명국사智覺普明國師, 천룡사天龍寺, 임천사臨川寺, 남선사南禪寺 주지를 지냈고, 저서로 지각보명국사어록智覺普明國師語錄, 시집으로 운문일곡雲門一曲이 전한다.

* 백장회해百丈懷海(749~814); 중국 당나라의 선승. 마조馬祖의 법을 이었다. 복주福州 장락長樂 출신, 성은 왕王, 시호는 대지大智, 백장산百丈山에서 대지수성선사大智壽聖禪寺라고 칭하고 개조開祖가 되어 선풍禪風을 크게 날렸다. 백장청규는 선림청규禪林淸規의 효시가 되었다.

* 삼매三昧; 범어 samādhi. 사마디. 잡념을 떠나 오직 하나의 대상에만 정신을 집중하여 바른 지혜를 얻는 경지.

* 상군商君; 중국 전국시대 진秦나라 효공孝公 때 엄한 법을 제정하여 혹형酷刑을 시행한 상앙商鞅.

◎ 靈山徹翁和尚百年忌 영산철옹 화상의 백주기를 맞아

僧運酬恩妙勝薪 스님께서 수은암 묘승사에 머물다

靈山昔日涅槃辰 지난 날 영산에서 열반에 드셨도다.

一千四百年前境 천사백 년 전의 경계를 보건대

梅雨流紅五月春 매화 비 붉게 흐르는 오월 봄이로다.

癩兒牽伴出入前 문둥이 아이 끌며 사람 앞에 나서고

魔魅人家常說禪 마귀와 도깨비 집마다 늘 선을 설하셨네.

龍寶封疆幸滅卻 장경을 모신 봉토를 다행히 물리치시고

靈山記莂瞎驪邊 영산의 기별을 내 주변에 주셨구나.

* 영산철옹靈山徹翁(1295~1369); 철옹의형徹翁義亨. 일본 겸창鎌倉과 남북조시대 임제종의 승려. 마근현島根縣 출운出雲 출신, 경도京都 건인 사建仁寺의 경당각원鏡堂覺圓 화상을 찾아 사사師事하였고, 대등국사大燈國師 종봉묘초宗峰妙超 화상의 법을 이었다. 시호는 영산정전국사靈山正傳國師, 대조정안선사大祖正眼禪師이며, 대덕사大德寺를 개산開山하였다. 저서에 철옹화상어록徹翁和尚語錄이 전한다.

* 매우梅雨; 매화梅花 열매가 익어 떨어질 때 오래 내리는 비. 음력 오월 중순부터 유월 상순까지 지는 장마.

* 묘승사妙勝寺; 일본 근기지방近畿地方인 경도京都 경전변시京田邊市 대지신전변大字薪田邊 지구에 있으며, 임제종 대덕사파大德寺派의 사찰로 영서산靈瑞山 수은암酬恩庵, 일휴사一休寺의 옛 명칭이다.

* 수은암酬恩庵; 일본 경도京都의 경전변시京田邊市에 있는 임제종 대덕사파大德寺派의 사찰이다. 산호山號는 영서산靈瑞山이며, 본존불本尊佛로

석가여래를 모시고 있다. 후에 일휴사로 개칭하였는데, 고산수석정枯山
水石庭과 일휴종순一休宗純의 목상木像이 있고, 콩을 발효시킨 '낫또'인 납
두納豆로 유명하다.

　＊ 기별記莂; 기기 또는 기별記別. 부처님이 수행자에 대하여 미래에 성
불할 것을 낱낱이 구별하여 예언하는 것.

　＊ 할려瞎驢; '외눈으로 보는 말'이란 뜻으로 일휴가 자칭하여 겸사謙辭
로 쓴 것이다.

　＊ 용보龍寶; 용궁의 보배. 불교의 장경藏經.

　＊ 봉강封疆; 봉토封土. 왕이 제후諸侯를 봉하여 하사한 땅.

◎ 陳蒲鞋 八首　진포혜선사, 여덟 수

老禪本鐵眼銅晴　노승이 본래 무쇠 눈 구리 눈동자라

不是北堂慈愛情　이건 어머니를 사랑한 정이 아니었네.

天下衲僧腳跟下　천하에 가사 입은 스님 발꿈치 아래

宗門潤色綠蒲靑　종문이 번듯하여 녹색 부들 푸르구나.

(跟一作痕)

唯有宗門零落愁　종문이 쇠퇴하여 오직 시름할 뿐인데

錯來末法幾禪流　말법이 섞여오니 선풍이 얼마나 흘러갈지.

春風桃李吟無酒　복숭아 자두에 봄바람 부니 술 없이 읊고

尊宿榮華蒲葉秋　진존숙의 영광에 부들 잎 지는 가을이로다.

黃衣尊宿事如何　존숙이 황벽화상 법을 이은 일이 어떤가

不是當機信手拏 　근기에 따라 마음대로 이끈 건 아니었네.
三家村裡野老業 　세 집 사는 촌구석에 촌 늙은이 일인데
棒喝商量豈作家 　방과 할을 헤아려본들 어찌 선승이랴.

(一本, 二三四句, 作作略猶如信手拏天下衲僧識師否, 岩頭着風蓑)

元來黃檗下之尊 　원래 황벽의 문하에서는 높았지만
臨濟師兄不用論 　임제 사형은 쓸데없이 사리를 밝혔지.
佛法南方今落地 　지금 남방에는 불법이 땅에 떨어졌으니
北堂寂寞苦吟魂 　어머니 적막하시어 넋을 괴롭게 읊네.

眞正工夫任變通 　진정한 수행을 방편 따라 맡겼으니
達磨建立佛心宗 　달마는 부처의 마음을 심은 종조로다.
雲起南山北山雨 　남산에 구름일자 북산에 비가 오니
夜來吹過樹頭風 　밤중 우듬지에는 바람 울며 지나가네.

堪笑米山無米錢 　우습구나, 미산에 쌀 산 돈이 없으니
誰參尊宿織蒲禪 　누가 존숙이 짚신을 짜던 선에 참여하랴.
衆生五欲八風起 　중생에게 오욕과 팔풍이 일어나니
看看正邪今現前 　바르고 삿됨이 당장 앞에 드러났구나.

說道談禪長利名 　도를 설하고 선을 들먹이며 명리를 누리니
工夫亂裏築愁城 　공부는 어지러워 근심의 성을 세웠도다.
門闇空折韶陽卻 　문지방은 텅 비고 부러져 볕조차 물러나니
折得江湖門弟情 　강호에 문하의 제자들이 뜻을 꺾었네.

無米米山名下空　쌀 없는 미산이니 이름값이 공허하나

宗門玄要老禪翁　종문의 현묘한 요지는 늙은 선승의 일.

七寶莊嚴之富貴　일곱 가지 보배로 장엄한 부귀인데

平生氷雪又寒風　언 눈발에 찬바람 맞은 평생이로다.

*진포혜陳蒲鞋; 중국 당唐나라 때 승려인 목주도명睦州道明(780~877). 강남江南 사람, 속성은 진陳, 휘는 도종道蹤이다. 절강성浙江省 목주睦州 용흥사龍興寺에 머물며 자취를 숨기고 포혜蒲鞋를 짜서 길에서 내다 팔아 어머니를 봉양하여 사람들이 '진포혜陳蒲鞋' 혹은 '진존숙陳尊宿'이라 불렀다. 황벽희운黃檗希運의 법을 이었다.

*황의존숙黃衣尊宿; 황벽희운黃檗希運의 법을 이은 진존숙陳尊宿.

*삼가촌리三家村裡; 중국 송宋나라의 대혜종고大慧宗杲 서장書狀에 보인다. "三家村裡省事漢, 飢則食, 寒則衣, 日出耕, 日入息而已."

*미산米山; 진포혜가 주석하던 홍주洪州 고안高安의 암자가 있던 곳. 홍각범洪覺範 진존숙영당서陳尊宿影堂序에 보인다. "陳尊宿者, 斷際禪師之高弟也. 嘗庵於高安之米山, 以母老於睦遂歸編蒲屨售以爲養, 故人謂之陳睦州." 가흥대장경嘉興大藏經 23책 No.B135, 석문문자선石門文字禪 권30.

*오욕五欲; 모든 욕망의 근원이 되는 색色, 성聲, 향香, 미味, 촉觸의 오경五境을 말함.

*팔풍八風; 수행하는 중에 사람의 마음을 흔들어 놓는 사순四順인 이利, 예譽, 칭稱, 락樂과 사위四違인 쇠衰, 훼毀, 기譏, 고苦의 여덟 가지를 말함.

◎ 歇林紹休侍者相攸摳居, 扁曰傳正因作偈以爲證云　헐림소휴 시자가 살 터를 살펴보고 편액하길 '전정'이라 하기에 게를 지어 증거로 삼는다

宗門滅卻法筵開　종문은 사라져 없어도 법석이 열리니
狹路慈明顚倒來　자명화상이 좁은 길에 헐레벌떡 왔구나.
墻外自然樵客迹　담 밖에는 자연히 나무꾼의 자취가 있는데
風流可愛斷岸梅　풍류는 벼랑에 핀 매화를 사랑할 만하네.

◎ 再來隔生卽忘　다시 태어나 전생을 곧 잊기에

講經大士喚爲誰　경전을 강의하는 대사가 누구냐 부르니
彌勒當來之導師　내세에 올 미륵이 이끄는 도사로구나.
爐鞴鈍鐵出生鐵　화로에 풀무질해 둔철에서 생철이 나오니
利劒鈍刀鐵不知　예리한 칼인지 무딘 칼인지 철은 모르네.

* 격생즉망隔生卽忘; 사람이 나면서부터 그 전생의 일을 잊어버리는 것과 같이 범부나 수행이 얕은 보살은 다음 생을 받을 때마다 과거의 일을 잊어버린다.
* 당래當來; 삼세三世의 하나인 내세來世.
* 도사導師; 어리석은 중생에게 바른 길을 가르쳐 깨달음의 경지에 들어가게 하는 사람. 법회의 좌장이 되는 직명.

◎ 自然外道　자연외도

大道廢時人道立　큰 도가 사라질 때 사람의 도가 서니

離出知慧義深入　지혜를 벗어나서 교의에 깊이 들어갔네.
管絃歌吹人倫能　관현악기 불고 노래 불러도 인륜이 능하니
風雨世間之音律　비바람 치는 세간의 음률이로구나.

聰明外道本無知　총명한 외도는 본래부터 무지하니
精進道心期幾時　도를 닦는 일은 어느 때나 기약할지.
天然無釋迦彌勒　저절로 되는 석가와 미륵은 없고
萬卷書經一首詩　만 권 경전조차 시 한 수인 걸.

* 자연외도自然外道; 범어 svabhāva-vāda. 외도의 한 파로 일체현상은
어떠한 원인으로 되는 것이 아니고, 자연으로 생긴 것이라고 주장하는
외도. 삼론현의三論玄義에 있다.

◎ 地獄　지옥

三界無安　삼계가 편안하지 못하니
猶如火宅　오히려 불난 집과 같구나.
箇主人公　여기 주인공아!
瑞岩應諾　서암화상이 '예'하고 대답하네.

* 주인공主人公; 무문관 제12칙, 암환주인嚴喚主人에 보인다. "서암언
화상이 매일 스스로에게 '주인공아' 하고 부르고, 다시 스스로 '예' 하고
대답하였다. 그리고 말하기를, '정신차려라'하고, '예' 하고 대답하였다.
'뒷날 남에게 속지마라' 하고 '예, 예'하고 대답하였다. 瑞嚴彥和尙, 每日

自喚主人公, 復自應諾. 乃云, 惺惺著, 諾. 他時異日, 莫受人瞞, 諾諾."

  * 서암瑞巖; 중국 당나라 말기에 절강성浙江省 서암사에 주석했던 선승인 서암사언瑞巖師彦(850~910)으로 암두巖頭 선사의 법을 이었다.

◎ 岩頭和尙　암두화상

名風流面蠻胡	이름난 풍류에 얼굴은 오랑캐요
胡鬚黑也赤鬚	게다가 턱수염은 검고도 붉었네.
舌頭絶勝文殊	혀는 문수보살보다 뛰어났는데
腳下踏斷道儒	발은 선비의 길을 밟지 않았구나.
天下衲僧癡癡	천하의 승려가 모두 어리석어
邪法而今難扶	삿된 법이라 지금 붙들기 어렵도다.

象骨老師小巫	상골 늙은 선사는 작은 무당인데
臨濟渡子同途	임제와 암두 화상은 한 길을 갔네.
着着作樣作模	순서대로 모양 지어 법을 이루고
頭頭入細入粗	하나씩 가늘고 거칠게 들어갔도다.
橫棹一搯江湖	노를 저어서 강호 한번 거량하니
江湖議論區區	강호에 의론은 제각각 다르구나.

(粗一作麤)

  * 암두巖頭(828~887); 중국 복건성福建省 남안南安 사람으로 속성은 가柯, 다른 이름은 전활全豁이다. 당唐나라 때의 선승禪僧으로 영천사靈泉寺에서 출가하여 장안長安 서명사西明寺에서 구족계具足戒를 받았다. 설

봉의존雪峰義存, 흠산문수欽山文邃와 더불어 수행하고 앙산혜적仰山慧寂에게 가르침을 받았다. 그리고 덕산선감德山宣鑒선사의 법통을 이었다. 뒤에 동정호洞庭湖 와룡산臥龍山 암두巖頭에서 불법을 펼쳐 암두전활巖頭全豁로 일컬어진다. 시호는 청엄대사淸儼大師이다.

* 상골象骨; 중국 당나라 때 선승인 설봉의존雪峰義存이 상골암象骨巖에서 접인接人하여 얻은 별호. 진각선사眞覺禪師라고도 한다.

* 소무小巫; 법술法術이 미숙한 무당. 학문이나 기예가 낮은 사람을 비유한다. 중국 삼국시대 오吳나라 장굉張紘이 위魏나라에서 건안建安 칠자七子의 한 사람인 진림陳琳의 문장을 보고 칭찬하자, "진림이 장굉의 서신에 답하여 이르길, 나 같은 작은 무당이 그대 같은 큰 무당을 보면 신기가 다 빠지고 만다. 陳琳答紘書云, 小巫見大巫, 神氣盡矣."고 겸양하였다. 통속편通俗編 권21, 예술藝術.

* 일찰一拶; 상대방의 깨달음의 정도를 알기 위해 문답을 주고받는 것을 '일애일찰一挨一拶'이라 하는데, '일찰'은 말로써 상대에게 일격을 가하는 것을 말한다.

* 두두頭頭; 한 가지 한 가지. 하나하나. 각각의 뜻이다. 두두물물頭頭物物.

* 도자渡子; 선자船子. 뱃사공. 암두전할선사는 당나라 무종武宗 때 불교탄압을 하였던 회창법난會昌法難이 일어나자 잠시 호북성湖北省 무한武漢 동호東湖에서 뱃사공을 하였다.

◎ 確頌曰 송을 짓고 말하다

世間種種龕公圖 세상에는 가끔 전활 공을 본뜨는데

道伴知昔一箇無　도반은 옛 일을 하나도 아는 게 없네.
夜雨篷窓江海燭　강해에 밤비 오니 봉창에 등불 비치고
宗門零落盡工夫　종문은 시들해져 공부마저 끊겼구나.

* 활공藏公; 중국 당唐나라 때 선승禪僧인 암두전활嚴頭全藏(828~887).
휘는 전활全藏인데, 복건성福建省 천주泉州 사람으로 속성은 가柯 씨이며,
덕산德山의 법을 이었다. 시호는 청엄대사淸儼大師.

◎ 學林宗參庵主水葬　학림의 종삼암주를 수장하며

參禪學道鬧忽忽　참선하던 학도가 갑자기 소란하니
六十年來任變通　육십년 전부터 형편 따라 맡겼구나.
流水千江機輪轉　천 강 흐르는 물에 법의 바퀴가 구르니
閻浮樹下月如弓　염부수 아래 뜬 달이 활과 같도다.

* 염부수閻浮樹; 인도에 널리 분포된 교목. 불교의 성스러운 나무의
일종이다. 출가하기 전에 싯다르타 태자는 염부수 밑에서 깊은 사색에
잠겼는데, 이를 '염부수 아래의 정관靜觀'이라 한다.

◎ 題圓悟大師投機頌後　원오대사의 투기송 뒤에 붙이다

新題小艶一章詩　새로이 소염시 한 수를 지었으니
詩句工夫說向誰　시구 공부는 누구를 향해 설법하랴.
殘生白髮猶婬色　여생에 흰 머리칼은 도로 음탕한 빛인데

鬼眼閻魔決是非   귀신의 눈인 염왕은 시비를 결단하네.

* 투기송投機頌; 스승의 심기心機와 제자의 심기가 서로 꼭 맞는지 깨달음의 점검을 감파勘破하기 위하여 붙이는 송.

◎ 四睡圖   사수도

凡聖同居何似生   범인과 성인이 함께 살아가니 어떤가
披毛作佛又分明   털 옷 입고 부처가 되니 또 분명하구나.
今宵極睡淸風枕   오늘밤 푹 잠들어 베개에 맑은 바람 부니
空劫以來松有聲   공겁 이래 솔바람 소리 들리는구나.
(又一作也)

* 묵암默庵; 모쿠안 레이엔, 14세기 일본의 승려이자 화가. 1320년대 후반에서 30년대 초기에 중국 원나라에 유학하였다. 1345년 무렵 객사客死하였다.
* 사수도四睡圖; 중국 당나라 태종 때 살았다고 전해지는 전설적 인물인 한산寒山, 습득拾得, 풍간豊幹과 그가 데리고 다니는 호랑이가 어울려 평화롭게 잠을 자는 불교회화.
* 송유성松有聲; 송뢰松籟. 송풍松風에서 나는 솔바람소리. 그늘에서 자라는 소나무를 덮고 있는 이끼에 내리는 빗소리.

◎ 運庵還松源衣留頂相　운암화상이 송원선사의 가사와 영정을 가지고 돌아와서

這三轉痛處針錐　이 삼전어는 아픈 곳에 놓던 침인데
看看宗門句裏機　단번에 종문의 글귀 속 기틀이 되었네.
爭奈石溪肩上土　석계의 어깨 위에 흙은 어떡하랴.
拾來脫屐號傳衣　짚신 벗고 가사를 전해 받아오셨구나.

* 운암運庵; 중국 임제종 호구파虎丘派의 선승인 운암보원運庵普巖(1156~1226). 송원숭악松源崇嶽을 모시고 수행하여 법을 잇고 절강성浙江省 사명四明의 운암運庵에 주석하였다.

* 정상頂相; 선종에서 스승이나 고승高僧의 초상화.

* 탈사脫屐; 짚신을 벗어 던진다는 뜻에서, 사물을 가볍게 여기거나 아낌없이 버린다는 뜻이다.

◎ 弟子癖　제자 벽

從參臨濟大人禪　임제 화상을 좇는 건 대인의 선인데
元字腳頭心念前　본래 문자 끝에 마음을 생각하기 전이지.
卽今若作我門客　바로 지금 내 문하에 든 선객이라면
野老風流美少年　거친 노인의 풍류에 앳된 소년이로다.

◎ 自贊　스스로 찬하여

分明畫出許渾圖　허혼의 그림에서 나온 것이 분명한데

吟撚徑山天澤鬚　허당화상의 수염을 비틀어 시를 읊었네.

嗜譽求名不愛利　명예를 탐내나 이익에는 집착하지 않아

風流寂寞一寒儒　풍류는 적막하여 한 한미한 선비라지.

* 허혼許渾(791~858); 중국 당唐나라 말기의 관리이자 시인으로 절강성浙江省 윤주潤州 단양丹陽 사람, 자는 용회用晦 또는 중회仲晦이다. 율시律詩에 능했다.

* 경산천택徑山天澤; 중국 경산의 천택암天澤庵에 주석하였던 허당지우虛堂智愚 화상을 말한다. 중국 송宋나라 때 임제종 양기파의 선승인 허당지우(1185~1269). 절강성浙江省 상산象山 사람, 속성俗姓은 진陳, 호는 허당虛堂, 혹은 식경수息耕叟이다. 설두雪竇와 정자淨慈에게 참학하고 운암보암運菴普巖의 법을 이었다.

◎ 臨濟曹洞善知識貪欲熾盛(貪一作貧)　임제종과 조동종 선지식들이 탐욕이 성해서

米錢膝下露堂堂　쌀과 돈이 무릎 아래 뻔히 드러나니

辛苦沈淪萬劫腸　괴로움에 빠져서 오랫동안 애 끓였도다.

賊智不妨過君子　도적의 꾀가 군자보다 나은 게 상관있나

德山臨濟沒商量　덕산과 임제 화상은 요량이 없었지.

◎ 癖　벽

臨濟德山棒喝禪　임제의 할과 덕산의 방은 선풍인데

睦州蒲葉蘽公船　목주는 부들 잎, 암두는 배에다 선을 실었지.

左傳蠟屐一時忘　완부는 나막신에 밀랍을 칠하며 다 잊고

不是和嶠我愛錢　화교가 아닌 나는 돈을 사랑한다네.

(忘一作志)

* 목주포睦州蒲; 중국 당唐나라 때 승려인 목주도명睦州道明(780~877)
로 강남江南 사람, 속성은 진陳, 흔히 진포혜陳蒲鞋, 진존숙陳尊宿이라 불
렀다.

* 활蘽; 중국 당나라 때 선승인 암두전활巖頭全豁(828~887).복건성福
建省 천주泉州 출신으로 덕산선감德山宣鑑의 법을 계승하였다. 속성은 가
柯, 법명은 전활全豁이다.

* 좌전左傳; 중국 최초의 편년체編年體 사서史書로 춘추시대春秋時代(전
770~476)에 일어난 사건들이 기록되어 있다. 공자孔子의 춘추春秋를 해
설한 주석서. 좌씨전左氏傳, 좌씨춘추左氏春秋라고도 한다.

* 납극蠟屐; 나무가 말라 터지는 걸 막기 위해 겉에 밀랍을 녹여 칠한
나막신. 동진東晉 때 완부阮孚는 나막신을 좋아하였는데, 그의 집에 가보
니 마침 나막신에 밀랍을 칠하다가 스스로 탄식하기를, "내 일생에 얼
마나 이 신을 더 신게 될 지 모르겠다."며 기색이 태연하였다. 진서晉書
권49 완부열전阮孚列傳. 완부(278~326); 자는 요집遙集, 호는 탄백誕伯,
봉호는 남안현후南安縣侯.

* 화교和嶠; 중국 진晉나라 때 부호. 가산家産이 넉넉해서 왕자王者와
견줄 만한데도 돈을 계속 모으기만 할 뿐, 너무 인색하여 두예杜預가 그
를 전벽錢癖이 있다고 비평하였다. 진서晉書 권34, 두예열전杜預列傳 권
45 화교열전和嶠列傳.

◎ 東坡像　동파상

竺土釋迦文殊師　인도에 세존은 지혜로운 문수의 스승
即今蘇軾更看誰　지금 여기 소동파는 다시 누구를 보는지.
黃龍禪味舌頭上　황룡화상 선의 맛은 혓바닥 위에 있어
萬象森羅文與詩　온 우주가 모두 글이고 시로구나.

(殊一作老)

* 축토竺土; 천축天竺. 옛날 인도를 일컫는 말.
* 문수文殊; 문수보살文殊菩薩, 범명梵名은 mañjuśrī. 대승불교에서 지혜의 표상인 보살이다.
* 동파東坡; 중국 송宋나라 때의 대문호인 소식蘇軾의 호. 자는 자첨子瞻, 시호는 문충文忠. 아버지 소순蘇洵, 동생 소철蘇轍과 더불어 삼소三蘇라 불리며, 모두 당송팔대가唐宋八大家에 속한다.

◎ 偶作　우연히 짓다

臨濟門派誰正傳　임제의 문파를 누가 올바로 전하였나
風流可愛少年前　예전 소년이던 때 풍류가 사랑할 만하네.
濁醪一盞詩千首　탁주 한 잔에 시는 천 수나 되니
自笑禪僧不識禪　선승이 선을 모르니 스스로 비웃지.

◎ 嫌抹香　말향을 싫어하여

作家手段誰商量　누가 선승의 솜씨를 논할 수 있는가

說道談禪舌更長　도를 설하고 선을 들먹이니 혀는 길도다.
純老天然惡殊勝　늙은 일휴는 자연스레 악담이 뛰어나니
暗顰鼻孔佛前香　부처님께 올린 향에 몰래 콧구멍 찡그리네.

* 말향抹香; 불공佛供을 드릴 때 사용하는 가루로 된 향香. 침향枕香과 전단栴檀의 가루를 썼으나 지금은 붓순의 잎과 껍질로 대용한다.
* 순노純老; 종순노승宗純老僧. 당시 경도京都를 중심으로 번성한 임제종의 당주當主인 일휴종순 자신을 지칭한다.
* 비공鼻孔; 콧구멍. 선가에서 본분사本分事를 의미한다.

◎ 病僧與五辛　병든 승려에게 오신채를 주며

病僧大苦發傷風　병든 승려가 감기가 들어 아주 고생하니
死脈頻頻命欲終　사맥이 자주 뛰어 목숨이 오락가락하도다.
如來新病用牛乳　여래께서는 병이 나자 우유를 썼는데
莫忌凡身藥草葱　무릇 몸에 약이 되는 파를 금하지 말게.

* 오신五辛; 오훈五葷. 범망경노사나불설보살심지계품梵網經盧舍那佛說菩薩心地戒品, 식오신계食五辛戒에 보인다. "너희 불자들이여, 다섯 가지 매운 채소를 먹지 말지니, 마늘, 부추, 파, 달래, 홍거, 이 다섯 가지 신채를 일체 음식에 넣어 먹지 말지니라. 만일 짐짓 먹는 자는 경구죄를 범하느니라. 若佛子, 不得食五辛. 大蒜, 茖蔥, 慈蔥, 蘭蔥, 興渠, 是五辛, 一切食中不得食. 若故食者, 犯輕垢罪."
* 사맥死脈; 죽음에 가까운 위중한 상태에 있는 약한 맥박脈搏.

◎ 示久參徒　오래 참선한 스님에게 보이다

看經看教無間業　경전 보고 교학하면 무간지옥에 떨어지니
應庵但許白淨業　응암화상은 업을 깨끗이 닦게 허락했을 뿐.
參禪學道閑話頭　참선하는 중이 화두나 한가로이 잡고 있어
可懼身口意三業　몸, 말, 뜻으로 짓는 업을 두려워할지니.

* 구참久參; 오랫동안 참선한 수행승.
* 무간업無間業; 무간無間 지옥地獄에 떨어질 업인業因.
* 응암應庵; 應庵曇華(1103~1163); 오가정종찬五家正宗贊 권2, 응암화
선사應庵華禪師에 보인다. "법명은 담화曇華이며 호구 소륭스님의 제자로
기주蘄州 강씨江氏 자손이다. 처음 여러 총림을 다닐 때 한 수좌를 만났
는데 입실하는 날 스님이 가까이가자 수좌가 물었다. '무엇을 하려고
왔느냐?' '수좌의 머리를 가져가려고 왔소.' '나이도 어린 후배가 그 따
위 말을 하면 피를 토할 것이다.' '피는 내가 토할 게 아니라 수좌가 토
할 것이오.' 수좌는 그 후 스님의 말대로 피를 토하고 죽었다. 應庵華禪
師; 師諱曇華, 嗣虎丘, 蘄州江氏子. 初參方, 遇首座入室, 師近前, 座云,
來作什麼? 師云, 取首座頭. 座云, 後生年少作者般語話, 嘔血去在. 師云,
某甲不嘔血, 首座嘔血去在. 座後果如師言."
* 백정업白淨業; 몸, 말, 뜻의 업業을 청정하게 닦는 일. 모든 심식心識
이 다 사라진 청정심淸淨心을 부처의 마음이라 한다.

◎ 薄冰　살얼음

但看江海薄氷池　강해에 살얼음이 낀 물길을 볼 뿐

不管人人身上危　남에게 상관없이 일신은 위태롭구나.

可憐極苦目前急　가련해라, 극심한 고통이 눈앞에 급한데

迷道衆生終不知　길 잃은 중생은 마침내 알지 못하네.

(身一作心)

* 박빙薄冰; 시경詩經, 소아小雅 소민小旻에 보인다. "두려워하고 조심하기를, 깊은 못에 임한 듯 살얼음을 밟는 듯. 戰戰兢兢, 如臨深淵, 如履薄冰."

◎ 金春座者歌　김춘류의 노 가락

唱得雲門王老禪　운문의 남전화상이 펼친 선을 읊으며

朝遊東土暮西天　아침은 동토에, 저녁은 서천에 노닐었지.

震旦徑山上堂後　중국 경산 흠선사가 상당하신 뒤로

建仁擊鼓法堂前　일본 건인사 법당 앞에 북소리 울렸네.

(東土一作東上)

* 김춘좌金春座; 일본 전통 예능에 속하는 노가쿠 유파의 하나. 노가쿠, 즉 능악能楽은 일본의 전통 예능으로, 노能와 교겐狂言, 시키산반式三番를 함께 이르는 말이다. 나라시대에 중국 당나라에서 들어온 산가쿠散楽에서 분화된 사루가쿠猿楽에서 발전하였다. 김춘류金春流의 능악사能樂士로 대화大和 원악猿楽 사좌四座 가운데 하나로 명치明治 이후에 김춘류라 불렀다.

* 진단震旦; 동방東方. 인도에서 말하는 중국中國의 칭호.

* 경산徑山; 중국 절강성浙江省 여항餘杭에 있는 산. 송宋나라 때 강남 오산십찰五山十刹의 으뜸이 되는 산인데, 경산법흠徑山法欽 선사가 경산사徑山寺를 세웠고 일본 승려가 참학參學하여 차를 가져가 일본 다도茶道의 기원이 된 곳이기도 하다.

* 건인建仁; 일본 경도京都의 동산東山에 있는 임제종 건인사파建仁寺派의 대본산大本山 사찰인 건인사建仁寺. 경도 오산五山의 제3위 사찰이다.

◎ 岐岳和尙龍寶山住院時, 請御所喝食於看雲亭夜夜酒宴. 因一休和尙相看. 岐岳問一休和尙曰, 汝於老僧境界知耶不知. 答曰, 知. 問曰, 試擧看. 答曰, 茂陵多病後, 猶愛卓文君. 岳大笑絶倒隨後打曰, 請爲老僧題無住牓(牓一作榜). 休便題曰. 기악화상이 용보산 주지에 있을 때 어소의 급사를 불러 간운정에서 밤마다 주연을 베풀었다. 이 일로 일휴화상과 서로 마주쳤는데 기악화상이 일휴화상에게 묻길, '너는 노승의 경계를 아느냐, 모르느냐?' 답하길, '압니다.' 묻기를, '한번 말해 보겠는가?' 답하길, '사마상여는 병이 깊은 뒤에도 탁문군을 더욱 사랑하였습니다.' 기악화상이 크게 웃고 나서 때리며 말하길, '이 노승이 무주라는 시제를 주어 청하노라.' 일휴가 제하여 이른다.

龍寶禪翁活眼睛　용보산 늙은 선승의 밝은 눈동자,
孤明歷歷藞苴名　홀로 빛이 역력한데 망나니라 부르지.
黃金詞賦文君恨　황금 같은 시문은 탁문군의 한인데
師笑茂陵空薄情　스승은 상여가 괜히 박정하다 비웃네.

高亭腸斷夜參僧　한밤 높은 정자에 올라 애 끊는 스님,

歌舞花前酒若澠　꽃 앞에 노래하고 춤추니 술은 강물 같구나.

長老雲門塔下逆　장로 운문화상 탑 아래서 거스르더니

眞前雲雨五更燈　밤중에 등불 켜고 진영 앞에 정을 나누네.

* 기악岐岳; 일본 임제종 대덕사 20세 계악季嶽, 휘는 묘주妙周로 개산조開山祖인 종봉묘초宗峰妙超의 법을 이은 13세인 대상종가大象宗嘉의 법맥을 이었다.

* 용보산龍寶山; 일본 임제종 대덕산파大德寺派의 대본산大本山. 겸창鎌倉시대 말기의 정화正和 4년(1315)에 대등국사大燈國師 종봉묘초宗峰妙超 선사가 개창한 대덕사의 산호山號이다. 실정室町 시대 응인應仁의 난에 황폐하였다가 뒤에 일휴화상一休和尚이 부흥하였다.

* 주원시住院時; 일휴연보에 따르면, 응영應永 31년(1424) 일휴화상이 서른한 살 때이며, 기악화상이 대덕사 20세 주지로 있던 시기이다.

* 할식喝食; 선종 사찰의 승당僧堂에서 시중을 드는 유발동자有髮童子.

* 어소御所; 주로 일왕이나 특히 지위가 높은 막부의 장군이나 귀인의 저택, 또는 그 사람을 가리키는 역사상 칭호의 하나이다.

* 무릉茂陵; 여기서는 당시에 목이 자주 마른 소갈消渴 병을 앓던 사마상여를 말한다.

* 탁문군卓文君; 중국 전한前漢시대 임공臨邛의 부호인 탁왕손卓王孫의 딸이자, 사마상여司馬相如의 처이다. 사마상여가 타는 거문고 소리에 반하여 밤중에 집을 빠져나와 그의 아내가 되었는데 뒤에 사마상여가 무릉茂陵의 여자를 첩으로 삼으려하자 백두음白頭吟이라는 가사를 지어 결별의 뜻을 밝혔다.

* 약저蒻苴; 버릇없는 망나니. 조열粗劣.

* 주약승酒若澠; 술이 아주 풍성한 모습을 형용한 것이다. 민수澠水는 중국 전국시대 제齊 나라 산동山東의 임치臨淄 북쪽에 속했던 강물 이름. 좌전左傳, 소공昭公 12년에 보인다. "제나라 제후가 화살을 집어 들고 말하길, '민수처럼 술이 많고 구릉처럼 고기가 쌓였도다. 과인이 이를 맞히면 진나라 임금 대신 흥하리라.' 齊侯舉矢曰, '有酒如澠, 有肉如陵. 寡人中此, 與君代興.'"

◎ 盡梅(一本作畵梅) 매화가 지고 나서

目前春樹屬孤山　눈 앞에 봄 나무는 외로운 산에 자라도
上苑一枝無客攀　왕실 정원에는 한 가지 잡는 나그네도 없네.
七寶靑黃蘤紅白　푸르고 노란 칠보에 붉고 하얀 꽃부리
淡煙疎雨祖師關　피어오르는 가랑비는 조사의 관문이로다.

* 조사관祖師關; 무문관 제1칙, 조주구자趙州狗子에 보인다. "무문화상이 말하길, '선을 참구하는데 반드시 옛 조사들이 세워놓은 장벽을 뚫어야 한다. 절묘한 깨달음을 얻기 위해서는 들끓는 마음을 끊어야 한다. 그 장벽을 뚫지 않고 들끓는 마음을 버리지 못하는 사람은 모두 초목에 붙어사는 귀신이다. 자, 말해보아라. 무엇이 선의 장벽인지, 바로 이 '무' 자 공안이 선의 장벽이다. 그래서 이것을 선종무문관이라 부른다.' 無門曰, 參禪須透祖師關, 妙悟要窮心路絶. 祖關不透, 心路不絶, 盡是依草附木精靈. 且道, 如何是祖師關. 只者一箇無字, 乃宗門一關也. 遂目之曰, 禪宗無門關."

◎ 自賛　스스로 찬하여

大機大用總絃膠　큰 근기는 크게 쓰나 모두 답답하고
如法作家淸宴餚　법다운 선승은 맑은 잔치에 뒤섞였구나.
文君絞酒相如琴　탁문군은 술 마시고 상여는 거문고 타니
終奈薄情無賴嘲　끝내 어찌 정이 박하다고 괜히 비웃나.
(一本絞作紋, 又琴作瑟)

文章禪話不知眞　선을 문자로 얘기하자니 진리는 모르고
未得道流分主賓　알지 못한 도류는 주인과 손님을 나누네.
慚愧永劫拔苦業　오랜 겁 부끄러워 괴로운 업을 없애고
筆頭罵詈一天人　붓끝으로는 한 하늘 아래 사람들 꾸짖네.
(苦一作群)

傍若無人閑逸心　제멋대로 하며 편안한 마음을 막으니
奈何床下法塵深　법상 아래 법의 티끌 수북한 건 어찌하랴.
夢閨銀燭繡簾月　은촛대와 수놓은 발에 달빛이 어리는데
白日靑天笑朗吟　맑고 푸른 하늘가 나는 웃으며 시를 읊네.

純老佳名發海東　종순, 이 노승의 명성이 해동에 드러나
天源派脈截流通　대웅국사 법이 맥맥이 흘러 통하였구나.
德山臨濟在何處　덕산과 임제 화상은 어느 곳에 있는지
歌吹夢閨殘曉鐘　나는 피리불고 노래하니 새벽종 울리네.
(鐘一作鏡)

* 대기대용大機大用; '대기'는 대승법大乘法을 들을 만한 대근기大根機이며, '대용'은 그 뛰어난 작용을 말한다.

* 현교絃膠; 안족雁足을 아교로 붙여놓고 거문고를 타면 한 가지 소리밖에 나지 않는다. 융통성 없이 답답한 것을 뜻한다.

* 문군文君; 중국 한漢나라의 문장가 사마상여司馬相如가 무릉茂陵 땅에 사는 여자를 첩으로 맞이하려 하자, 그의 아내 탁문군卓文君이 백두음白頭吟을 지어 결별訣別의 뜻을 드러내니 상여가 취소하고 말았다. 서경잡기西京雜記 권3.

* 법진法塵; 육진六塵의 하나로 온갖 법으로 의근意根의 대경對境이 되어 정식情識을 물들게 하는 것.

* 순노純老; 종순노승宗純老僧. 당시 경도를 중심으로 번성한 임제종의 당주當主인 일휴종순 자신을 지칭한다.

* 천원天源; 일본 겸창鎌倉시대 건장사建長寺 대응국사大應國師의 탑이 있는 곳이다.

* 몽규夢閨; 일휴 자신의 별호別號로 스스로를 말한다. 다른 별호에 광운자狂雲子, 할려瞎驢가 있다.

◎ 脫鱗鯉魚庖中得活 부엌에서 잉어 비늘을 벗기는데 살아나서

活潑潑時池水淸 살아 펄펄 뛸 때는 연못의 물 맑은데
怪哉端的死中生 확실히 죽다가 살아나니 기이하구나.
飛潛天池衲僧眼 하늘 연못에 날다가 잠기는 승려의 안목
雲暗龍門點額情 구름 어둑하니 용문에 오르지 못하였네.

* 활발발活潑潑; 물고기 따위가 펄펄 뛰는 모양.

* 용문점액龍門點額; 용문 아래에 모인 물고기가 뛰어오르면 용이 되고, 오르지 못하면 이마에 상처만 입게 된다는 뜻으로, 과거科擧 따위에 낙방한 사람을 비유한다.

◎ 應無所住而生其心　머무는 바 없이 그 마음을 내다

祖師禪不是如來　조사선이 바로 여래는 아닌데
接物利生尤苦哉　사물에 접하여 중생을 이롭게 하니 더 괴롭다.
明歷歷金剛正體　밝기가 역력하니 금강의 바른 몸인데
百花春到爲誰開　봄이 오니 온갖 꽃은 누굴 위해 피는지.

* 응무應無...기심其心; 금강반야바라밀경金剛般若波羅密經 제10장의 장엄정토분莊嚴淨土分에서, 청정한 마음으로 외물에 집착하지 않는다는 뜻으로 경전의 핵심이 되는 구절로서, 많은 조사들을 깨닫게 한 유명한 구절이다.

* 백화百花...수개誰開; 벽암록 제5칙 송頌에 보인다. "우두도 마두도 모습을 감추었고, 조계의 거울에는 티끌 한 점 없구나. 북치고 찾으려 했지만 그대들은 보지 못하네, 봄이 오니 온갖 꽃 누굴 위해 피울까. 牛頭沒馬頭迴, 曹溪境裏絶塵矣. 打鼓看來君不見, 百花春至爲誰開."

◎ 警念起所　생각이 일어나는 걸 경계하며

公案工夫暮與朝　공안 참구하는 공부는 조석에 하는데

山堂夜夜雨蕭蕭　밤마다 산사에 쓸쓸히 비가 내리는구나.
地獄猛火百萬劫　지옥의 맹렬한 불길은 백만 겁인데
滿腹詩情幾日消　뱃속 가득한 시는 며칠이나 읊었는지.

◎ 不嫌念起所　생각나는 게 싫지 않아

平生贏得嫯苴名　평생 못된 망나니란 이름 실컷 얻었으니
信口言詮群衆驚　마음대로 입 놀려 대중을 놀라게 하였네.
自讚毁他長情識　제 자랑하고 남은 비방하여 오래 완고하니
乾坤江海我詩情　천지 산하가 내가 읊는 시의 뜻이로다.
(讚一作贊)

脚下紅絲妻子盟　다리 아래 붉은 실로 아내 되길 맹세하고
驪山私語約三生　여산에서 속삭이며 삼생을 언약하였지.
良宵共愛夢閨月　고운 밤 나와 달을 모두 사랑하노니
照看一聲望帝情　두견새 우는 소리에 정을 비추어보노라.

＊ 홍사紅絲; 혼인할 때 초례상醮禮床에서 송죽松竹에 걸쳐 놓는 붉은 실을 말한다.
＊ 여산驪山; 중국 당나라 현종이 별궁別宮을 짓고 양귀비를 데리고 온천에서 향락하며 노닐던 곳이다.
＊ 몽규夢閨; 일휴 자신의 별호別號로 스스로를 말한다. 다른 별호에 광운자狂雲子, 할려瞎驢가 있다.

◎ 心念所作　마음에 품은 생각

三十年來江海情　서른 해부터 산하에 떠도는 마음이여,
空吟野水釣船橫　물가에 배 대고 낚시하며 부질없이 읊네.
偶然我負子陵業　우연히 내가 자릉의 사업을 지고 있으니
興在詩非勤絶名　흥취는 시에 있지 이름 끊긴 건 아니네.

* 자릉子陵; 중국 후한後漢 때의 은사隱士인 엄광嚴光의 자.
* 초절勤絶; 뿌리 채 뽑다. 멸망시키다. 근절根絶. 초멸勤滅.

◎ 末後涅槃堂懺悔　열반당에서 참회한 끝에

風韻氣象頌兼詩　풍류와 운치의 기상은 송과 시인데
乘興邪慢吟撚髭　흥이 올라 청정하게 수염 꼬며 읊도다.
惡魔內外託吾筆　안팎의 악마는 나의 붓에다 맡기니
猛火獄中無出期　옥중에 거센 불길 빠져나올 기약 없네.
(韻一作音)

艶簡艶詩三十年　서른 해 동안 고운 편지에 염시나 부치니
虛名天澤正傳禪　천택화상 바로 전한 선은 헛된 명성이었네.
吟身半夜興燈瘦　밤에 신음하니 일렁이는 등불이 야윈데
雲月風流白髮前　어둑한 달밤의 풍류는 백발 앞에 있구나.

* 연자撚髭; 시상詩想을 가다듬느라 골몰하며 수염을 배배 꼬는 것을
말한다.

*천택天澤; 중국 경산徑山의 천택암天澤庵에 주석하였던 허당지우盧堂智愚(1185~1269), 즉 경산천택徑山天澤 화상을 말한다. 중국 송宋나라 때 임제종 양기파의 선승으로 절강성浙江省 상산象山 사람, 속성俗姓은 진陳, 호는 허당盧堂, 혹은 식경수息耕叟이다. 설두雪竇와 정자淨慈에게 참학하고 운암보암運菴普巖의 법을 이었다.

◎ 童子南詢圖　선재동자 남순도

知識華嚴五十三　화엄세계에 나오는 쉰세 명 선지식
美人焦熱抱持談　미인은 뜨겁게 이야기를 담고 있구나.
南方佛法非吾事　남방의 불법은 나의 일이 아니라
腸斷風流童子參　동자가 참례하는 풍류에 애가 끊네.
(焦一作勝)

　*남순도南詢圖; 화엄경 입법계품에서 선재동자가 선지식을 찾아가는 여정을 그린 그림이다.
　*미인美人; '세우世友'의 원어인 '바수밀다婆須蜜多'의 음역. 화엄경 입법계품에서 선재동자가 쉰세 명의 선지식을 찾아가는 여정에 나오는 여인으로 선재동자에게 가르침을 주었다. "만약 하늘이 나를 보면 나는 천녀가 되고, 사람이 나를 보면 나는 여인이 되며, 사람 아닌 이가 나를 보면 나는 사람 아닌 여인이 되네."라고 설하는 것처럼, 보는 사람에 따라 모습을 자유자재로 변화시킬 수 있다. 나아가 "만약 나와 이야기 하는 중생이 있으면, 그는 걸림 없는 묘한 음성삼매를 얻고, 만약 내 손을 잡는 중생이 있으면, 그는 모든 부처님의 국토에 나아가는 삼매를 얻으

리라.”하였다.

　＊ 초열焦熱; 불타는 듯 찌는 더위. 불교에서 팔열지옥八熱地獄의 하나
인 초열지옥을 비유함.

　◎ 紹固喝食　소고 할식행자

　四歲女兒歌舞前　네 살 계집아이가 가무하기 전인데
　約深難警舊因緣　간략히 타이르기 어려운 옛 인연이로다.
　棄恩入無爲手段　은혜 버리고 불문에 들어 부려먹으니
　座主作家誰是禪　좌주 노릇하는 선승이 무슨 선을 펼쳤나.

　＊ 소고紹固; 일휴화상을 모시던 시자侍者 이름. 일본 문명文明 9년
(1477) 일휴종순상一休宗純像의 찬贊에 보인다. “紹固侍者圖余幻質, 需
贊語不免自題.” (詩略) 文明丁酉孟夏日, 前紫野龍宝山大徳寺, 東海順
一休天下老和尚. 東京文化財研究所, 작품ID 3189.

　＊ 할식喝食; 할식행자喝食行者. 선종禪宗이나 율종律宗의 절에서 식사
심부름을 하는 아이. 원래는 선종 사찰에서 재식齋食할 때 대중에게 식
사 순서 등을 큰소리로 외치는데 나이에 상관없이 아직 삭발하지 않고
이마의 앞머리를 좌우 어깨 앞으로 늘어뜨린 아이가 맡았다. 일본 실정
室町 시대에는 본래의 직무에서 벗어나 선승, 조정관리, 무가武家를 상대
한 소임을 맡았다.

◎ 賛欽山禪師 흠산선사를 찬하여

佳名勤絕利貪稱 명성은 끊어지고 탐욕은 성하니
茶店美人誰好仇 찻집에 미인은 누구와 좋은 짝인지
爭識洞山下尊宿 동산화상 문하에 존숙을 다투니
慈明狹路好風流 자명화상이 좁은 길에 풍류가 좋구나.

上堂茶話作家禪 법상에 올라 차 마시며 선을 말하고
點檢將來新婦禪 장래를 점검해보니 신부의 선이로다.
錦帳香囊風起臭 비단 휘장 향주머니에 향기 풍기니
東山佛法是何禪 동산화상의 불법은 어떤 선이더냐.

濟家純老機生鐵 임제 가문에 나의 기봉이 쇠를 낳으니
一條活路途與轍 한 줄기 살 길에는 바퀴자국이 났구나.
雪峰岩頭無眼睛 설봉화상과 암두화상은 눈동자가 없고
千歲達磨宗敗闕 천년이나 달마대사는 선종을 망쳤도다.

尿床鬼子大難心 침상에 오줌 누는 귀신이 큰 근심인데
定老當機恩力深 노련한 노승이 가르치니 은덕은 깊도다.
夜雨燈前都卽忘 밤 비 오는데 등불 앞에 도움을 잊고
風流茶店舊時吟 찻집에서 풍류는 옛날을 읊고 있구나.
(都一作渾)

* 흠산欽山; 중국 당나라의 승려로 생몰연도는 알 수 없다. 속성은 족
族, 휘는 문수文邃, 별호는 불법을 펼친 산의 이름을 따서 흠산欽山이라

불렀다. 복건성福建省 복주福州에서 태어나 항주杭州 대자산大慈山에 출가
하였고, 덕산선감德山宣鑑에게 배운 뒤에 조동종曹洞宗을 개창한 동산양
개洞山良介의 제자가 되어 법을 이었다. 화살 하나로 세 관문을 뚫는다는
'흠산일촉欽山一鏃'이라는 화두를 남겼다.

  * 호구好仇; 시경詩經 토저兎罝에 보인다. "씩씩한 무부는 공후의 좋은
짝이라네. 赳赳武夫, 公侯好仇."

  * 순노純老; 종순노승宗純老僧. 당시 경도京都를 중심으로 번성한 임제
종의 당주當主인 일휴종순 자신을 지칭한다.

◎ 辭世　세상을 떠나며

今宵拭淚涅槃堂　오늘밤은 열반당에서 눈물 닦으니
伎倆盡時前後忘　솜씨를 다 써버린 때 전후를 잊었노라.
誰奏還鄕眞一曲　누가 고향으로 돌아갈 참한 한 곡조 연주할까
綠珠吹恨笛聲長　녹주가 부는 긴 피리소리 한스러워라.

  * 녹주綠珠; 중국 진晉나라 무제武帝 때 부자로 이름난 석숭石崇의 첩이
다. 석숭이 자신의 애첩인 녹주를 달라는 권신 손수孫秀의 요구를 거절
하자, 그의 모함에 빠져 처형되었다. 이에 녹주는 석숭과 함께 놀던 누
대에서 떨어져 자살하였다. 진서晉書 권33 석숭열전石崇列傳.

◎ 嘆龍翔門派零落　용상사 문파가 쇠퇴한 걸 탄식하며

扶桑國裏沒禪師　해 뜨는 동쪽 나라에 선사가 없으니

東海兒孫更有誰　동쪽 바다에 자손이 다시 누가 있을까.
今日窮途無限淚　오늘 막다른 길에 한없이 눈물짓는데
他時吾道竟何之　뒷날 우리 도는 마침내 어디로 가랴.

東海兒孫誰正師　동쪽 바다 자손들이 누가 바른 스승인지
正邪不辨盡偏知　바르고 삿됨 분별치 않고 한쪽만 아네.
狂雲身上白屎臭　광운자 내 몸에는 흰 똥냄새 나는데
艶簡封書小艶詩　소염시를 지어 고운 편지에 봉하였다네.

或儒者或教家僧　더러는 유학자로 더러는 학승으로
不管人天大衆憎　인천의 무리가 싫어해도 상관하지 않네.
飛來蝙蝠暮堂裏　해질 무렵 집안으로 박쥐가 날아드니
怪長無明滅法燈　오랜 무명이 기괴한데 법등은 꺼졌구나.

* 용상竜翔; 일본 경도京都의 북구 자야대덕사정紫野大德寺町에 있는 용
상사竜翔寺. 산호山號는 서봉산瑞鳳山, 종파宗派는 임제종, 개산開山은 남
포소명南浦紹明, 경도의 임제종 십찰十刹에 속하며 남포소명 화상의 탑
소塔所가 있다.

* 아손兒孫; 살아 있는 사람이 그 자손子孫을 일컫는 말.

* 소염시小艶詩; 중국 남조南朝의 제양齊梁 무렵 여성을 소재로 삼은
시. 시풍詩風은 공허하고 유교에 부합하지 않고 세밀한 아름다움만 추
구하여 비판을 받았다.

* 인천人天; 육취六趣 가운데 인간계와 천상계의 중생을 말함.

* 법등法燈; 미혹한 세계의 캄캄한 마음을 없애는 것을 등불에 비유

하여, 부처님이 말씀하신 교법을 뜻한다.

◎ 渡江達磨   오랜 무명이 기괴한데 법등은 꺼졌구나.

去去來來隨意行   가고 가고 오고 오며 맘대로 가니
乾坤萬里俗塵生   천지 만 리에 속세의 티끌이 생겼네.
西天此土姓名重   서역 하늘 이 땅에 이름은 무거우나
脚底脚頭蘆葉輕   발 아래 위에 갈대 잎은 가볍구나.

◎ 三界   삼계

來往生靈六道街   오고가는 생명이 육도의 길에 있고
修羅鬪諍沒生涯   아수라는 싸우다가 생애를 다 보내네.
人間未得諸天樂   인간은 아직 하늘의 즐거움 누리지 못하니
闕減娑婆事事乖   사바세계에 빠져 일일이 어그러졌구나.

餓鬼畜生無菩薩   아귀도와 축생도에는 보살이 없는데
劫空法習徹吾臍   오랜 세월 법을 익혀 내 배꼽을 뚫었네.
無色衆生淚如雨   무색의 중생이 눈물을 빗물같이 흘리니
月沈望帝一聲西   서산에 달 지는데 두견새가 우는구나

威音那畔本去劫   부처님은 겁을 지나 피안으로 가시고
彌勒當來又來劫   미륵보살은 응당 오고 겁을 지나도 오시네.
依草附木舊精魂   풀이 나무에 기대는 건 옛 정신인데

可憐三生六十劫　삼생에 육십 겁이 가련하구나.
(去劫一作空劫)

須參最上乘之禪　모름지기 최상승의 선을 닦으니
等妙如來豈自然　여래인 부처님 어찌 스스로 그러하랴.
三界無安猶火宅　삼계는 평안하지 못해 불난 집인데
三車不識在門前　문 앞에 있는 세 수레는 알지 못하네.

* 삼계三界; 일체 중생이 생사 윤회하는 세 가지 세계. 곧 욕계欲界, 색계色界, 무색계無色界를 말한다.

* 사바娑婆; 범어로 sahā. 사하는 본래 대지를 의미하는데, 괴로움이 많은 인간 세계.

* 아귀餓鬼; 계율戒律을 어겨 아귀도餓鬼道에 떨어진 귀신. 몸이 앙상하게 마르고 목구멍이 바늘구멍 같아서 음식을 먹을 수 없어 늘 굶주린다.

* 무색無色; 무색계無色界. 삼계三界의 하나로 색계의 위에 있는 색신과 물질의 속박을 벗어난 정신적인 세계.

* 위음威音; 공겁空劫 때 맨 처음 성불한 부처님. 한없이 오랜 옛적. 또는 맨 처음.

* 나반那畔; 독성獨聖, 독성존자獨聖尊者. 나반존자那畔尊者는 홀로 불법의 이치를 깨달아 도를 이룬 성자. 혹은 '이쪽'이라는 뜻을 가진 저반這般의 상대어로 피안, 저쪽을 의미한다.

* 의초부목依草附木; 풀이 나무에 기대듯, 남에게 의지하는 것을 말한다.

* 삼거三車; 우차牛車, 양차羊車, 녹차鹿車인데, 불교에서 대승大乘, 성문승聲聞乘, 연각승緣覺乘을 비유한다. 묘법연화경의 비유에서, 집에 불이

났지만 철없이 노는 아이들을 보고, 아버지가 세 가지 수레가 밖에 있다고 하여, 불난 집에서 아이들을 구해낸 뒤, 흰 소가 끄는 수레인 대백우거大白牛車로 태워갔다.

* 등묘여래等妙如來; 부처님의 존칭. 등묘각왕等妙覺王. 등각等覺으로 인위因位의 수행이 원만함을 나타내고, 묘각妙覺으로 과지果地의 만덕萬德이 구족함을 뜻한다.

◎ 示南坊禎(禎一作偵) 남방정에게 보이다

男色興盡對妻淫   남색의 재미 다하고 아내와 음란하니
狹路慈明逆行心   좁은 길에 자명화상을 배반한 마음이다.
容易說禪能忌口   선을 설하기는 쉬우나 입은 꺼리는데
任他雲雨楚臺吟   맘대로 운우의 정을 초대에서 읊노라.

* 남방南坊; 기옹소정岐翁紹偵(1428~1494); 일휴화상의 제자이자 친자親子라고 전한다. 사카이 지방인 계堺에 무덤이 있다. 동방성화장일기東坊城和長日記, 명응明應 3년(1494) 8월1일 정사丁巳 참조.

* 남색男色; 은어로 '용파勇巴'라 하는데, 사내끼리 하는 성교性交를 말한다.

* 초대楚臺; 중국 춘추시대 초楚나라 회왕懷王이 꿈에 신녀神女와 만나 잠자리를 함께 했다는 고사가 있는 무산巫山의 양대陽臺. 문선文選 권19, 고당부高唐賦.

◎ 制戒　제계

貪看少年風流　소년의 풍류 탐내어 바라보니
風流是我好仇　풍류가 바로 내 좋은 짝이로다.
悔錯開爲人口　남을 위해 입 허투루 연 걸 후회하니
今後誓縮舌頭　이제부터 혓바닥은 오므려야겠네.
(貪看一作貪着)

* 호구好仇; 시경詩經, 주남周南 토저兎罝에 보인다. "촘촘히 짠 토끼그
물을 길목 가운데 쳤네. 씩씩한 무사는 제후의 좋은 짝이로다. 肅肅兎
罝, 施于中逵. 赳武夫赳, 公侯好仇."

◎ 泉堺衆絕交　천주 지역의 중들과 절교하며

耽利好名天澤孫　명리 탐하고 즐기는 천택의 자손들
靈光失卻大燈門　대등화상 문하에 신령한 빛을 잃었네.
梨冠瓜履人疑念　의심받을 짓을 하여 남이 의심하니
伎倆當機報佛恩　당장에 기량이나 펼쳐 부처님 은혜나 갚지.

參學之徒無道心　참학하는 무리들 도심이라곤 없어
紅紫朱色似鍮金　붉은 자주빛 가사가 놋쇠와 같구나.
忠言可逆人耳　충직한 말은 사람마다 귀에 거슬리니
牛馬面前空鼓琴　마소 앞에 괜히 북치고 거문고 타네.
(紫一作絲)

*천계泉堺; 천주계泉州堺. 일본 대판부大阪府의 남부, 옛 국명은 '이즈미', 즉 화천和泉에 해당하는 지역이다.

　*천택天澤; 중국 경산徑山의 천택암天澤庵에 주석하였던 허당지우盧堂智愚(1185~1269), 즉 경산천택徑山天澤 화상을 말한다. 중국 송宋나라 때 임제종 양기파의 선승으로 절강성浙江省 상산象山 사람, 속성俗姓은 진陳, 호는 허당盧堂, 혹은 식경수息耕叟이다. 설두雪竇와 정자淨慈에게 참학하고 운암보암運菴普巖의 법을 이었다.

　*이관과리梨冠瓜履; 배 밭에서 갓끈을 매고 외밭에서 신끈을 매는 것처럼 남에게 의심을 사는 행위를 말한다.

　*당기當機; 당장 지금 처한 상황이나 형편.

◎ 松源和尙　송원화상

松源靈隱老師禪　늙은 스승인 송원영은 화상의 선이여
破法攀條省數錢　법을 깨고 가지 부여잡아 몇 푼을 덜었나.
囊中我沒半文蓄　나는 주머니 다 털리고 반 푼만 남겨서
狂客江山三十年　서른 해나 미친 중 되어 강산을 떠돌았지.
(蓄一作畜)

巡堂合掌又燒香　절마다 돌며 합장하여 향불을 사르고
竪拂拈鎚坐木床　불자나 망치 들고 나무 법상에 앉았네.
臨濟正傳也何處　임제 화상의 바른 법은 어느 곳에 있나
一休東海斷愁腸　나는 동해에서 시름하며 애를 끊이네.

* 송원화상松源和尙; 중국 남송 때 임제종 호구파虎丘派의 선승인 임안 영은송원숭악臨安靈隱松源崇嶽(1132~1202).

◎ 拾馬糞修斑竹 말똥을 주워 반죽을 기르며

煨芋懶殘舊話頭　옛 화두에 토란 굽던 나잔화상인데
不求名利太風流　명리를 구하지 않았으니 큰 풍류로다.
相思無隙此君雨　대나무와 비는 흠도 없이 서로 그리워서
拭淚獨吟湘水秋　상강에 홀로 눈물 훔치며 가을을 읊네.
(殘一作山)

看看我養鳳凰心　나는 조금씩 봉황의 마음을 기르는데
燕雀鳩鴉山野禽　제비 참새 비둘기 갈까마귀는 산과 들의 새로다.
臨濟栽松一休竹　임제화상은 소나무 심고 나는 대를 심었으니
三門境致後人吟　세 관문의 경치는 뒷사람들이 읊으리라.

* 반죽斑竹; 대나무의 일종으로 줄기 겉에 흑색의 아롱진 무늬가 있다.
* 나잔懶殘; 중국 당唐나라 승려인 명찬明瓚. 생몰연대를 알 수 없다. 숭산보적嵩山普寂(651~739)의 법을 이었다. 한때 형악衡嶽에 살 때 무척 게을러 나잔 혹은 나찬懶瓚으로 불렸다. 벽암록 제34칙 '나찬외우懶瓚煨芋'에 보인다. '외우'는 토란을 굽는다는 뜻이다.
* 차군此君; 대나무의 별명. 중국 진晉나라의 왕휘지王徽之가 주인이 없는 빈집에 잠시 거처할 때 대나무를 빨리 심도록 다그치자, 사람들이 그 이유를 물으니, "어떻게 하루라도 차군이 없이 지낼 수가 있겠는가.

何可一日無此君耶"라고 대답한 고사가 전한다. 진서晉書 권80, 왕휘지
열전王徽之列傳.

◎ 對臨濟畵像　임제 초상화를 대하고

臨濟宗門誰正傳　임제의 종문을 누가 바로 전하였나

三玄三要瞎驢邊　삼현과 삼요는 나의 주변에 있었구나.

夢閨老衲閨中月　늙은 중인 나는 안방에 뜬 달을 보다가

夜夜風流爛醉前　밤마다 풍류 즐기며 거나하게 취했네.

　* 삼현삼요三玄三要; 임제록臨濟錄에 보인다. "화상이 이르길, '일구란
말은 모름지기 삼현의 문을 갖춰야 한다. 한 현문에 반드시 삼요를 갖
추니 저울이 있어 쓰임이 있다. 너희 대중들은 알려고 하면 어찌 해야
하는가?' 법좌에서 내려오셨다. 師又云, 一句語, 須具三玄門. 一玄門, 須
具三要, 有權有用. 汝等諸人, 作麽生會? 下座." 여기서, 삼현이란 현중
현玄中玄, 구중현句中玄, 체중현體中玄이다. 현중현은 말 자체의 진실이고,
구중현은 말의 인식에 나타나는 진실이며, 체중현은 말의 실천에 나타
나는 진실이다. 이러한 세 가지가 한 마디 말에 다 포함되어 있다. 또 삼
요는 세 가지 중요한 요점으로 본질인 체體와 현상인 상相과 그 작용인
용用이다.

　* 몽규夢閨; 일휴 자신의 별호別號로 스스로를 말하여 '규중월閨中月'로
풍자하고 있다.

◎ 閻浮樹　염부수

閻浮樹逼塞乾坤　염부수가 천지를 꽉 막아놓았으니
葉葉枝枝我脚跟　나의 발꿈치에 잎과 가지가 났구나.
太極梅開紙窓外　우주의 원기로 종이창 밖에 매화가 피니
暗香疎影月黃昏　황혼의 달그림자에 향기가 그윽하네.

　* 염부수閻浮樹; 인도에 널리 분포된 교목으로 불교의 성스러운 나무의 일종이다. 출가하기 전에 싯다르타 태자는 염부수 밑에서 깊은 사색에 잠겼는데, 이를 일러 '염부수 아래의 정관靜觀'이라 한다.
　* 지창紙窓; 종이로 바른 창문窓門.

◎ 剪妙勝寺竹木　묘승사에 대나무를 다듬고

在官忘却不容針　소임 맡아 바늘도 용납 않은 걸 잊고
妙勝封疆剪樹林　묘승사 경내에 있는 나무들 다듬었구나.
立破商君胡亂法　상군이 어지러운 법을 확실히 깨버리니
去來沒跡一身吟　오고간 자취 없이 이 한 몸은 시를 읊네.

　* 일휴연보에 따르면 강정康正 2년(1456), 일휴의 나이 예순세 살 때는 대응국사大應國師(남포소명南浦紹明)가 도량에 머물고 있었는데 다음 해인 장록長綠 원년(1457) 여름 말에 열흘 동안 대나무를 다듬었다고 하였다.
　* 묘승사妙勝寺; 일본 겸창鎌倉시대 임제종 고승인 대응국사가 중국으로 건너가 허당화상虛堂和尙에게 선법을 이어받고 귀국하여 세운 선종

사찰. 원홍元弘의 전란(133~1333)에 소실되었다가 다시 일으켰는데 제6대 법손인 일휴선사가 강정康正 년간(1455~6)에 종조宗祖의 유풍遺風을 흠모하여 당우堂宇를 재흥하여 은사의 은혜에 보답한다는 의미로 수은암酬恩庵이라 명명命名하였다.

* 입파立破; 불교에서 논리를 세우고 무너뜨리는 일. 자신의 논리를 세워 상대의 이론을 깨뜨려 명확하게 한다는 뜻이다.

* 상군商君; 중국 전국시대 진秦나라 효공孝公 때 엄한 법을 제정하여 혹형酷刑을 시행한 상앙商鞅.

◎ 退酬恩庵 수은암을 물러나며

雲水江山我脚跟　떠돌던 강산은 내 발꿈치에 있는데
殿堂幸有一乾坤　법당에는 다행히 한 우주가 있구나.
常住物卽私車馬　상주물은 곧 사사로운 수레와 말인데
酬恩塔主不知恩　수은사 주지는 은혜도 모른다네.
(卽一作便)

* 수은암酬恩庵; 일본 경도에 있는 임제종의 절. 겸창鎌倉시대 고승이던 대응국사大應國師 남포소명南浦紹明의 유풍을 사모하여 강정康正 연간(1455~6)에 6대 법손인 일휴가 묘승사妙勝寺를 재흥했을 때, 그 옆에 수은암을 창건하여 은거하다가 입적하였다.

* 운수雲水; 운납雲衲. 행각하는 승려. 선승禪僧이 구름이나 물과 같이 정처 없이 행각하며 떠도는 것을 말한다.

* 상주물常住物; 절이 소유하는 토지와 기물.

* 탑주塔主; 사찰의 주지住持. 선종禪宗에서 조사祖師의 탑이 있는 곳.
또는 그곳에 사는 승려.

◎ 禪門寶訓云, 圓悟謂妙喜曰, 大凡擧措當謹始終謹. 終如始則無敗事.
故曰, 無不有初, 鮮克有終(無一作靡). 昔晦堂老叔曰, 黃檗勝和尙亦奇衲子,
但晚年謬耳. 觀其始得不, 謂之賢云云. 因作偈題後云. 선림보훈에 이르길,
원오스님이 묘희스님에게 말하였다. "대개 행동거지에 마땅히 처음을 삼
가해야 하니 마무리도 처음처럼 삼가하면 곧 그르치는 일이 없다. 그러므
로 시작이 없는 경우는 없으나, 끝까지 제대로 마치는 경우는 드물다고 한
다. 지난날 회당 노스님이 이르길, 황벽 스님도 대단한 납자였으나 단지
만년에 잘못되었을 뿐이다. 그 처음만 보면 훌륭하다고 하지 않을 수 있겠
는가." 이로써 게송을 지어 제목 뒤에 붙인다.

鐘樓讚兮猛虎途　종루에서 기리노니 맹호의 길이여,
衲子金言臨濟徒　황벽화상 금언을 임제의 무리에게 전했네.
擡搦與奪辨邪正　들고 내리고 주고 빼앗아 옳고 삿됨을 가리니
諸祖當機非一模　모든 조사의 가르침은 한 모습 아니구나.

晦老老痛處針錐　회당 화상이 늙어 아픈데 침을 놓아
隱去彌彰惟勝機　몰래 가서 두루 밝히니 뛰어난 기봉일 뿐.
明眼非元來卽是　밝은 안목도 원래 옳은 게 아니라서
一休是正本來非　나, 일휴도 옳은 것은 본래부터 아니었네.

但歸依積翠庵禪　취암화상의 선에 귀의하여 쌓았을 뿐

漸愧狂雲名利前　나, 광운은 명리 앞에 점점 부끄럽구나.

一夕一朝日月蝕　하루 아침과 저녁에 해와 달이 기울더니

終分明白日靑天　마침내 벌건 대낮 푸른 하늘 뚜렷하다.

* 무불無不...유종有終; 시경詩經 대아大雅에 보인다. "시작이 없는 경우는 없으나, 끝까지 제대로 마치는 경우는 드물다. 靡不有初, 鮮克有終."

* 황벽黃檗; 중국 당唐나라의 선승인 황벽희운黃檗希運. 생몰년 미상. 복건성福建省 복주福州 출신, 시호는 단제선사斷際禪師. 복주 황벽산黃檗山에 출가하고, 백장회해百丈懷海의 법을 이어받았고 임제의현臨濟義玄의 스승이다.

* 회당晦堂; 중국 임제종 황룡파의 선승인 회당조심晦堂祖心(1025~1100). 황룡黃龍 화상의 법을 받았다. 선림보훈禪門寶訓에 보인다.

◎ 贊杜牧　두목을 찬하여

杜書記獨朗天然　두서기는 홀로 밝혀 천연스러운데

參得正傳臨濟禪　임제선을 닦아 바른 법을 얻었도다.

儒雅家風無一點　유가의 아름다운 가풍은 한 점도 없어

詩情婬色紫雲前　시의 정취는 자운 앞에서 음란하였지.

(一本, 參得作參禪, 儒雅作儒邪, 紫雲作柴雲)

* 두목杜牧; 중국 당나라 말기의 시인이자 병법가. 자는 목지牧之, 호는 번천거사樊川居士.

* 두서기杜書記; 당나라 때 정용회丁用晦가 편찬한 지전록芝田錄에 나온

다. "우승유牛僧孺가 유양維揚을 다스릴 때 두목이 그 막부에 있었는데 밤이면 수수한 차림을 하고 밖으로 나가 노닐었다. 우공이 몰래 두목을 따라다니며 뜻밖의 봉변을 막도록 수하에게 지시하였다. 뒤에 우공이 두목과 이별하는 자리에서 방종하게 놀지 말라고 경계하니 처음에는 이 말을 싫어하였다. 이에 우공이 상자 하나를 가져오라 하여 보여주었는데, 모두 부하들이 보고한 문서로 '두서기杜書記는 무사하다.'라고 씌어 있었다. 두목은 이에 크게 감복하였다. 牛奇章帥維揚時, 牧之在幕中, 多微服逸游于外. 公聞之, 乃以街子數輩, 潛隨牧之, 以防不虞. 後牧之以拾遺召 臨別, 公因以縱逸爲戒, 牧之始猶諱之. 公乃命取一篋以示, 皆街子輩報帖, 云杜書記平善. 乃大感服."

* 독랑獨朗; 노자老子 52장, 감산덕청憨山德淸의 노자해老子解 주석에 보인다. "그러나 도가 사물에 있어 귀는 그것을 얻어 소리가 되고, 눈은 그것을 얻어 색이 된다. 만약 소리와 색을 쫓아 되돌아오는 것을 잊는다면, 사물을 따라 본성을 등지는 것이니, 이는 반드시 보는 것을 거두고 듣는 것을 돌이켜, 안으로 비추어 홀로 밝혀야 한다. 然道之於物, 耳得之而爲聲, 目得之而爲色. 若馳聲色而忘返, 則逐物而背性. 是必收視返聽, 內照獨朗."

* 자운紫雲; 중국 당나라 이원李愿의 가기家妓 이름. 두목杜牧이 낙양洛陽에 어사御史로 있을 때 이원의 집에 가서 여러 기녀들을 한동안 바라보다가 자운이 누구냐고 물었다. 주인이 그녀를 가리키자 "과연 헛소문이 아니었구나."하고 감탄하며 그녀를 달라고 하였다. 당시기사唐詩紀事 두목杜牧.

◎ 戒參玄憎名利　참현이 명리를 싫어하는 걸 경계하여

迷道衆生劫外愚　도에 미혹한 중생이 겁 밖에 어리석어
人人淚不識窮途　사람마다 막다른 길을 몰라 눈물 흘리네.
諛官只願佳名發　아첨하는 관리는 좋은 이름나길 원할 뿐.
眞菩提心一點無　참된 보리심은 한 점도 없구나.

* 참현參玄; 도를 참구하는 일. 선가에서 공안을 참구하는 일.
　* 보리菩提; 불교에서 최상의 이상인 정각正覺의 지혜. 번뇌를 끊고 불
법의 진리를 깨닫는 일.

◎ 戒參玄憎智慧　참현이 지혜를 싫어하는 걸 경계하여

大智元來迷道愚　큰 지혜는 도를 미혹하는 어리석음인데
未聞小智菩提扶　작은 지혜가 보리심 돕는 걸 듣지 못했네.
一千公案繁驢橛　일천 공안도 번거로워 당나귀 말뚝인데
學者江湖飯袋徒　강호에 수행자는 밥이나 축내는 무리나.

* 소지小智; 지혜가 수승殊勝하지 못한 사람. 알음알이에 빠져 근기根
機가 약한 사람.

◎ 毁破曹洞惡見　조동종의 나쁜 견해를 헐어 깨트리며

曹洞今時無分別　조동종은 요즘 뭐가 뭔지도 모른 채

與臨濟受用遙別　임제선을 떠벌리며 아주 딴 데로 갔도다.
野老百姓眞家風　시골 늙은이의 백성이 진짜 가풍인데
曹洞臨濟受用別　조동종과 임제종이 따로 수용하였네.

* 조동曹洞; 일본의 조동종曹洞宗. 도원道元(1200~1253)이 1227년 중국 송나라에 들어가 조동종 선승인 장옹여정長翁如淨에게 법을 받고 열반묘심涅槃妙心을 계승하여 종조宗祖가 되었다. 1229년 귀국하여 일본에 조동종을 전파하였다. 도원은 묵조선을 수양하고 마음이 곧 부처라고 제창하였다. 당시 선종은 조정과 막부 장수의 지지를 받아 흥성하였지만, 조동종은 대부분이 하위층 농민들이 믿었다. 일본의 불교사상에 큰 영향을 끼친 오산문학五山文學을 형성하였다.

◎ 畫 三首　그림, 세 수

參禪九到又三登　참선하러 아홉 번 가고 세 번 오르니
明日洞然無愛憎　내일은 툭 터져서 애증조차 없겠구나.
橋上不通名利路　다리 위는 명리의 길과 통하지 않으니
羨見一錫一閑僧　석장 짚은 한가한 스님을 부러워 바라보네.
(見一作看)

老漢知從何處來　늙은이가 어디에서 왔는지 아는가
高山境與塔崔嵬　산 높은 곳에 탑이 우뚝 솟았구나.
水草心頭瘦牛體　물가 풀대의 마음 끝에 야윈 소 몸뚱이
應身行脚出天台　떠도는 응신불이 천태산에 났도다.

潙山來也目前牛　위산에서 오니 눈앞에 소가 있는데

戴角披毛僧一頭　털로 덮이고 뿔 돋은 스님 한 분일세.

異類如甘一身靜　다른 부류라도 달가워하니 한 몸 편하고

三家村裏也風流　세 집안의 촌구석에는 풍류가 넘치네.

(甘一作耳)

* 화畵; 떠도는 행각승行脚僧을 그린 그림에 붙인 찬贊이다.

* 구도九到…삼등三登; 중국 당나라 때 선승인 설봉의존雪峰義存 화상의 구도求道의 역정歷程을 드러낸 말에 보인다. "투자산投子山에 세 번 올랐고 동산洞山에는 아홉 번이나 갔다. 三上投子, 九到洞山." 여기서 투자란 안휘성安徽省 서주舒州의 투자대동投子大同(819~914) 화상, 동산이란 강서성江西省 서주瑞州의 동산양개洞山良价(807~869) 화상이 주석하던 곳을 각각 말한다.

* 교상橋上; 온정균溫庭筠의 고산조행高山早行 시에 그 경지가 엿보인다. "닭 울자 주막에 달 비치니, 발자국 찍힌 나무 다리에 서리가 내렸네. 雞聲茅店月, 人跡板橋霜."

* 석錫; 승려가 짚고 다니는 지팡이인 석장錫杖.

* 응신應身; 삼신三身의 하나. 중생을 제도濟度하기 위하여 그 근기에 따라 여러 가지 모습으로 나타난 부처.

* 피모대각披毛戴角; 털로 덮여있고 뿔이 돋아있다는 말로 짐승을 뜻한다.

◎ 四睡圖 사수도

老禪饒舌笑中愁　늙은 선승 수다에 웃다가 시름하노니
虎尾搦來跨虎頭　범 꼬리 누르다 범 머리를 타넘었구나.
月元不識寒山意　하늘가 달은 한산의 뜻을 알지 못하는데
夢愕淸光萬里秋　만 리에 가을 맑은 빛, 꿈결에 놀라네.

* 사수도四睡圖; 일본의 선승이자 화가인 묵암默庵(모쿠안 레이엔)이 그린 그림으로 당나라 태종 때 살았다고 전해지는 전설적인 인물인 한산寒山과 습득拾得, 풍간豊幹이 호랑이와 어울려 평화롭게 잠을 자고 있는 불교회화이다. 묵암은 가마쿠라 말기에서 남북조 시대에 걸쳐 활동한 선승이자 화가로 법명은 영연靈淵인데, 흔히 '모쿠안 레이엔'으로 부른다. 가마쿠라 시대 정지사淨智寺에서 수행한 뒤 1320년대 후반에 원나라로 건너가 강남의 선종사찰에서 수행하며 14세기에 중국 회화를 몸소 접촉한 화승으로 1345년경 그곳에서 입적했다. 불교의 주제를 다룬 그림이 전하는데 대표작 사수도四睡圖, 포대도布袋圖 등이 있다.
* 한산寒山; 중국 당나라의 승려이자 시인. 호는 한산자寒山子. 습득, 풍간과 더불어 유명한 전설 속 선승禪僧이다.

◎ 聞聲悟道, 見色明心, 雲門拈云, 觀世音菩薩將錢來買胡餠, 放下手曰, 元來是饅頭　소리를 듣고 도를 깨닫고, 색을 보고 마음을 밝게 한다. 운문 화상이 이르기를, "관세음보살이 돈을 주고 호떡을 사러 왔다." 손을 내리고 말하길, "먹어보니 원래 만두였구나."

垂示韶陽三句禪　대중에게 소양의 세 마디 선법을 보이니

聞聲見色話頭圓　소리를 듣고 색을 보는 화두가 원만하구나.

胡餅饅頭誰買得　호떡이나 만두를 누가 사 먹을 것인지

觀音三十二文錢　관음보살께서 서른두 냥에 사먹었도다.

(一本作三十三文錢)

雲門拈見色聞聲　운문화상이 '견색문성'의 도리를 보이시니

衲子機鋒折識情　납자의 기봉은 알음알이의 정을 끊었구나.

信口道着底食籍　말끝마다 도가 달라붙어 평생 먹겠으니

念頭起處太分明　화두가 일어나는 곳 아주 분명하도다.

* 문성오도聞聲悟道; 제목의 내용은 종용록從容錄 제78칙, 운문호병雲門餬餅에 보인다. "대중에게 보이며 이르길, '하늘에 두루 값을 구하면 땅이 가득히 보답을 한다. 백 가지 계교로 경영하여 구해도 한바탕 허사가 되리니, 진퇴를 알고 길흉을 알 자가 있겠는가? 어떤 승이 운문에게 묻되, '어떤 것이 부처를 뛰어넘고 조사를 뛰어넘는 말씀입니까?' 운문이 이르길, '호떡이니라' 示衆云, 絿天索價, 搏地相酬. 百計經求, 一場懡. 還有知進退識休咎底麼? 舉. 僧問雲門, 如何是超佛越祖之談? 門云, 餬餅."

* 수시垂示; 수어垂語, 시중示衆이라고도 함. 선가에서 제자들에게 깨우치는 한 마디를 내리는 일.

* 소양韶陽; 중국 선종의 육조인 혜능慧能(638~713)이 선법을 크게 떨친 광동성廣東省 조계산曹溪山이 있는 지명.

* 삼구三句; 임제臨濟 화상이 펼친 삼구선三句禪에 보인다. "임제 스님이 법상에 오르자, 한 스님이 물었다. '어떤 것이 제일구第一句입니까?'

'삼요三要의 도장을 찍었으나 붉은 점이 나타나고, 말을 하려고 머뭇거리기도 전에 주主와 빈賓으로 나누어진다.' '어떤 것이 제이구第二句입니까?' 임제 스님이 말씀하셨다. '문수가 어찌 무착선사의 물음을 용납하겠는가만 뛰어난 근기를 어찌 저버릴 수 있으랴.' '어떤 것이 제삼구第三句입니까?' '무대 위의 꼭두각시가 노는 것을 잘 보아라. 밀었다 당겼다 하는 것이 모두 뒤에 있는 사람이 하는 것이다.'" 여기서 제일구는 상근기 수행자를 상대로 한 것인데, 불법의 최고 깨달음의 경지이다. 임제는 이러한 경지를 할이나, 방으로 나타냈고, 석존의 염화미소, 유마의 침묵이 제일구라고 할 수 있다. 제이구는 중근기 수행자를 위한 방편교설이다. 제삼구는 실에 매단 인형이 조종하는 건 뒤에 숨은 사람인데 인형의 움직임만 보고 그 인형을 움직이는 사람은 보지 못하는 하근기 수행자를 위한 것이다.

* 기봉機鋒; 기機는 수행에 따라 얻은 심기心機, 봉鋒은 심기의 활용이 날카로운 모양으로 선객禪客이 다른 이를 대할 때 기민하고 활발발한 작용을 말한다.

◎ 贊臨濟和尙 임제화상을 찬하여

喝喝喝喝喝 악! 악! 악! 악! 악!
當機得殺活 근기에 따라 죽이고 살리네.
惡魔鬼眼睛 악마와 귀신의 눈동자여,
明明如日月 밝고 밝아 해와 달과 같구나.

* 할喝; 할嚡. 선승이 위엄있게 꾸짖는 소리. 불법의 대의를 언어로써

표현할 수 없는 경우에 소리를 질러서 학인의 칠통을 깨는 것. 선문禪門에서 분별과 망상을 일격에 끊어내기 위한 임제의 독창적인 개오開悟 방편인 할喝은 덕산 스님의 방棒과 더불어 조사선祖師禪의 위대한 가르침이다.

 * 당기當機; 불교의 선종禪宗에서 상대相對의 능력이나 근기에 따라 지도함. 혹은, 지금 바로 처해 있는 상황.

◎ 杜牧   두목

誰記慈明老漢婆　누가 자명 늙은이 노파의 일 기억하나
無能懶性甕吞蛇　무능하고 게을러 항아리가 뱀을 삼켰구나.
工夫雪月吟魂冷　눈 오는 달밤 공부하다 차가운 넋 읊노니
閑唱桑間濮上歌　음란한 상간과 복상의 노래 흥얼거리네.
(桑間一作桑門)

宗門活句阿房宮　종문의 살아있는 한 마디는 아방궁인데
六國興亡六國風　여섯 나라 흥망이야 여섯 나라의 풍류로다.
筆海詞林何所似　바다나 숲 같은 많은 문장이 무엇과 같은지
靑天萬里月方中　푸른 하늘 만 리에 달은 중천에 떠있네.

 * 두목杜牧(803~852); 중국 당唐나라 말기의 시인. 경조京兆 만년萬年 사람, 자는 목지牧之, 호는 번천樊川이다. 문장과 시에 능했으며 이상은 李商隱과 더불어 '이두李杜'로 칭하였고, 또한 작품의 풍격이 두보杜甫와 비슷하여 '소두小杜'라 불린다.

* 자명노한파慈明老漢婆; 만속장卍續藏 제78책 No.1554, 오가정종찬五家正宗贊 자명초원선사慈明楚圓禪師에 보인다.

"황룡스님이 자명화상을 뵈었을 때 기개를 자부하며 으스대자 매섭게 꾸짖었다. 조주스님의 감파 이야기를 물으니 황룡스님은 대답하지 못하고, 며칠 뒤에 비로소 깨친 바가 있어 송을 지어 스님에게 올렸다. '총림에 뛰어난 분 조주스님이여, 오대산 노파를 감파한 건 쓸데없는 짓이네. 지금은 온 세상 거울같이 맑으니, 행인은 길에서 원수를 맺지 마시오.' 그리고 손바닥에 유有 자를 써놓았다. 스님은 송을 보고 이르길, '좋기는 좋은데 그 중에 한 글자가 틀렸구나!' 황룡스님이 마침내 손바닥을 펴니 화상은 그를 인가하였다. 黃龍見師, 以氣自負, 師痛叱之. 擧趙州勘婆話問龍, 龍無對, 至數日方省, 呈頌曰, '傑出叢林是趙州, 老婆勘破沒來由. 而今四海淸如鏡, 行人莫以路爲讎.' 仍於掌中書有字. 師見, 謂曰, 好則好矣, 中有一字不是. 龍遂開掌示之, 師印可."

* 옹탄사甕吞蛇; 항아리가 뱀을 삼키듯, 틀림없이 파악하거나 확실한 일을 뜻한다. 여기서는 감파勘破를 잘했다는 칭송의 뜻이 담겨있다.

* 상간桑間, 복상濮上; 음탕하고 화려한 망국의 음악. 정현鄭玄의 사기정의史記正義에 따르면, 복수 남쪽에 상간이라는 땅이 있었다. 옛날 은나라 주왕紂王이 태사太師 사연師延에게 명하여 음란한 미미지락靡靡之樂이란 음악을 지어 즐기다가 나라가 망하였다. 무왕이 주왕을 토벌할 때 사연은 악기를 품고 복수에 몸을 던져죽었는데 뒤에 위衛나라 태사 사연師涓이 복수를 건너다가 이 노래를 듣고 배웠다고 한다.

* 활구活句; 불교의 선가禪家에서 모든 분별과 생각이 끊어져 파격적이며 역설적인데다 의로意路가 통하지 않고 의미를 알 수 없는 말. 이에 대한 말은 사구死句인데 의미가 있고 의로가 통하는 말이다.

◎ 洞山三頓棒　동산의 삼돈방

這棒頭宗門大功	이 몽둥이에 종문의 큰 공이 있었으니
慈明之子是黃龍	자명화상의 제자가 바로 황룡선사로다.
明皇不識風流道	현종은 풍류의 도를 알지 못했는데
今夜馬嵬千歲風	오늘밤 마외 땅에 천년 바람이 부네.

遭人罵辱長嗔情	사람 만나 욕하고 오래 화내는 뜻은
是卽眞迷道衆生	참으로 혼미한 중생을 말하는 거라네.
無始無終黑山下	시작도 없고 끝도 없는 흑산 아래
無明濁酒幾時醒	무명에 찌든 혼탁한 술 언제나 깰까.

* 방棒; 불가에서 수행 중에 깨달음을 위한 질책이나 권고, 혹은 공양 시간을 알릴 때 쓰이는 몽둥이.

* 동산삼돈洞山三頓; 무문관 제15칙에 보인다. "동산이 운문선사를 찾아뵈니 운문이 물었다. '어디에서 왔는가?' 동산이 이르길, '사도에서 왔습니다.' 운문이 묻기를, '여름은 어디서 지냈는가?' 동산이 답하길, '네. 호남 보자사에서 지냈습니다.' 운문이 묻기를, '언제 그곳을 떠나왔는가?' 동산이 답하길, '팔월 이십오일 떠나왔습니다.' 운문이 이르길, '너에게 삼돈의 방을 때려야 되는데 용서하노라.' 이튿날 동산이 운문 선사를 찾아가자, 동산이 이르길, '어제 스님께서 삼돈방을 때려야 된다고 하셨는데 허물이 어디에 있는지 모르겠습니다.' 운문이 이르길, '이 밥통아, 강서니 호남이니 그렇게 돌아다녔느냐?' 이에 동산이 크게 깨달았다. 雲門因洞山參次, 門問曰, 近離甚處? 山云, 査渡. 門曰, 夏在甚處? 山云, 湖南報慈. 門曰, 幾時離彼? 山云, 八月二十五. 門曰, 放汝三頓

棒. 山至明日, 卻上問訊, 昨日蒙和尙放三頓棒, 不知過在甚麼處? 門曰, 飯袋子, 江西湖南, 便恁麼去? 山於此大悟."

* 황룡黃龍; 중국 북송 시대의 선승으로 임제종 황룡파의 개조開祖인 황룡혜남黃龍慧南(1002~1069). 출생은 강서성江西省 옥산현玉山縣 신주信州, 속성은 장章, 법명은 혜남慧南인데 자명慈明의 법을 이었다.

* 명황明皇; 중국 당나라 제6대 황제 현종玄宗(685~762)의 시호. 만년에 도교에 빠졌으며 양귀비로 인해 정사를 돌보지 않았다.

* 마외馬嵬; 지금의 중국 섬서성陝西省 흥평현興平縣. 당나라 현종이 사랑한 양귀비楊貴妃가 안녹산의 난을 피해 이곳에서 목매달아 죽었다.

* 무명無明; 열두 가지 인연因緣의 하나로 그릇된 견해나 집착 때문에 불법의 진리에 어두운 상태를 말한다.

◎ 扶起東福寺荒廢, 蓋因美少年之舊交, 甲子十二(二一本作三)　황폐한 동복사를 일으키며, 아름다운 어린 시절 옛 친구 때문이다, 갑자 십이년

看看慈楊禪正傳　자명과 양기화상이 전한 선을 보니
誰來純老面門前　누가 일휴 늙은이 내 문하에 오겠는가.
宗門潤色風流道　종문의 풍류도는 빛이 바래고 말아
舊約難忘五十年　옛적에 약속한 오십년 잊기 어렵구나.

大慈聖一是開山　아주 자비로운 성일국사가 개산조인데
建立魔宮救五山　마궁을 건립하여 다섯 산문을 구하셨네.
東福分派南禪寺　동복사에서 갈라져 나온 남선사
千歲猶輝慧日山　천년이 지나도 혜일산은 빛나고 있구나.

* 자양慈楊; 중국 송宋나라의 선승인 자명초원慈明楚圓과 양기방회楊岐方會. 자명의 속성은 이李, 출생은 광서성廣西省 주림부桂林府 전주全主, 별호는 석상石霜화상이며, 양기는 임제종臨濟宗 양기파楊岐派의 시조이다.

* 순노純老; 종순노승宗純老僧. 당시 경도를 중심으로 번성한 임제종의 당주當主인 일휴종순 자신을 지칭한다.

* 미소년美少年; 두보杜甫 음중팔선가飮中八仙歌 시에 보인다. "종지는 수려하게 생긴 미남인데, 잔 들고 흰 눈으로 푸른 하늘 쳐다보니, 옥처럼 고운 나무가 바람 앞에 흔들리는 듯하네. 소진은 수놓은 부처 앞에 오래 정진하다가, 취하면 때로 참선을 그치고 즐거이 노니네. 宗之瀟灑美少年, 擧觴白眼望靑天, 皎如玉樹臨風前. 蘇晉長齋繡佛前, 醉中往往愛逃禪."

* 성일聖一; 일본 동복사東福寺를 처음 개창한 개조開祖인 성일국사(1202~1280). 정강차静岡茶의 시조始祖이다.

* 오산五山; 일본 경도京都에 있는 다섯 사찰. 천룡사天龍寺, 상국사相國寺, 건인사建仁寺, 동복사東福寺, 만수사万壽寺인데, 이밖에 남선사南禪寺는 별격別格이다.

* 남선사南禪寺; 경도의 복지정福地町에 있는 임제종 남선사파의 대본산大本山인 사찰로 산호山號는 서룡산瑞龍山, 사호寺號는 태평흥국남선선사太平興國南禪禪寺이다.

* 혜일산慧日山; 경도京都의 임제종 동복사파東福寺派 본사가 있는 산이다.

◎ 慈揚塔 자양탑

是不平生好境痕　이건 평생 좋은 경계의 자취가 아닌데
任他鷄足月黃昏　계족산에 뜬 달빛이 어둑해도 개의치 않지.
誰氏風流我盟約　누구와 나는 풍류를 굳게 약속했던가
馬嵬青塚舊精魂　마외 땅 푸른 무덤, 옛날의 정령이로다

(一本此一首無)

* 자양탑慈揚塔; 일휴연보에 따르면, 문명文明 7년(1475) 일휴화상이 여든두 살 때 호구수탑虎丘壽塔을 조성하고 추녀의 난간 아래 이를 세운 것이다. 일휴화상이 입적한 후에 자양탑 경내에는 일휴의 묘가 조성되고 그 묘비가 남아있다.

* 호경好境; 임제록臨濟錄 시중示衆 무사인無事人에 보인다. "여러 선덕들이여, 이때 그것을 만나지 못하면, 만 겁에 천 번 태어나 삼계에 윤회하며, 좋은 경계에 이끌려 따라가 당나귀나 소의 뱃속에서 태어나는구나. 諸禪德, 此時不遇, 萬劫千生, 輪廻三界, 徇好境掇去, 驢牛驢裏生."

* 청총青塚; 중국 한漢나라 왕소군王昭君의 묘墓. 왕소군이 오랑캐 추장에게 잡혀가 아내가 되어 죽었는데, 그곳에 난 풀은 모두 백초白草뿐이나 오직 그녀의 무덤에만 청초青草가 돋았다. 두보杜甫의 시, 영회고적詠懷古跡에 보인다. "한나라 궁궐 떠난 뒤 북방의 사막으로 갔지만, 홀로 청초만 남아 황혼을 바라보네. 一去紫臺連朔漠, 獨留青塚向黃昏."

* 마외馬嵬; 지금의 중국 섬서성陝西省 흥평현興平縣인데 당나라 현종 안록산安祿山의 난이 일어났을 때 양귀비楊貴妃가 목매달아 죽은 곳이다.

◎ 大慧武庫曰, 有俗士投演出家, 自曰捨緣. 演曰, 何謂捨緣, 士曰, 有妻子捨之, 謂之捨緣. 演曰, 我也有箇老婆, 還信否. 士默然. 演乃頌曰, 我有箇老婆, 出世無人見, 晝夜共一處, 自然有方便云云, 余亦作頌記之.　대혜종고 화상이 종문무고에서 말하길, "속세의 선비가 오조법연 화상의 출가에 대해 스스로 말하길, '인연을 버렸습니다.' 화상이 말하길, '어떤 걸 인연을 버렸다 말하는 것인가?' 선비가 말하길, '처자식을 버린 걸 두고 인연을 버렸다고 말하는 것입니다.' 화상이 말하길, '나에게 노파가 있다면 믿겠느냐?' 이에 선비가 말이 없었다. 이때 화상이 게송을 읊기를, '나에게 노파가 있으니 세간을 벗어나 아무도 보지 못하네. 밤낮으로 한곳에 같이 있는데 그대로 방편이 넉넉하네.'"라 하였다. 나 역시 게송을 지어 기록한다.

愛孫愛子對妻歌	자손을 사랑하여 아내 보고 노래하니
滅却魔宮猶入魔	마귀의 궁전을 없애도 마귀가 되었구나.
貪箸風流年少境	젊어서는 경지가 풍류를 탐내었는데
自然無一點漚和	자연스레 한 점의 방편조차 없었지.

有僧眼白有妻青	중에게는 눈 흘기고 아내는 반가우니
對客唯言我薄情	손님 대하면 오직 나는 정 없다 말하네.
花前酌盡一樽酒	꽃 앞에 한 동이 술 다 따르고 나면
半醉夜深猶半醒	밤 깊어 반 쯤 취해도 반쯤은 깨어있지.

(一本二有作在)

醉鄉藁屋我家山	나는 즐거이 산에 취해 초가집에 사는데
燭影三更對玉顔	삼경에 등불 그림자, 옥 같은 얼굴 비추네.
夜雨無愁歌吹海	시름없이 밤비 내리는데 노래는 출렁이고

姮娥須是墮人間　항아는 틀림없이 인간세계에 떨어졌구나.

觀法看經眞作家　법을 살펴 경전 보는 게 참된 선승인데
黃衣棒喝木床斜　가사 걸치고 방과 할로 법상 앞에 앉았네.
虁疽元是我家業　망나니짓 하는 게 본래 나의 집안일이라
女色多情加男色　여색에 정마저 깊은데 남색마저 더했구나.
（一本男色作勇巴）

* 대혜大慧(1089~1163); 중국 송宋나라 임제종의 승려인 대혜종고大慧宗杲. 선주宣州 출생, 호는 묘희妙喜, 운문雲門, 자는 담해曇海, 시호는 보각선사普覺禪師, 원오극근圓悟克勤의 법을 이었고 특히 당시 사대부의 존경을 받았다. 사대부 제자로 장구성張九成, 이병李炳, 왕조汪藻가 있었는데, 제자로 인해 정쟁政爭에 휘말려 형산衡山에 유배되었다가 그곳에서 정법안장正法眼藏을 저술하였다. 효종孝宗 황제의 귀의歸依를 받아 대혜선사大慧禪師라는 법호를 받았다.

* 무고武庫; 종문무고宗門武庫. 대혜종고 화상이 옛 스님의 행적에 대해 염한 것을 제자인 도겸道謙 화상이 수집한 것이다. ‘무고武庫’는 대혜화상의 법문을 마치 열반경에 나오는 임금의 보배를 보관하는 창고 속의 칼에 비유한 것이다. 이 시의 제목에 나오는 내용은 지유편知儒編에도 보인다.

* 탐착貪箸; 탐착貪着. 만족할 줄 모르고 탐하는 마음을 버리지 못함.

* 구화漚和; 범어로 방편바라밀方便波羅蜜, 혹은 보살菩薩의 이름이다.

* 안백眼白; 진서晉書 완적전阮籍傳에 보인다. 죽림칠현竹林七賢의 한 사람이던 완적은 겉치레만 하는 속인俗人을 만나면 백안白眼으로 그 사람

을 흘겨보았으나, 마음에 드는 상대를 만나면 청안靑眼으로 반갑게 대하였다.

  * 박정薄情; 두목杜牧의 시 '견회遣懷'에 보인다. "꿈결 같은 양주생활 십년 만에 깨어보니, 청루에서 겨우 얻은 건 박정한 사람이란 별명이라네. 十年一覺揚州夢, 贏得靑樓薄倖名."

  * 취향醉鄕; 술을 마시고 느끼는 즐거운 경지. 중국 당唐나라의 은사隱士인 왕적王績이 지은 취향기醉鄕記에 보인다. 술을 마시고 즐기는 은자가 사는 곳을 말하기도 한다.

  * 항아姮娥; 중국 하夏나라 때 후예后羿의 아내. 서왕모西王母가 후예에게 준 불사약을 몰래 훔쳐 먹고 달 속으로 도망갔다는 이야기가 전한다. 수신기搜神記 권14.

  * 황의黃衣...상사床斜; 사찰에서 흔한 승려의 일상사.

  * 약저鸑苴; 버릇없는 망나니.

◎ 讀冷齋夜話, 有褒禪山石崖僧之一件事, 感而題之 냉재야화를 읽고 포선산 바위 벼랑에 사는 한 승려의 일에 느낌이 있어 짓다

佛印重荷一百夫 부처님 법의 수인이 무거운 사내 백 명
佳名道價滿江湖 아름다운 명성이 강호에 떨쳤다 할 만하네.
百崖一箇野僧意 아득한 벼랑에 한 시골뜨기 중이 생각하니
佛法南方一點無 남방에는 부처님 법이 한 점도 없구나.

玉帶笑欺如土泥 옥대를 흙덩인 듯 속이는 걸 비웃으니
路頭喧吠犬兼雞 길가에서 개와 닭이 시끄럽게 짖는구나.

天下老禪奈慚媿　천하에 늙은 선승이 어찌 부끄러워하랴
獄中天澤世皆乖　감옥의 천택화상은 세상과 맞지 않았지.

百丈絶食無人學　백장이 음식을 끊으니 배우는 사람 없고
藥山兩粥黃菜麥　약산은 보리죽과 묵은 김치 함께 먹었네.
但居門外弊衣徒　다만 헤진 옷 입은 무리는 문 밖에 살 뿐
金爛道光開法席　금빛 가사 입은 도인은 법석을 여는구나.
（黃菜一作黃桑）

* 냉재야화冷齋夜話; 중국 북송 말기의 저명한 시승인 혜홍惠洪(1070~
1128)이 지었다. 이름은 덕홍德洪, 자는 각범覺範, 균주筠州 사람이다. 임
제종 황룡파黃龍派에 속하였는데 모함을 당하여 환속하고 세 번이나 투
옥되는 등 많은 고난을 겪다가 흠종欽宗 때 불적佛籍을 회복하였다.
* 포선산褒禪山; 중국 안휘성安徽省馬 안산시鞍山市 함산현含山縣에 있는
산인데, 옛날에는 화산華山이라 불렀다. 송나라의 문장가인 왕안석王安
石(1021~1086)이 지은 유포선산기遊褒禪山記에서, "포선산은 화산이라
고도 부르는데 당나라 승려인 혜포선사가 처음 이곳에 집을 짓고 살다
가 죽어 장례를 지냈는데, 그로써 뒤에 포선이라 불리게 되었다. 褒禪山
亦謂之華山, 唐浮圖慧褒始舍於其址, 而卒葬之, 以故其後名之曰褒禪."
* 승지일건사僧之一件事; 냉재야화冷齋夜話 권10에 보인다. "내가 포선
산에 노닐 때 바위 아래에 한 스님을 보았는데, 종이 두루마리를 머리
에 베고 맨발로 누워있었다. 내가 그 곁에 앉아 오래 있자 놀라서 깨어
일어나더니 그윽이 날 보며 말하길, '막 깊은 골짝에 소나무 소리를 들
으니 시원한데 꿈결에 구양수 공을 만나보니 날개옷에 각건하고 명아

주 지팡이로, 한가롭게 영수 위를 거닐고 있더군요.' 내가 스님에게 묻기를, '일찍이 공을 아셨는지요?' '알고 있었지.' 내가 혼자 중얼거리길, '이 도인이 구공을 아니 필시 범인이 아니리라.' 이에 묻기를, '스님은 이 산에서 오래 머무셨는지요?' '한 해가 되었네.' '도는 무엇이며 스님은 누구십니까?' 스님이 웃으며 말하길, '출가승이라 허물없길 바라서 숨김없이 말하면 끊임없이 일 많은 사람이라네.' '어째서 발우가 없는지요?' '밥이야 때 되면 절에 사발이 있지.' '어찌 경전을 지니지 않습니까?' '감추니 스스로 족하다네.' '어째서 삿갓을 쓰지 않습니까?' '비 오면 난 다니지 않지.' '짚신도 신지 않습니까?' '예전에는 있었지만 지금은 없애버리고 맨발로 다니니 아주 상쾌하네.' 내가 놀라며 말하길, '그러면 손안에 종이 두루마리는 다시 어디에 쓰렵니까?' '이건 내 도첩인데 잘 때 머리에 베고 자려고 하네.' 나는 그 풍도가 너무나 좋아 내가 그 이름을 마을에 알리지 못함을 한탄하였다. 그러나 그의 사투리를 알아 들어보니 반드시 호산에 숨어사는 분이었다. 남쪽 해대로 돌아와 불인선사가 절에서 나오니 무거운 부담을 지는 장정이 백 명이나 되고 그 수레를 끄는 장정이 십여 명이나 되었다. 마을사람이 보여 구경하고 닭과 개는 짖어 내 스스로 웃으며 말하길, '포선산 바위에 한 스님을 보았더니, 그 분이 바로 일없는 사람이었네.'라 하였다.

予遊襃禪山, 石崖下見一僧, 以紙軸枕首, 跣足而臥. 予坐其傍, 久之乃驚覺, 起相向, 熟視予曰, "方聽萬壑松聲, 泠然而夢, 夢見歐陽公, 羽衣, 折角巾, 杖藜, 逍遙潁水之上." 予問師, "嘗識公乎?" 曰, "識之." 予私自語曰, "此道人識歐公, 必不凡." 乃問曰, "師寄此山久如?" 曰, "一年矣." "道具何在? 伴侶為誰?" 僧笑曰, "出家欲無累, 公所言, 衮衮多事人也." 曰, "豈不置鉢耶?" 曰, "食時寺有椀." 又曰, "豈不畜經卷耶?" 曰, "藏中自備

足." 曰, "豈不備笠耶?" 曰, "雨即吾不行." 曰, "鞋履亦不用耶?" 曰, "昔
有之, 今弊棄之, 跣足行殊快人." 予愕曰, "然則手中紙軸復何用?" 曰, "此
吾度牒也, 亦欲睡枕頭耳." 予甚愛其風韻, 恨不告我以名字鄕裏, 然識其
吳音也, 必湖山隱者. 南還海岱, 逢佛印禪師元公出山, 重荷者百夫, 擁其
輿者十許夫, 巷陌聚觀, 喧吠雞犬, 予自笑曰, "使褒禪山石崖僧見之, 則
子爲無事人也."

* 불인佛印; 인印은 결코 변하지 않는 뜻인데, 모든 불법의 실상은 부
처님의 대도大道로 변하지 않아 이같이 말함.

* 옥대玉帶; 벼슬아치의 공복에 띠는 옥으로 꾸며 만든 띠.

* 천택天澤; 중국 경산徑山의 천택암天澤庵에 주석하였던 허당지우虛堂
智愚(1185~1269), 즉 경산천택徑山天澤 화상을 말한다. 중국 송宋나라 때
임제종 양기파의 선승으로 절강성浙江省 상산象山 사람, 속성俗姓은 진陳,
호는 허당虛堂, 혹은 식경수息耕叟이다. 설두雪竇와 정자淨慈에게 참학하
고 운암보암運菴普巖의 법을 이었다.

* 곤곤滾滾; 혹은 袞袞. 강물이 가득 출렁출렁 흐르는 모양. 구름이 가
득 흐르는 모양. 끊임없이 이어지는 모양.

◎ 德禪塔主自贊　덕선사 탑주를 스스로 찬하여

平生爛醉倒金樽　평생 거나하게 취해 금 술잔 기울이다
老後住持人事繁　늘그막에 주지 소임 맡아서 번거롭구나.
莫恃榮華竟成苦　영화로움을 믿지 말지니, 다하면 괴로울 터
江山水宿又風餐　강산에 노닐다 굶주려 한데서 자리라.
(一本人事作塵事)

* 탑주塔主; 탑두塔頭. 불교의 선종사찰에서 탑을 총괄하여 감독하는 소임이나 스님.

* 자찬自賛; 일휴화상이 덕선사德禪寺를 개산開山한 영산철옹靈山徹翁 (1295~1369) 화상의 탑을 이루고 나서 읊은 시이다. 문명文明 4년 (1472) 화상의 나이 일흔아홉 살 때이다.

◎ 爲惡知識警策　사악한 승려를 경책하기 위하여

因憶玄都千樹桃　현도관에 천 그루 복숭아나무 기억하니
劉郎醉語許多豪　유랑이 술 취한 말씀이 아주 호쾌하구나.
利名知識極驕功　명리 좇는 중들 아주 잘난 체 뽐내도
堯帝土階三尺高　요임금은 석자 높이 흙섬돌을 쌓았지.
(一本驕功作驕巧, 土階作玉階)

* 악지식惡知識; 범어로 kalyāamitra. 나쁜 법이나 사특한 법으로 마도 魔道에 들게 하는 악우惡友나 악사惡師. 이에 대한 용어로 선지식善知識이 있다.

* 현도玄都; 중국 당唐나라 장안長安에 있던 도교 사원인 현도관玄都觀 을 말한다. 현도단玄都壇, 현단玄壇이라고도 한다. 이곳에는 본래 꽃이 없었는데, 유우석劉禹錫이 낭주사마朗州司馬로 벼슬을 박탈당하여 쫓겨 났다가 십년 만에 돌아와 보니, 어느 도사道士가 선도仙桃를 가득 심어 복사꽃이 화려하여 마치 붉은 노을과 같았다고 한다. 유우석劉禹錫의 재 유현도관再遊玄都觀 시에 보인다. "백 이랑 뜰에는 반이 이끼인데, 복숭 아꽃 다 지고 유채꽃만 피었네. 복숭아나무 심던 도사는 어디로 돌아갔

는지, 전에 왔던 유랑이 오늘 다시 왔건만. 百畝庭中半是苔, 桃花淨盡菜花開. 種桃道士歸何處, 前度劉郞今又來."

* 유랑劉郞; 유우석劉禹錫(772~842). 중국 당나라의 재상. 자는 몽득夢得, 호는 여산인廬山人. 하남성河南省 낙양洛陽 출신이다. 시인으로 유명하여 위응물韋應物, 백거이白居易와 더불어 '삼걸三傑'로 불렸다. 만년에 백거이와 시를 교류하며 지내 '유백劉白'으로 불리기도 했다.

* 요제堯帝; 태평어람太平御覽 권996, 윤문자尹文子에 보인다. "요 임금은 천자가 되고 나서도 비단옷을 겹으로 입지 않고, 밥상에는 두 가지의 맛있는 반찬을 놓지 않으며, 석 자 높이의 섬돌은 흙으로 만들고, 지붕의 띠풀도 가지런히 자르지 않았다. 堯文天子, 衣不重帛, 食不兼味. 土階三尺, 茅茨不剪."

◎ 吸美人婬水 미인의 음수를 빨며

蜜啓自慚私語盟 부끄럽게 은근히 속삭이며 맹세하고
風流吟罷約三生 즐겁게 노닐며 시 읊고 삼생을 언약했지.
生身墮在生畜道 몸 받아 태어나서 축생도에 떨어져도
超越潙山戴角情 위산화상 뛰어넘으니 뿔 돋은 정이라네.
(一本蜜作密, 超越作絶勝)

杜牧蕎苴是我徒 두목 같은 망나니가 우리의 무리인데
狂雲邪法甚難扶 내 삿된 법은 아주 붙들기도 어렵구나.
爲人輕賤滅罪業 사람됨이 가볍고 천하여 죄업을 없애는데
外道波旬幾失途 외도인 마왕은 몇 번이나 길을 잃었나.

臨濟兒孫不識禪　임제의 법손들은 선을 알지 못하는데
正傳眞箇瞎驢邊　바르게 전한 건 참으로 내 주변이라네.
雲雨三生六十劫　사랑하는 정이야 삼생에 육십 겁인데
秋風一夜百千年　하룻밤 가을바람은 백천년이로구나.

* 밀계蜜啓; 무문관 제13칙 덕산탁발德山托鉢에 보인다. "덕산화상이 어느 날 발우를 들고 법당을 내려갔다. 설봉스님이 이를 보고 따졌다. "노스님! 아직 종도 치지 않았고 북도 울리지 않았는데 발우를 들고 어디를 가시는 겁니까?" 덕산화상이 말없이 방으로 되돌아갔다. 설봉이 암두스님에게 이 일을 알리니 암두 말하길, "천하의 덕산스님도 아직 말후구를 모르시는구나." 덕산화상이 이 말을 듣고 시자를 시켜 암두스님을 불러놓고 이르길, "그대가 노승을 긍정하지 않는가?" 암두스님이 덕산화상의 귀에 입을 대고 가만히 그 뜻을 말하였다. 덕산화상이 곧 따지는 것을 멈추셨다. 德山一日托鉢下堂, 見雪峰, 問, '者老漢, 鐘未鳴, 鼓未響, 托鉢向甚處去?' 山便回方丈. 峰擧似嚴頭, 頭云, '大小德山未會末後句.' 山聞, 令侍者喚嚴頭來, 問曰, '汝不肯老僧那?' 嚴頭密啓其意, 山乃休去."

* 대각戴角; 벽암록 제70칙에 보인다. "어떤 스님이 나산화상에게 물었던 걸 보지 못하느냐? '함께 살다가 함께 죽지 않을 때는 어떠합니까?' 나산화상이 말하길, '소에게 뿔이 없는 것과 같다.' 어떤 스님이 말하길, '함께 살고 또한 함께 죽을 때는 어떠합니까?' 나산화상이 말하길, '호랑이에 뿔이 돋아난 격이로다.' 不見僧問羅山? 同生不同死時如何? 山云, 如牛無角. 僧云, 同生亦同死時如何? 山云, 如虎戴角."

* 두목杜牧(803~852); 중국 당나라 시인이자 병법가로 경조京兆 만년

萬年 사람, 자는 목지牧之, 호는 번천樊川이다, 흔히 두보杜甫를 '대두大杜', 두목은 '소두小杜'라 부르고, 이상은李商隱과 더불어 '소이두小李杜'라고 부른다.

* 약저蒻苴; 버릇없는 망나니. 우란산犹闌珊. 미나리.

* 파순波旬; 석가釋迦의 수행을 방해하려고 한 마왕의 이름.

◎ 盲女森侍者, 情愛甚厚, 將絕食殞命, 愁苦之餘, 作偈言之　눈먼 여인 삼 시자가 애정이 너무 두터워 장차 먹지도 않고 죽으려고 하기에 시름겨워 괴로운 나머지 게송을 지어 말하다.

百丈鋤頭信施消　백장은 호미로 법을 폈으나 쇠했고
飯錢閻老不曾饒　염라왕 밥값은 일찍이 넉넉하지 못했네.
盲女艷歌笑樓子　눈먼 여인의 사랑가에 내가 청루에서 웃으니
黃泉淚雨滴蕭蕭　눈물같은 비가 쓸쓸히 황천을 적시는구나.

看看涅槃堂裡禪　열반당 안에서 선을 참구하였더니
昔年百丈鑊頭邊　예전에 백장의 가마솥 뚜껑 근처였구나.
夜遊爛醉畵屏底　밤에는 그림병풍 아래 거나하게 취하니
閻老面前奈飯錢　염라왕 앞에 가서 밥값은 어찌할까.

* 백장서두百丈鋤頭; 만속장卍續藏 제69책 No.1322, 홍주백장산대지선사어록洪州百丈山大智禪師語錄에 보인다. "대중운력으로 김을 매는데 한 스님이 북소리를 듣더니 호미를 들고 일어나서 깔깔 웃고 돌아가니 스님께서 말씀하셨다. '정말 좋구나. 이것이 관음보살이 진리에 들어가신

방편이다.' 뒤에 그 스님을 불러서 물었다. '그대는 오늘 무슨 도리를 보았느냐?' '저는 이른 아침에 죽을 먹지 못했습니다. 그래서 북소리를 듣고 돌아가 밥을 먹었습니다.' 스님께서는 깔깔거리며 크게 웃었다. 因普請鋤地次, 有僧, 聞鼓聲, 擧起鋤頭, 大笑歸去. 師云, 俊哉. 此是觀音入理之門. 後喚其僧問, 你今日見甚道理? 云某甲早晨未喫粥. 聞鼓聲歸喫飯. 師乃呵呵大笑."

* 염로閻老; 염마왕閻魔王을 높여 일컫는 말.

* 반전飯錢; 임제록 시중示衆에 보인다. "대덕이여, 평상심을 지니기 바란다면 모양을 짓지 말아야 한다. 좋고 나쁜 것을 알지 못하는 머리 깎은 중들이 있다. 문득 그들은 신령을 본다느니, 귀신을 본다느니 말하며 동쪽을 가리키고 서쪽을 가리키며 맑은 게 좋다느니, 비 오는 게 좋다느니 말한다. 이와 같은 무리들은 모두 빚을 지고 염라대왕 앞에 가서 뜨거운 쇳덩이를 삼킬 날이 있을 것이다. 좋은 집안의 남녀들이 들여우와 도깨비 같은 귀신들에게 홀리면 문득 기이하게도 헛것이 보이게 된다. 눈먼 자들이여, 밥값을 물어내야 할 날이 반드시 있을 것이다. 大德, 且要平常, 莫作模樣. 有一般不識好惡禿奴, 便卽見神見鬼, 指東劃西, 好晴好雨. 如是之流, 盡須抵債, 向閻老前, 吞熱鐵丸有日. 好人家男女, 被這一般野狐精魅所著, 便卽捏怪. 瞎屢生, 索飯錢有日在." 이 글에서 '독노禿奴'는 계율을 깨뜨리고 법을 지키지 않는 머리 깎은 비구를 말한다.

* 날괴捏怪; 기이한 것을 좋아하고, 괴상한 것을 희롱하는 것.

◎ 森公乘輿 삼 귀인이 수레를 타기에

鶯輿盲女屢春遊 수레 탄 눈먼 여인이 자주 봄놀이 하니
鬱鬱胸襟好慰愁 답답한 마음이사 시름 달래기에 좋았으리.
遮莫衆生之輕賤 중생의 가볍고 천함이야 말할 게 있나
愛見森也美風流 삼 시자 고운 풍류 사랑스레 바라보네.
(見一作看)

◎ 淫水 음수

夢迷上苑美人森 삼 미인이 꽃밭에서 꿈속을 헤매니
枕上梅花花信心 베개 머리에 매화는 꽃 소식을 전하네.
滿口淸香淸淺水 입 가득 맑은 향에 말갛게 어린 물기
黃昏月色奈新吟 황혼에 달빛을 어찌 새로 읊는지.

* 음수淫水; 흘러넘치는 물이나 애액愛液. 회남자淮南子 남명覽冥에 보
인다. "이에 여와가 다섯 색깔의 돌로, 천지가 파괴되어 하늘이 떨어져
나간 곳을 보완하여 깁고……갈대의 재를 쌓아서, 이로써 넘치는 홍수
를 막았다. 於是女媧鍊五色石以補蒼天...積蘆灰以止淫水."
* 상원上苑; 천자天子의 황실에 딸린 정원庭園.

◎ 美人陰有水仙花香 미인이 그윽이 수선화 향이 나서

楚臺應望更應攀 초대에 응당 다시 오르길 바라니

半夜玉床愁夢間　한밤중 옥침상에 시름하는 꿈결이라.

花錠一莖梅樹下　매화나무 아래 꽃봉오리 한 줄기

凌波仙子遶腰間　수선화 허리를 감싸 안았구나.

(遶作逵)

* 음陰; 불교용어로 음부蔭覆, 혹은 적취積聚. 음부는 음개陰蓋라고 하는데, 색, 수, 상, 행, 식의 유위법이 선법善法을 가리고 덮는 것이고 적취積聚는 생사윤회가 거듭되는 것이다.

* 초대楚臺; 초나라 무산巫山에 있는 양대陽臺로 남녀 간의 정사情事를 뜻한다. 전국시대 초楚나라 회왕懷王이 고당高唐에서 낮잠을 자는데, 꿈에 한 여인이 나타나 말하기를 "첩은 무산의 여자로 고당의 나그네가 되었습니다. 임금께서 고당에 노닌다는 소문을 듣고 왔으니, 잠자리를 받들게 해주소서. 妾巫山之女也, 爲高唐之客. 聞君遊高唐, 願薦枕席." 라고 하였다. 문선文選 권19, 고당부高唐賦.

* 능파선자凌波仙子; 수선화水仙花. 황정견黃庭堅의 '수선화'시에 보인다. "능파선자가 버선에 먼지 날리며, 물 위로 사뿐사뿐 초승달 따라가네. 凌波仙子生塵襪, 水上盈盈步微月."

◎ 喚我手作森手　내 손을 삼의 손이라 부르며

我手何似森手　내 손이 어찌 삼의 손과 같은지

自信公風流主　그대가 풍류의 주인인 걸 난 믿지.

發病治玉莖萠　병이 나서 음경이 서도록 고치니

且喜我會裡衆　내 문하의 대중들 잠깐 즐겁구나.

* 아수我手; 임제종臨濟宗의 황룡사黃龍寺 혜남慧南선사가 현묘한 기틀이 담긴 삼관어三關語에 이르길, "사람마다 타고난 인연이 있는데 상좌의 타고난 인연은 어디 있는가? 내 손이 어찌 부처의 손과 같은가? 내 다리가 어찌 당나귀 다리와 같은가? 人人盡有生緣, 上座生緣在何處. 我手何似佛手, 我脚何似驢脚." 학인에게 던진 이 물음은 눈앞에 드러난 결정적인 한 수를 놓치고 보지 못하는 걸 경책하는 뜻이 담겨있다. 귀하다, 천하다, 길다, 짧다, 요모조모 헤아리고 분별하여 차별상에 얽매여 머뭇거리면 눈앞에 가지각색 모양으로 펼쳐진 '평등'이라는 절묘한 한 수를 보지 못하고 지나치게 된다. 분별에 의지하지 않고 전광석화와 같이 이 한 수를 포착하지 않으면 안 된다. "이 법은 평등하여 높고 낮은 차별이 없으니 이것을 아누보리라 한다. 是法平等, 無有高下, 是名阿耨菩提." 곧 이는 무상정변지無上正遍智, 무상정등각無上正等覺의 경지를 가리킨다.

* 풍류주風流主; 삼 시좌가 애희愛戲를 잘 하는 걸 상징한다.

* 옥경玉莖; 음경陰莖. 남성의 생식기.

* 회리會裡; 문하門下, 회하會下.

◎ 聞鴉有省 까마귀 소리를 듣고 깨달아

豪機嗔恚識情心 호기롭게 성내다가 문득 미혹한 마음
二十年前在卽今 이십년 전이 바로 지금 여기에 있구나.
鴉笑出塵羅漢果 까마귀 웃으며 나한과로 속세를 벗으니
奈何日影玉顏吟 어찌 해 그림자는 고운 얼굴을 읊는지.

* 이 시는 일휴연보에 따르면, 일본 응영應永 27년(1420), 선사가 스물일곱 살 되던 해, 5월 20일 밤에 대오大悟하여 지은 작품이다.

* 나한과羅漢果; 아라한阿羅漢이 될 수 있는 과보果報.

* 옥안玉顔; 왕창령王昌齡 장신추사長信秋詞의 셋째 수에 보인다. "새벽에 빗자루 들어 청소하자 궁궐 문 열리니, 둥근 부채 들고서 함께 서성거리네. 옥 같은 얼굴은 찬 까마귀에 미치지 못해도, 까마귀는 소양전 햇살을 두르고 있구나. 奉帚平明金殿開, 且將團扇共徘徊. 玉顔不及寒鴉色, 猶帶昭陽日影來."

◎ 九月朔森侍者, 借紙衣於村僧禦寒, 瀟洒可愛作偈言之　구월 초하루에 삼 시자가 시골 스님에게 종이옷을 빌려 추위를 막았는데, 맑고 깨끗함이 사랑할 만하여 게송을 지어 말하다.

良宵風月亂心頭　바람과 달 좋은 밤, 마음 어지러운데
何奈相思身上秋　가을에 그리는 정을 이 몸은 어찌할까.
秋霧朝雲獨瀟洒　가을 안개 아침 구름 홀로 맑고 깨끗하니
野僧紙袖也風流　거친 중의 종이옷 소매가 풍류로구나.

* 지의紙衣; 종이 옷. 백지에 감물을 먹여 말렸다가 이슬을 맞힌 뒤 비벼서 부드럽게 지은 보온용의 옷. 옛날 승복僧服으로 입었다.

◎ 看森美人午睡　삼 미인이 낮잠 자는 걸 보고
一代風流之美人　한 세상 풍류의 아름다운 여인이여,

艷歌清宴曲尤新 조촐한 잔치에 고운 노랫가락 더 새롭네.

新吟腸斷花顏靨 꽃다운 얼굴 보조개에 애가 끊어져 읊으니

天寶海棠森樹春 양귀비의 해당화와 삼의 봄 나무라네.

* 엽靨; 얼굴에 팬 볼우물. 보조개.

* 천보天寶; 중국 당唐나라 현종玄宗의 연호. 재위 15년간(742~756)이다. 당시 양귀비를 총애하던 걸 두고 말한다.

◎ 文明二年仲冬十四日, 遊藥師堂聽盲女艷歌, 因作偈記 문명 2년 (1470) 음력 동짓달 열나흗날, 약사당에서 눈먼 여인의 예쁜 노래를 들으며 노닐다가 게송을 지어서 적다.

優遊且喜藥師堂 약사당에서 한가로이 즐겁게 지내니

毒氣便便是我腸 내 마음속에 독한 기운이 불룩하구나.

愧慚不管雪霜鬢 부끄럼도 아랑곳 않고 귀밑털 허옇게 세어

吟盡嚴寒秋點長 혹독한 추위 읊고 나니 긴 물시계 소리.

(鬢一作髮)

* 문명文明; 일본의 연호로 1469년~1486년에 해당한다. 이 시에서 문명 2년은 1470년.

* 독기毒氣; 묘법연화경 여래수량품如來壽量品에 보인다. "그 약을 주어도 먹으려 하지 않는데, 그 이유는 독기가 깊이 스며서 본 마음을 잃기 때문에, 그 좋은 색깔과 향기를 갖춘 약이 좋은 줄 몰랐기 때문이니라. 與其藥而不肯服, 所以者何? 毒氣深入, 失本心故, 於此好色香藥, 而

謂不美."

　　* 추점秋點; 가을철 시각을 알리는 물시계 소리. 이영李郢이 지은 '숙허백당宿盧白堂' 시에 보인다. "가을 달은 허백당을 은은하게 비추고, 귀뚜라미 찌르르 우니 나무는 푸르구나. 강바람이 새벽에 부니 잠을 이룰 수 없는데, 스물다섯 번 치는 물시계 소리에 가을밤은 길어라. 秋月斜明盧白堂, 寒蛩喞喞樹蒼蒼. 江風徹曉不得睡, 二十五聲秋點長."

　　◎ 余寓薪園小舍有年, 森侍者聞余風彩, 旣有嚮慕之志, 余亦 知焉, 然因循至今, 辛卯之春邂逅于墨江, 問以素志諾而應, 因作小詩述往日間何闊之懷, 且記今日來不束之喜云(一本, 旣作已, 亦作又, 黑江作黑吉記作述)　　내가 신원 오두막에 몇 년 살았는데 삼 시자가 내 풍모를 듣고서 이미 사모하는 뜻이 있었는데 나도 그걸 알고 있었다. 신묘년 봄, 흑강에서 뜻밖에 다시 만나 평소의 생각을 묻고 응낙하여, 짧은 시로 지난 날을 얘기하니 얼마나 뜸하였던 감회인지, 이에 오늘 가눌 수 없는 기쁨을 기록한다.

　　憶昔薪園去住時　예전 신원에 가서 주지하던 때 기억하니
　　王孫美譽聽相思　왕손의 아름답던 칭송 듣고 그리워하였구나.
　　多年舊約卽忘後　옛 언약은 여러 해 지나 잊어버린 뒤라
　　猶愛玉墀新月姿　오히려 섬돌에 뜬 초승달 자태를 사랑하노라.
　　(一本, 去住作居住, 猶作更)

　　* 여우신원余寓薪園; 일휴선사가 신원에 주지로 살던 이 시기는 문명文明 2년(1470) 중동仲冬 14일(11월 14일) 경인년 늦가을이다.
　　* 금일今日; 신묘년(1471) 어느 봄날이다.

* 풍채風彩; 한서漢書 68, 곽광전霍光傳에 보인다. "어린 임금을 보필하여 정사가 저에게서 나오니, 천하 사람들이 그 훌륭한 풍채를 듣고 사모하였다. 初輔幼主, 政自己出, 天下想聞其風采."

* 옥계玉堦; 이백李白의 옥계원玉堦怨 시에 보인다. "섬돌 위에 이슬 맺히자, 늦은 밤 흰 버선을 적시네. 돌아서 수정 주렴 내리고, 영롱한 가을 달을 바라보네. 玉階生白露, 夜久侵羅襪. 却下水晶簾, 玲瓏望秋月."

◎ 約彌勒下生   세상에 내려온 미륵과 언약하고

盲森夜夜伴吟身   눈먼 삼과 짝하여 밤마다 신음하는 몸
被底鴛鴦私語新   한 이불 덮은 남녀가 소곤대니 새롭구나.
新約慈尊三會曉   새벽에 미륵보살과 세 번이나 새로 언약하니
本居古佛萬般春   옛 부처 본래 살던 곳에 온통 봄이라네.

木凋葉落更回春   나무 시들어 잎 지고 봄이 돌아오니
長綠生花舊約新   오래 푸르른 꽃 피어 옛 언약도 새롭구나.
森也深恩若忘却   삼은 은혜가 깊어도 잊은 듯하더니
無量億劫畜生身   한없는 억겁에 축생의 몸이로다.

* 미륵하생彌勒下生; 미륵이 도솔천에서 인간 세상에 내려와 성도한 뒤에 세 번의 설법으로 중생을 구제한다고 한다.

* 피저원앙被底鴛鴦; 한 이불 속의 원앙새, 혹은 남녀나 부부夫婦를 비유한 말이다.

* 사어私語; 드러나지 않도록 소곤거리는 말. 속삭임.

＊자존慈尊; 내세에 성불하여 사바세계에 나타나서 중생을 제도하는 미륵보살을 높여 이르는 말.

＊본거本居; 본래부터 살던 곳. 원신대사源信大師(942~1017)의 왕생요집往生要集 제6장 명천도明天道에 보인다. 세 가지가 있는데, 하나는 욕계, 하나는 색계, 하나는 무색계로 그 모습은 이미 넓어 말할 수가 없다. 한 곳을 예를 들면, 도리천은 비록 쾌락은 무궁하나 죽을 무렵에 다섯 가지 모습이 쇠하게 된다. 하나는 머리에 좋은 머리털이 갑자기 마르고, 둘은 천인의 옷에 더러운 때가 드러나며, 셋은 겨드랑이 아래 땀이 나오고, 넷은 두 눈이 수없이 깜짝거리며, 다섯은 본래 살던 곳을 즐거워하지 않는다. "有三, 一者欲界, 二者色界, 三者無色界, 其相旣廣難可具述. 且擧一處以例其餘, 如彼忉利天, 雖快樂無極, 臨命終時, 五衰相現. 一頭上華鬘忽萎, 二天衣塵垢所著, 三腋下汗出, 四兩目數眴, 五不樂本居."

＊목조엽락木凋葉落; 벽암록 제82칙 평창評唱에 보인다. "어느 스님이 운문스님에게 묻기를, '나무가 시들고 잎이 떨어질 때는 어떠합니까?' 운문스님이 이르길, '가을바람에 나무가 통째로 드러나는구나. 이를 일러, 화살과 칼끝이 서로 버티는 것이라 하느니라.' 僧問雲門, 樹凋葉落時如何? 門云, 體露金風. 此謂之箭鋒相拄."

일휴화상 연보

서기(연호) 연령 행적

■ 1394년(응영應永 원년) 1세

정월 초하루, 경도京都 낙서洛西의 민가에서 등원씨藤原氏의 서자庶子로 태어나다. 아명은 천국환千菊丸이다.

■ 1399년(응영 6) 6세

경도 안국사安國寺에서 몽창소석夢窓疎石 3세인 상외집감像外集鑑 화상에게 출가하다. 시동侍童으로 주건周建이라는 이름을 받다.

■ 1405년(응영 12) 12세

차아嵯峨의 보당사寶幢寺에서 청수인清叟仁에게 유마경維摩經 강의를 수강하다

■ 1406년(응영 13) 13세

동산東山의 건인사建仁寺에서 모철용반慕喆龍攀 선사에게 시 짓는 법을 배우다.

■ 1410년(응영 17) 17세

청수인清叟仁 장주蔵主에게 불전佛典을 배우다. 서금사西金寺에서 겸옹

謙翁의 제자로 종순宗純이란 법명法名을 받다.

■ 1411년(응영 18) 18세

장군將軍 의지義持를 알현謁見하다.

■ 1413년(응영 20) 20세

겸옹이 가르침을 내리고 인가를 작성하다.

■ 1414년(응영 21) 21세

12월 스승인 겸옹이 병으로 입적하다. 강주江州의 석산관음石山觀音을 참례한 뒤에 깊은 슬픔이 치유되지 않은 채 뇌전천瀨田川에 몸을 던져 자살을 기도하지만 다행스럽게 구조되다.

■ 1415년(응영 22) 22세

자하현滋賀縣 근강近江 견전堅田에 있는 선흥암禪興庵의 화수종담華叟宗曇 선사에게 사사師事하다.

■ 1418년(응영 25) 25세

'지왕祇王의 총애寵愛를 잃어 비구니比丘尼가 되다'란 비파琵琶를 듣다. '동산삼돈방洞山三頓棒' 공안公案을 터득하다. 이에 화수종담 선사에게 일휴一休라는 법호를 받다.

■ 1419년(응영 26) 26세

법형法兄인 양수종이養叟宗頤가 스승인 화수종담의 화를 부르자 사이가 틀어지다.

■ 1420년(응영 27) 27세

5월 20일, 비파호琵琶湖 기슭의 배 위에서 좌선을 하고 있을 때, 캄캄한 밤에 까마귀의 울음소리를 듣고 대오大悟하다. 화수선사가 인가印可를 내리지만 이를 파기破棄하다.

1422년(응영 29) 29세

대덕사大德寺 7세인 언외종충言外宗忠 화상의 33주기에 허술한 옷을 입고 참석하다. 이즈음 미친 사람이라는 소문이 돌기 시작하다.

■ 1426년(응영 33) 33세

덕선사德禪寺의 선을 홍기시키고 대등국사행장大燈國師行狀을 짓다.

■ 1428년(생장生長 원년) 35세

화수화상이 견전堅田의 선홍암에서 병들어 입적하다. 경도에 가서 풍광風狂의 생활을 보내다가 근기近畿 지역을 떠돌며 수행하다.

■ 1429년(영향永享 원년) 36세

묘승사妙勝寺 불전佛殿의 재흥再興을 결의하다.

■ 1432년(영향 4) 39세

후소송後小松 천황天皇을 알현하고 보물 등을 받는다. 이때 계堺 지역의 남종사南宗寺에서 소정紹偵과 함께 살다.

■ 1433년(영향 5) 40세

10월 20일 후소송원後小松院이 승하하다.

■ 1436년(영향 8) 43세

대덕사에서 대등국사大燈國師 백년기百年忌에 참석하다. 게게를 짓고 광운자狂雲子라고 이름하다.

■ 1437년(영향 9) 44세

원源 재상의 집에 피신할 때 화수화상의 인가印可를 건네지만 이를 불 속에 던지다.

■ 1438년(영향 10) 45세

경도 동타방銅駝坊 북쪽의 암자에 몸을 기탁하다.

■ 1440년(영향 12) 47세

6월 20일, 대덕사大德寺 여의암如意庵에 들어가 살다. 27일, 화수화상의 13주기를 보내다. 29일, 암자를 떠나 경도의 남쪽, 염소로塩小路의 초옥에 살다.

■ 1442년(가길嘉吉 2) 49세

양우산讓羽山 들어가 시타사尸陀寺를 경영하다.

■ 1443년(가길 3) 50세

원재상源宰相의 첩댁妾宅이 있는 대취어문실정大炊御門室町으로 옮겨가 살다.

■ 1444년(문안文安 원년) 51세

묘심사妙心寺 일봉종순日峰宗舜의 대덕사大德寺 입산入山을 양수養叟와 도모하는 걸 거부하고 화수華叟 화상의 설을 펼치다. 대등大燈 철옹徹翁 문하의 일류상승一流相承을 굳건히 지키다.

■ 1447년(문안 4) 54세

대덕사의 한 승려가 자살하자 여러 사람이 투옥된다. 다시 양우산으로 물러나 몸을 숨기고 단식하지만 칙명勅命에 따라 중단하다.

■ 1448년(문안 5) 55세

도산공陶山公이 옛날 숨어 살았던 곳에 매선암賣扇庵이란 이름을 짓고 여기에 몸을 담다. 예전에 불 속에 던진 인가印可가 아직도 보존되어 있는 것을 알고 다시 소각燒却하다.

■ 1451년(보덕寶德 3) 58세

춘작선흥春作禪興이 지은 대등국사행장大燈國師行狀을 비판하자 양수養叟와 갈등이 표면화하다.

■ 1452년(향덕享德 원년) 59세

영창방永昌坊에 있는 매선암賣扇庵 남쪽의 작은 암자에 옮기고 그곳을 할려암瞎驢庵이라고 이름을 짓다.

■ 1453년(향덕 2) 60세

대덕사가 불에 타다.

■ 1454년(향덕 3) 61세

양수養叟와 논쟁에 이르다.

■ 1455년(강정康正 원년) 62세

자계집自戒集을 엮다.

■ 1456년(강정 2) 63세

신촌薪村의 묘승사妙勝寺를 수리 복원하여 대응국사大應國師의 목상木
像을 안치하고 수은암酬恩庵(일휴암一休庵)을 건립하다.

■ 1457년(강정 3) 4월, 게송을 묵적墨蹟으로 남기다.

■ 1457년(장록長祿 원년) 64세

법화法畵 해골骸骨을 간행하다.

■ 1459년(장록 3) 66세

덕선사德禪寺의 주지가 되다. 허당화상虛堂和尙의 당본唐本 화상畵像을
수은암에 안치하다.

■ 1460년(관정寬正 원년) 67세

대덕사大德寺의 화수華叟화상 33주기에 참석하다.

■ 1461년(관정 2) 68세

차아嵯峨에 노닐다가 대응국사의 묘소墓所인 용상사龍翔寺의 탑을 수리
하다. 정토진종의 연여蓮如가 영위하는 신란親鸞 이백주기에 참석하다.

■ 1462년(관정 3) 69세

이질痢疾에 걸려 병이 들다. 계림니사桂林尼寺에 기탁하여 살다. 몽규
夢閨라고 이름하다.

■ 1463년(관정 4) 70세

7월, 대덕사에 들어가지만 연말에 할려암으로 옮겨오다.

■ 1467년(응인應仁 원년) 74세

6월 경도에서 응인應仁의 난이 일어나자, 8월에 할려암에서 동산東山 호구암虎丘庵으로 가서 어려움을 피하고 9월에는 신촌薪村의 수은암으로 옮기다.

■ 1468년(응인 2) 75세

영산철옹靈山徹翁 화상의 백주기를 수은암에서 치르다.

■ 1469년(문명文明 원년) 76세

전화戰火가 신촌薪村에 미치므로 어려움을 피하여 목진木津, 나라奈良, 대화大和, 화천和泉의 여러 곳을 떠돌다가 주길住吉의 송서암松栖庵에 잠시 거주하다.

■ 1470년(문명 2) 77세

주길住吉 판정坂井의 운문암雲門庵으로 옮겨가다. 약사당藥師堂에서 노닐다가 삼녀森女를 만나다.

■ 1471년(문명 3) 78세

봄, 주길에서 삼녀와 다시 만난 뒤에 같이 살다.

■ 1474년(문명 6) 81세

2월 칙명勅命을 받들어 제47세 대덕사 주지로 전쟁에 불타버린 대덕사의 부흥을 이루다.

■ 1475년(문명 7) 82세

수은암 경내에 호구수탑虎丘壽塔을 만들고 자양탑慈楊塔이라 이름하여 그 현판을 처마에 내걸다.

■ 1476년(문명 8) 83세

주길의 소야小野에 상채암床菜庵을 짓다.

■ 1477년(문명 9) 84세

9월, 군사를 피하여 화천和泉의 작은 섬에 가다.

■ 1478년(문명 10) 85세

여러 곳을 순례하다가 뒤에 신촌薪村으로 돌아오다. 하안거가 끝나자 허당虛堂화상의 가사에 게偈를 지어 보이다.

■ 1479년(문명 11) 86세

계堺의 호상豪商인 미화사랑좌위문尾和四郎左衛門 일가의 시주로 대덕사 경내에 대용암大用庵, 여의암如意庵을 재건하고 법당을 건립하다.

■ 1480년(문명 12) 87세

제자에게 먹을 만들어 생계를 도모하도록 명하였다. 또 자신의 목상을 조각하게 하다. 스스로 수염을 뽑아서 이를 목상에 심도록 하다.

■ 1481년(문명 13) 88세

대덕사 법당의 산문을 수리 복원하다. 11월 21일 수은암에서 입적하다.

■ 1491년(연덕延德 3) 10주기

대덕사 진주암眞珠庵을 개창하다.

대덕사大德寺 세보世譜

開山 宗峰妙超; 南浦紹明嗣. 大燈國師, 興禪大燈, 高照正燈, 大慈雲匡眞

1. 世 徹翁義亨; 宗峰妙超嗣.

2. 世 令翁宗雲; 宗峰妙超嗣.

3. 世 愚翁宗碩; 宗峰妙超嗣.

4. 世 虎渓道壬; 宗峰妙超嗣.

5. 世 平泉道筠; 1世徹翁嗣.

6. 世 蔣山任禎; 1世徹翁嗣.

7. 世 言外宗忠; 1世徹翁嗣.

8. 世 卓然宗立; 1世徹翁嗣.

9. 世 法雲操堂; 慈恩3世雲屋宗興嗣. 興嗣8世卓然宗立嗣.

10. 世 明叟; 未詳.

11. 世 德翁宗碩; 1世徹翁嗣.

12. 世 鄧林宗棟; 1世徹翁嗣.

13. 世 大象宗嘉; 1世徹翁嗣.

14. 世 大器; 未詳.

15. 世 南周; 未詳.

16. 世 竺翁; 未詳.

17. 世 大模宗範; 7世言外嗣.

18. 世 東源; 未詳.

19. 世 乾用宗梵; 11世德翁嗣.

20. 世 季嶽妙周; 13世大象嗣.

21. 世 香林宗簡; 南浦紹明三世嗣月庵宗光嗣. 南禪寺眞乘院開祖.

22. 世 華叟宗曇; 7世言外嗣.

23. 世 巨嶽; 17世大模嗣.

24. 世 椿巖宗壽; 1世徹翁嗣無礙嗣.

25. 世 性才樗菴; 南禪正眼院住持. 南浦紹明四世嗣竺源仙嗣.

26. 世 養叟宗頤; 22世華叟嗣.

27. 世 明遠宗智; 7世言外嗣.

28. 世 無言; 南浦紹明二世嗣金剛日山嗣.

29. 世 璉江; 未詳.

30. 世 日照宗光; 7世言外嗣.

31. 世 滅崖宗興; 1世徹翁嗣無礙嗣.

32. 世 格堂祖越; 17世大模嗣.

33. 世 季東宗溟; 26世養叟嗣.

34. 世 燈菴玄全; 17世大模嗣春作禪興嗣.

35. 世 一洲宗藝;

36. 世 日峯宗舜; 宗峰妙超三世嗣無因宗因嗣. 自號昌昕.

37. 世 足庵宗鑑; 19世乾用嗣.

38. 世 惟三宗叔; 26世養叟嗣.

39. 世 義天玄承; 36世日峯嗣. 開山派.

40. 世 春浦宗熙; 26世養叟嗣. 自號巢庵.

41. 世 雪江宗深; 39世義天嗣. 開山派.

42. 世 體調; 26世養叟嗣.

43. 世 顯室; 26世養叟嗣.

44. 世 柔仲宗隆; 26世養叟嗣.

45. 世 岐庵宗揚; 26世養叟嗣.

46. 世 景川紹隆; 41世雪江嗣. 開山派.

47. 世 一休宗純; 22世華叟嗣. 自號 狂雲子, 瞎驢, 夢閨, 國景.

48. 世 晦翁宗昭; 26世養叟嗣.

49. 世 芳蔭; 未詳.

50. 世 泰叟宗愈; 40世春浦嗣.

법계도

과거칠불過去七佛(비파시불 vipśyin → 시기불 śikhin → 비사부불 viśvabhū → 구류손불 Krakhuccanda → 구나함모니불 Kanakamuni → 오잠파라 Udaumbara → 가섭불 kāśyapa) → 석가세존釋迦世尊(전566~전486) → <인도> 1世 마하가섭摩訶迦葉 → 2世 아난阿難 → 3世 상나화수商那和修 → 4世 우바국다優婆鞠多 → 5世 제다가提多迦 → 6世 미차가彌遮迦 → 7世 바수밀婆須密 → 8世 불타난제佛陀難提 → 9世 복태밀다伏駄密多 → 10世 협존자脇尊者 → 11世 부나야사富那夜奢 → 12世 마명馬鳴 → 13世 가비마라迦毘摩羅 → 14世 용수龍樹 → 15世 가나제바迦那提婆 → 16世 나후라다羅睺羅多 → 17世 승가난제僧迦難提 → 18世 가야사다伽倻舍多 → 19世 구마라다鳩摩羅多 → 20世 사야다闍夜多 → 21世 바수반두婆須盤頭 → 22世 마나라摩拏羅 → 23世 학륵나鶴勒那 → 24世 사자獅子 → 25世 바사사다婆舍斯多 → 26世 불여밀다不如密多 → 27世 반야다라般若多羅 → <중국> 28世 보리달마菩提達摩(?~535) → 29世 혜가慧可(487~593) → 30世 승찬僧璨(510~606) → 31世 도신道信(580~651) → 32世 홍인弘忍(601~675) → 33世 육조혜능六祖慧能(638~713) → 34世 남악회양南嶽懷讓(677~744) → 35世 마조도일馬祖道一(709~788) → 36世 백장회해百丈

懷海(749~814) → 37世 황벽희운黃檗希運(?~850) →38世 임제의현臨濟義玄(?~866) → 39世 흥화존장興化存奬(824~888) → 40世 남원혜옹南院慧顒(860~952) → 41世 풍혈연소風穴延沼(896~973) → 42世 수산성념首山省念(926~993) → 43世 분양선소汾陽善昭(947~1024) → 44世 자명초원慈明楚圓(986~1039) → 45世 양기방회楊岐方會(992~1049) → 46世 백운수단白雲守端(1025~1072) → 47世 오조법연五祖法演(?~1104) → 48世 원오극근圓悟克勤(1063~1135) → 49世 호구소륭虎丘紹隆(1077~1136) → 50世 응암담화應庵曇華(1103~1163) → 51世 밀암함걸密庵咸傑(1118~1186) → 52世 송원숭악宋源崇岳(1132~1202) → 53世 운암보암運庵普巖(1156~1226) → 54世 허당지우虛堂智愚(천택天澤, 1185~1269) → <일본> 55世 남포소명南浦紹明(대응국사大應國師, 1235~1309) → 56世 종봉묘초宗峰妙超(대등국사大燈國師, 1282~1337) → 57世 철옹의형徹翁義亨(영산정전국사靈山正傳國師, 대조정안선사大祖正眼禪師, 천응대현국사天應大現國師, 1295~1369) → 58世 언외종충言外宗忠(1305~1390) → 59世 화수종담華叟宗曇(대기홍종선사大機弘宗禪師, 1352~1428) → 60世 일휴종순一休宗純(1394~1481) → 61世 조심소월祖心紹越.

참고문헌

狂雲集, 寬永刻本(上, 下), 1642

狂雲集, 國譯禪學大成(卷19) 所收, 1930

自戒集, 新撰日本古典文庫(5), 1976

一休和尚年譜, 東洋文庫(641), 1998

大德寺世譜, 木全宗儀, 東京 升屋茶舖, 1934

一休和尚全集(全5卷), 東京 春秋社, 1997

狂雲集 譯注, 柳田聖山, 東京 講談社, 1994

一休, 眞下五一, 東京, 國書刊行會, 1950.

一休と禪, 平野宗淨, 東京, 春秋社, 1998.

日本名僧列傳, 栢原祐泉, 東京, 社會思想社, 1968.

一休和尙大全(上下), 河出書房新社, 2008.

이상원

　경남 산청에서 나서 시인, 번역가로 활동하며 지금 지리산 초명암에
안거중이다. 남명문학상 신인상을 수상하여 등단하고, 서사시『서포에
서 길을 찾다』로 제2회 김만중문학상 대상을 수상했다. 시집으로『풀
이 가는 길』,『여백의 문풍지』,『만적』,『소금사막의 노래』,『벌거벗은
개의 경전』,『마음의 뗏목 한 잎』,『침묵의 꽃』,『정중무상행적송』,『울
음의 무게』,『초명암집』,『우주먼지에 관한 명상』이 있고, 역·저서로
『하원시초』,『노비문학산고』,『기생문학산고1, 2』,『불타다 남은 시』,
『무의자 혜심 선시집』,『스라렝딩 거문고소리』,『미물의 발견』,『동
창이 밝았느냐』,『내 탓이오』,『꽃밥』 등이 있고『우리말 불교성전』을
펴냈다.

역주 광운집譯註 狂雲集

| 초판 1쇄 인쇄일 | 2023년 1월 3일 |
| 초판 1쇄 발행일 | 2023년 1월 10일 |

지은이	일휴종순一休宗純(1394~1481)
번역	이상원
펴낸이	한선희
편집/디자인	우정민 김보선
마케팅	정찬용 정구형
영업관리	한선희
책임편집	김보선
인쇄처	으뜸사
펴낸곳	국학자료원 새미(주)
	등록일 2005 03 15 제25100-2005-000008호
	경기도 고양시 일산동구 중앙로 1261번길 79 하이베라스 405호.
	Tel 442-4623 Fax 6499-3082
	www.kookhak.co.kr
	kookhak2001@hanmail.net

| ISBN | 979-11-6797-099-2 *93810 |
| 가격 | 38,000원 |